Friederike Hansmann
Masche für Masche ins Glück

AF177968

Montlake

Das Buch

Nach einer großen Enttäuschung verlässt Georgina Hals über Kopf das hektische Frankfurt und fährt zu ihrer Lieblingstante Vera in den Schwarzwald. Die empfängt Georgie nicht nur mit Trost und selbst gemachtem Kräutertee, sondern drückt ihr als Kummertherapie Wolle und eine Häkelnadel in die Hand. Während Georgie sich Masche für Masche durch ihren Liebeskummer arbeitet, fühlt sie sich zusehends wohl in Veras buntem Landleben. In ihrem Haus ist jeder willkommen – vor allem der attraktive Nachbar Tom. Ist er Veras junger Geliebter? Oder doch nur ein Freund? Georgie muss das unbedingt wissen, denn Häkeln ist nicht alles im Leben …

Die Autorin

Mit ihrem ersten Liebesroman »Masche für Masche ins Glück« hat Friederike Hansmann ihre zwei größten Leidenschaften miteinander verbunden: das Schreiben und die Liebe zur Wolle. Am liebsten und besten schreibt sie in Cafés bei Kola und einem leckeren Stück Kuchen.

Die gebürtige Karlsruherin lebt heute mit ihrem Freund und ihren Stiefkindern in Celle. Hauptberuflich ist sie als Redakteurin und Projektmanagerin tätig.

Friederike Hansmann

MASCHE FÜR MASCHE INS GLÜCK

Roman

 Montlake

Deutsche Erstveröffentlichung bei
Montlake, Amazon Media EU S.à r.l.
38, avenue John F. Kennedy, L-1855 Luxembourg
Juli 2022
Copyright © der deutschsprachigen Ausgabe 2022
By Friederike Hansmann

Umschlaggestaltung: zero-media.net, München
Umschlagmotiv: © Nikiparonak / Shutterstock;
© Rakpong Thongdet - EyeEm © gojak / Getty;
© Reilika Landen / ArcAngel
1. Lektorat: Claudia Wuttke
2. Lektorat & Korrektorat: VLG Verlag & Agentur, Haar bei München,
www.vlg.de
Gedruckt durch:
Amazon Distribution GmbH, Amazonstraße 1, 04347 Leipzig /
Canon Deutschland Business Services GmbH, Ferdinand-Jühlke-Straße 7,
99095 Erfurt /
CPI books GmbH, Birkstraße 10, 25917 Leck

ISBN 978-2-49671-1-448

www.montlake.de

Für Freund:innen.

PROLOG

Es war der perfekte Tag für ihre Beförderung. Der Frühling hatte die Stadt erreicht und dekorierte die Bäume vor Georgies Wohnung mit frischen grünen Blättern. Die Sonne warf warme Strahlen durch die geöffneten Fenster. Perfekt. Perfekt. Perfekt. Georgie sprang aus dem Bett und reckte sich. Das war ihr Tag. Es war der Tag, auf den sie seit Jahren gewartet hatte. Sie hatte sich die Beförderung verdient. Endlich zahlte sich ihr Engagement aus. Gut, es war vielleicht ungewöhnlich, von einer Korrektorin zur Redakteurin aufzusteigen. Aber sie konnte mehr als Kommata prüfen und Fakten checken. Sie konnte schreiben, das wusste sie, seit sie in der Schule kreatives Schreiben für sich entdeckt hatte. Und da war dieser kleine Literaturwettbewerb gewesen, sie hatte immerhin den 3. Platz belegt. Statt diesen Weg weiterzuverfolgen, hatte sie nach der Schule jedoch erst mal ein Studium in Wirtschaftspsychologie abgeschlossen und nur im Nebenfach Journalismus belegt. Etwas Vernünftiges, Solides. Und sie war ja letztendlich doch bei einem Magazin gelandet. Als Lektorin fand sie jeden Fehler, überprüfte jede genannte Zahl. Dafür arbeitete sie oft bis weit in die Nacht hinein. Man würde endlich anerkennen, was sie geleistet hatte. Die vielen Überstunden, die zahlreichen

Projekte, mit denen sie jonglierte, die guten Themenvorschläge. Allein im letzten Jahr waren zwei Ausgaben mit Titelthemen, die sie vorgeschlagen hatte, erschienen. Es stand nicht ihr Name unter den Leitartikeln, aber sie hatte die Ausgaben zu Hause in ihrem Arbeitszimmer gerahmt und neben ihre zahlreichen Diplome an die Wand gehängt. So konnte sie sie immer sehen, wenn ihr danach zumute war. Sie erinnerten sie stets daran, was sie bisher geleistet hatte und was ihre Ziele waren. Zum Beispiel selbst einen Leitartikel zu schreiben.

Ihre Arbeitsmoral war außerdem tadellos. Nie hatte sie sich über zu viel Arbeit oder zusätzliche Aufgaben beschwert, weil sie wusste, ihr Tag werde kommen. Jedenfalls hatte ihr Chef sie gestern um einen Termin für den heutigen Morgen gebeten, noch vor offiziellem Arbeitsbeginn in der Redaktion. Das konnte schließlich nur eins bedeuten: Beförderung, Baby!

Für diesen Moment holte sie nun ihr Beförderungsoutfit hervor. Ehrfürchtig strich sie über den edlen Stoff der hellblauen Bluse, die perfekt zum grauen, engen Rock passte. Georgie hatte Stunden damit verbracht, dieses Outfit zusammenzustellen. Sie würde jung, frisch und gleichzeitig kompetent aussehen. Konzentriert begann sie, Foundation aufzutragen, darüber pinselte sie mit geschlossenen Augen etwas Puder. Ein rosa Rougeton auf den Wangen zauberte ihr eine gesunde Farbe ins Gesicht, Wimperntusche – immer zweimal auftragen! – ließ ihre kornblumenblauen Augen leuchten. Zu guter Letzt ein Hauch Gloss auf ihre Lippen, fertig. Nachdem sie sich sorgfältig geschminkt hatte, holte sie die hohen Schuhe, die sie ausschließlich für diesen Moment gekauft hatte, hervor. Sie waren eigentlich etwas teuer gewesen, aber jeden Cent wert, fand Georgie, und genau richtig für diesen Tag. Die schmalen Absätze waren nicht zu hoch, sieben Zentimeter nur, damit konnte sie noch souverän laufen. Taupefarbenes, noch makelloses Wildleder, schmiegte sich an ihren Fuß, die Form, vorne spitz zulaufend und mit einem zarten Riemchen um die Fesseln, gab dem Schuh eine verspielte Leichtigkeit. Zum Glück war sie damit bereits stundenlang in ihrer Wohnung auf und ab gelaufen, um am wichtigsten Tag ihres Lebens keine Blasen zu bekommen. So war sie: Immer perfekt vorbereitet.

»Georgina, beeil dich. Du willst doch nicht zu spät kommen«, rief ihr Verlobter Sebastian ihr vom Badezimmer aus zu. Sie gab ihm einen flüchtigen Kuss auf die frisch rasierte Wange und zog sich eilig, aber sorgfältig an. Als ob sie jemals zu spät gekommen wäre, ausgerechnet heute. Aber er hatte recht, sie sollte los, wenn sie auf dem Weg noch einen Kaffee holen wollte. Der morgendliche Coffee to go gehörte zu ihrem täglichen Ritual. Das würde ihr heute Glück bringen.

An der Straßenecke sprang sie schnell in Pedros Café. Nicht, dass Koffein ihrer Aufregung zuträglich gewesen wäre, aber es war eine der wenigen kleinen Sünden, die sie sich gönnte. Und vielleicht brauchte sie auch den Becher, um sich daran festzuhalten. Vor Aufregung schlug ihr das Herz bis zum Hals. Ihr Magen flatterte. Sie hatte die Beförderung verdient. Jetzt war sie an der Reihe!

»Guten Morgen, Pedro«, begrüßte sie den Barista freundlich. Es war eine Maxime von ihr, die Dienstleister, die sie regelmäßig aufsuchte, mit Namen zu kennen. Sie wohnte erst seit drei Monaten im Viertel, kannte aber schon den Barista Pedro mit seinem kleinen Café am Eck, Anyuta arbeitete in der Reinigung auf der gegenüberliegenden Straßenseite. Der Kioskbesitzer war der knurrige Lou und die Frau im Blumengeschäft hieß Annette. Samstags kaufte Georgie sich hier einen Strauß Tulpen und freute sich am Wochenende über den Anblick von frischen Blumen in einer hübschen Vase in ihrem neuen Zuhause. Als Sebastian und sie die Wohnung gemeinsam gekauft hatten, hatte es sich für Georgie angefühlt, als würde sie einen entscheidenden Schritt in ihrer Beziehung gehen. Eine schöne Wohnung in einem attraktiven Viertel, seit einem halben Jahr waren sie verlobt, nächstes Jahr dann die Hochzeit. Alles war, wie es sein sollte. Sebastian und sie kannten sich seit acht Jahren und gehörten zu den stabilen Paaren in ihrem Freundeskreis. Sie stritten selten und niemals vor Fremden. Sie waren beide ambitioniert bis ehrgeizig, gingen drei Mal pro Woche ins Fitnessstudio, am Wochenende besuchten sie regelmäßig Museen und sahen im Kino gern europäische Kulturfilme. Georgies beste Freundin Nathalie fand, sie seien das langweiligste Paar der Welt, aber Georgie lachte darüber nur. Immerhin hatte Nathalie sie beide miteinander bekannt gemacht.

Pedro riss sie aus ihren Gedanken und reichte ihr den Kaffee. Iced Mocha mit Sojamilch.

»Pedro, weißt du was, ich glaube, ich nehme noch einen von diesen Double Chocolate Muffins mit. Den hab ich mir verdient. Vielen Dank.« Sie gab dem Barista ein ordentliches Trinkgeld. Ein guter Kaffee konnte die Welt retten, davon war sie überzeugt. Sie hatte sich bereits vor dem Umzugstag nach einem Café für ihr morgendliches Ritual umgesehen und Pedro und seinen starken Kaffee sofort als Stammlokal ausgemacht. Sebastian zog sie damit immer auf, aber Georgie glaubte daran, dass der Mensch Struktur und Ordnung brauchte. Gewohnheiten entlasteten, hatte sie kürzlich in einem Fachjournal über Psychologie gelesen. Kaffee gehörte ihrer Meinung nach dazu. Mit dem Belohnungs-Muffin und dem Kaffee in der einen Hand winkte sie mit der anderen ein Taxi heran. Natürlich nahm sie normalerweise die öffentlichen Verkehrsmittel, aber mit den Schuhen – egal wie eingelaufen sie waren – wollte sie nichts riskieren. Auf der kurzen Fahrt zum Verlag ging sie ihre Dankesrede im Kopf zum wiederholten

Male durch. Die Worte hatte sie, ebenso wie das Outfit, schon vor Monaten vorbereitet. Sie würde witzig und charmant sein. Aber nicht übertrieben dankbar – sie hatte die Beförderung schließlich verdient und bekam sie nicht geschenkt.

Lächelnd schwebte sie durch den leeren Flur der Redaktion. Ihre Kollegen waren noch nicht da, die meisten würden erst in einer Stunde aufschlagen. Georgie legte den Mantel über ihren Stuhl, stellte den Kaffeebecher ab und steuerte direkt auf das Büro ihres Chefredakteurs zu. Sie strich den Rock glatt, holte Luft und trat noch immer lächelnd ein. Doch das sollte sich gleich ändern.

»Ich bin gefeuert?« Das vorfreudige Lächeln, mit dem sie in das Gespräch gegangen war und auf ihre Beförderung gehofft hatte, fiel ihr aus dem Gesicht. In ihrem Kopf drehte sich alles und es fiel ihr schwer, zu begreifen, was gerade passiert war. Sie hätte sich so einiges vorstellen können, aber eine Kündigung war ganz sicher nicht darunter! Ganz und gar nicht. In ihrem letzten Mitarbeitergespräch vor einem halben Jahr hatte man ihr diese Beförderung sogar in Aussicht gestellt! Eine Stelle, von der sie schon so lange träumte. Und das hatte sie noch härter, besser und vor allem mehr arbeiten lassen. Doch statt befördert zu werden, war sie nun eiskalt abserviert worden. Aber warum? Hatte sie ihre Arbeit nicht gut gemacht? Und ging es darum überhaupt? Man teilte Georgie schlicht mit, dass die Firmenleitung ihre Arbeit für verzichtbar halte. Jeder könne seine eigenen Texte Korrektur lesen, es gebe ja auch gute Apps dafür. Außerdem sei es wichtiger, das monatlich erscheinende Magazin am Leben zu halten und dafür müsse man es verschlanken. Das Heft brauche quasi eine Diät. Und dabei sei sie – leider, leider – verzichtbar.

»Natürlich bekommst du dein Gehalt wie vertraglich vereinbart noch drei weitere Monate«, versprach man ihr mit gönnerhaftem Blick. Man müsse sie allerdings mit sofortiger Wirkung freistellen, so leid es ihnen tue. Hier nickte Georgie langsam, sprachlos, fassungslos. So konnte es gehen: Plötzlich war sie überflüssiger Hüftspeck! Rechtschreibung, Faktencheck, das würde bei den großen Artikeln jetzt von einer externen Agentur übernommen werden. Die guten Ideen, die sie beisteuerte, würden ihre Fortbeschäftigung nicht rechtfertigen. Georgie fühlte sich nicht nur wie ein überflüssiges Pölsterchen, sie war eine riesige Speckrolle, die operativ entfernt werden musste.

Dreizehn Minuten, nachdem sie in ihrem Beförderungsoutfit den Verlag betreten hatte, kam sie in einem Entlassungsoutfit wieder raus, bepackt mit einem Karton mit ihren persönlichen Gegenständen. Die Praktikantin, die extra früher hatte kommen sollen, hatte die wenigen persönlichen Dinge aus Georgies Schreibtisch in einer Kiste verstaut und sie ihr in die Hände gedrückt, ohne ihr dabei in die Augen zu sehen.

»Nimm es nicht so schwer, Georgina. Du findest etwas anderes«, murmelte das junge Mädchen. Wie unangenehm! Was wusste die kleine Göre denn schon vom Leben? Sie kam wahrscheinlich direkt von der Uni und hatte doch keine Ahnung! Aber Georgie nickte mechanisch und ging mit erhobenem Haupt stumm an ihr vorbei. Sie wartete vor dem Aufzug, ihre Kehle war wie zugeschnürt. Sie musste nur noch aushalten, bis sie draußen war. Sie würde nicht hier in Tränen ausbrechen, wo jederzeit jemand vorbeikommen konnte, den sie kannte. Sie war stark. Sie würde diese Situation mit Würde meistern.

Draußen stellte sie den Karton auf einer Bank ein paar Meter vom Verlag entfernt ab und schnappte nach Luft. Sie atmete tief und heftig ein. Jetzt hätten die Tränen fließen können, sie taten es aber nicht. Was war gerade geschehen? Sie kramte nach ihrem Smartphone in der Handtasche. Sebastian war nicht zu erreichen, weil er in einem Meeting feststeckte, aber nach zwei Versuchen erwischte sie endlich ihre Freundin Nathalie.

»Jetzt beruhige dich erst mal. Was meinst du damit, sie haben dich gefeuert? Was ist aus deiner Beförderung geworden?« Nathalie war angemessen entsetzt, wie sich das für eine langjährige Freundin gehörte, die ihre eigenen ehrgeizigen Karriereziele genauso hartnäckig verfolgte wie Georgie und deshalb wusste, welches Ausmaß diese Katastrophe für Georgie hatte.

»Aus meiner Beförderung wurde eine Entlassung. Nathalie, was mache ich denn nun?« Georgie klemmte sich den Karton unter den Arm und hob die Hand, um ein Taxi anzuhalten. Sie wollte lieber nicht in der Nähe des Verlags gesehen werden. Nicht mit diesem entwürdigenden Karton in ihren Händen.

»Jetzt wirst du Folgendes tun: Schuhe kaufen.« Georgie lachte auf. Doch Nathalie ließ sich nicht beirren: »Was auch immer es ist, das beste Mittel gegen Sorgen ist, sich Schuhe zu kaufen. Dann isst du einen Teller Spaghetti. So richtig mit dicker Sahnesoße und echten Kohlenhydraten! Und sobald ich hier Schluss machen kann, betrinken wir uns.«

»Okay«, sagte Georgie und wusste, sie würde nichts davon tun. Das entsprach nicht ihrem Naturell: eskalieren, sich gehen lassen, Frustkäufe tätigen oder sich vormittags betrinken. Eher würde sie nach Hause fahren und sich umgehend auf die Suche nach einem neuen Job machen.

Georgie bezahlte den Fahrer und stand mit dem Karton im Arm vor ihrem Haus. Seit sie ein kleines Mädchen gewesen war, hatte sie von genau so einer Stadtwohnung geträumt. Es war die erwachsene Version eines Märchenschlosses. Fünf Zimmer, großes Wohnzimmer, modernes Bad, Holzdielen, hohe Wände … Verdammt, es gab darin ein Kinderzimmer, das derzeit noch Projektzimmer genannt wurde.

Jetzt aber schlich Georgie in ihre Wohnung, als würde sie einbrechen. Tagsüber war sie selten hier. Sebastian und sie hatten beide eine Sechzig-bis-siebzig-Stunden-Woche und aßen abends gern außer Haus, am Wochenende genossen sie das umfangreiche Kulturangebot der Stadt. Sonntags besuchten sie eines der zahlreichen Museen. Die Samstagabende wurden abwechselnd aufgeteilt in die von Georgie favorisierten Lesungen und die Klavierkonzerte, die Sebastian bevorzugte. Georgie stellte den Karton mit Notizbüchern und der Teetasse mit dem Emblem ihrer Universität ins Projektzimmer und schloss die Tür schnell wieder. In der Küche, in der abgesehen von ihrem Einzugsdinner eher selten gekocht wurde – schließlich gab es hier fantastische Restaurants und Lieferdienste –, bereitete sie sich einen beruhigenden Kräutertee zu. Während dieser zog, schlüpfte sie aus ihren Kleidern und zog etwas Bequemeres an. Sie würde das Outfit verbrennen! Kleiner Scherz, es hatte ein Vermögen gekostet, aber sie würde es definitiv in die hinterste Ecke ihres Kleiderschranks stopfen, damit sie es erst mal nicht mehr sehen musste. Unter ihrer Erschütterung verspürte sie zudem Scham. Was hatte sie falsch gemacht? Wie hatte es dazu kommen können? Vor allem: Wie hatte sie sich nur dermaßen irren können? Georgie grübelte darüber nach, ob es Anzeichen für ihre Entlassung gegeben hatte. Aber es fiel ihr einfach nichts ein. Sie hatte tadellos gearbeitet.

Als Sebastian abends endlich nach Hause kam, hatte Georgie sich wieder etwas gefangen. Natürlich hatten sie längst miteinander telefoniert.

»Hallo, Schatz«, rief Sebastian, als er zur Tür hereinkam und in seiner Stimme schwang ein liebevoller, tröstender Ton mit. Georgie lief ihm im Flur entgegen und bereitwillig öffnete Sebastian die Arme, um sie festzuhalten. Ein kleiner Seufzer entfuhr Georgie, ein Zugeständnis an ihre Situation.

»Erzähl mir alles noch mal von vorne«, forderte Sebastian sie auf und bugsierte sie sanft ins Wohnzimmer. Bevor sie ausholen konnte, um ihm jedes Detail zu berichten, sprang Sebastian auf, lief in die Küche und schenkte ihnen beiden ein Glas Wein ein. Dann setzte er sich neben sie aufs Sofa und blickte sie aufmunternd an.

»Es war so ... beschämend«, startete Georgie und nahm einen kleinen Schluck Wein. »Du weißt, noch vor ein paar Monaten hat man mir eine Stelle als Redakteurin in Aussicht gestellt. Und ich war so von mir überzeugt, dass ich absolut selbstsicher in das Gespräch heute Früh gegangen bin. Und dann das! Das Heft muss verschlankt werden. Meine Arbeit ist überflüssig. Ich bin überflüssig! Den ganzen Tag habe ich darüber nachgedacht, was ich falsch gemacht habe oder ob ich nicht gut genug war. Aber ...« Es schmerzte, diese Vermutungen auszusprechen.

»Georgina, nichts hast du falsch gemacht. So ein Unfug! Und mach dich doch jetzt nicht selbst so fertig«, unterbrach Sebastian sie und zog sie tröstend an sich. »Du wirst etwas Neues finden. Jetzt kommt es vor allem darauf an, wie du mit der Situation umgehst. Du kannst dich trauernd in die Ecke verkriechen oder du begreifst es als Chance! Wer weiß, ob sich nicht eine viel bessere Stelle finden lässt.«

Natürlich hatte Sebastian recht, dachte Georgie. Es würde sich eine Lösung finden. Es fand sich immer eine. Für eine fleißige, sehr gute, textsichere Wirtschaftspsychologin gab es gewiss eine neue Aufgabe. Vielleicht nicht in einer Redaktion, aber schreiben konnte sie immer noch in ihrer Freizeit, wenn sie wollte. Ein Job in der Wirtschaft wäre vermutlich sogar besser bezahlt. Also, auch wenn es schmerzte, sollte sie sich doch nicht zu sehr hängen lassen.

Am nächsten Morgen wachte Georgie wie gewohnt früh auf und brauchte einen Moment, um zu realisieren, dass sie nicht ins Büro fahren würde. Georgie schluckte schwer und kämpfte gegen das Gefühl der Leere an. Sie würde nicht untergehen. Dies war eine Chance, wiederholte sie in Gedanken das, was Sebastian zu ihr gesagt hatte. Es kam nur darauf an, wie sie mit der Situation umging. Also stand sie auf, glättete ihr lockiges Haar wie jeden Morgen und beschloss, sich mit Kaffee zu trösten.

In Pedros Café setzte sie sich an einen Fensterplatz und legte ihr Tablet zurecht. Sie würde eine Liste mit Kontakten anlegen. Alte Kommilitonen, ehemalige Kollegen, Professoren von der Uni … sie rief einige direkt an oder mailte ihnen und verabredete sich für die nächsten Tage. Die Kündigung verheimlichte sie ihnen. Vorerst. Sie behauptete, sich nur mal treffen zu wollen. Auf einen Kaffee, zum Lunch, Feierabendgetränk, nur um der alten Zeiten willen. Zum Plaudern. Ja, das hatte sie gesagt. Plaudern. Etwas, mit dem sich Georgie sonst nicht aufhielt. Sie war stets die Effizienz in Person. Aber sie hatte sich eine Strategie zurechtgelegt. Sie würde ihre Kontakte auffrischen und ganz dezent erwähnen, dass sie auf der Suche nach einer neuen Herausforderung war. So kam man doch an die Jobs, die unter der Hand vergeben wurden, oder? Ein paar Tage oder Wochen würde sie schon klarkommen. So hatte sie immerhin endlich mal die Zeit, das Projektzimmer aufzuräumen. Und den Vormittagskurs im Fitnessstudio zu belegen, mit dem sie liebäugelte. Und sie konnte Kaffee trinken und lesen. Nicht nur die Wirtschaftszeitungen, auch die Feuilletonbeilagen und sogar ein oder zwei Frauenzeitschriften. Kurze Zeit würde das gut gehen, vor allem, solange sie noch ihr Gehalt bekam.

»Meine Eltern geben uns einen Kredit, falls es eng wird mit den Raten für die Wohnung«, hatte Sebastian sie beruhigt. Georgie hatte jedoch entschieden den Kopf geschüttelt. Ein Kredit bei seinen Eltern, das kam nicht infrage. Sie hatte einige Rücklagen, das musste reichen, bis sie wieder einen Job hatte.

Zum Glück verdiente auch Sebastian als Steuerberater gut. Sie würden es schaffen, da war sich Georgie relativ sicher. Dennoch bat sie ihren Finanzberater um einen Termin, um mit ihm ihre wirtschaftliche Gesamtlage einmal genau zu betrachten. Nur zur Sicherheit, falls sie nicht innerhalb der drei Monate, in denen sie weiterhin Gehalt bekam, einen neuen Job finden würde.

»Soll ich wirklich nicht bleiben?«, fragte Sebastian Georgie an ihrem vierten Tag als Arbeitslose zum wiederholten Mal. Er musste für ein paar Tage zu einer Konferenz und hatte angeboten, die Geschäftsreise abzusagen, aber das kam für Georgie nicht infrage.

»Nein, fahr ruhig. Das ist wichtig für deine Firma. Ich komme schon klar. Ich treffe mich mit einer ehemaligen Kommilitonin, die in der Stadt ist, und dann habe ich ja den Termin bei der Bank. Für die nächsten Tage habe ich auch schon Pläne. Es gibt eine neue Ausstellung im Museum. Ich sehe das wie einen Mini-Urlaub in der Stadt. Das passt schon.« Georgie lachte und fand sich selbst sehr überzeugend dabei.

Wie in den vergangenen vier Tagen seit ihrer Kündigung auch, spulte sie ihre gewohnten morgendlichen Rituale ab. Sie glättete ihre Haare, schminkte sich, wählte sorgfältig ihre Kleidung aus. Sie zog extra die roten Ballerinas an, die sie in ihren Augen zu einer stilbewussten Frau machten, weil das knallige Rot im Kontrast zu schwarzer Hose und weißer Bluse deutlich hervorstach. Darin fühlte sie sich stark, selbstbewusst, nichts konnte sie in diesen Schuhen umwerfen. Genau dieses Gefühl brauchte sie zurzeit, das Gefühl, trotz der Kündigung alles im Griff zu haben. Alles sollte, soweit es ihr möglich war, ganz normal weiterlaufen. Also nahm sie auf dem Weg zur Bank auch ihren geliebten Mocha aus Pedros Café mit.

In der Bank musste sie nicht lange warten, bis sie zu ihrem Berater geführt wurde. Er hatte sie im vergangenen Jahr schon beim Kauf der Wohnung begleitet. Georgie erinnerte sich daran, dass sie ihm noch für die tolle Unterstützung damals hatte danken wollen. Jetzt war doch eine gute Gelegenheit, das einmal persönlich nachzuholen. Doch dazu kam sie nicht. Sie hatten sich kaum begrüßt, da ergriff er mit sorgenvoller Miene das Wort. »Frau Winter, gut, dass Sie hier sind. Als meine Sekretärin mir sagte, dass wir einen Termin haben, habe ich zur Vorbereitung Ihre Konten angesehen. Dabei fielen mir einige ungewöhnliche Transaktionen auf. Ich habe sofort die Sperrung der Gelder veranlasst.«

Georgie saß ihrem Finanzberater gegenüber und umklammerte erschrocken die Handtasche auf ihrem Schoß.

»Welche Transaktionen meinen Sie?«, fragte sie alarmiert nach.

»Von Ihrem Konto wurden zahlreiche kleinere Summen auf ein Konto im Ausland transferiert. So klein, dass sie einem leicht durchrutschen können bei der Durchsicht, aber in Summe dann doch … Na ja, lassen Sie uns gleich einmal gemeinsam schauen. Ich vermute, Sie wurden gehackt. Diese Internetkriminalität ist nicht aufzuhalten. Aber machen Sie sich keine Sorgen!«, beschwichtigte er sie väterlich. »Dagegen sind wir versichert und Sie bekommen die Gelder zurück. Wir haben Ihr Konto vorläufig gesperrt, sodass keine Abbuchungen mehr vorgenommen werden können. Aber keine Sorge, den Antrag auf Rückzahlung habe ich bereits für Sie ausgefüllt. In ein paar Tagen ist alles wieder wie vorher. Sie bekommen Ihr Geld zurück. Kein Grund zur Panik, Frau Winter«, wiederholte er.

Georgie konzentrierte sich auf ihre Atmung, als sie die Filiale verließ. Was, liebes Universum, willst du mir mitteilen, dachte sie und spürte, wie ihr Puls rasant anstieg. Das war etwas viel auf einmal. »Hast du noch was in petto, oder sind wir durch?«, knurrte sie atemlos. Ihr Handyklingeln riss sie aus den wütenden Verschwörungsgedanken.

»Universitätsklinik, Müller am Apparat, spreche ich mit Georgina Winter?«

Georgies Atem stockte. »Ja.«

Keine Minute später stand sie am Straßenrand und winkte sich ein Taxi heran. Hatte irgendjemand geglaubt, der Tag könne nicht noch schlimmer werden?

Mit großen Schritten hastete Georgie durch die aufschwingende Eingangstür und lief auf dem Krankenhausflur direkt in Nathalies Arme. Erleichtert fiel sie ihrer besten Freundin um den Hals. »Nathalie, was für ein Zufall, aber zum Glück bist du hier. Sebastians Taxi hatte auf dem Weg zum Flughafen einen Unfall. Das Krankenhaus hat mich angerufen. Es ist ihm nichts Schlimmes passiert. Nur ein gebrochener Arm und ein paar Prellungen. Das heilt alles wieder. Ich bin gerade auf dem Weg zu ihm. Wolltest du nicht heute früh zu deiner Schwester fahren? Und was ist mit deinem … Kopf?« Sie stockte und starrte Nathalie ungläubig an. Warum hatte ihre Freundin eine Platzwunde am Kopf? Und wieso war sie hier im Krankenhaus? Nathalie sah sie schweigend an und fing an zu weinen.

»Warum bist du eigentlich hier? Sag mir sofort, was los ist!«, verlangte Georgie. Ihre Freundin Nathalie hatte doch heute Vormittag wegfahren wollen, um auf ihre Nichten aufzupassen. Zumindest hatte sie genau das Georgie gegenüber behauptet. War es nur eine Ausrede gewesen? Nathalie und Sebastian waren Kollegen und hatten vormittags an einem wichtigen Meeting teilgenommen, danach hatten beide aufbrechen wollen. Nathalie zu Nina, Sebastian zu der Konferenz. Wieso weinte Nathalie? Warum benahm sie sich so komisch? Georgies Gedanken sprangen hin und her, doch langsam begriff sie, was hier vor sich ging. Das durfte nicht wahr sein! »Du warst gar nicht auf dem Weg zu Nina, stimmt's? Du warst mit Sebastian in diesem Taxi. Es gibt gar keine Geschäftsreise«, ergänzte sie tonlos.

Nathalie schluckte und gestand: »Nein, die gibt es nicht.«

KAPITEL 1

Mit dröhnenden Kopfschmerzen wachte Georgie auf. Für einen Moment schloss sie noch mal die Augen, in der Hoffnung, dass nichts von dem, was in den letzten Tagen passiert war, wirklich geschehen war. Nicht der Verlust des Jobs und das gesperrte Konto und nicht, dass ihr Verlobter offensichtlich eine Affäre mit ihrer besten Freundin hatte. Und das womöglich schon lang. Die wichtigsten Menschen ihres Lebens betrogen sie. Beide. Ihr Körper fühlte sich wie betäubt an. Ihre Erinnerungen sprangen zwischen den katastrophalen Ereignissen der letzten Woche hin und her.

Sie hatte das Krankenhaus auf der Stelle verlassen. Nathalie war ihr nachgelaufen, aber sie hatte sie weggestoßen und war davongeeilt. Sie hatte sich nicht damit auseinandersetzen wollen und war auch nicht dazu imstande gewesen. Aber wohin hätte sie gehen können? Ihre eigene Wohnung war ihr falsch vorgekommen. Vielleicht hatten Sebastian und Nathalie … sie konnte dort nie wieder sein, ohne sich die beiden in ihrer Küche, in ihrem Bett vorzustellen. Also hatte sie getan, was ein Mädchen in Krisenzeiten tat – ihre Eltern angerufen. Die beiden waren auf einer zweijährigen Weltreise und weilten gerade in Griechenland. Georgies Mutter hatte ihr ganzes Leben darauf gewartet und von all den exotischen Orten der Welt geträumt. Als Georgies Vater endlich in den Ruhestand ging, packten die beiden ihre Koffer, vermieteten das Haus und kauften das erste Ticket. Inzwischen hatten sie Tausende Kilometer zurückgelegt und schickten regelmäßig Fotos von sich mit den farbenfrohesten Cocktailgläsern in der Hand. Sie waren gebräunt, entspannt und glücklich. Georgie hatte ihnen bislang nichts von der Kündigung erzählt, weil sie die beiden nicht beunruhigen wollte. Sie sollten ihre Reise genießen. Aber jetzt war es nicht anders gegangen. Georgie hatte einfach nicht gewusst, wohin sie gehen sollte.

Ihre Mutter hatte vorgeschlagen, ein Hotel in Frankfurt für Georgie zu buchen und mit dem nächsten Flug zurückzukommen, um ihr beizustehen.

»Nein«, hatte Georgie gestammelt, »nein, das geht nicht. Ich muss weg hier.«

Die schnellste Lösung war gewesen, dass sie für ein paar Tage zu ihrer Tante Vera zog. Es war ihre einzige Verwandte in der Nähe, sie lebte nur ein paar Stunden mit dem Zug entfernt. Also hatte Georgie von ihrem letzten Bargeld ein Ticket nach Freiburg gekauft, ihre Tante angerufen und darum gebeten, ein paar Stunden später dort abgeholt zu werden.

Tante Vera war die »verrückte« Schwester ihres Vaters, na ja, nicht wirklich verrückt, nur sehr … speziell. Sie lebte etwa eine Stunde von Freiburg entfernt in ihrem großen Elternhaus, das sie wie eine zerrissene Hose immer wieder stellenweise flickte. Es sah aus, als würde es nur von Spucke und ein paar Nägeln zusammengehalten. Georgie war seit Jahren nicht mehr dort gewesen. Ihr Vater hatte mehrfach angeboten, finanziell zum Erhalt des Hauses beizutragen, doch davon wollte Vera nie etwas wissen. Sie war sehr eigen, was das betraf. Sie war überhaupt sehr eigen. Als Georgie ein kleines Kind gewesen war, hatte sie einmal heimlich beobachtet, wie ihre Tante am ersten warmen Frühlingstag nackt durch den Garten sprang und dem Universum dankte für die Sonne, die Blumen und die Bienen. Manchmal sprach sie mit dem Universum, ein anderes Mal beschwor sie die Götter des Waldes. Sie zog ihre eigenen Kräuter und verpackte sie als Mischungen, denen sie Namen gab wie »Aphrodites Vermächtnis«, »Waldgeistergeheimnis« oder »Hexenkraut«. Aber sie hatte auch ein großes Herz für alles und jeden, war fast immer fröhlich, begeisterungsfähig und neugierig. In ihrer Schrulligkeit war sie so liebenswert, dass man ihr die paar Macken gern nachsah.

»Natürlich, Liebes. Ich hole dich vom Bahnhof ab«, hatte Vera geantwortet, ohne Fragen zu stellen. Und das, obwohl Georgie sie mehrere Jahre nicht gesehen hatte. Auf Tante Vera war eben Verlass.

Nur wenige Stunden später saß sie also in einem klapprigen Volvo, eine Thermoskanne mit Kräutertee in der Hand.

»Trink mal einen großen Schluck! Das wird dir guttun«, forderte Vera ihre Nichte auf und tätschelte ihr gutmütig den Arm. Mechanisch schraubte Georgie den Deckel ab, goss sich etwas ein und probierte vorsichtig einen Schluck. Hopfig, bisschen bitter, mit einer Note Lavendel. Weil es von ihr erwartet wurde und weil es tatsächlich guttat, trank sie den Becher aus. Und einen weiteren. Der Tee machte sie müde. Im Haus angekommen, dirigierte ihre Tante sie direkt nach oben in ein Zimmer, in dem bereits ein Bett für sie bezogen war. Vor Erschöpfung nahm Georgie die Umgebung kaum wahr, weder das Knarren der Stufen noch die spartanische, aber behagliche Einrichtung. Mit letzter Kraft schlüpfte sie aus Schuhen und Hose und kroch unter die große Decke, die auf dem Bett lag.

Am nächsten Morgen schlug sie fröstelnd die Augen auf und nahm erstmals überhaupt den Raum um sich herum wahr. Das schmale Bettgestell war aus Eisen, über dem Gestänge am Fußende hing ordentlich zusammengefaltet eine vanillegelbe Häkeldecke. Neben dem Bett stand ein kleiner, alter Nachttisch, auf dem sich ein hellblauer Krug mit frischen Gartenblumen befand. Am Rand hatte er eine Macke. Georgie streckte die Hand aus und berührte vorsichtig die angeschlagene Stelle. Sie war noch nicht bereit, das Bett zu verlassen, und zog die Häkeldecke vom Fußende über ihre Bettdecke. Mit einem Seufzen genoss sie die sich ausbreitende Wärme. Es dauerte keine Minute, da war sie wieder eingedöst.

Zwei Stunden später erwachte sie erneut. Egal, wie gern sie im Bett liegen bleiben und sich bemitleiden wollte, es gab dringendere Bedürfnisse. Sie wickelte die gelbe Wolldecke um ihren Körper und schlich aus dem Raum.

Auf dem Flur sah sie sich um. Hinter einer der Türen befand sich das Badezimmer. Sie war zwar als Kind ab und an zu Besuch gewesen, aber das war lange her. Und später hatte sie für eine Reise hierher nur selten Zeit gefunden, die Schule, dann die Uni und natürlich ihre Arbeit, irgendwas war immer. Die Verwandtschaft traf sich ohnehin meist bei Georgies Eltern. Was kein Wunder war. Auf ihre Art war Vera wirklich gewöhnungsbedürftig. Sie war zwar durchaus unterhaltsam, aber man wusste nie, welchen Hokuspokus sie sich wieder ausgedacht hatte. Niemand wäre verwundert gewesen, wenn Vera nachts bei Vollmond irgendwelche Zaubersprüche ausprobiert und dabei aus Versehen das Haus in Brand gesteckt hätte. Ihr war einfach alles zuzutrauen. Der Rest der Verwandtschaft blickte belustigt auf Vera, ging ihr aber lieber aus dem Weg. Außerdem lag das Haus ihrer Eltern für alle strategisch besser, es war gut zu erreichen, während dieses hier tief im Nirgendwo lag. Nichtsdestotrotz war Georgie das alte Haus vertraut. Wenn sie denn jetzt nur das Badezimmer fand! Der Flur war lang und alle Türen verschlossen. Sie zählte. Es musste die dritte sein. Behutsam drückte sie die Klinke hinunter und öffnete die Tür einen Spaltbreit, dahinter befand sich jedoch nur eine Abstellkammer voll mit Putzutensilien. Sie probierte es bei der nächsten. Und erschrak. Sie hatte tatsächlich das Badezimmer gefunden. Drinnen saß jedoch ein halb nackter Mann auf dem Badewannenrand, hinter ihm in der Badewanne stand ihre Tante. Sie trug ein Nachthemd und Leggins, die sie bis zu den Knien hochgerollt hatte.

»Verzeihung!« Georgie drehte sich um und wollte die Tür schließen. Ach du meine Güte. War das peinlich!

»Komm rein, Georgie.« Tante Veras Stimme klang belustigt. Georgie schloss für einen Moment die Augen, wappnete sich für das, was da im Badezimmer vor sich ging.

»Entschuldigt bitte, ich wollte nicht stören. Das Bad … ich wollte Zähne putzen und … Aber ich kann auch nach unten gehen«, stammelte sie und klammerte die Decke noch fester um sich.

»Jetzt komm erst mal rein, wir beißen nicht. Das ist mein Freund Tom.« Georgie warf den ersten längeren Blick auf ihn. Braune, lockige Haare kräuselten sich nass um einen kantigen Kopf. Die Schläfen und die Augenbrauen waren schon leicht ergraut. Er hatte dunkle Augen, die sie interessiert musterten. Der Bartschatten auf dem strengen Kinn gab ihm ein unverschämt männliches Aussehen. Vielleicht lag es aber auch an den breiten Schultern, den nackten breiten Schultern. So sahen keine Muskeln aus dem Fitnessstudio aus, das waren ehrlich erarbeitete Muskeln. Seine Arme waren lang und sehnig, die Hände groß, vernarbt und dunkel. Er trug eine schmutzige Jeans, die ihm locker auf den Hüften saß. Georgie merkte, wie sie ihn anstarrte, und sah beschämt auf den Boden.

»Hallo, Tom«, sagte sie höflich. Er antwortete knapp: »Du musst Georgie sein.«

Vera klapperte mit einer Schere in ihrer Hand. »Ich verpasse Tom gerade einen neuen Haarschnitt. Das zuzulassen ist sehr mutig von ihm, ich hab nämlich noch nie jemandem die Haare geschnitten. Außer 1974, damals hatte ich einen Pony, der mir immer in die Augen fiel. Aber ich schätze, das ist bereits verjährt.« Sie kicherte und Tom brummte leise zustimmend. »Deine Tante ist ein Schatz.« Der Blick, den er Vera zuwarf, war voller Zuneigung. Seine Augen blitzten vergnügt.

Georgie nickte automatisch. Was ging hier vor sich? Hatte ihre Tante einen Liebhaber, einen wesentlich jüngeren Liebhaber? Georgie schätzte den Mann auf Anfang vierzig, ihre Tante war locker zwanzig Jahre älter als er. Nun, es waren eben neue Zeiten und da war ja auch nichts Verwerfliches daran.

»Tom hilft mir mit dem Haus. Er wohnt drüben im Wald, ein paar Kilometer von hier entfernt. Wenn wir zu viel Wein trinken, bleibt er manchmal über Nacht. Nicht, dass ihm noch etwas passiert auf dem Heimweg.« Vera klopfte ihm liebevoll auf die Schultern. »Das wär's. Ich bin gespannt, wie es aussieht, wenn sie trocken sind.«

»Ich auch. Danke, Vera.« Er stand auf, beugte sich nach unten und küsste Vera auf die Wange. Erst da bemerkte Georgie, wie groß er war. Er überragte ihre Tante um eineinhalb Köpfe und auch sie selbst, obwohl sie nicht gerade klein war, musste nach oben blicken. Die feuchten, sich wellenden Haarsträhnen verrieten noch nichts über das Endergebnis. Georgie gab sich einen Ruck, sie war in diesem Badezimmer fehl am Platz. Sie wollte Vera um eine Zahnbürste bitten und machte einen Schritt auf sie zu, dabei prallte sie mit Tom zusammen. Beide wichen zur gleichen Seite aus, dann zur anderen und stießen immer wieder zusammen. Vera stand in der Badewanne und beobachtete vergnügt das Schauspiel. Tom griff nach Georgie und drehte sie sanft, aber bestimmt an seiner rechten Seite vorbei. Er hob ein graues, verwaschenes T-Shirt auf, das unachtsam auf den Boden geworfen worden war. Dann ließ er die beiden Frauen allein.

»Äh«, riss Georgie sich zusammen, »hast du eine Zahnbürste für mich? Ich habe gar nichts mitgebracht.« Vera nickte, öffnete ein Schränkchen und gab ihr eine neue, noch verpackte Bürste. Dann ließ sie ihre Nichte im Bad allein. Georgie blickte sich im Spiegel an. Ihre Augenlider waren geschwollen, sie sah schlecht aus, das Make-up von gestern noch im Gesicht, nicht unbedingt an den Stellen, an die es gehörte. Ihre Augen blickten leer zurück. Georgie wandte sich lieber ab, wusch sich das Gesicht mit kaltem Wasser und ging dann nach unten, noch immer eingehüllt in die Wolldecke.

»Da ist ja unser Gast.« Vera saß mit einer Frau am Küchentisch. Beide hatten große, getöpferte Tassen in den Händen. Der Mann von vorhin war nicht mehr hier, zumindest nicht in der Wohnküche. Die andere Frau war etwa im selben Alter wie Georgies Tante Vera, sie trug ihr silbern schimmerndes Haar raspelkurz. Eine lange Narbe zierte eine Seite ihres Kopfes. Sie trug keine Schuhe und hatte es sich im Fersensitz auf dem Hocker offenbar gemütlich gemacht. Ihr Körper war schlank, fast schon ausgezehrt. Man sah ihr die Reife im Gesicht an, das von tiefen Falten durchzogen war. Freundliche Augen musterten Georgie aufmerksam, ihr Blick war liebevoll, obwohl sie die junge Nichte ihrer Freundin kaum kannte.

»Komm, setz dich zu uns. Möchtest du auch eine Tasse Tee?« Vera klopfte auf den dritten Stuhl am Tisch und erhob sich, um einen Becher für Georgie zu holen.

»Habt ihr euch schon mal getroffen? Iris, das ist meine Nichte Georgie. Sie hat Ärger mit dem Universum und bleibt für ein paar Tage bei uns. Georgie, darf ich dir meine Freundin

Iris vorstellen? Sie wohnt in dem hintersten Zimmer hier unten.« Vera zeigte zwischen den beiden hin und her. Georgie erinnerte sich dunkel daran, Iris schon mal gesehen zu haben, damals mit längeren Haaren. Soweit sie wusste, waren sie und Vera seit Jahrzehnten Freundinnen und im Alter zusammengezogen, um weniger allein zu sein und das große Haus ihrer Tante in Schuss zu halten. Georgie versuchte ein höfliches Lächeln, Iris legte ihre schmale Hand auf Georgies Unterarm und drückte ihn sanft.

»Wir haben alle mal Ärger mit dem Universum. Es gibt keinen besseren Ort als diesen, um sich zu versöhnen mit dem Leben.« Normalerweise hätte Georgie diese leicht esoterische Vorstellungsrunde befremdlich gefunden, aber sie war noch immer benommen von den Ereignissen und hörte ohnehin kaum zu. Zusammengesunken saß sie auf dem Stuhl und legte im Reflex die Hände zum Wärmen um die Teetasse, die Vera vor ihr abgestellt hatte. Die Situation hatte etwas Tröstliches, so mit den beiden älteren Frauen und dem duftenden Tee. Nur konnte sie noch keinen Trost empfinden, dafür war sie zu verletzt und zu überwältigt von dem, was sie zu verarbeiten hatte.

Es dauerte drei Tage, bis Georgie ihrer Tante in allen Einzelheiten erzählen konnte, was vorgefallen war. An dem Abend, als sie angekommen war, hatte sie nur verzweifelt mit brüchiger Stimme gefragt, ob sie über Nacht bleiben konnte. Den ersten Tag hatte sie überwiegend verschlafen. Den zweiten unter der Wolldecke auf der Veranda verbracht und auf das Wäldchen am Horizont gestarrt. Als ihre Glieder kalt und steif waren, hatte sie wieder ihr Bett aufgesucht. Erst als sie am dritten Tag morgens aufgestanden und nach unten gegangen war, brach die Geschichte unvermittelt aus ihr heraus. Und endlich kamen auch die Tränen. Es war eine Erleichterung für Georgie. Sie spürte, wie der Druck auf ihrer Brust nachließ und sich entlud. Über einer Tasse Tee erzählte sie ihrer Tante von der überraschenden Kündigung, von dem Betrug durch ihre Freundin, und dass sie handlungsunfähig war, weil ihr Konto kurzfristig eingefroren war. Sie war überflüssig, betrogen worden und pleite.

»Wo soll ich denn hin?«, fragte Georgie leise und zog die Nase schniefend hoch.

»Du kannst bleiben, solange du willst, Georgie. Bei mir hast du immer ein Zuhause.« Vera tätschelte ihrer Nichte liebevoll die Schulter.

»Aber irgendwann werde ich mich dem Chaos stellen müssen. Ich brauche einen neuen Job, ich muss mit Sebastian klären, wie wir mit unserer Wohnung verfahren. Und mit Nathalie sprechen. Wieso hat sie mir das angetan?« Georgie kämpfte erfolglos gegen die Tränen. Sie war noch nicht bereit, sich diesen Aufgaben zu stellen. Aber das Wissen, dass sie der Situation nicht für immer entkommen konnte, lag ihr schwer auf der Seele.

»Ja, das musst du. Aber noch nicht heute und auch nicht morgen. Die Zeit wird kommen, wenn du bereit bist. Und so lange kannst du bei Iris und mir bleiben. Im Laden kann ich gut deine Hilfe gebrauchen. Von diesem Haus ganz zu schweigen.« In diesem Haus, dachte Georgie, brauchst du mehr als meine Hilfe. Das Haus ihrer Großeltern war heruntergekommen, das Dach vermutlich an einigen Stellen undicht, die Farbe an der Außenwand blätterte ab. Die Möbel waren abgenutzt und die bunten Teppiche, mit denen Vera offenbar versuchte, die verkratzten Dielen zu verbergen, waren selbst durchgescheuert. Doch viele kleine Details machten es auf eine eigenwillige Weise heimelig. Die bunten, gemütlichen Kissen auf Sofa und Sesseln, die Wolldecken, die sich überall stapelten. Auf den Fensterbänken standen Schalen mit getrockneten Blüten und Kräutern, die einen angenehmen Duft verbreiteten.

Dicke Kerzen auf den Tischen würden, wenn der Abend dämmerte, ein wohliges warmes Licht spenden. Georgie fühlte sich erstaunlich wohl, es roch nach Geborgenheit und Zuhause. Dennoch war nicht zu übersehen, dass im Haus dringend ein paar Reparaturen gemacht werden mussten, wenn die Bewohner weiterhin hier leben wollten. Heute fühlte sie sich nicht in der Lage dazu, mit anzupacken. Morgen vielleicht. Sie konnte mal gründlich durchputzen, obwohl ihr das Haus zwar etwas vernachlässigt, aber nicht dreckig vorkam. Jemand musste allerdings mal die Holzdielen schleifen und ölen, die Tapeten erneuern, Türen und Fensterrahmen streichen, aber das waren keine Arbeiten für Georgie. Sie konnte vielleicht – eventuell! – gut mit Worten umgehen, aber handwerklich war sie ganz sicher eine Niete. Was ihr erneut zeigte, wie überflüssig sie mal wieder war. Sogar hier. Und wieder kamen ihr die Tränen. Jetzt, wo sie erst mal mit dem Weinen angefangen hatte, konnte sie kaum noch damit aufhören.

»Hier. Mach dich nützlich!« Vera reichte ihrer Nichte einen Korb mit Wollresten, die sich ineinander verheddert hatten. Ein dichtes, wolliges Durcheinander. Vera hatte ihrer Nichte jetzt einige Tage beim Trauern zugesehen. Und auch wenn sie die Trauerphasen kannte, akzeptierte und Georgie zu nichts drängen wollte, konnte sie das müde, blasse Gesicht und die vielen Tränen nicht länger ertragen, ohne etwas zu unternehmen. Ihrer Meinung nach durfte sich Georgie auch weiter in ihrem Elend suhlen, dazu hatte sie jedes Recht. Aber sie konnte dabei ruhig einen Korb voll Wolle entwirren. Georgie starrte auf das Wirrwarr, das ihre Tante ihr, garniert mit einem aufmunternden Schulterklopfen, auf den Schoß gestellt hatte. Sie zupfte lustlos an den Fäden. Der Knoten war faustgroß.

»Soll das ein Sinnbild für mein Leben sein?« Die vielen Tränen, die Georgie mittlerweile vergossen hatte, hatten ihre

Haut gereizt und gerötet, ihre Locken waren strähnig und zu einem nachlässigen Dutt gedreht. Da sie nur mit der Kleidung, die sie an dem Tag getragen hatte, nach Freiburg gefahren war, hatte sie sich von ihrer Tante eine zerschlissene Jeans geliehen und ein Männerhemd übergezogen, das sie im Bad gefunden hatte. Wem auch immer das gehörte. Iris und Vera waren beide zu zierlich für das große Flanellhemd. Vermutlich hatte es Tom im Haus vergessen. Aber es war besser als das, was ihre Tante ihr sonst hätte anbieten können. Vera hatte ein merkwürdiges Faible für Spitzennachthemden, die vermutlich ihrer eigenen Mutter gehört hatten. Sie zog sie über alles. Alte Hemden, T-Shirts, selbst über Pullover.

»Nein, so subtil wäre ich niemals. Das ist nur etwas, zu dem ich nie komme und das gemacht werden kann. Eine wunderbare Geduldsarbeit für jemanden, der Zeit hat, auf der Veranda herumzusitzen.« Vera lehnte sich an die Küchenzeile und lächelte ihrer Nichte aufmunternd zu.

»Bin ich dir im Weg, Tante Vera?« Georgies Stimme zitterte leicht und Vera befürchtete einen neuen Tränenguss.

»Nein, Liebes. Überhaupt nicht. Du darfst hier sitzen und so viel und so lange weinen, wie du möchtest. Aber statt stundenlang auf den Horizont zu starren, könntest du auch in diesen Korb starren und mir dabei helfen, diese Wollreste voneinander zu lösen.«

»Okay«, antwortete Georgie resigniert und zupfte an einem blauen Faden.

Etwa eine halbe Stunde später hatte Georgie alle Fadenenden um sich herum auf dem Boden ausgebreitet, der verknotete Klumpen lag in der Mitte. Wie Sonnenstrahlen in den Farben des Regenbogens liefen sie auseinander und Georgie hockte mit angestrengt gerunzelter Stirn davor. Faden für Faden brachte sie Ordnung in dieses Durcheinander. Ehrgeiz hatte sie gepackt. Ab und an kam Vera vorbei, um nach ihr zu sehen, und musste lächeln, als sie den konzentrierten, entschlossenen Ausdruck im Gesicht ihrer Nichte sah. Keine Tränen! Das gefiel ihr schon viel besser. Leise stellte sie eine Tasse Tee für Georgie ab und ließ die Fleißige allein.

Weitere zwei Stunden später hatte Georgie nicht nur den verknoteten Wollklumpen entwirrt, sondern auch alle Fäden zu ordentlichen Knäueln gewickelt und diese wieder in den Korb gelegt. Befriedigt und erschöpft blickte sie auf ihr Werk. Sie hatte den ganzen Nachmittag über nicht an ihre verfahrene Situation gedacht. Das hatte gutgetan. Georgie atmete tief durch und strich vorsichtig über die unterschiedlichen Kugeln. Sie kannte sich nicht mit Wolle aus, aber sie sah und spürte die Unterschiede der Garne. Manche kratzten, einige waren weich, andere wiederum hatten kleine flauschige Fäden am Hauptstrang. Georgie gefiel, wie sich jede einzelne Art anfühlte, und sie bewunderte die Vielfalt der Farben.

Die Hände im Wollkorb vergraben, seufzte sie. Sie konnte sich hier verkriechen, das wusste sie. Aber sie konnte nicht länger nur herumsitzen und gar nichts tun. Davon würde ihre Situation nicht besser werden. Wenigstens das hatte sie begriffen.

»Vera!«, rief sie laut und präsentierte ihrer Tante stolz den Korb mit den bunten Wollknäueln. Diese nickte anerkennend.

»Das hat irgendwie gutgetan. Hast du noch mehr für mich, was ich erledigen kann?«, fragte Georgie vorsichtig. Sie wollte sich nicht zu weit aus dem Fenster lehnen mit ihrem Hilfsangebot. Doch bestimmt gab es noch andere Arbeiten, die nicht gleich so groß und umfassend waren wie Tapezieren oder den Boden abschleifen. Vera legte die Kartoffel, die sie gerade schälte, zur Seite und wischte sich die erdigen Hände an den Hosenbeinen ab.

»Sicher. Hier gibt es viel zu tun. Sehen wir mal, ob wir etwas für dich finden. Kannst du nähen? Es müssen dringend ein paar Lavendelsäckchen, die ich im Laden verkaufe, hergestellt werden. Fünfzig Stück, um genau zu sein.« Vera hatte den Lavendel über den Winter getrocknet und es stand nun an, ihn in kleine Stoffbeutel abzufüllen. Doch Georgie schüttelte den Kopf.

»Stopfen?«, schlug Vera vor. Irgendwo hatten sich mehrere Wollsocken und Schals angesammelt, die sie ausbessern wollte. Motten waren elende Lochfresser! Dagegen halfen Lavendelsäckchen, aber die musste sie ja schließlich erst nähen.

»Leider auch nicht.« Georgie verließ der Elan. Eigentlich konnte sie gar nichts, außer Zahlen hin und her zu schieben und Kommafehler zu korrigieren.

»Vielleicht kann ich dir bei der Buchhaltung im Laden helfen? Oder etwas aufräumen. Putzen … Ich bin handwerklich eher unbegabt. Es tut mir leid, Tante Vera. Ich bin dir inzwischen sicher eine Last.«

»Papperlapapp. Heute Abend bringe ich dir das Häkeln bei. Dann kannst du die Wolle, die du gerade sortiert hast, gleich verarbeiten. Und bis dahin kannst du mir helfen, den Tisch zu decken. Tom kommt auch vorbei. Wir sind heute also zu viert.«

»Okay.« Georgie krempelte die überlangen Arme des Hemdes noch ein Stück weiter hoch und öffnete die Küchenschränke auf der Suche nach Tellern. Vielleicht fand sie sogar vier Stück ohne Macken, wenn auch nicht farblich zusammenpassend. Ihre Tante stand auf Trödel. Georgie hatte sich zum Einzug in die neue, gemeinsame Wohnung mit Sebastian von ihren Eltern ein wunderschönes, edles Porzellanservice gewünscht. Sie schob den Gedanken schnell wieder beiseite, da ihr bei der Erinnerung daran erneut die Tränen kamen.

»Was nicht heißt, dass du mir nicht trotzdem bei den Rechnungen im Geschäft helfen musst. Zahlen sind wirklich nicht meine Sache.« Vera drohte ihr spaßeshalber mit dem

Kartoffelschäler und tanzte dann summend ein paar Schritte durch die Küche.

Mit wenig Appetit stocherte Georgie im Kartoffelauflauf herum. Sie war erschöpft von den Tränen des Vormittags und ihrer Aufgabe am Nachmittag. Aber es schien niemanden zu stören, dass sie schweigend am Tisch saß. Iris und Vera unterhielten sich angeregt mit Tom über den neusten Klatsch aus dem Dorf. Georgie blendete die drei aus. Ihre Gedanken kehrten immer wieder zu Sebastian und Nathalie zurück, sosehr sie auch versuchte, das zu vermeiden. Leise tropfte eine Träne auf ihren Teller. Schließlich richtete Tom das Wort an sie.

»Hast du Veras Laden eigentlich schon gesehen?«, fragte er.

Verstört sah sie ihn an und schüttelte dann den Kopf.

»Das solltest du aber schleunigst nachholen. Er ist wirklich etwas ganz Besonderes. Die Regale habe ich mit dem alten Frank gebaut. Es kommen einige Touristen auf dem Weg zum Wandern durchs Dorf und nutzen die Gelegenheit, um eine Pause zu machen und Andenken zu kaufen. Das ist gut für die Gegend hier.« Sie nickte und wusste nicht, was sie sagen sollte. Vera sprang ihr bei und ergriff Toms Hand.

»Georgie kann in den nächsten Tagen ja mal vorbeikommen und deine Regale bestaunen«, neckte sie Tom liebevoll und drückte seine Hand. Tom zog ihre Finger für einen Kuss an den Mund und lachte laut auf. Es war ein tiefes, männliches Lachen, das Georgie in seinen Bann zog. Sebastian hatte nie besonders herzlich gelacht. Aber sein selbstsicheres Lächeln hatte sie immer gemocht. Und noch eine Träne rann über ihre Wange. Sie wischte sie ärgerlich weg und stand auf.

»Möchte jemand einen Kaffee? Espresso? Hast du welchen, Vera?«, fragte Georgie und trug ihren Teller in die Küche.

»Nur den Getreidekaffee, den du nicht magst. Aber du kannst einen meiner berühmten Verdauungstees aufbrühen. Er ist in der blauen Dose auf der Fensterbank. Und im Kühlschrank sind noch ein paar von den Schoko-Cranberry-Nuss-Kugeln. Ich überlege, ob ich sie im Laden anbieten soll. Die Wanderer brauchen schließlich Energie, wenn sie durch den Wald laufen wollen. Ihr könnt meine Testesser sein«, rief Vera ihrer Nichte hinterher und machte keinerlei Anstalten, ihr beim Abräumen zu helfen. Es war gut, wenn Georgie beschäftigt war. Sie hatte sie schweigen lassen, sie ließ sie weinen. Doch heute hatte sie entdeckt, dass Georgies Tränen versiegten, wenn sie etwas zu tun hatte. Das war gut, sie würde ihr ein paar Aufgaben übertragen, Georgie würde nicht Nein sagen. Dafür war sie zu höflich. Vera beobachtete überrascht, wie Tom ihrer Nichte lange hinterherblickte. Oha! Das konnte ja heiter werden.

Nachdem Georgie Tee und Snacks serviert hatte, zogen die vier ins Wohnzimmer um. Tom entfachte ein Feuer im Kamin und ließ sich dann in einen durchgesessenen, tiefen Sessel sinken. Er streckte die langen Beine von sich und brummte zufrieden. Georgie bemerkte, wie selbstverständlich er sich hier bewegte, als würde er hier wohnen. Vera strich ihm im Vorbeigehen ganz selbstverständlich zärtlich über den Kopf und nahm dann neben Georgie auf dem Sofa Platz. Im Schaukelstuhl hatte es sich Iris mit einer bunten Decke auf dem Schoß bequem gemacht, die Augen müde geschlossen. Mit einer dicken Häkelnadel in der Hand saß Georgie auf dem Sofa und versuchte, die angekündigte Lehrstunde abzuwehren, aber ihre Tante war unerbittlich.

»Wir fangen mit Luftmaschen an. Mach eine Schlaufe wie ich, schau zu.« Vera schlang den Doppelfaden gekonnt von unten durch einen Kreis und Georgie tat es ihr nach. Beim ersten Mal rutschte ihr die Wolle von den Fingern, aber dann klappte es.

»Sehr gut«, lobte Vera ihre zweifelnd dreinschauende Nichte. »Und jetzt nimmst du die Nadel dazu. Du hältst sie in dieser Hand.«

Routiniert zeigte Vera ihr, wie man sich die Wolle am besten um die Finger wickelte. Dann demonstrierte sie ihr Schritt für Schritt, wie man die Häkelnadel mit der anderen Hand führte und den Faden durch die Schlaufe zog. Tatsächlich gelang es Georgie schon nach wenigen Versuchen, eine lange Schlange aus Luftmaschen zu häkeln. Das gehöre zu den Grundschritten, erklärte Vera und lobte Georgie ausführlich. Als Nächstes zeigte sie ihr, wie man im Kreis häkelte. Georgie konzentrierte sich so auf ihre Arbeit, dass sie gar nicht mitbekam, dass Tom die schlafende Iris aus dem Schaukelstuhl hob und in ihr Bett brachte. Erst als er zurückkam und Vera auf die Stirn küsste, nahm sie ihn wieder wahr.

»Gute Nacht, ihr zwei Hübschen«, raunte er leise und Vera drückte seine Hand, die vertraulich auf ihrer Schulter ruhte. »Wir sehen uns die Tage.«

Georgie nickte ihm zu und widmete sich wieder ihrer Häkelarbeit. Sie erkannte das Muster, das ihre Tante ihr beizubringen versuchte. Es fing mit einem kleinen Kreis in der Mitte an. Mit jeder Runde wuchs das Häkelteil. Vera zeigte ihr den Trick, wie man aus dem Kreis nach und nach ein Quadrat erstellte, indem man in eine Masche zweifach einstach und die Ecken aus Luftmaschen gestaltete. Aus diesen kleinen Quadraten – genannt Granny Squares – entstanden mit viel Wolle und noch mehr Geduld große, warme Decken. Im Haus gab es eine Vielzahl davon, auf jedem Sessel und Sofa fanden sich welche, in jedem Schlafzimmer lag mindestens eine, oft sogar mehrere für die kühlen Nächte. Ihre Tante, das wusste sie, verkaufte sie auch in ihrem Laden. Vera sagte, sie könne Hilfe bei den Bestellungen vertragen. Obwohl Georgie noch sehr langsam und verkniffen häkelte, nahm das kleine, runde

Teil langsam wirklich eine quadratische Form an und wurde zu einem klassischen, einfachen Granny Square.

»Siehst du, das machst du ganz wunderbar«, lobte Vera und jubelte vor Begeisterung. »Nur noch 160 weitere und schon kann man sie zu einer Decke verbinden. Du solltest eine für dich häkeln. Die zwei, drei Aufträge kann ich auch selbst abarbeiten. Aber eine eigene Decke bewirkt Wunder! Du wirst es erleben.«

KAPITEL 2

Eine Woche, nachdem Georgie in Veras Haus eingezogen war, saß sie in eine dieser geliebten Wolldecken eingewickelt auf der Veranda und häkelte fleißig vor sich hin. Seit sie das einfache Muster kapiert hatte, ging es ziemlich schnell. Sie stürzte sich beinahe manisch in die Arbeit. Beim Häkeln konnte nichts schiefgehen. Selbst wenn sie einen Fehler machte, war der meistens schnell behoben, indem sie die letzte Runde einfach auftrennte und von vorne begann. Wenn doch nur alles im Leben so einfach gewesen wäre wie ein Granny Square! Job verloren? Einfach aufribbeln und von vorne beginnen. Mann verloren? Sanft an der Wolle ziehen und einen Neuanfang starten.

Für die Häkelei wählte Georgie nach Lust und Laune ein paar Farben aus dem Restehaufen aus, schlang Masche an Masche, Reihe an Reihe und nach ein paar Minuten war ein kleines Quadrat fertig. Iris hatte ihr angeboten, die losen Enden zu versäubern. Darum musste sie sich also gar nicht kümmern. Iris, die seit einiger Zeit in Rente war, verbrachte viel Zeit auf dem Sofa oder im Schaukelstuhl. Mit ihrem Ehemann war sie vor über zwanzig Jahren in den Ort gezogen und hatte eine Stelle an der Grundschule als Kunst- und Deutschlehrerin gefunden. Als ihr Mann bald darauf an einem Schlaganfall verstarb, hatte sie bereits enge Freundschaften geschlossen, sich in die Gegend verliebt und ihr Herz an ihre Schüler verloren. So hatte sie beschlossen, zu bleiben. Auch weil Vera, ihre engste Vertraute, sie in der Trauer begleitet und ihr gezeigt hatte, wie schön das Leben trotz des Verlustes sein konnte. Reisen, Hobbys, Feste, Freundeskreis – sie teilten alles miteinander. Vor ein paar Jahren war Iris dann zu Vera gezogen. »Warum eigentlich nicht? Wir können doch machen, worauf wir Lust haben«, hatten sie festgestellt und kurzerhand Iris' Siebensachen gepackt. Nun genoss Iris die Ruhe in dem großen Haus ihrer Freundin und den sagenhaften Blick auf den großzügigen Garten und den angrenzenden Wald. Stundenlang konnte sie im Wohnzimmer oder auf der Veranda sitzen und jedes Schauspiel genießen, das die Natur ihr anbot, sobald sie die Augen mal von ihrer Handarbeit – ihrem liebsten Zeitvertreib – hob.

»Bring mir einfach einen Haufen Granny Squares, ich mache das dann für dich fertig. Ich habe ja sowieso nicht mehr allzu viel zu tun«, hatte sie Georgie angeboten und sich mit Stopfnadel und Schere bewaffnet in den Schaukelstuhl im Wohnzimmer zurückgezogen.

Dazu hörte sie gern alte Schallplatten: Joan Baez, Carole King, Janis Joplin … Vielleicht würde Iris auch auf die Veranda umziehen, wenn es in ein paar Wochen deutlich wärmer wäre, noch war es ihr zu frisch. So saß Georgie meistens allein draußen, während Iris im Haus blieb. Ein paar Wochen – das fühlte sich weit weg an. Ob sie so lange bleiben würde, wusste sie nicht, darüber wollte sie nicht nachdenken. Ein paar Tage würde sie definitiv noch ausruhen, sie war noch nicht bereit, sich ihrer Situation in Frankfurt zu stellen. Ihre Aufgabe war es im Moment, einfach hier zu sein und zu häkeln, beschloss Georgie und blickte auf den Korb voll Restwolle. Dieser Korb war ein traumhafter Fundus, alle Farben des Regenbogens und seine Schattierungen konnte man darin finden. Manchmal reichte die Wolle nur für ein paar Reihen, manchmal gerade so für den kleinen Innenkreis, mit dem sie jedes Häkelquadrat begann. Aber Georgie mischte wild darauf los, vor allem die grünen Farbtöne hatten es ihr angetan. Vielleicht weil sie hier von viel Natur umgeben war. Veras Garten war ein wilder Dschungel, der Wald umgab das ganze Grundstück. Grün überall.

Neben Georgie stand die obligatorische Kanne mit frischem Kräutertee; die orangerote Katze, die verwirrenderweise auf den Namen »Kater« getauft war, leistete ihr Gesellschaft und lag auf den Holzstufen, wo sie sich hingebungsvoll das Fell putzte. Der Frühling hatte noch mal einen Rückzieher gemacht. Feine Wolken trübten an diesem Morgen das Licht grau und ein kühler Wind strich über Georgies Gesicht. Tante Vera arbeitete im Garten, nicht weit von ihr entfernt. Sie schnitt mit einer großen Gartenschere eine störende tote Hecke klein. Als sie die obersten Äste des Strauchs entfernt hatte, machte sie sich mit Schaufel und Säge an die tiefen Wurzeln, die sich durch den hinteren Teil des Gartens gruben.

»Gib schon nach!«, fluchte Vera laut, als sie an dem Wurzelballen zerrte. Aber dieser rührte sich keinen Millimeter. Georgie stand auf, um ihrer Tante zu Hilfe zu eilen. Gemeinsam legten sie ihr ganzes Gewicht hinein und zogen kräftig an dem Strauch.

»Hast du Wurzeln bis nach China?« Vera hatte es kaum ausgesprochen, als die Pflanze plötzlich nachgab, und mit einem überraschten Aufschrei purzelten beide Frauen nach hinten, wo sie unsanft mit dem Hintern auf dem Boden landeten. Erde flog um sie herum auf und legte sich auf ihre Gesichter. Vera riss die Arme mit euphorischem Jubel nach oben und warf das Wurzelstück von sich. Da musste Georgie das erste Mal, seit sie hier war, richtig laut lachen. Sie hielt sich den Bauch, weil der ihr vor Lachen wehtat. So herzlich und befreit hatte sie seit

Langem nicht gelacht, genauer gesagt seit … Ja, das letzte Mal war mit Nathalie gewesen, ein paar Wochen, bevor Georgies Welt zusammengebrochen war. Nathalie hatte von einem missglückten Date erzählt und die Freundinnen hatten vertraut die Köpfe zusammengesteckt und von Herzen über dieses Erlebnis gelacht. Georgie fragte sich, warum Nathalie Geschichten über missglückte Dates erzählte, wenn sie doch mit Sebastian heimlich … Das befreite Lachen wandelte sich zu bitteren Schluchzern. Georgie zitterte und Tränen liefen ihr über die Wangen. Sie wischte sie weg und schmierte sich dabei Erde und Dreck ins Gesicht.

»Nicht schon wieder«, wimmerte Georgie leise. »Wieso kann ich denn nicht aufhören mit der Heulerei?« Sie vergrub ihr Gesicht in den schmutzigen Händen. Vera klopfte ihr besänftigend auf die Schulter und rappelte sich mühsam auf die Beine.

»Das wird schon wieder. Irgendwann ist man leer geheult.«

»Aber wann?« Verzweifelt wischte sich Georgie die Nase am Handrücken ab.

»Bald. Es ist immer bald. Schau mal, wer da kommt.« Mit strahlenden Augen blickte Vera auf die Hofeinfahrt, wo Tom seinen Transporter parkte. Er kam lässig zu ihnen geschlendert und Georgie rappelte sich auf. Sie war voller Erdklumpen, bestimmt sah sie schrecklich aus.

Tom kam alle paar Tage vorbei, reparierte dies und das am Haus. Kleinigkeiten, wie einen tropfenden Wasserhahn, Glühbirnen, die ausgetauscht werden mussten, oder er half ihrer Tante mit den schweren Dingen im Garten und im Laden. Sie hatte noch immer nicht verstanden, in welcher Beziehung die beiden zueinander standen. Er war liebevoll, ja, zärtlich zu Vera, die beiden berührten sich immer wieder wie beiläufig, aber sie küssten sich nicht vor Georgie. Vielleicht aus Rücksicht auf deren vertrackte Liebessituation.

»Guten Morgen, ihr Dreckspatzen. Macht ihr Schlamm-Catching?«, fragte er und seine Augen funkelten fröhlich.

»Ich gehe mir mal die Hände waschen«, murmelte Georgie und lief ins Haus. Im Bad sah sie in den Spiegel. Ihre Augen waren vom Weinen gerötet, sie hatte dreckige Schlieren im Gesicht. Immerhin hatte sie heute Morgen ihre Haare mit dieser tollen Lavendelseife gewaschen, die ihre Tante selbst hergestellt hatte. Sie dachte an Toms belustigten Ausdruck. Sebastian hätte sicher nur den Kopf geschüttelt. Frauen, die sich im Schlamm suhlten, fand er nicht anziehend. Er mochte kultivierte Frauen. Wie sie eine gewesen war. Und Nathalie. Georgie schluchzte ins Waschbecken. Nathalie. Sie wusste noch immer nicht, was schlimmer für sie war: Sebastians Betrug oder Nathalies. Warum hatten sie ihr das angetan? War es nur um Sex gegangen? Oder liebten sie sich? Das hätten sie ihr sagen können. Warum hatten sie sie hintergehen müssen? Wohin waren die beiden wirklich unterwegs gewesen, als sie gemeinsam im Taxi saßen? Definitiv nicht zu einer Konferenz und nicht zu Nathalies Nichten. Hatten sie sich ein romantisches Hotel gebucht oder sogar ein privates Liebesnest irgendwo, wo niemand sie kannte? Georgie wusch sich Tränen und Schmutz mit einer nach Rosmarin duftenden Seife von Gesicht, Hals und Händen. Dann atmete sie zweimal tief durch und beschloss, dass das genug Tränen für den heutigen Tag waren. Schluss damit! Ab sofort, nahm sie sich vor, würde es nur ein geringes Tränenbudget pro Tag geben. Wenn das aufgebraucht war, musste sie sich zusammenreißen.

Als sie runter in die Wohnküche kam, fand sie ihre Tante und Tom am Küchentisch. Die beiden beugten sich über einen Haufen Papiere, die vor ihnen ausgebreitet lagen. Vera hielt mit beiden Händen Toms Arm und lehnte sich an ihn, während sie zusammen auf die Unterlagen schauten.

»Ha, Georgie, sieh dir das mal an! Tom baut ein Gewächshaus für meine Kräuter. Ich weiß, jetzt ist Frühling, aber bald kommt der Herbst und dann brauche ich etwas, wo meine Kräuter überwintern können. Schau dir mal seinen Entwurf an.« Vera zog ihre Nichte zwischen sich und Tom.

»Es wird schön! Und gut für meine Kräuterchen. Die brauchen ein Dach über dem Kopf. Da sind sie wie wir Menschen.« Georgie lächelte milde, als ihre Tante von Lavendel, Thymian und Rosmarin schwärmte. Sie pflegte ihren riesigen Kräutergarten mit Hingabe und nutzte die Erträge für die Herstellung von Seifen, Tees und Kräutersäckchen, die sie in ihrem Laden und manchmal auf dem Markt in Freiburg verkaufte. Letzteres aber nur, wenn die Ernte gut ausfiel, wie sie Georgie bereits erzählt hatte. Offensichtlich wollte sie expandieren. Vielleicht wurde ihr aber auch einfach nur von Zeit zu Zeit langweilig in dem kleinen Dorfladen.

»Kannst du das denn?«, fragte Georgie und blickte misstrauisch auf die Entwürfe, die eher wie grobe Skizzen aussahen. Sehr grobe Skizzen. Tom ignorierte ihre unverhohlene Skepsis.

»Ja, keine Sorge. Bisher hat alles gehalten. Zur Not frage ich den alten Frank, ob er mich unterstützt. Oder vielleicht hast du Lust, mir zu helfen. Beim Bodenbegradigen? Oder Betonieren?«

»Haha, sehr witzig! Nein, danke. Ich gehe lieber wieder an meine Häkelarbeit. Aber wenn ihr einen Tee braucht, kann ich euch Bauarbeitern gern einen zubereiten«, schnappte Georgie zurück und fand sich plötzlich an Toms Brust wieder. Er hatte lachend den Arm um sie geschlungen und sie freundschaftlich an sich gezogen.

»Ich klingele dann mit einem Glöckchen nach dir, wenn wir Tee wollen. Wenn es der Eistee deiner Tante ist, kommen wir sicher darauf zurück.«

Georgie entwand sich seiner Umarmung. Wie konnte er so dreist sein? Sie kannten sich doch erst seit ein paar Tagen! Und er war der Lover ihrer Tante. Oder von Iris, da war sie noch immer nicht sicher. Vielleicht sogar von beiden. Zuzutrauen war es den Frauen ja.

»Stets zu Diensten«, gab sie ihm als Antwort und ließ die zwei allein, um sich wieder ihrer Häkelarbeit zu widmen. Sie hatte sich als Ziel gesetzt, bis zum Abendessen noch mindestens zehn Quadrate zu schaffen. Wenn sie häkelte, schaltete ihr Kopf in einen Zen-Modus und sie dachte nicht an ihre Situation. Sie häkelte nur. Das war heilsam und entlastend. Doch heute wollte ihr das Abschalten nicht ganz gelingen. Sie fühlte Toms freundschaftliche, unverfängliche Umarmung noch auf ihren Schultern.

KAPITEL 3

Am nächsten Morgen wurde Georgie unsanft von lauten Motorgeräuschen geweckt. Das Haus ihrer Tante stand weit abgelegen, nachts war es fast vollkommen still. Wenn man von den Geräuschen aus dem nahen Wald einmal absah. Gerade diese Geräusche waren Georgie erst vor Kurzem aufgefallen, als sie einmal nachts wach gelegen und an die Zimmerdecke gestarrt hatte. Sie hatte gehört, wie Tiere um das Haus schlichen, Käuzchen rufend vorbeiflogen und wie der Wind an den Baumwipfeln und am Haus zerrte. Sie gruselte sich ein bisschen vor den unbekannten Lauten der Natur. Es waren andere Geräusche als in ihrer geliebten Großstadt. Keine Autotüren, keine Betrunkenen, keine Liebespaare, nicht die Müllabfuhr oder die Stadtreinigung. Das Knattern und Brummen, das sie soeben um sechs Uhr in der Früh weckte, war aber wieder etwas ganz anderes.

»Was zur …«, fluchte sie, wickelte sich in eine Häkeldecke und trat ans Fenster. Auf der Kiesauffahrt fuhren ein kleiner Transporter und ein Bagger in Richtung des Hauses. Sie erkannte Toms Auto und stapfte wütend nach unten. Wieder einmal hatte sie die halbe Nacht wach gelegen, unfähig zu schlafen, mit Tränen und sich im Kreis drehenden Gedanken. Sie

45

war müde und erschöpft. Tagsüber hatte sie sich mittlerweile besser im Griff. Da konnte sie sich zu tränenfreien Zeiten überreden. Aber nachts schoben sich schreckliche Bilder vor ihre Augen. Bilder von Nathalie und Sebastian. Das hielt sie wach. Fast wünschte sie sich die Benommenheit der ersten Tage wieder zurück.

Unten traf sie auf Iris und Vera, beide waren schon angezogen und offensichtlich putzmunter. Sie saßen in der Küche und scherzten über irgendetwas.

»Ist das sein Ernst?«, fragte Georgie ungehalten. Vera und Iris sahen hoch und nickten unisono.

»Natürlich. Heute heben sie die Grundfläche für mein Gewächshaus aus. Und den Bagger können sie sich nur für ein paar Stunden ausborgen, der muss heute Nachmittag zu einer Baustelle. Stört dich der Krach etwa?«, fragte Vera und sah sie unschuldig an. Georgie schüttelte resigniert den Kopf. Jetzt war sie ohnehin schon wach.

»Wunderbar. Dann kannst du mir helfen, den Männern ein ordentliches Frühstück zuzubereiten. Das Brot ist bereits im Ofen und müsste gleich fertig sein. Gestern hat mir meine Freundin Maria frische Hühnereier in den Laden gebracht. Du kannst daraus Rührei machen«, verteilte sie fröhlich Aufgaben an Georgie. Diese legte sich die Decke über die Schultern, um die Hände freizuhaben, und machte sich ans Werk.

»Möchtest du nachher in den Laden mitkommen?«, fragte Vera und griff nach einer Zwiebel, die sie Georgie reichte. Seit sie hier war, und das waren mittlerweile fast zehn Tage, hatte sie sich noch nicht von diesem Haus wegbewegt. Es war ein sicherer Hafen, ein Versteck, in dem sie sich zu gern verkrochen hatte. Aber wenn diese Männer da draußen den halben Tag lärmten, konnte sie ohnehin nicht einsam auf der Veranda häkeln. Da konnte sie sich genauso gut den Laden anschauen. Ihre Tante hatte ja mehrfach um etwas Unterstützung gebeten.

Irgendwann würde sie, das gebot die Höflichkeit, auch tatsächlich helfen müssen. Und heute Nachmittag konnte sie vielleicht schon wieder in Ruhe häkeln. Also sagte sie zu. »Ja, klar. Warum nicht?«

»Toll! Können wir dich allein lassen, Iris?«, fragte Vera und drückte ihre Freundin innig an sich. Die schmunzelte und winkte ab.

»Aber ja. Tom ist hier. Außerdem hat Georgie gestern viele Quadrate gehäkelt und du hast mir einen Berg Socken zum Stopfen hingelegt – ich bin beschäftigt. Vielleicht backe ich einen Kuchen, wenn noch Eier übrig bleiben. Georgie, welchen magst du besonders gern?«

Georgie wollte erst antworten, dass es ihr egal sei, besann sich dann aber. Das wäre unhöflich gewesen, wenn Iris sich schon die Mühe machen wollte, zu backen.

»Meine Oma hat zu meinen Geburtstagen früher einen wunderbaren Zitronenkuchen gemacht«, schlug sie vor. Vera war begeistert von dieser Idee.

»Ach, der Zitronenkuchen war wirklich ein Gedicht. In dem roten Kochbuch steht bestimmt das Rezept. Ich hole es dir.« Und schon eilte sie durch die Küche, schnappte sich einen Hocker und stellte ihn vor ein großes Regal, das unter der Last der vielen Bücher darin fast zusammenbrach.

»Woher diese Frau den ganzen Tag ihre Energie nimmt, würde ich gern mal wissen«, murmelte Iris und sah lächelnd zu, wie Vera auf den Hocker kletterte, um in dem Regal nach dem besagten roten Rezeptbuch zu suchen.

»Ich schätze, es ist einer ihrer Tees. Bist du sicher, dass sie keine Drogen anbaut?«, scherzte Georgie und erschrak ein bisschen. »Ich meinte nicht, dass …«, stotterte sie, aber Vera und Iris lachten bloß.

»Die Zeiten sind vorbei, meine Liebe, die Zeiten sind vorbei«, wehrte sich Vera und kicherte vergnügt. Sie fand das Buch mit dem roten, ledernen Einband, klopfte die Staubschicht darauf an ihrer Hose ab und übergab es Iris mit feierlicher Miene.

»Das ist heilig, pass gut darauf auf«, verlangte sie.

»Ich schwöre«, entgegnete Iris mit ebenso feierlichem Ausdruck und hob eine Hand zum Schwur. Vera strich ihr zart über die Wange und strahlte ihre Freundin an.

Georgie richtete ein Tablett mit Frühstück für die Männer her und zog sich dann an. Sie hatte sich sogar Unterwäsche von ihrer Tante geliehen, weil sie ja wirklich mit nichts außer den Klamotten, die sie an dem unglückseligen Tag getragen hatte, angekommen war. Für die Kopflosigkeit, mit der sie aus Frankfurt geflohen war, verfluchte sie sich jeden Tag, wenn sie wieder in die löchrige Jeans und das viel zu große verwaschene Hemd schlüpfte. Dazu trug sie immer die alten Laufschuhe, die ihre Mutter mal vor Jahren hier vergessen hatte, weil die roten Ballerinas, mit denen sie angereist war, zwar in der Stadt todschick, aber auf dem Land leider sehr unpraktisch waren. Wenn sie länger hierblieb, musste sie sich wenigstens die nötigsten Kleidungsstücke besorgen. Nur von welchem Geld? Hätte ihr Konto nicht mittlerweile wieder entsperrt sein müssen? Und blieb sie hier? Wann und vor allem wohin würde sie zurückkehren? Als erneut die Tränen drohten, legte sie den Kopf in den Nacken und schluckte heftig. Nein. Nicht heute Morgen. Ein tränenfreier Vormittag musste zu schaffen sein. Das war ihr Ziel für heute. Selbst in kleinen Schritten kam man voran, hatte Iris noch vor ein paar Tagen zu ihr gesagt, als sie mal wieder heulend im Wohnzimmer gesessen hatte. Und das stimmte ja auch. Also schlüpfte sie resolut in die geliehene Jeans und das alte Hemd, darüber zog sie eine Strickjacke, die ein kompliziertes Zopfmuster, aber einen etwas gewöhnungsbedürftigen Farbton hatte. Etwa so wie erbrochenes Erbsenpüree.

»Nun ja, ich muss mich ja wenigstens nicht mehr für irgendjemanden schön machen«, murmelte sich Georgie selbst zu.

Unten begegnete sie Tom, der eine große Kiste für Vera nach draußen trug. Sie nickte ihm zu und griff selbst nach ein paar Dingen, die mit ins Geschäft sollten. Am Auto nahm Tom ihr eine schwere Tasche ab und verstaute sie im Kofferraum.

»Danke.«

»Gern geschehen. Danke für das Frühstück. Hübsch siehst du heute Morgen aus. In Veras Sachen.« Er schob die Hände in seine Hosentaschen und sah sie an, etwas zu lange, fand Georgie und runzelte die Stirn.

»Ähm. Danke sehr. Wie lange werdet ihr heute hier Krach machen?«, fragte sie ihn und stieg währenddessen ins Auto.

Er lehnte sich durchs Fenster herein.

»Nur ein paar Stunden. Bist du rechtzeitig zurück, um uns Eistee zu bringen?«, wollte er grinsend wissen.

»Iris ist da, falls ihr etwas braucht«, wehrte Georgie ihn ab. Er klopfte aufs Autodach und ließ die beiden Frauen losfahren.

»Woher kennt ihr euch eigentlich?«, fragte Georgie ihre Tante.

»Tom? Der gehört zur Gemeinde. Er ist hier geboren, ging aber zum Arbeiten weg. Vor ein paar Jahren ist er zurückgekehrt, da bin ich einfach zu seinem Haus gefahren und habe mich vorgestellt. Er konnte nicht kochen! Dabei sollte er sich sehr gesund ernähren, haben die Ärzte gesagt. Wegen seines Herzens. Also habe ich ihm jede Woche ein paar Mahlzeiten vorgekocht. Dafür hilft er mir seitdem im Haus. Wir tauschen hier gern. Man hilft sich gegenseitig. Es ist ein wirklich sehr kleines Städtchen, eigentlich eher ein Dorf, wir kennen einander. Und Tom ist sehr begabt! Du musst dir unbedingt seine Regale anschauen. Wahre Kunstwerke. Ein toller Mann!«

»Das ist echt nett, Vera. Einfach hinfahren und Essen mitbringen.« Genauso war ihre Tante – einfach machen. Wenn

49

jemand nicht kochen konnte, wurde halt für ihn gekocht. Georgie nickte anerkennend, Vera jedoch winkte ab.

»Nett. Papperlapapp. Der Kerl hatte Hunger und ich hatte Essen. So einfach ist das.« Wenn es wirklich so einfach wäre …, dachte Georgie und ein Schmerz durchzuckte sie.

Es war das erste Mal, seit sie hier angekommen war, dass sie das Grundstück verließ. Während ihre Tante munter davon erzählte, wer wem im Dorf wie half, sah sie aus dem Fenster und beobachtete die Gegend. Die Sonne ging gerade auf und sandte ihre Strahlen durch den dichten Wald. Die Straßen waren noch leer, abgesehen von einem Bauern auf einem Traktor, den ihre Tante hupend überholte. Nach einigen Minuten erreichten sie das Örtchen. Vera parkte direkt vor ihrem Laden. Er war klein, lag aber an der Hauptstraße. Direkt daneben stand ein Geschäft leer. Durch die mit Zeitung abgeklebten Scheiben war der Blick auf das Innere zwar versperrt, aber an einer Stelle war das Papier verrutscht und man konnte Stehtische und Stühle erkennen, im hinteren Bereich eine leere Theke. Dunkel erinnerte sich Georgie daran, vor einigen Jahren mal darin gewesen zu sein, als es noch eine Metzgerei mit angeschlossenem Imbiss gewesen war.

Ein paar Meter weiter gab es einen kleinen Supermarkt, einen Friseur, die Post und einen Blumenladen. Vor Veras Geschäft stand eine hübsche, rustikale Bank aus Baumstammhälften. Vermutlich hatte die auch Tom gezimmert. Der konnte ja anscheinend alles außer Kochen, dachte Georgie und war etwas überrascht, wie präsent dieser Mann in ihren Gedanken war. Vera schloss das Geschäft auf und schob ihre Nichte hinein. Georgie sah sich um, es war genauso chaotisch und urig wie in Veras Haus. Der kleine Raum hatte eine nahezu quadratische Grundfläche und war vollgestellt mit hellen Regalen und Tischen. In einer Ecke standen zwei gemütliche Sessel. Es gab ein Regal, das bis unter die Decke reichte, in dem nur liebevoll verpackte und ausgestellte Seifen lagen. In einem anderen entdeckte Georgie Teemischungen und ein weiteres bot Duftsäckchen und Kerzen an. Gehäkelte Decken stapelten sich auf einem alten Schaukelstuhl. Tücher, Mützen, Schals hingen an Garderobenhaken. Die berühmten Regale, die Tom gebaut hatte, waren tatsächlich sehr hübsch, musste Georgie gestehen. Sie waren grob gezimmert und hell lasiert, sodass sie nicht zu wuchtig wirkten. Vor allem waren sie genau in die Ecken eingepasst. Trotzdem waren es natürlich nur ein paar Holzbretter, wenn man gemein sein wollte. Sie atmete tief ein und wollte nicht gemein sein, Tom hatte ihr schließlich nichts getan. Im Gegenteil, er war immer nett und aufmerksam ihr gegenüber. Im ganzen Laden roch es wunderbar nach Lavendel und anderen Kräutern.

»Na«, fragte Vera sie aufgeregt, »was sagst du? Ist das nicht toll hier? Ich liebe meinen kleinen Laden. Mein eigenes Reich!«

»Nimmst du genug ein mit diesen Waren? Du musst doch auch Ausgaben haben«, wollte Georgie wissen. Ihr analytisches Hirn arbeitete schon wieder auf Hochtouren.

»Keine Ahnung. Es reicht, um die Miete hierfür zu zahlen und Lebensmittel zu kaufen. Hinten gibt es ein kleines Büro, da habe ich die Abrechnungen, falls du heute schon mal schauen möchtest.« Georgie wollte eigentlich nicht. Lieber wollte sie weiterhäkeln. Aber bestimmt würde es ihr guttun, mal etwas anderes zu machen. Sie nickte seufzend. Vera klatschte in die Hände.

»Hervorragend. Ich brühe uns schnell einen Tee auf und dann legen wir los.«

Hinter der Theke gab es einen kleinen Raum, den Vera mit einem hellen Vorhang – gehäkelt, wie Georgie mittlerweile erkannte – vom Laden abgetrennt hatte. Darin war gerade genug Platz für einen Schreibtisch, der begraben war unter einem Berg von Papieren. In der Ecke stand ein alter Computer. Georgie schüttelte den Kopf. Sie würde mehr als einen Tee benötigen, um hier Ordnung reinzubringen.

»Vera, kann ich mal ins Internet? Schafft diese Kiste das?«, wollte sie wissen. Vera lachte und schüttelte ihre Nichte leicht.

»Natürlich. Du musst ihm nur gut zureden, dann macht er alles, was du möchtest.«

Georgie lächelte. Natürlich. Gut zureden. Sie fuhr den Rechner hoch, verband sich mit dem Internet und loggte sich das erste Mal seit ihrer Flucht aus Frankfurt in ihr E-Mail-Konto ein. Sie hatte Dutzende Mails von Sebastian und von Nathalie. Sie überflog nur Nathalies Betreffzeilen. Von »Lass es mich erklären« bis »Bitte melde dich« und »Wo bist du?« war alles dabei. Bei Sebastians Mails stand immer »Treffen« oder »Telefonieren« im Betreff. Sehr nüchtern. So war er. Und bislang hatte sie das immer gemocht. Aber in diesem Fall fühlte es sich schäbig an. Ihre Beziehung war doch keine Geschäftsangelegenheit, die man in einem Meeting klärte.

Da sie ohne ihr Ladekabel geflohen war, hatte sie ihr Handy einfach ausgehen lassen und seitdem ignoriert. Mit ihrer Mutter hatte sie kurz über Veras Telefon gesprochen, ansonsten war sie einfach abgetaucht. Sie markierte alle Nachrichten von den beiden und drückte auf Löschen. Sie wollte ihre Ausreden nicht hören, nicht lesen, sie wollte einfach alles ignorieren. Sie kämpfte gegen die Tränen, ein dicker Kloß saß ihr im Hals. Nein, nein, nein! Sie hatte sich einen tränenfreien Vormittag auferlegt und daran würde sie sich halten. Schnell suchte sie die Nummer ihres Finanzexperten raus und rief ihn an. Er eröffnete ihr die erste gute Nachricht seit Langem: Ihre Konten waren gesichert und sie konnte wieder frei darüber verfügen.

»Vera, ich muss einkaufen gehen«, rief sie ihrer Tante zu.

»Okay«, brüllte diese aus dem Laden zurück, wo sie die ausgestellten Waren auffüllte mit den neuen Seifen und

Duftsäckchen, die sie in den letzten Tagen hergestellt hatte. »Du kannst nachher mit meinem Wagen in den großen Supermarkt fahren, wenn du magst. Der ist nur ein paar Kilometer entfernt und es gibt dort wirklich alles. Ich bleibe im Laden. Heute ist ein guter Tag fürs Verkaufen, das spüre ich. Ich habe dann immer so ein Zucken im kleinen Finger. Wobei das auch Magnesiummangel sein könnte. Kommst du voran?«, fragte sie und streckte den Kopf ins Büro. Georgie blickte seufzend auf die Papiere. Rechnungen, Quittungen, Bestellungen – alles lag durcheinander auf einem großen Haufen.

»Ich fange an, das zu sortieren. Das könnte dauern. Erst mal muss Ordnung her.«

»Kein Problem. Ich habe es nicht eilig. Du etwa?«

Damit hatte ihre Tante recht. Auch wenn ihre Konten wieder freigegeben waren, wo sollte sie hin? Sie war nicht bereit, sich Nathalie und Sebastian zu stellen. Noch lange nicht. Auf sie wartete auch kein Job, sie musste vorerst nicht zurück in die Zivilisation. Und hier konnte sie wenigstens etwas Nützliches tun und sich für die Gastfreundschaft und die Wolle revanchieren.

»Meine Konten sind wieder freigegeben, Vera. Wenn ich dir Miete zahlen soll, sag es bitte«, bot sie an. Vera schüttelte den Kopf und verschwand wieder im vorderen Teil des Ladens.

»Miete? Für das winzige Zimmerchen? Kommt nicht infrage. Wir machen das, wie es hier üblich ist. Du hilfst mir, ich helfe dir. Wir sind Hippies und du bist jetzt eine von uns.«

Zwei Wochen hatten aus der Karrierefrau einen Hippie gemacht, dachte Georgie und fing deprimiert an, die Unterlagen zu sortieren.

Nach ein paar Stunden hatte sie zumindest alle Papiere auf mehrere Haufen verteilt und chronologisch geordnet. Wenn sie das richtig überblickte, lagen hier die Unterlagen der vergangenen drei Jahre. Sie brauchte Ordner dafür. Als sie ihre Tante darum bat, stellte diese ihr einige alte Schuhkartons hin. Georgie war keine Buchhalterin, aber über ein grundlegendes Wissen verfügte sie natürlich schon. Gut, dass sie außer Wirtschaft, Psychologie und Journalismus auch ein paar Kurse in Finanzwesen belegt hatte. Das Wissen konnte sie jetzt gut gebrauchen. Gegen Mittag schwirrte ihr allerdings der Kopf und sie sehnte sich nach etwas Stärkerem als Veras Tees. Die Türglocke ging. Da Vera mit zwei Kundinnen zu tun hatte, die auf der Durchreise waren und sich ausgiebig beraten ließen, rief sie nach ihrer Nichte. »Georgie, kannst du mal kommen, bitte? Ich bin beschäftigt.« Seufzend stand Georgie auf. Nach mehreren Stunden auf dem Boden und am Schreibtisch musste sie sich erst mal ausgiebig strecken. Vor lauter Papierkram hatte sie ganz die Zeit vergessen. Immerhin hatte sie nicht geweint. Als sie den Verkaufsraum betrat, sah sie, dass es kein neuer Kunde, sondern Tom war. Er lehnte an der Verkaufstheke in seinen verschlissenen Jeans, mit von Erde verkrusteten Boots und Karohemd. Eine Baseballkappe hielt ihm die strubbeligen Haare aus der Stirn. Er sah aus wie ein Bauarbeiter, nur der geflochtene Korb im Arm wollte nicht recht dazu passen. Ein weißes Leinentuch verdeckte, was er darin transportierte.

»Na, seid ihr fleißig?«, fragte er und überreichte Georgie den Korb. Sie nickte und hob neugierig eine Ecke des Tuches an. Darunter waren ein paar belegte Brote, die Iris wie immer in Zeitungspapier eingewickelt hatte, einige hart gekochte Eier und ein tiefer Teller mit Zitronenkuchen, der himmlisch roch.

»Iris hat mich geschickt. Sie wünscht guten Appetit.« Er griff ebenfalls in den Korb und Georgie zuckte zusammen, als ihre Hände sich berührten. Empört klopfte sie ihm auf die Finger.

»Hey, erst Händewaschen!«, schalt sie ihn freundlich und entwand ihm den Korb. Vera verabschiedete die beiden Frauen, die reichlich Tees, Kerzen und Lavendelsäckchen gekauft hatten, und gesellte sich zu Georgie und Tom.

»Ach, Iris! Was würde ich nur ohne diese Frau machen?«, rief sie freudestrahlend, nahm sich ein Brot heraus und wickelte es aus. »Wisst ihr was? Ich habe eine gute Idee! Ihr beide setzt euch zum Mittagessen vor den Laden in die Sonne – wenn die schon mal scheint, muss man es ausnutzen. Und das lockt Kundschaft an. Die beiden Frauen haben mir erzählt, sie sind auf der Durchreise zu einer großen Familienfeier etwa dreißig Kilometer von hier entfernt. Wo zwei Frauen sind, sind noch mehr. Die müssen alle hier durch und ich gedenke, jeder, die hier in den Laden kommt, etwas zu verkaufen. Ich habe es den ganzen Morgen schon gerochen. Und das Fingerzucken, ich habe es dir doch gesagt!« Vera klatschte begeistert in die Hände.

»Dann bleibe ich besser im Laden und helfe dir«, bot Georgie an. Aber Vera winkte ab.

»Papperlapapp. Der Laden ist viel zu klein für zwei Verkäuferinnen und Kundschaft. Macht ihr mal euer Picknick und dann kann Tom dich zum Supermarkt fahren, damit du deine Besorgungen erledigen kannst. So was wie Tampons haben wir nämlich nicht mehr im Haus. Oder, Tom, du kannst sie doch fahren?« Der nickte lachend und nahm der errötenden Georgie den Korb wieder ab.

»Na, komm, du hast deine Tante gehört. Gehen wir picknicken und Kundschaft anlocken.«

Georgie blieb nichts anderes übrig, als ihm zu folgen. Sie setzen sich nebeneinander auf die Holzbank. Georgie fiel wieder auf, wie massiv dieser Mann war. Groß, breite Schultern, kräftige Arme, lange Beine. Er war wie ein Gebirge. Von ihm ging eine Ruhe aus, sie spürte, wie sie sich angenehm auf ihren Körper übertrug.

»Du musst mich nicht fahren«, versuchte sie, sich aus ihrer aufgenötigten Nachmittagsplanung zu winden. »Ich kann Veras Auto nehmen. Du hast doch sicherlich was Besseres vor.«

Tom wickelte ein Käsebrot aus und biss hinein. »Nein, eigentlich nicht«, murmelte er mit vollem Mund und seine Augen strahlten sie an.

Georgie runzelte die Stirn. »Musst du denn nicht arbeiten?«, wollte sie wissen. Was machte dieser Mann denn den ganzen Tag außer ihre Tante zu bezirzen?

»Nein. Musst du denn nicht arbeiten?«, fragte Tom zurück und ging zum Zitronenkuchen über. Er schloss genussvoll die Augen.

»Hmmm, ist der lecker! Probier mal«, meinte er und schob der überraschten Georgie einfach ein kleines Stück in den Mund. Dabei streiften seine Finger ihre geöffneten Lippen. Sie sah ihn schweigend an. Es war ein intimer Moment, sie wusste nicht, wie sie reagieren sollte, und verkrampfte sich. Doch Tom lächelte nur unverfänglich und bot ihr ein weiteres Stück an, dieses Mal, ohne ihr zu nahe zu kommen. Sie nahm es ihm aus der Hand und schob es sich selbst in den Mund. Er hatte recht, der Kuchen war himmlisch. Locker, frisch, aber nicht zu süß. Er schmeckte genau wie der Kuchen, den Georgies Großmutter früher gebacken hatte.

Als einige Minuten später tatsächlich ein Trupp Frauen in den Laden spazierte, nickte Tom ihr zu und Georgie folgte ihm zu seinem Wagen. »Damit haben wir unsere Schuldigkeit getan und können zum spaßigen Teil des Tages übergehen. Komm, bringen wir es hinter uns«, beschloss er.

»Du musst nicht«, setzte Georgie ein letztes Mal an, aber Tom hielt ihr die Wagentür auf und sie ergab sich endgültig. Dann ging sie eben mit ihm Unterwäsche in einem Supermarkt kaufen. Sie war ohnehin am Boden angekommen, da konnte sie sich auch im Dreck suhlen, der dort lag.

Georgie wollte den Einkauf am liebsten so schnell wie möglich hinter sich bringen, damit sie nicht vor Peinlichkeit sterben müsste. Im Supermarkt peilte sie direkt die Textilabteilung an. Als sie das letzte Mal Unterwäsche gekauft hatte, war es zum Valentinstag gewesen. Nathalie hatte sie begleitet und sie hatten gekichert wie Schulmädchen, als sie die erotischen Stoffteile anprobiert hatten. Georgie hatte sich für einen hauchzarten Traum in Rosa entschieden, fiel ihr wieder ein, als sie ein paar einfache, hellgraue, sportliche Slips aus Baumwolle in ihren Korb warf. Nathalie hingegen hatte ein Set aus schwarzer Spitze mit Strapsen und Negligé genommen. Man wisse nie, hatte sie gesagt, wann man das mal gebrauchen könne. Vermutlich hatte es sofort Verwendung gefunden, dachte Georgie bitter. Die Auswahl, die sie selbst damals getroffen hatte, war weitaus weniger aufregend gewesen. Sie war nun mal nicht der Typ für Reizwäsche. Hätte sie etwas Aufregenderes gewählt, wäre das alles dann vielleicht nicht passiert? Ihre Hände fingen an zu zittern, als Bilder von ihrer hübschen Freundin in der schwarzen Wäsche vor ihren Augen auftauchten. Wie Nathalie in der Umkleide vor Georgie getanzt hatte, hemmungslos, ausgelassen. Mit ihr hatte man immer so viel Spaß, ihre Lebenslust war ansteckend. Das musste es gewesen sein, das hatte Sebastian von ihr weg und hin zur sprühenden Nathalie getrieben, grübelte Georgie und merkte gar nicht, dass sie mitten im Gang stehen geblieben war. In Gedanken war sie also schon wieder bei Nathalie und Sebastian angekommen. Das Unwissen darüber, was wirklich passiert war, ließ ihrer Fantasie zu viel Spielraum. Vor ihren Augen tauchten immer wieder Bilder auf, wie die beiden hinter ihrem Rücken hemmungslos übereinander herfielen. Sie konnte nicht aufhören, es sich bis ins Detail auszumalen.

Ein Zittern durchlief ihren Körper. Bevor sie jedoch mitten im Geschäft zusammenbrechen konnte, befreite Tom sie aus ihren düsteren Gedanken. Er winkte mit einem wild gemusterten Body in ihre Richtung.

»Wie wäre es mit dem hier?«, rief er und langsam kehrte sie zurück in die Realität. Tom legte nach und hob den winzigen Body an seinen Körper. »Für mich, meine ich.« Endlich lächelte sie ein wenig und griff nach einer Leggins im Tigermuster.

»Die hier würde ich dir empfehlen. Passt zu deinen schönen Augen«, schlug sie vor und wischte sich eine Träne aus dem Augenwinkel.

»Soso, die sind dir also aufgefallen.« Tom lachte und legte freundschaftlich den Arm um sie. Dieses Mal ließ sie es geschehen, ohne sich sofort zu befreien. Es war nicht unangenehm, im Gegenteil, es hatte etwas Tröstendes, Geborgenes.

»Nur, weil Vera ständig davon schwärmt«, entgegnete sie und stupste ihn in die Seite. Es nahm etwas Druck von ihrer Brust.

Auf dem Weg zur Kasse kamen sie an einem Regal mit Wolle vorbei. Georgie blieb abrupt stehen und streckte vorsichtig die Hand nach einem buntgemusterten Knäuel aus. Wie weich die Wolle aussah! Sie griff danach und las, was auf der Banderole stand. Merinowolle. So hieß die also. Sie rieb den Faden sanft zwischen Daumen und Zeigefinger, genoss das Gefühl und prägte es sich ein. Dann legte sie das Knäuel zurück. Sie wollte erst ihre Decke fertig häkeln, bevor sie ein neues Projekt begann. Eins nach dem anderen. Sonst würde sie wie Vera enden, die hier und da etwas anfing und dann für etwas anderes liegen ließ.

»Okay, ich bin so weit. Wäre es in Ordnung, wenn du mich nach Hause fährst?«, fragte sie zaghaft. »Ich will noch etwas häkeln vor dem Abendessen.« In Gedanken saß sie schon auf der Veranda und hatte ihre Arbeit in den Händen. Am Abend würde sie Vera bitten, ihr ein neues Muster beizubringen.

KAPITEL 4

In dieser Nacht lag Georgie wieder wach und starrte aus dem Fenster in die Dunkelheit. Die Sterne leuchteten hell und der Mond warf einen silbernen Schimmer ins schwarze Firmament. Hier draußen in der Natur sah man viele Sterne. Georgie hatte immer in der Stadt gelebt, deren Straßen und Gebäude so viel Licht zurückwarfen, dass man am Himmel nur wenig erkennen konnte. Es war zu hell. Hier nicht. Hier war es nachts nahezu stockfinster. Mittlerweile hatte sie sich an die nächtlichen Geräusche gewöhnt und erschrak nicht mehr, wenn sie tapsende Pfoten, Rascheln und gedämpfte Schreie vernahm.

Georgie drehte sich vom Fenster weg und rollte sich unter ihrer Decke zusammen. Sie fragte sich, was Sebastian und Nathalie jetzt taten. Was ihr bei Tageslicht mutig und stark vorgekommen war, quälte sie nun. Sie hätte die Mails lesen sollen. Vielleicht hätte sie darin eine Antwort auf die wichtigste Frage gefunden: Warum?

Obwohl sie müde und erschöpft war, konnte sie nicht abschalten. Den ersten Schock hatte sie überwunden, jetzt brauchte sie Antworten. Aber sie war verletzt. Niemals zuvor hatte ihr jemand dermaßen den Boden unter den Füßen weggezogen, war auf ihr herumgetrampelt und hatte sie gedemütigt. Sebastian und sie hatten augenscheinlich keine aufregende Beziehung geführt. Sie waren weder Adrenalinjunkies, die Bungeejumping ausprobierten, noch reisten sie als Rucksacktouristen durch exotische, ferne Länder. Es gab klare Routinen in Frankfurt, sie fuhren zwei Mal im Jahr in den Urlaub – einmal ans Meer, einmal in eine Metropole. Sie waren sich immer einig gewesen über die nächsten Schritte ihrer Beziehung. Zusammenziehen, verloben, gemeinsame Wohnung kaufen, heiraten, in zwei Jahren dann Kinder. Das war der Plan gewesen. Georgie hatte es genossen, wie planbar und unanstrengend ihre Beziehung gewesen war. War es nicht ein Zeichen dafür, dass sie füreinander bestimmt waren? Warum dann dieser schreckliche Betrug? Hatte das an ihr gelegen? War sie zu langweilig? Nicht hübsch genug? Ihre Freundin Nathalie war schön, wirklich schön. Außerdem war sie viel spannender als sie selbst. Sie hatte dieses gewisse Etwas, das Männer reizte, und Nathalie liebte es, damit zu spielen. Wann hatte es angefangen zwischen den beiden? Grübelnd ging sie die vergangenen Monate im Kopf durch. An Silvester waren Sebastian und sie zusammen mit Nathalie bei deren Schwester eingeladen gewesen. Sie hatten erst seine Eltern besucht und waren dann zu Nina gefahren, wo sie zwei Nächte geblieben waren. Vielleicht hatte es da begonnen. Je länger sie darüber nachdachte, umso wahrscheinlicher erschien es ihr. Sie war mit Ninas und Nathalies Eltern ein paar Stunden spazieren gewesen, während Nathalie sich ein Schaumbad gönnte. Sebastian war ebenfalls zu Hause geblieben, um »vor dem Kamin zu entspannen«. Na klar. Das hätte ihr doch auffallen müssen. Seit wann »entspannte« sich Sebastian? Das sah ihm gar nicht ähnlich. Andererseits kannten Nathalie und er sich seit Jahren, das konnte schon seit Ewigkeiten zwischen ihnen laufen, vielleicht sogar seitdem Georgie und er ein Paar waren oder noch länger. Und sie hatte nicht gemerkt, was die beiden hinter ihrem Rücken trieben. Was war echt gewesen in den vergangenen acht Jahren?

Acht Jahre! Konnte man dieses Versteckspiel über Jahre hinweg aufrechterhalten? Fakt war, die beiden hatten sie belogen, betrogen und verarscht. Georgie suchte in ihren Gedanken nach Anzeichen, auffälligen Berührungen, Verabredungen, bei denen sie nicht dabei gewesen war. Es musste doch irgendwelche gegeben haben! Gut, sie hatten in letzter Zeit weniger Sex als früher gehabt, aber das war doch normal bei Paaren in langen Beziehungen. Wenn sie die Augen schloss, spürte sie seine vertrauten Berührungen auf ihrer Haut. Hatte er Nathalie auch auf diese Weise angefasst?

Georgie machte Licht. An Schlaf war nicht zu denken und im Dunkeln erschien ihr ihre Situation schlimmer als in dem tröstend warmen Schein. Sie stand auf, schlich auf Zehenspitzen nach unten ins Wohnzimmer. Sie wollte ihre Häkelsachen holen, vielleicht würde sie das ablenken. Es war ruhig im Haus, ihre Schritte verursachten ein heimeliges Knarren der Holzdielen. Sie knipste nur die kleine Lampe neben dem Sessel an. Dann setzte sie sich in ein paar Decken eingewickelt hin, nahm sich Wolle und rief sich das neue Häkelmuster in Erinnerung. Mittlerweile lag schon eine beachtliche Anzahl fertiger Quadrate in ihrem Korb. Sie liebte es, sich die Farben und Muster anzusehen. Das hatte sie geschaffen. In all dem Elend, das sie umgab, hatte sie etwas Schönes geschaffen.

Frühmorgens fand Tom Georgie schlafend im Wohnzimmer. Sie lag zusammengerollt auf dem Sessel, in ihren Händen hielt sie noch die Häkelnadel. Tom hatte im Haus übernachtet, weil es am vorherigen Abend bei Wein und Käse zu spät geworden war, um noch nach Hause zu fahren. Vera hatte immer einen Platz für ihn in dem großen Haus. Er wollte heute ein paar Sachen für das Gewächshaus besorgen, weshalb er früh auf den Beinen war. Tom ging leise zu Georgie und nahm ihr sanft die Nadel aus der Hand. Einen Moment beobachtete er sie. Sie hatte dunkle Schatten unter den Augen, aber ihr Gesicht war im Schlaf entspannt. Er musterte die hohen Wangenknochen und das etwas zu spitze Kinn. Ihre Lippen waren leicht geöffnet und er musste sich beherrschen, nicht mit der Fingerspitze darüberzufahren. Vorsichtig schob er seine Arme unter sie und hob sie hoch. Langsam stieg er mit ihr auf den Armen die Treppe hoch. Sie roch nach Veras Seife. Darunter nahm er ihren eigenen betörenden Duft wahr. Weiblich, zart, etwas eigen. Er sog ihren Duft ein und sie regte sich im Schlaf sanft an seiner Brust. Er verspürte ein angenehmes Ziehen im Magen … er sollte besser sofort gehen. Er wusste, sie konnte ihm gefährlich werden. Sanft ließ er sie in ihr Bett gleiten und deckte sie zu.

»Das wird schon wieder, Süße«, murmelte er und schloss die Tür leise hinter sich. Das Nachttischlicht ließ er für sie brennen.

Georgie rieb sich verwundert die Augen, als sie ein paar Stunden später vom Vogelgezwitscher und dem Klappern aus der Küche geweckt wurde. War sie in der Nacht nicht nach unten gegangen? Wieso lag sie dann jetzt in ihrem Bett? Sie musste sehr erschöpft gewesen sein, wenn sie sich nicht erinnern konnte. Irritiert ging sie nach unten, wo Vera und Iris wie so oft in der Küche saßen.

»Na, du Schlafmütze?«, neckte Vera sie. Wenn du wüsstest, dachte Georgie.

»Guten Morgen, ihr beiden. Vera, ich würde heute Vormittag gern ein bisschen häkeln. Kann ich nachmittags mit den Unterlagen weitermachen?«, fragte sie und nahm dankbar die Tasse Tee entgegen, die Iris ihr reichte. Sie hatte sich an den vielen Tee gewöhnt, aber langsam kam ihre Sehnsucht nach echtem Kaffee durch.

»Liebes, du kannst mit den Unterlagen weitermachen, wann du möchtest. Ich habe es nicht eilig damit. Die liegen schon seit Ewigkeiten herum, da kommt es auf ein paar Tage nicht an.« Sie zwinkerte ihr zu. »Tom will heute im Garten weiterbauen, das Wetter soll ganz gut werden.« Was bedeutete, dass es nicht den ganzen Tag regnen würde, höchstens ein paar Stunden. »Lass dich von ihm nicht stören. Dann breche ich jetzt mal auf. Gestern habe ich richtig viele Waren verkauft, ich muss die Regale auffüllen. Iris, hast du alles, was du brauchst?«, fragte sie und strich ihrer Freundin liebevoll über den Arm. Diese nickte.

»Ja, geh nur. Georgie ist ja auch hier. Und Tom.«

Georgie hatte keinen Appetit und verzog sich deshalb gleich auf die Veranda. Es war noch frisch, und fröstelnd wickelte sie sich in ihre dicke Strickweste ein. Kopf, Herz und Seele waren heute genauso müde wie ihr Körper. Diese Trennung kostete sie alle Kraft.

Tom war noch nicht aufgetaucht und sie genoss die Stille im Garten. Kater kam zu ihr und sprang auf ihren Schoß. Gedankenverloren streichelte sie über das orangerote Fell der Katze, deren Schnurren ihr Trost spendete. Es war schon schön hier. Ganz anders als ihr Zuhause. Sie vermisste die Stadt, aber noch mehr vermisste sie ihren Freundeskreis. Ihr Leben, ihren Job. Sie konnte hierbleiben, eine Weile. Und dann? Gerade als die ersten Tränen zu fließen drohten, bog Tom mit seinem Transporter um die Ecke. Er hatte große, dicke Holzbalken geladen und fuhr direkt neben das Fundament für das Gewächshaus auf die Wiese. Grüßend hob er die Hand an sein Käppi. Normalerweise kam er zu ihr, um sie zu necken, heute machte er sich jedoch gleich daran, die Balken abzuladen. Sie beobachtete ihn dabei. Er war die Ruhe selbst, von ihm ging nie Stress oder Eile aus. Zudem war er wirklich attraktiv, befand sie und schob den Gedanken schnell zur Seite. Immerhin war er der Liebhaber ihrer Tante, oder etwas in der Art. Sie griff nach Wolle und Nadel und fing an, zu häkeln.

Tom wischte sich den Schweiß aus der Stirn und warf einen Blick rüber zu Georgie. Ob ihr bewusst war, dass sie sanft lächelte, wenn sie häkelte? Vermutlich nicht. Sie war nur mit ihrer Trauer beschäftigt und davon vollkommen vereinnahmt. Spontan ging er nun doch zu ihr hinüber und lehnte sich an das Geländer auf der Veranda.

»Guten Morgen, Georgie«, grüßte er.

»Guten Morgen, Tom«, entgegnete sie und ließ ihre Hände samt Häkelarbeit auf die Katze sinken, die sich miauend beschwerte.

»Was hast du heute noch vor?«, wollte er wissen.

»Warum?«, fragte sie misstrauisch. Er grinste.

»Ich brauche deine Hilfe.«

Georgie runzelte die Stirn. Wobei sollte sie ihm schon helfen können?

»Eigentlich muss ich mich um die Unterlagen aus Veras Geschäft kümmern«, wich sie aus.

»Das musst du doch nicht heute erledigen«, rief Iris aus dem Wohnzimmer hinter ihr lautstark, damit man sie draußen auch sicher hörte.

»Danke, Iris«, gab Georgie zurück und zog eine Grimasse, über die Tom erneut lachen musste.

»Du siehst, ich habe nichts vor. Wobei brauchst du meine Hilfe?«

»Warte es ab. Ich glaube, es wird dir gefallen. Ich mache das schnell fertig und dann können wir los.« Er deutete auf die restlichen Holzbalken auf der Ladefläche seines Transporters. Georgie hob ihre Häkelarbeit hoch.

»Ebenfalls.« Sie fügte die letzten Reihen hinzu und verstaute dann bedauernd ihre Utensilien wieder im Korb. Aber hier half man sich gegenseitig, hatte Vera immer wieder betont. Sie kam nicht drum herum. Spontan beschloss sie, ihr Häkelzeug mitzunehmen, als Tom ihr mitteilte, sie würden eine Weile unterwegs sein.

Zwischen ihren beiden Sitzen entdeckte Georgie eine Thermoskanne und roch einen vertrauten Duft im Wagen.

»Ist da etwa Kaffee drin?«, fragte sie ungläubig. Tom nickte.

»Bedien dich«, forderte er sie auf und reichte ihr seine Tasse. Sie hätte lieber eine eigene gehabt, aber ihr Verlangen nach Kaffee war stärker. Der erste Schluck schoss ihr sofort in den Magen. Er war kräftig, aber lecker. Genussvoll schloss sie die Augen.

»Das habe ich vermisst«, schwärmte sie und nahm noch einen kleinen Schluck. Tom lachte.

»Wenn ich das gewusst hätte, hätte ich dir schon früher welchen mitgebracht, um dich in mein Auto zu locken.«

»Ach, dass du meine Hilfe benötigst, war also nur eine Ausrede, um mich in dein Auto zu locken?«, fragte sie und musterte ihn grinsend von der Seite. Um seine Augen bildeten sich hübsche Lachfalten. »Ja, ich weiß eben, wie man Frauen verführt.«

»Oder entführt«, erwiderte sie und er lachte erneut. Sie mochte sein Lachen. Es war ein ehrliches Lachen. Nach all den Enttäuschungen und Lügen in ihrem Leben fand sie es sehr erfrischend.

»Mach es dir bequem, wir sind fast eine Stunde unterwegs«, forderte er sie auf und griff nach dem Radio. Georgie zog ein Bein unter, legte sich ein Wollknäuel in das Dreieck dazwischen und nahm sich ihre Häkelnadel. Das glatte Metall fühlte sich vertraut an in der ungewohnten Situation.

»Das hat es dir echt angetan, was?«, fragte Tom neugierig und deutete auf die Wolle.

»Ja, es ist … irgendwie magisch. Meine Gedanken hören endlich auf zu kreisen und die gleichmäßige Bewegung hat etwas sehr Beruhigendes, fast schon Meditatives. Außerdem entsteht aus einem langweiligen Faden etwas Wunderschönes«, gestand sie und lächelte. »Es lenkt mich von all dem Mist ab.«

»Welchem Mist?«, wollte er wissen und warf ihr einen kurzen Blick zu, bevor er wieder auf die Straße sah.

Georgie blickte aus dem Fenster und antwortete leise: »Mein Leben.«

Den Rest der Fahrt schwiegen beide. Tom drehte das Radio lauter, Georgie häkelte und sah ab und an aus dem Fenster.

Eine Stunde später bog Tom von der Straße ab und folgte einem schmalen Weg durch den Wald zu einem heruntergekommenen Haus. Es stand offensichtlich leer, alle Fensterscheiben fehlten, die Haustür hing krumm in den Angeln. Das Grundstück war vollkommen verwildert. Niemand außer ihnen beiden war zu sehen.

»Was machen wir hier?«, fragte Georgie misstrauisch. »Ist das eine von deinen Baustellen? Ich warne dich vor, ich bin handwerklich nicht zu gebrauchen. Das ist das höchste der Gefühle«, warnte sie ihn und hob ihre Häkelarbeit in die Höhe.

»Komm mit«, forderte Tom sie auf und ging um das Auto herum, um ihr die Tür zu öffnen. Sie kletterte heraus.

»Tom, sag schon. Wem gehört das Haus?«

»Mir. Ich habe es vor Kurzem gekauft.«

Georgie riss die Augen auf und blickte ihn ungläubig an. »Du willst darin … wohnen? Bist du verrückt?«

Tom nahm ihre Hand und zog sie mit sich. Seine große, raue Hand umschloss ihre Finger. Sie mochte die Wärme und das kratzige Gefühl. Sie fühlte sich … beschützt. Mit diesen Händen konnte er sie auch gegen Bären verteidigen, wenn es je darauf ankam. Sie grinste bei dem Gedanken. Es gab wilde Tiere hier im Schwarzwald, aber Bären vermutlich nicht.

»Nein, ich habe schon ein Haus, in dem ich wohne. Das ist eine Investition. Ich werde es umbauen und dann

gewinnbringend verkaufen. Aber deshalb sind wir nicht hier.«
Er ging mit ihr um das Haus herum. Dort stand ein Schuppen,
der mindestens genauso heruntergekommen war wie das Haus.
Tom ließ ihre Hand los, um den Riegel zu öffnen. Sie trat, eine
Hand an seinem Rücken, hinter ihm ins Dunkle. Als ihre Augen
sich daran gewöhnt hatten, sah sie sich um. Es war einfach nur
ein Schuppen mit Gerümpel.

»Hier.« Tom ging in eine Ecke, nahm ein schmutziges Tuch
von einem Stapel. Darunter standen sechs große Holzrahmen
mit Glasscheiben. Die Rahmen waren intakt, allerdings blätterte
an allen der Lack ab. Soweit sie sehen konnte, waren ein oder
zwei Glasscheiben gesprungen, aber alle anderen in Ordnung.

»Was hast du damit vor?«, fragte sie ihn irritiert.

»Die sind für Veras Gewächshaus. Wir werden eine kleine
Mauer um das Fundament errichten und dann aus diesen
Fensterrahmen eine der Wände bauen. Ich habe sie hier entdeckt, jemand muss sie gesammelt haben. Die sind alle ver-
schieden und vermutlich nicht von diesem Haus da draußen.«

Georgie trat näher und betrachtete die unterschiedlichen
Formen der Rahmen. Vera würde es lieben, ganz sicher.

»Die anderen Wände kommen vom Glaser, aber diese eine
Seite soll etwas Besonderes werden. Wenn Vera im Gewächshaus
arbeitet, kann sie die Fenster öffnen und Luft hereinlassen. Was
meinst du?« Tom sah sie an. Georgie erwiderte seinen Blick.

»Vera wird vermutlich durchdrehen vor Begeisterung.«

Tom zog sie lachend an sich und legte den Arm um ihre
schmalen Schultern.

»Das hoffe ich doch.«

Er zog zwei Paar Arbeitshandschuhe aus seinen
Hosentaschen und gab ihr eins davon. »Lass uns anfangen.«

Gemeinsam schleppten sie die Fenster zu seinem Transporter
und verluden sie in mehrere alte Decken eingewickelt auf die

Ladefläche. Georgie kam dabei ordentlich ins Schwitzen, aber es gefiel ihr erstaunlich gut, sich auf diese Weise zu betätigen.

Als alle Fenster sicher festgezurrt waren, lehnte sie sich zum Verschnaufen an den Wagen.

»Das hättest du doch bestimmt auch allein machen können, oder?«, wollte sie wissen. Die Scheiben waren groß und schwer gewesen, aber Tom war riesig. Und sie hatte heute Morgen gesehen, wie er Balken allein herumgewuchtet hatte, als würden sie nichts wiegen.

»Ja«, gestand er und zwinkerte ihr zu, »aber mit dir hat es viel mehr Spaß gemacht.« Georgie zog die Handschuhe aus und gab sie ihm zurück. Er hielt dabei ihre Hand fest und kam einen Schritt näher. Überrascht blickte sie auf. Er war ihr schon ein paar Mal nahe gekommen, hatte den Arm um sie gelegt oder sie an sich gezogen. Sie gewöhnte sich langsam daran. Dieses Mal fühlte es sich anders an. Intimer. »Was tust du da?«, wisperte sie, als er noch näher kam. Seine Hüften berührten sie bereits und sie konnte nicht nach hinten ausweichen, weil sie am Auto lehnte. Tom fuhr mit einer Hand über ihren Arm nach oben, legte sanft die Hand in ihren Nacken und beugte sich zu ihr hinunter. Dabei hielt er die ganze Zeit ihren Blick fest. Es geschah langsam und vorsichtig. Sie hätte sich wehren können, ihn jederzeit zur Seite schieben oder unter seinem Arm hindurchschlüpfen können. Aber sie ließ es geschehen. Seine Lippen legten sich auf ihre und sie öffnete den Mund ein bisschen. Seine Berührungen waren zärtlich, seine Lippen sanft. Der Bart kratzte sie, es war ihr egal. Ein Prickeln fuhr ihr direkt in den Magen und tiefer, ihr Herz schlug kräftig. Für einen Moment ließ sie sich in den Kuss fallen und sog alles auf, was er ihr gab. Ihr eigener hingebungsvoller Seufzer brachte sie zurück. Heftig atmend drückte sie ihn von sich.

»Nicht. Hör auf!«

Tom lehnte seine Stirn an ihre und schloss die Augen. »Entschuldige, Georgie. Das wollte ich schon seit dem ersten Tag. Du bist so wunderschön, ich weiß auch nicht, wie es kommt, aber ich kann nicht aufhören, an dich zu denken.« Sie wand sich an ihm vorbei und raufte sich die Haare.

»Wir dürfen das nicht! Ich bin keine Betrügerin, ich nicht«, stieß sie verzweifelt und gegen ihre eigenen Gefühle hervor. Sie durfte es nicht, und doch wollte sie ihn weiter küssen. Sie wollte, dass seine großen Hände ihre Hüften umfassten und er sie an seine Brust zog. Sie wollte in seiner Umarmung verschwinden und das süße Prickeln wieder spüren, das er in ihr ausgelöst hatte.

»Ich glaube kaum, dass ihn das interessiert«, entgegnete Tom und nahm ihre Hand. Er deutete auf ihren Verlobungsring, den sie noch nicht abgelegt hatte.

»Aber Vera. Das geht nicht. Was fällt dir eigentlich ein?!«

»Vera?«, fragte er irritiert.

»Ja, Vera! Du und sie, ihr seid doch …«, setzte sie ihren Protest fort, der abrupt abebbte, da Tom plötzlich laut auflachte, wohl weil ihm klar wurde, was sie meinte.

»Vera und ich haben nichts miteinander. Deine Tante und ich sind bloß Freunde. Wirklich gute Freunde, aber mehr nicht.« Georgie wurde knallrot und stieg wütend über seine Heiterkeit ins Auto. Wie peinlich! Da hatte sie sich zu einem innigen Kuss hinreißen lassen, obwohl sie gedacht hatte, dass Tom und Vera etwas miteinander hatten. Sie fühlte sich ertappt.

»Können wir dann los? Ich habe heute noch einiges zu erledigen«, gab sie zurück und knallte die Autotür hinter sich zu.

Tom unternahm nur einen einzigen Versuch, während der Fahrt mit ihr zu sprechen, aber Georgie blockte ihn rigoros ab und stellte sogar irgendwann das Radio so laut, dass an eine Unterhaltung nicht mehr zu denken war. Stur sah sie aus dem Fenster und verfluchte sich. Sie hätte Vera ja auch fragen können, ob Tom und sie ein Paar waren. Es war ihr peinlich, dass er sie ausgelacht hatte. Und sie schämte sich für das Verlangen, das sein Kuss in ihr hervorgerufen hatte. Schließlich trug sie noch immer ihren Verlobungsring. Sebastian und sie hatten von Hochzeit und Kindern gesprochen. Sie hätten besser mal über Treue sprechen sollen, dachte Georgie bitter und biss die Zähne zusammen, bis es im Kiefer schmerzte. Auch wenn er sie betrogen hatte und sie davongelaufen war, durfte sie nicht diese Gefühle gegenüber einem anderen Mann haben. Vor nicht mal einem Monat hatte sie noch ans Heiraten gedacht. An »bis in alle Ewigkeit«. Und nun war da dieses Verlangen nach einem neuen Mann in ihr. Es war falsch. Oder nicht?

Kaum bei Veras Haus angekommen, sprang Georgie schon aus dem Auto und knallte wieder die Tür hinter sich zu. Tom hatte noch nicht mal den Motor ausgestellt, da war sie bereits auf und davon. Er musste grinsen. Seit sie hier war, hatte er sie nicht so voller Leben und Energie gesehen. Es gefiel ihm. Unter der zarten, traurigen Oberfläche loderte es. Seinetwegen. Welcher Mann hätte sich nicht darüber gefreut, wenn er solch eine Reaktion bei einer Frau hervorrief? Fröhlich pfeifend lud er die Fensterrahmen ab und brachte sie in Veras Schuppen. Dann sah er kurz nach Iris, die einen Mittagsschlaf im Schaukelstuhl hielt. Einen Moment beobachtete er die schlafende Frau. Georgie schien nicht zu wissen, dass die beiden Frauen viel mehr als nur eine besonders innige und langjährige Freundschaft verband. Iris hatte an seiner Grundschule im Nachbardorf unterrichtet, sie war jung Witwe geworden und hatte nicht wieder geheiratet. Vera und sie waren seit über zwanzig Jahren Freundinnen, fuhren zusammen nach Italien und Südfrankreich in den Urlaub, feierten Geburtstage, Weihnachten und Sommerfeste gemeinsam. Als Iris vor fünf Jahren schwer erkrankte, war sie endlich offiziell zu Vera gezogen, die sich selbstlos um ihre Freundin kümmerte. Ihre Liebe war ein offenes Geheimnis im Dorf. Es mochte so aussehen, als würden einfach nur zwei alleinstehende Frauen füreinander da sein. Doch jeder vermutete, dass da mehr zwischen ihnen war. Jeder, außer Georgie, anscheinend.

Tom ging leise davon und ließ Iris schlafen. Von Georgie war nichts zu sehen. Vielleicht hatte sie sich in ihrem Zimmer verkrochen, überlegte er. Aber er wusste, wann er den Rückzug anzutreten hatte. Also überprüfte er nur noch das Fundament des Gewächshauses und fuhr dann zufrieden nach Hause. Er hatte dort einige Dinge zu erledigen und konnte auch später noch mal nach den drei Frauen sehen.

KAPITEL 5

In den nächsten Tagen ging Georgie Tom tunlichst aus dem Weg. Sie stand früh auf, kümmerte sich ums Frühstück für Iris und Vera und häkelte, bis ihre Tante bereit war, mit ihr gemeinsam in den Laden zu fahren. Dort verbrachte sie mehrere Stunden damit, die Daten der Unterlagen in Tabellen auf dem Computer zu übertragen. Sie hatte sie systematisch sortiert, jetzt war die Aufbereitung an der Reihe. Nachmittags, wenn ein paar Touristen in den Laden kamen, fuhr sie meistens nach Hause, um auf der Veranda zu häkeln, bis sie Vera abends wieder abholte. Sie genoss die einsamen Momente auf der Veranda sehr. Sie liebte den Ausblick auf den Wald, bei jedem Wetter. Unter dem Verandadach war sie gut geschützt vor Regen oder Sonnenschein. Sobald Tom auftauchte, um etwas am Gewächshaus zu arbeiten, verzog sich Georgie jedoch. Tom machte keine Anstalten, sich ihr zu nähern oder das Gespräch zu suchen, was ihr nur recht war. Sie wusste einfach nicht, wie sie sich ihm gegenüber verhalten sollte. Sollte sie den Kuss ansprechen? Oder hätte ihm das nur verraten, dass sie noch immer darüber nachdachte? Also zog sie sich in ihr Zimmer oder zu Iris ins Wohnzimmer zurück, wenn er im Garten war, und ging ihm bestmöglich aus dem Weg.

Nachdem sie eine Woche lang jeden Tag ein paar Stunden lang im Büro Einnahmen und Ausgaben aufgelistet hatte, kam sie zu dem ernüchternden Ergebnis, dass der Laden nur wenig mehr Geld einbrachte, als er kostete. Vera müsste einfach verstärkt Werbung machen, dachte Georgie. Durch den kleinen Ort fuhren fast täglich Touristen. Jetzt, wo es immer frühlingshafter wurde, würden bestimmt noch mehr kommen. In der Regel hielten sie an, um zu tanken, sich eine Erfrischung zu besorgen und kurz die Füße zu vertreten. Georgie beobachtete mehrmals, wie Ehefrauen aus dem Auto stiegen, zum Laden herübersahen und dann spontan eintraten. Da steckte doch Potenzial drin! Und Vera wollte sicher nicht einfach nur beschäftigt sein. Wenn sie mehr verdiente, konnte sie ein paar dringende Reparaturen am Haus vornehmen lassen. Von Profis, nicht von Tom. Nicht, dass Toms Arbeit nicht gut war, aber Vera ließ darüber hinaus gar nicht zu, dass er neben dem Gewächshaus andere größere Arbeiten vornahm. Hier und da ein paar Handgriffe – das war wichtig, aber damit renovierte man noch kein ganzes Haus.

»Vera«, rief Georgie, als sie eines Morgens im Laden war. Sie stand auf, legte Unterlagen zur Seite und ging nach vorne. Vera war damit beschäftigt, Geschenktüten von Hand mit einem Blumenmuster zu bemalen. Na ja, vielleicht möchte sie doch einfach nur beschäftigt sein, dachte Georgie lächelnd. Ihre Tante blickte auf und strahlte sie an. »Ist das nicht schön geworden?«, wollte sie von Georgie wissen und hielt ihr eine Papiertüte mit weißen Blütenranken hin. Georgie nickte pflichtbewusst.

»Tante Vera, wir müssen reden«, setzte sie an und wartete ab, bis Veras Aufmerksamkeit von den Tüten weg und wirklich ganz bei ihr war. Sachlich, aber behutsam schilderte sie ihrer Tante die Geschäftslage. »Die gute Nachricht vorweg: Das Geschäft trägt sich selbst. Allerdings nur gerade so. Unterm Strich bleibt nicht viel übrig. Wenn wir mehr einnehmen würden, könnten wir das Geld in die Renovierung des Hauses investieren.« Einen

Moment schwieg Georgie und wartete auf ein Zeichen, dass Vera ihr gedanklich folgte. Als diese nickte, fuhr sie fort. »Das beste Mittel, um mehr Geld einzunehmen, ist, mehr Werbung zu machen. Folgendes habe ich mir überlegt: Du brauchst eine Website. Die Menschen müssen wissen, dass es diesen Laden hier gibt, wenn sie auf der Durchreise sind.« Georgie lehnte sich mit der Hüfte an die Verkaufstheke und wartete auf Veras Reaktion. Die schüttelte zu Georgies Überraschung jedoch den Kopf.

»Eine Website! Und wer kümmert sich darum? Ich weiß ja gar nicht, wie das geht. Man braucht auch Bilder und Texte. Gut, ich habe schöne Fotos gemacht vor einiger Zeit. Die müssten im Wohnzimmer liegen. Aber … lieber nicht, damit hat man sicherlich viel Arbeit. Das ist mir zu kompliziert. Nein, das ist nichts für mich. Es ist doch gut, wie es ist. Der Laden läuft, mehr brauche ich nicht.«

»Vera!«, rief Georgie empört. »Seit wann bist du so ein Angsthase?«

Vera sah betreten zur Seite.

»Außerdem stimmt das nicht«, ergänzte Georgie, »Es ist nicht kompliziert. Man muss dafür nicht programmieren. Wir nehmen einfach einen Blog und dann stellen wir deine Fotos ein. Darum kann ich mich kümmern. Willst du denn nicht, dass noch mehr Menschen kommen und deine Sachen kaufen?«

Noch immer wirkte Vera nicht wirklich überzeugt, aber Georgie merkte, wie ihre eigene Begeisterung langsam auf ihre Tante übersprang. Der Widerstand bröckelte sichtlich. »Na schön. Aber du musst versprechen, dass es nicht zu viel Arbeit wird«, verlangte Vera von ihrer Nichte, die eifrig nickte.

»Das mache ich.«

Und sie setzte sich sofort an die Arbeit. Nach ein paar Stunden am Rechner hatte sie sich bereits für ein romantisches Design entschieden und den Blog angemeldet. Die Fotos konnte sie an einem anderen Tag hochladen, der erste Schritt war getan. Es fühlte sich gut an und sie hatte Spaß daran gehabt, die Texte für den Blog zu entwerfen. Über den Ort, den Laden, Tante Vera und ihre Kräutergeheimnisse. Außerdem schrieb sie ein paar Zeilen über die Häkelarbeiten, die man im Laden kaufen konnte. Wie viel Liebe und Zeit darin steckten und dass es Decken fürs Leben seien. Sie wollte auch bald mit ihrer fertig werden. Noch fehlten einige Quadrate. Vielleicht würde sie heute Abend mal ein neues Muster ausprobieren. Sie hatte ein Kissen in Iris' Zimmer entdeckt, das lauter kleine Noppen hatte. Gehäkelte Noppen, das sah hübsch und lustig aus. »Lustig« konnte sie wahrlich gut gebrauchen in ihrem Leben.

Fast ein Monat war vergangen, seit sie bei ihrer Tante untergetaucht war. In dieser Zeit hatte sich Georgie die meiste Zeit von Veras Computer ferngehalten, außer wenn sie sich mit der Buchhaltung beschäftigt hatte. Auch ihr Handy hatte sie die ganze Zeit über nicht wieder angeschaltet, obwohl sie inzwischen ein passendes Ladekabel erstanden hatte. Sie wollte einfach nicht Gefahr laufen, nach Nachrichten von Sebastian oder Nathalie zu schauen. Aber nachdem sie den Blog eingerichtet und betextet hatte, klickte sie sich doch durch ihre Mails. Ein bisschen Werbung, eine alte Freundin, die sie um einen Rückruf bat, und wie erwartet auch Post von Sebastian und Nathalie. Gerade Nathalie hatte weiterhin täglich an sie geschrieben, Sebastian dagegen nur noch ein einziges Mal, seit sie zuletzt nachgeschaut hatte. Georgie atmete tief durch und las die wenigen Worte.

»Wo bist du? Melde dich endlich!«

Mehr nicht. Georgie schnaubte wütend. Was fiel ihm eigentlich ein? Nur, weil sie sich ein paar Wochen tot stellte, gab er sofort auf? Vermutlich gefiel es ihm sogar. Dann hatten er und Nathalie freie Fahrt. Ob sie bei ihm eingezogen war? Nathalies Wohnung war viel zu klein für zwei Personen. Als Dauersingle hatte sie sich in einer hübschen, aber eben sehr kleinen Wohnung eingerichtet und gab ihr Geld lieber für Klamotten und Reisen aus. Georgie runzelte die Stirn und loggte sich aus, ohne die Nachrichten von Nathalie zu lesen. Verdammt, dachte sie und verfluchte sich. Es war ein schöner Tag gewesen und seine Mail hatte ihr die Laune verdorben. Traurig und wütend zugleich starrte sie aus dem kleinen Fenster, das etwas Licht ins Zimmer ließ. Deshalb sah sie auch Toms Wagen, der am Geschäft vorbeifuhr und bei der Tankstelle einbog. Georgie beobachtete ihn missmutig. Und er? Er hatte sie auch ignoriert in den letzten Tagen. Einmal küssen und schon das Interesse verloren. Sie schob den Gedanken, dass ja eigentlich sie ihm ausgewichen war, einfach beiseite. Das tat nichts zur Sache. Sie wurde immer missmutiger, als sie sah, wie er entspannt zu ihnen herüberschlenderte. Dieser lässige Gang, das lausbuben- hafte Grinsen. Hatte der Mann denn nie Sorgen? Kurz darauf hörte sie die Türglocke im Laden und die Stimme von Vera, die Tom begeistert begrüßte, als hätte sie ihn seit Monaten nicht gesehen. Dabei tauchte er eigentlich fast täglich bei ihnen auf.

»Wunderbar, gut, dass du hier bist. Du musst dir ansehen, was Georgie gemacht hat. Eine Website hat sie gebaut. Oder einen Blog, so heißt das, richtig? Blog, also. Ganz allein. Meine Fotos müssen da noch irgendwie hin, aber sie hat schon alles andere gemacht. Was sagst du dazu? Dass ich so modern bin, hättest du nicht gedacht, oder?«, plapperte Vera drauflos und Tom fasste sie bei den Schultern und sah ihr fest in die Augen.

»Du bist die modernste Frau, die ich kenne, Vera Winter«, schwor er und Georgie rollte mit den Augen. Sein Charme war ja wohl fast schon zu viel. Tom kam zu ihr ins Büro und lehnte sich an den Türrahmen.

»Eine Website also, eine gute Idee«, lobte er Georgie und sie stand auf, um neben ihm nicht klein zu wirken.

»Danke«, sagte sie artig und schwieg dann eisern. Vera schob den Kopf an Toms Schulter vorbei.

»Georgie, Liebes. Ich muss Iris zu einem Arzttermin bringen. Kannst du den Laden nachher absperren? Es macht dir doch nichts aus, oder?«

»Oh, was Ernstes?«

»Nur ein Kontrolltermin, du weißt schon. In unserem Alter gehört das dazu.« Vera winkte ab und wechselte rasch das Thema. »Wir treffen danach noch ein paar Freunde in der Stadt, vielleicht bleiben wir dort über Nacht. Diese Treffen arten gern mal feuchtfröhlich aus.«

»Aber wie komme ich dann nach Hause?«, fragte Georgie und ahnte im selben Moment, was passieren würde. Wie sie es sich gedacht hatte, meldete sich Tom bereitwillig als Fahrer.

»Ich muss ohnehin noch etwas im Baumarkt besorgen und komme dann in einer Stunde wieder zurück, um dich zu holen.«

»Das ist eine gute Idee«, befand Vera und Georgie fügte sich. Sie war zu schlecht gelaunt, um darüber zu diskutieren.

Mit einer Tasse Tee setzte sie sich an die Theke und wartete auf Tom. Lächerlich, dachte sie. In dieser einen Stunde kamen sicher keine Touristen mehr vorbei. Es war mitten in der Woche und gerade zog eine Regenwand über sie hinweg. Wer sollte da schon auftauchen? Seit wann hielt Vera überhaupt etwas von Öffnungszeiten? Und tatsächlich blieb Georgie die Stunde allein im Geschäft. Aus Langeweile betrachtete sie die Muster einer dunkelgrünen Häkeldecke und versuchte zu verstehen, wie man sie zustande brachte. Sie unterschied feste Maschen, Stäbchen, halbe Stäbchen und Luftmaschen voneinander. Allein mit dieser doch sehr geringen Grundlage kam man beim Häkeln erstaunlich weit. In dieser Decke waren ebenfalls Noppen eingearbeitet. Sie musste Iris oder Vera unbedingt fragen, wie das ging. Das Gefühl der Knubbel aus Wolle unter ihren Fingerspitzen hatte es ihr angetan. Georgie war dermaßen vertieft in die Häkeldecke, dass ihr Ärger über Sebastians Mail unbemerkt verflog.

Knapp eine Stunde später hielt Toms Wagen vor dem Laden, sie schreckte durch die Hupe hoch. War wirklich so viel Zeit vergangen? Sie verstaute die Kasse, löschte das Licht und schloss den Laden hinter sich ab. Durch den Regen kam ihr Tom entgegen. Schützend hielt er seine große Jacke über sie beide und gemeinsam rannten sie zum Wagen.

»Danke, dass du mich fährst«, sagte Georgie, als sie im Trockenen saßen. Tom sah rüber und nickte. »Das mache ich gern. Wollen wir dann noch zusammen essen?«, fragte er und startete den Motor. Georgie stutzte. Klang da so etwas wie eine Bitte durch? Sie sah den Regentropfen auf der Scheibe nach. »Vielleicht.«

»Wie bist du auf die Idee für den Blog gekommen?«, wechselte er das Thema und Georgie fing an, von ihrem Tag zu erzählen. Dass sie den Laden gern mochte und er bei den Touristen gut ankam. Dass ihre Tante aber kaum Gewinn damit machte, dabei hätte sie gut ein bisschen Geld gebrauchen können, um es in das Haus zu stecken, wenn sie weiterhin darin wohnen wollte. Tom hörte aufmerksam zu, stellte ein paar Fragen zwischendurch und ermutigte sie, immer mehr zu berichten. Sie fühlte sich wohl mit ihm in seinem Auto. Es roch vertraut nach Kaffee und Holz – und ihm. Der Regenschauer hatte die Temperaturen deutlich heruntergekühlt, sie trug seine Jacke, um nicht zu frieren.

Beim Haus angekommen, drehte sich Georgie zu ihm um und musterte sein Gesicht. Er hatte sich offenbar seit Tagen nicht rasiert, und in seinem Haar entdeckte sie Spuren von Staub und Erde. Das kam sicher von seiner Arbeit am Gewächshaus. Er hatte sich ein Abendessen wirklich verdient.

»Möchtest du reinkommen? Wir könnten gucken, was noch im Kühlschrank ist«, schlug sie vor und er nickte langsam. Der

Regen hatte für einen Moment nachgelassen und sie kamen halbwegs trocken ins Haus. Tom kümmerte sich im Wohnzimmer um den Kamin, während sie die Küche durchforstete. Ein paar Tomaten, Pasta, Veras wilde Kräutermischungen, dazu ein bisschen Wein. Perfekt für ein einfaches Dinner. Aus dem Wohnzimmer drang leise Musik zu ihr in die Küche. Tom hatte eine von Iris' Schallplatten aufgelegt. Er ging ins Badezimmer, um sich den Staub abzuwaschen. Mit der Katze auf dem Arm kam er in die Küche zurück und fragte, ob er ihr helfen könne. Sie schüttelte den Kopf.

»Ich habe hier dieses Rezeptbuch meiner Großmutter. Sie war eine tolle Köchin und hat immer genau notiert, wie sie ihre Gerichte zubereitet hat. Der Zitronenkuchen von neulich war ebenfalls nach einem ihrer Rezepte.« Bei der Erinnerung, wie er sie mit Zitronenkuchen gefüttert hatte, spürte sie, dass sie rot wurde.

»Du solltest das Rezept auf dem Blog veröffentlichen. Es war lecker. Viel zu schade, um es zu verheimlichen«, schlug Tom vor, der liebevoll die Katze kraulte. Sie reichte ihm ein Glas Wein und dachte über seinen Vorschlag nach.

»Ich muss Vera fragen, ob sie was dagegen hat. Aber es ist eine gute Idee. Hier, probier mal.« Sie tunkte einen Löffel in die Soße, die auf dem Herd köchelte. Tom setzte Kater auf den Boden und ließ sich von ihr den Löffel zwischen die Lippen schieben. Genüsslich leckte er mit der Zunge einen Rest aus dem Mundwinkel. Einem plötzlichen Impuls folgend, stellte sie sich auf die Zehenspitzen und küsste ihn. Sie schmeckte die würzige Soße auf seinen Lippen und den Wein. Darunter schmeckte er schlicht nach Mann. Vorsichtig trat sie näher zu ihm und fuhr mit einer Hand über seine Brust zu seinem Nacken. Tom hielt ganz still, als sie ihn erkundete. Er erwiderte ihren Kuss und ließ sie gewähren. Seine sanfte Hingabe ermunterte sie, mutiger zu werden. Mit den Händen griff sie in seine

Haare, fühlte die weichen Strähnen zwischen ihren Fingern, mit den Fingerspitzen berührte sie seine Haut. Ihr Körper lehnte sich vertrauensvoll an seinen, sie spürte sein Herz in der Brust schlagen. Als hinter ihr das Nudelwasser zischend überkochte, hörten ihre Zärtlichkeiten abrupt auf. Eilig drehte sie sich um, nahm den Deckel vom Topf und zog abwehrend die Schultern hoch. Was tat sie denn da? Sie war nicht zurechnungsfähig. Ihre Hände zitterten, ihr Herz raste. Tom trat hinter sie und schlang sanft den Arm um ihre Taille. Georgie hielt ebenso still, wie er gerade stillgestanden hatte. Zaghaft lehnte sie sich an ihn, genoss die Wärme seines Körpers an ihrem Rücken, den Arm um ihren Bauch und das Kratzen seines Bartes am Hals. Er vergrub seinen Mund an ihrem Hals und liebkoste ihren Nacken mit kleinen Küssen.

»Tom, ich …«, setzte sie leise an. »Was tun wir hier nur? Ich bin doch gerade erst …«, wieder ließ Georgie einen Satz unbeendet, weil sie nicht wusste, was sie sagen wollte. Dieser Mann weckte etwas in ihr, er brachte etwas in ihr zum Klingen und es gefiel ihr. Sie spürte eine Sehnsucht nach ihm, die ihr unheimlich war. Schließlich kannten sie sich kaum und dann war da noch immer Sebastian in ihrem Hinterkopf. Tom hielt sie sanft im Arm. Seine Ruhe beruhigte auch sie immer wieder.

»Lass uns doch einfach gemeinsam herausfinden, was wir hier tun. Ein Schritt nach dem anderen. Wir werden sehen, was es ist, was es sein kann. Heute Abend ist unser Schritt ein gemeinsames Abendessen. Was morgen ist, sehen wir morgen«, schlug Tom vor. Als sie einverstanden nickte, atmete er tief durch. Dann nahm er sich Teller, um den Tisch zu decken.

Während des Abendessens griff Tom einmal nach ihrer Hand und streichelte mit dem Daumen ihre Fingerknöchel. Georgie ließ ihn gewähren und betrachtete ihre schlanke Hand in seiner Pranke. Dann entzog sie ihm die Finger, um einen Schluck aus dem Weinglas zu nehmen. Es war ein Vorwand, aber sie war noch nicht bereit dazu, bei romantischem Kerzenschein, mit Kaminfeuer und Gewitter hier zu sitzen und Händchen zu halten mit einem ihr eigentlich unbekannten Mann. Tom gab sich zufrieden mit ihrer Gesellschaft und erzählte ihr von seinen Plänen für das Haus. Sie lachte und fand ihn vollkommen verrückt. Aber vielleicht wurde man das hier. Sie war bestimmt auch schon auf dem besten Weg dahin. Wenn sie vom Geschäft berichtete oder von ihren Ideen für den Blog, fragte er nach, war interessiert und wollte alle Details wissen. Kein einziges Mal drängte er sie, zu erzählen, warum sie überhaupt hier war. Was geschehen war in Frankfurt. Vielleicht würde sie es ihm bald erzählen. Aber nicht heute Abend.

Das Essen mit ihm war so schön, dass sie beinahe die Zeit vergaß. Erst als sie gemeinsam den Tisch abräumten, fiel Georgies Blick in der Küche auf die Uhr. »Es ist schon spät, Vera und Iris bleiben wohl tatsächlich in der Stadt. Bei dem Wetter sollte Vera ohnehin nicht mehr Auto fahren«, sorgte sich Georgie plötzlich. Draußen tobte noch immer der Regen. Unruhig sah sie aus dem Fenster, als könnte sie die beiden dadurch herbeibeschwören. Tom trat hinter sie und legte ihr freundschaftlich den Arm um die Schultern.

»Sie sind sicher bei ihren Freunden geblieben. Das wäre nicht das erste Mal. Mach dir keine Sorgen«, beruhigte er sie. Georgie schluckte. Als ahnte er, was sie beschäftigte, küsste er sie vorsichtig auf den Kopf und murmelte, dass er nun gehen werde.

»Willst du wirklich da raus? Ist es nicht gefährlich, bei dem Sturm durch den Wald zu fahren?«, fragte sie leise und blickte nach oben. Tom atmete tief ein und nickte.

»Vielleicht. Aber es ist besser für uns beide, wenn ich gehe«, gestand er, drückte sie nochmals an sich und verließ das Haus.

Georgie blieb am Küchenfenster stehen und sah dem Licht seiner Scheinwerfer nach, als er davonfuhr.

KAPITEL 6

Georgie war das erste Mal seit Langem allein geblieben in dieser Nacht und es war ihr nicht schlecht bekommen. Sie hatte ein bisschen Angst vor der Einsamkeit gehabt, doch der schöne Abend mit Tom wärmte sie noch stundenlang von innen. Vera hatte tatsächlich zu später Stunde angerufen und mitgeteilt, dass sie wegen des Unwetters in Freiburg nächtigten und sie sich keine Sorgen machen solle. Georgie hatte sich danach mit einem weiteren Glas Wein – wer zählte schon genau mit in schweren Zeiten – neben dem warmen Kamin auf dem Sessel zusammengerollt und gehäkelt. Eine Schallplatte spielte Carole King, damit die Stille nicht zu laut wurde. Die Katze saß am Fensterbrett und starrte in den Regen.

»Ich weiß, wie du dich fühlst, Katerle«, murmelte Georgie und strich ihr über den Kopf, als sie aufstand, um Wollnachschub zu besorgen, weil wieder ein paar Knäuel weggehäkelt waren. Zum Glück hatte Vera mehrere volle Kisten davon. Georgie suchte sich ein paar Farben aus und kehrte zurück ins Wohnzimmer. Ihre Gedanken kreisten um Tom, um Sebastian und Nathalie. War es richtig, etwas mit Tom anzufangen? Sie hatte es immer für verwerflich gehalten, sich einfach nur mit jemandem zu trösten. Man trug schließlich auch eine

Verantwortung für die emotionale Lage anderer. Aber wohin hatte sie ihr moralischer Kompass gebracht? Ins Nirgendwo nach Süddeutschland, wo sie die Kleidung ihrer alten Tante trug, die Rechnungen eines kleinen Geschäfts sortierte und jeden Tag stundenlang häkelte. Schließlich roch er herrlich nach Mann, war groß, stark und trotzdem sanft, verteidigte sie sich. Er schmuste mit der Katze und war ausgesprochen charmant, sogar Vera und Iris lagen ihm zu Füßen. Weil sie keine Lösung fand und müde war – vielleicht ein bisschen betrunken mittlerweile –, ging sie ins Bett. Kater folgte ihr, wofür Georgie dankbar war. So musste sie nicht allein bleiben in dieser Nacht.

Am nächsten Morgen hatte sich das Unwetter verzogen. Georgie stieg auf den Dachboden und prüfte, ob der Sturm das Dach beschädigt hatte und es womöglich leckte. Alles schien heil geblieben zu sein. Im Garten lagen lediglich ein paar Äste auf dem Boden und einige Blumenkübel waren umgefallen, die Georgie wieder aufrichtete. Wie kam sie wohl ohne Auto ins Geschäft? Sie hätte Tom anrufen können, seine Nummer hing an der Wand im Flur neben dem Telefon. Doch das traute sie sich nicht. Der Abend zuvor war so schön gewesen, aber sie hatte ihn noch nicht ganz verarbeitet, wusste noch immer nicht, wo sie stand mit ihm. Also beschloss sie, zu Fuß zu gehen. Es war kühl und roch noch wunderbar nach Regen. Sie atmete tief ein und lief motiviert los. Es waren nur ein paar Kilometer und sie war gut in Form, zumindest hatte sie lange regelmäßig ein Fitnessstudio besucht, was sie allerdings, seit sie hier war, gar nicht vermisste. Georgie genoss den langen Spaziergang zum Geschäft. Als sie dort ankam, fand sie eine Thermoskanne vor der Ladentür. An ihr klebte ein Zettel von Tom, der ihr einen guten Morgen wünschte.

Kaffee. Er hatte ihr Kaffee gebracht. Für einen Moment war sie überwältigt und überfordert, dann siegte ihr Kaffeedurst.

Sie schloss den Laden auf und richtete es sich gemütlich ein. Mit der dampfenden Tasse in der Hand dachte sie darüber nach, wann Sebastian aufgehört hatte, ihr morgens Kaffee zu bringen. Sie waren beide noch Studenten gewesen, als sie sich kennenlernten. Nach der Uni zogen sie zusammen, es war ganz logisch gewesen, das taten Erwachsene nun mal, wenn sie in einer ernsthaften Beziehung waren. Georgie wälzte die Vergangenheit, doch sie konnte sich an kein einziges Mal erinnern, stellte sie stirnrunzelnd fest. Hatte er ihr überhaupt jemals Kaffee gebracht? Seit sie arbeitete, besorgte sie sich jeden Morgen selbst Kaffee und am Wochenende gingen sie in der Regel frühstücken oder direkt zum Sport. Auch Blumen kaufte sie sich meistens selbst. Na gut, dachte sie versöhnlich, zum Valentinstag und zum Geburtstag hatte er ihr welche geschenkt. Immerhin. Es war nicht alles schlecht gewesen in den letzten acht Jahren. Und trotzdem hatte er sie betrogen. Bevor sie in die dunkle Grübelei abtauchen konnte, klingelte die Glocke an der Tür und sie sah hoch. Herein trat eine junge Frau. Sie trug ein helles, geblümtes Sommerkleid und darüber einen Blazer. Die dunklen Haare hatte sie zu einem Zopf geflochten, der bis auf die Schultern reichte. Sie lächelte Georgie zu und hob die Hand zum Gruß.

»Guten Morgen, haben Sie schon geöffnet?«, fragte sie gut gelaunt. Georgie nickte und stand auf.

»Treten Sie doch näher«, bat sie die Frau.

»Am Fenster standen keine Öffnungszeiten, aber ich war gerade tanken und habe gesehen, wie Sie in den Laden gingen. Da dachte ich, ich versuche mein Glück einfach mal.« Die Frau sah sich neugierig um.

»Ja, meine Tante hält nicht viel von Öffnungszeiten. Wenn offen ist, kann man reinkommen, ist ihre Devise. Sind Sie auf der Durchreise?«, wollte Georgie wissen. Die Frau lachte fröhlich.

»Nein. Mein Mann und ich sind gerade eingezogen. Wir wohnen in dem roten Haus zwei Kilometer außerhalb an der Straße Richtung Osten.«

»Dann sind wir wohl Nachbarn. Ich wohne zurzeit bei meiner Tante. In die gleiche Richtung wie Ihr Haus, nur noch ein paar Kurven weiter. Ich bin Georgie«, stellte sie sich vor und die Frau ergriff ihre ausgestreckte Hand.

»Lina«, erklärte die Frau und ging direkt zum Du über. »Schön, dich kennenzulernen. Mein Mann ist in der Gegend hier geboren, ich nicht. Ich stamme aus Düsseldorf. Wir haben lange Zeit in München gelebt, aber mein Mann – Peter – hatte Heimweh. Er vermisst den Schwarzwald. Also sind wir vor Kurzem hergezogen.«

»Davon kriegt er hier auf jeden Fall mehr als genug«, bestätigte Georgie.

»Darf ich mich umsehen?«, fragte Lina und Georgie nickte. »Natürlich. Nur zu! Wenn du etwas Bestimmtes suchst, sag Bescheid.«

Georgie ging zurück zu ihrem Kaffee und der mitgebrachten Häkelarbeit. Lina schlenderte durch den Laden, roch an Kerzen und Seifen, nahm dies und jenes in die Hand und blieb dann vor einem Stapel Häkeldecken stehen. Ehrfürchtig strich sie über die grüne Noppendecke, die Georgie am Abend zuvor ebenfalls bewundert hatte.

»Hast du die gemacht?«, wollte Lina wissen und deutete auf Georgies Häkelei. Die schüttelte den Kopf.

»Nein, so gut bin ich leider noch nicht. Ich habe es gerade erst vor Kurzem gelernt. Das hier wird meine erste eigene Decke. Die grüne Decke hat meine Tante Vera gemacht. Oder ihre Freundin Iris, ich bin nicht sicher. Gefällt sie dir? Nimm sie ruhig in die Hand. Das muss man fühlen, die Wolle ist herrlich«, ermutigte Georgie Lina. Diese nahm die Decke hoch, schlug sie auseinander und bestaunte das Muster.

»Toll! Das würde ich auch gern können. Ich glaube, die nehme ich mit. Sie würde wunderbar auf unser Sofa passen. Peter hat gesagt, ich soll das Haus nach meinem Geschmack einrichten.«

Georgie nahm Lina die Decke ab und verpackte sie sorgfältig in Seidenpapier, schob sie dann zusammen mit einem kleinen Lavendelkissen in eine von Veras bemalten Papiertüten.

»Wenn du möchtest, zeige ich dir, wie es geht. Die ersten Muster kann man schon nach kurzer Zeit. Ich meine, selbst ich lerne es gerade erst und ich bin wirklich kein Naturtalent im Häkeln. Aber mit ein bisschen Geduld lernt man es ganz schnell.«

Lina bezahlte und nickte strahlend. »Sehr gern. Ich lass dir meine Nummer hier. Hast du was zu schreiben?« Lina notierte ihre Telefonnummer und Georgie versprach, sich zu melden.

Sie hatte etwas verkauft, das musste sie Vera erzählen! Kurz darauf bekam sie auch schon die Gelegenheit dazu. Gegen Mittag tauchten Vera und Iris im Laden auf und begrüßten Georgie, als wären sie wochenlang unterwegs gewesen.

»Entschuldige, dass wir dich über Nacht allein gelassen haben. Wir hatten diesen Arzttermin und waren danach ja noch mit Freunden essen. Es wurde spät, wir hatten etwas getrunken und dann der Regen … Hoffentlich hast du dir keine Gedanken gemacht«, sagte Vera fürsorglich.

»Nur ein bisschen. Aber Katerle hat mir heute Nacht Gesellschaft geleistet«, gestand Georgie. »Wie war der Termin? Alles in Ordnung, Iris?«, erkundigte sie sich.

»Alles wie gehabt«, antwortete Iris etwas kryptisch, um dann schnell fortzufahren: »Ach, wir hatten einen wirklich schönen Abend. Und du?« Amüsiert beobachtete sie, wie Georgie leicht errötete.

»Ja, Tom war zum Abendessen da.« Einen sehnsuchtsvollen Moment dachte sie an die Zeit mit ihm. Und ihren Kuss. Davon würde sie Vera und Iris ein anderes Mal erzählen. Sie musste endlich ihre andere große Neuigkeit loswerden! Stolz berichtete Georgie von dem Verkauf und dass ihre Kundin Lina auch gern das Häkeln erlernen würde.

»Lade sie ein! Am besten gleich heute Abend. Wir werden alle nicht jünger«, befal Vera und schmiedete sofort Pläne fürs Essen.

»Dann rufe ich sie also an«, verkündete Georgie und hinterließ eine Einladung zum Abendessen auf Linas Mailbox.

»Ich lasse dich mit dem Laden allein und bringe Iris nach Hause. Wir sehen uns dann heute Abend. Tom soll dich abholen.« Vera schob Iris nach draußen und winkte zum Abschied. Obwohl keine Durchreisenden hereinkamen, blieb Georgie nicht allein. Jeder der anderen Ladenbesitzer schaute an diesem Nachmittag mal kurz vorbei zum Plaudern. Dann brachte Maria, Veras gute Freundin, zwei Dutzend Hühnereier vorbei und nahm zum Tausch etwas getrockneten Salbei mit. Sie schlich um die selbst gemachten Seifen herum und seufzte. »Irgendwann gönne ich mir die«, bemerkte sie und Georgie nickte. Einige Stunden später verkaufte sie eine Lavendelseife und eine Rosmarinseife an Marias Mann Hans. »Soll sie ihre Seifen bekommen. Hauptsache, sie liegt mir nicht jedes Mal damit in den Ohren, wenn sie hier war«, brummte er und Georgie grinste heimlich. Kurz nachdem er zur Tür hinaus war, traten eine Frau und ein etwas jüngerer Mann ein. Freundlich begrüßte Georgie die beiden. Mit einem strahlenden Lächeln kam die Frau auf sie zu und reichte ihr die Hand zu einem festen, herzlichen Händedruck.

»Du musst Georgie sein, Veras Nichte«, setzte sie an und winkte den Mann zu sich. »Ich bin Linda, eine Freundin von Vera. Und das ist mein Sohn Sam.«

»Hi.« Der attraktive Mann nickte Georgie zu und sie erwiderte sein freundliches Lächeln. Er war groß, blond, mit fröhlich blitzenden Augen und einer erstaunlich krummen Nase.

»Ihr seid beide gerade aus Frankfurt hergezogen«, fuhr Veras Freundin Linda fort und deutete zwischen Sam und Georgie hin und her, als würde sie eine Verbindung damit herstellen.

»Mama, ich habe dir doch schon gesagt, dass das nicht ist wie hier. Georgie und ich sind uns in Frankfurt vermutlich nie begegnet«, neckte der Sohn seine Mutter. »Aber schön, dich kennenzulernen, Georgie. Herzlich willkommen in der Provinz. Ich übernehme das hiesige Polizeirevier, genau genommen befindet sich die offizielle Station zwei Ortschaften weiter, aber wir werden hier eine kleine Außenstelle besetzen. Falls du mal Einbrecher jagen musst, melde dich bei mir.«

»Wird gemacht«, versprach Georgie und bot ihnen Erfrischungsgetränke an. Wie schön, dass sie nach und nach immer mehr Menschen aus dem Ort kennenlernte.

Gegen Abend wurde es ruhiger und gerade, als sie beschloss, den Laden zu schließen, fuhr Toms Transporter vor. Georgies Herz klopfte schneller und eilig fuhr sie sich durch die Locken. Albern, dachte sie noch, er hatte sie schließlich schon mehrfach in Tränen aufgelöst und mit Dreck beschmiert gesehen. Schlimmer konnte sie gar nicht aussehen. Sie beobachtet nervös, wie er zum Laden schlenderte, mit diesem ruhigen, entspannten Gang, den sie so mochte. Als Großstädterin hatte sie es immer eilig.

Einen Moment blieb Tom im Türrahmen stehen und sah Georgie einfach nur an. Sie hatte eine durchtrainierte Figur mit tollen Kurven, an die er ständig denken musste. Doch am liebsten mochte er ihr herzförmiges Gesicht mit dem spitzen Kinn. Es juckte ihn in den Fingern, es mit seinen staubigen Händen zu umfassen. Selbst Veras unförmige Strickjacke tat ihren Reizen keinen Abbruch. Ihre großen Augen blickten ihn unsicher an, als sie auf ihn zuging, aber sie strahlten dabei auch. Er nahm ihr die Unsicherheit mit einem sanften, langsamen Kuss. Dann zog er sie enger an sich und vergrub die Nase in ihren blonden Locken, bis sie sich spürbar entspannte.

»Ich dachte, ich schaue mal nach dir. Wie war dein Tag?«, murmelte er an ihrem Kopf, während sie sich an ihn schmiegte.

»Er fing mit Kaffee an, das war toll. Vielen Dank dafür.« Tom startete den Wagen.

Georgie betrachtete ihn von der Seite. »Seit wann lebst du hier?«, wollte sie wissen. Dafür, dass sie sich geküsst hatten, wusste sie viel zu wenig über ihn. Sie hatte nicht viele Männer in ihrem Leben geküsst. Sebastian, natürlich. Der war ihr damals von Nathalie vorgestellt worden, zusammen mit einigen anderen Freunden. Sie kannten sich mehrere Wochen, bis sie ausgingen, und noch einige Dates mehr hatte es gedauert, bis sie sich auch körperlich nähergekommen waren. Ihre Schulfreunde hatte sie manchmal schon Jahre gekannt, bevor sie sich das erste Mal küssten.

»Ich bin hier geboren. Ich habe lange in Berlin gelebt, bin aber vor einigen Jahren wieder hierhergezogen. Mein Onkel war gestorben und hatte mir sein Haus vermacht. Du hättest es damals sehen sollen. Es war in einem ähnlichen Zustand wie die Bruchbude, die ich kürzlich erworben habe. Du solltest es dir anschauen. Man hat einen tollen Blick über den Wald. Wie sieht's aus, hast du Lust?« Tom grinste zu ihr herüber und sie musste ebenfalls grinsen.

»Schon klar: ›Toller Blick auf den Wald‹ ist die ›Briefmarkensammlung‹ im Schwarzwald, wie?«, lehnte sie zwinkernd ab. »Ein anderes Mal. Vielleicht. Außerdem habe ich heute eine Frau kennengelernt, die auch neu im Dorf ist, und sie und ihren Mann zum Abendessen eingeladen. Für dich reicht es bestimmt auch noch, falls du mitkommen möchtest«, setzte sie zaghaft hinterher und sah aus dem Seitenfenster. Tom ergriff ihre Hand und drückte sie sanft.

»Gern«, sagte er und zog ihre Finger zu einem Kuss an seinen Mund.

Bei Vera duftete es schon köstlich nach ihrem herzhaften Gemüsekräutereintopf. Und Iris hatte wieder einen Kuchen im Ofen.

Tom entfachte ein Feuer im Kamin, um ein bisschen Wärme ins Haus zu bekommen, denn nachts wurde es doch noch richtig kalt. Dann ging er kurz nach draußen, um zu prüfen, wie das Gewächshaus den Sturm überstanden hatte. Grundmauer und Gerüst standen mittlerweile. Er wollte die Fensterrahmen in den nächsten Tagen anbringen. Vielleicht konnte er Georgie überreden, ihm vorher beim Lackieren zu helfen. Abgebeizt waren sie immerhin schon. Es ging voran, was ihn wirklich freute. Etwas mit seinen eigenen Händen zu bauen, befriedigte ihn zutiefst. Für die nächste Woche hatte er einen Bekannten beauftragt, das Glasdach anzubringen. Dafür brauchte man besondere Geräte, die selbst er nicht einfach auftreiben konnte. Das war in Ordnung, er hatte genug mit den Schreinerarbeiten zu tun. Zufrieden kehrte er ins Haus zurück und half Georgie dabei, den Tisch zu decken. Sie hatte sich ein Kleid angezogen und die Haare hochgesteckt. Er fand sie wunderschön und raunte es ihr im Vorbeigehen zu.

Vera, die gerade frisch gebackene Brötchen in ein gehäkeltes Körbchen füllte, beobachtete die beiden. Sie freute sich über die zarten Bande zwischen Georgie und Tom. Ihre Nichte sah nicht mehr aus wie ein Gespenst, seitdem das angefangen hatte. Ihr Gesicht war zwar etwas dünner und etwas spitzer geworden, aber ihre Lider waren nicht mehr dauernd gerötet und geschwollen vom Weinen, die schönen Augen hatten ihren sanften Glanz zurückbekommen und der Mund war nicht mehr verkniffen wie vor ein paar Wochen, als sie die junge Frau am Bahnhof abgeholt hatte. Sie hoffte bloß, dass die beiden vorsichtig miteinander umgingen. Beide bedeuteten ihr viel und sie wollte nicht, dass einer – oder sogar beide – verletzt wurden. Als wüsste Iris, welche Gedanken ihre Freundin hegte, legte sie beruhigend ihre Hand auf deren Unterarm und lächelte ihr gütig zu. Ein langer Blick und Vera seufzte. »Du weißt doch, wie ich bin. Ich will, dass alle um mich herum glücklich sind«, raunte sie und drückte kurz Iris' zarte Hand. Diese nickte bloß. Die letzten Tage hatten sie sehr angestrengt, das wusste Vera. Noch immer strahlte sie einen Frieden aus, den Vera an ihr liebte. Die Krankheit hatte ihr in den vergangenen Monaten mehr und mehr zugesetzt. Doch auch die schwersten Zeiten ertrug Iris mit einer ganz eigenen Würde, sie hatte ihren Frieden damit gemacht und beklagte sich niemals. Dafür bewunderte Vera sie. Und dafür ließ Vera niemals zu, dass etwas ihr gemeinsames Leben trübte.

Es klopfte an der Tür.

»Unsere Gäste sind da!«, rief Vera und trug den Korb zum Esstisch. Iris hatte Blumen im Garten gepflückt und in einem alten Krug hübsch arrangiert. Das beste Tischtuch ihrer Großmutter und das gute Porzellan zierten den Tisch besonders hübsch. So konnte man Gäste empfangen, beschloss sie und öffnete die Tür.

Lina rauschte energisch herein und begrüßte Vera herzlich, obwohl sich die beiden Frauen bislang noch nie begegnet waren. Sie überreichte Vera einen Blumentopf mit Lavendel. Wie perfekt, fand Georgie, dass sie nicht Schnittblumen, sondern welche mit Wurzeln mitbrachte. Hinter Lina kam ihr Mann zur Tür herein und überreichte dem Empfangskomitee zwei Flaschen exquisiten Wein. Peter war deutlich älter als Lina, die Georgie auf ihr eigenes Alter, also um die dreißig schätzte. Peter hingegen hatte bereits silbergraue Haare und sein braun gebranntes Gesicht war von tiefen Lachfalten durchzogen. Er war nicht besonders groß, athletisch und hatte die Figur eines Marathonläufers. Seine Kleidung war lässig, aber hochwertig, erkannte sie. Die beiden waren eindeutig wohlhabend und trugen den Stil von vermögenden Großstädtern, die aufs Land gezogen waren. Sie sah an sich selbst hinunter. Das alte gelbe Kleid von Vera war ihr in der Taille zu weit, sie hatte es mit einem blauen Lederband als Gürtel einigermaßen auf Figur gebracht. Sie wünschte, sie hätte wenigstens ein paar ihrer eigenen Kleider dagehabt. Auf ihre Garderobe war sie stets stolz gewesen. Sie wusste, wie sie sich kleiden musste, um wie eine moderne Frau auszusehen. Jetzt hingegen … Lina begrüßte auch Georgie herzlich, als hätten sich die beiden nicht erst an diesem Tag kennengelernt, und Georgie vergaß darüber nachzudenken, ob sie passend gekleidet war oder nicht.

»Ist das ein schönes Haus!«, rief Lina begeistert aus und blieb im Wohnzimmer stehen, um alles in sich aufzunehmen. Die bunten Farben, die wild zusammengewürfelten Stile und Materialien. Das alles wirkte unglaublich behaglich und gemütlich. Sie strahlte und legte Vera vertraulich die Hand auf die Schulter. »Wenn es nicht zu aufdringlich ist, würde ich nachher gern eine kleine Führung bekommen. Wie alt ist es? Ende 19. Jahrhundert?«, plauderte sie drauf los.

»Schatz«, sagte Peter lachend und legte liebevoll den Arm um seine junge Frau. »Entschuldigt bitte, aber Lina ist verrückt nach alten Häusern«, erklärte er und dabei lachten seine Augen und das gesamte Gesicht mit. Vera winkte ab.

»Das ist doch wunderbar! Neugierde hält uns lebendig, nicht wahr, meine Liebe? Ich zeige dir nachher gern alles«, versprach sie Lina. »Mein Urgroßvater hat es Ende des neunzehnten Jahrhunderts errichtet. Es war viel zu groß für seine kleine Familie, also hat seine Frau eine Pension für Holzarbeiter eröffnet. Wir haben knapp ein Dutzend leer stehende, sehr kleine

Räume im oberen Bereich. Wobei Georgie eins bezogen hat, und für Tom haben wir auch immer einen Platz zum Schlafen, nicht wahr, Iris?«, fuhr sie mit der Vorstellung des alten Gemäuers fort.

»Das finde ich wirklich spannend. Gibt es noch alte Fotos von dem Haus?«, fragte Lina und legte endlich ihren Mantel ab.

»Bestimmt. Nach dem Essen schaue ich gern mal danach. Georgie, vielleicht kannst du die auch für deinen Blog verwenden?«, wandte Vera sich an Georgie, die mit dem Korkenzieher in der Hand aus der Küche zurückkam.

»Es ist eigentlich dein Blog, Vera. Wenn du möchtest, fügen wir noch ein Kapitel über das Haus hinzu.« Sie reichte den Korkenzieher an Tom weiter, der die Aufgabe hatte, die Weinflaschen zu öffnen.

»Lasst uns erst mal essen. Ihr seid neu hierhergezogen, erzählte Georgie uns«, bat Vera ihre Gäste an den großen Tisch. Georgie betrachtete einen Moment die Tischgesellschaft, ehe sie sich setzte. Das war nun ihr Leben. Tom drückte sie sanft auf ihren Stuhl und reichte ihr ein Glas Wein.

Lina und Peter waren gesellige, interessierte Menschen. Vor allem Lina stellte viele Fragen über die Gegend, die Vera ihr bereitwillig beantwortete. Tom und Peter verstanden sich auf Anhieb. Peter hatte einen großen, internationalen Holzhandel, die beiden unterhielten sich ausgiebig über Holzqualität und darüber, wie sich die Arbeit im Wald verändert hatte. Peter selbst war lange nicht im Wald bei seinen Arbeitern gewesen, meist arbeitete er für seinen Großhandel mit Holzwerkstoffen vom Büro aus und hatte nur sporadisch mit den Vorarbeitern und Förstern zu tun. Aber er schätzte die Gegend und die Natur, das hörte man heraus. Georgie interessierte sich für die wirtschaftlichen Angelegenheiten und fragte ihn über die Zukunft des Holzhandels aus. Veras Kochkünste wurden von allen gelobt, ebenso der Kuchen, den Iris zum Nachtisch fabriziert hatte.

Georgie schoss von der Kuchentafel ein paar Fotos für Veras Blog. Nach dem Essen legte Iris ihre Lieblingsplatte von Carole King auf und Peter ergriff spontan die Hand seiner Frau. Er führte sie ins Wohnzimmer und zog sie zum Tanz an sich. Georgie, die gerade in der Küche nach einem Absacker suchte – Espresso gab es hier ja nicht –, kam mit einem selbst gebrannten Schnaps zurück und fand nicht nur Peter und Lina, sondern auch Iris mit Vera tanzend vor. Sie lächelte und warf einen scheuen Blick auf Tom. Der legte den Arm um sie. An ihn gelehnt ließ sie sich mit geschlossenen Augen von der Musik tragen und schon nach wenigen Tanzschritten ganz fallen, vielleicht das erste Mal überhaupt. Sie hatte schon getanzt, mit Sebastian natürlich. Sie waren als Paar auf einigen Hochzeiten gewesen, Sebastian fand es albern, wusste aber, was sich gehörte. Ihre Tänze waren immer pflichtbewusst gewesen. Dieses Mal fühlte sie die Freude am Tanzen, genoss das Gefühl, sich dem anderen hinzugeben. Tom drückte ihr einen Kuss auf die Schläfe und sie sah auf in seine dunklen Augen. Für einen kurzen Moment vergaß sie ihre Tante und ihre Gäste rundum. Es gab nur sie und ihn. Sie stellte sich auf die Zehenspitzen und küsste ihn vorsichtig. Es fühlte sich noch immer verboten an. Aber unheimlich gut. Als das Lied zu Ende war, ließ Tom sie los und ging zu dem Schnaps, den Georgie angeschleppt hatte. »Wer möchte?«, fragte er mit kratziger Stimme.

Kurz darauf setzten sich die Männer neben den Kamin und nahmen ihr Gespräch über die Gegend wieder auf. Iris holte Wollreste für Lina und Georgie zum Üben, während Vera sich auf die Suche nach alten Fotos vom Haus machte. Sie stieg dafür auf den Dachboden, lehnte aber jegliche Hilfe ab.

Georgie versuchte mit ihren eigenen Worten, Lina das Häkeln zu erklären.

»Meinst du, ich kann mich auch an eine komplette Decke wagen?«, wollte Lina wissen. Georgie nickte. »Natürlich. Du fängst mit dem einfachsten Quadrat an und arbeitest dich Schritt für Schritt zu neuen Mustern vor. Da kann gar nichts schiefgehen. Wie groß soll sie denn werden?«

Lina lächelte verschmitzt. »Nicht besonders groß, eher eine … Babydecke.«

Georgies Augen wanderten automatisch zu Linas Bauch, aber da war noch nichts zu sehen. Lina bemerkte Georgies überraschten Blick und lachte laut auf. »Nein, nein. Ich bin noch nicht schwanger. Aber wir hoffen, bald. Wir sind auch deshalb hierhergezogen. Ich war ziemlich beschäftigt in München. Das Hotel, das ich dort geleitet habe, war … sagen wir mal so: Ich habe zu viel gearbeitet, der Stress war zu groß. Meine Ärzte haben mir geraten, kürzerzutreten, weil die Stresshormone Gift wären für eine Schwangerschaft. Und jetzt versuchen wir es eben hier, in aller Ruhe und Einsamkeit«, erklärte sie und zwinkerte den Frauen zu. Iris lächelte ihr gütiges Lächeln und drückte Linas Hand.

»Hier ist genau der richtige Ort für ein Wunder«, fand sie und ihre Augen glitzerten dabei.

KAPITEL 7

Der nächste Tag begann unsanft, als Georgie beim Aufstehen entdeckte, dass das Badezimmer im oberen Stockwerk zwei Zentimeter unter Wasser stand und sich die Lache langsam, aber stetig, auf den Flur ausbreitete. Entsetzt starrte sie auf die kalte Pfütze, die sich unter ihren Füßen bildete.

»Das kann doch nicht … VERA!« Laut rief sie nach ihrer Tante. Sie hörte es poltern, kurz darauf eilte Vera zu ihr. »Verdammter Mist«, fluchte Vera, als sie die Ursache für die lauten Rufe am Morgen entdeckte, und machte sich gleich auf die Suche nach dem Leck. Georgie lief los, um Lappen, Eimer und Wischmopp zu holen und so viel wie möglich von dem Wasser aufzusaugen. Es war ein altes Holzhaus und zudem nicht sehr stabil, zumindest in ihren Augen. Wer wusste schon, welchen Schaden so ein Rohrbruch anrichtete! Womöglich brach das ganze Haus zusammen, stellte sich Georgie vor und rannte über den Flur zur Putzkammer. Dabei rief sie Vera zu, sie solle einen Klempner anrufen.

»Ich rufe Tom an«, beschloss diese stattdessen. Georgie kam mit einem Armvoll Putzlumpen zurück und sah ihr fest ins Gesicht, damit Vera den Ernst der Situation verstand.

»Einen Klempner. Einen richtigen Klempner, Vera. Den muss es doch hier in der Umgebung geben!«, sagte sie bestimmt. Toms Handwerkskunst in allen Ehren, aber ein Rohrbruch war ein Fall für einen Experten.

Kurzerhand beschloss Vera, beide anzurufen. Denn auch wenn ihre Nichte recht hatte – das war ein Fall für einen Klempner –, fühlte sich Vera besser damit, wenn Tom an ihrer Seite war, um die Katastrophe gemeinsam mit ihr durchzustehen. Sie vertraute seiner Einschätzung mehr als allen anderen. Klempner Willi versprach, sich schleunigst auf den Weg zu machen, aber er brauche im besten Fall mindestens eine halbe Stunde. Sie sollten in der Zwischenzeit möglichst viel von dem Wasser auffangen und versuchen, den Wasserkreislauf für diesen Bereich zu unterbrechen. Als ob sie gewusst hätten, wie das ging oder wo der Haupthahn war! Direkt nach diesem Gespräch weckte Vera Tom per Telefon und bat ihn um Hilfe. Er sei in wenigen Minuten bei ihnen, versprach er. Da hatte er ein Mal nach einem langen Abend doch zu Hause geschlafen und dann das!

Georgie wischte in der Zwischenzeit Wasser auf und wrang die Lappen emsig in den Eimer, der sich rasch füllte. Sie schwitzte und schimpfte, während stetig neues Wasser nachkam.

»Herrgottsacknochmal, das ist doch wohl eine verfluchte Riesenscheiße«, polterte sie und drückte gefühlt zum hundertsten Mal den Lumpen aus. Niemand hätte vermutet, dass Georgie überhaupt solche Worte kannte. Vera musste darüber so sehr lachen, dass sie das Gleichgewicht verlor und sich prustend in die Pfütze setzte. Georgie zog sie hoch, rutschte dabei ebenfalls aus und landete neben ihrer Tante im kühlen Nass. Gerade rechtzeitig, dass Tom, der in großen Schritten die Treppe hochgerannt kam, die beiden auf dem Boden sitzen sah, in ihren Nachthemden, die sich kaum von den triefenden Wischlappen rundherum unterschieden. Er hatte offensichtlich noch geschlafen, als Vera ihn angerufen hatte. Er trug ein löchriges, verwaschenes Baseball-T-Shirt und hatte sich nicht mal die Zeit genommen, seine Boots zu schnüren. Seine Haare waren noch nächtlich verwuschelt.

»Pyjama-Pool-Party«, rief Vera hysterisch und Georgie konnte nicht aufhören zu kichern. Dabei war die Situation nicht komisch. Das Haus! Was, wenn das Haus zusammenbrach?

»Ich sehe mir das mal an«, verkündete Tom heldenhaft und rollte die Ärmel hoch.

Nachdem der Klempner Willi mit Toms Unterstützung das Wasser abgestellt, die Ursache gefunden und das Leck notdürftig geflickt hatte, saßen die Frauen mit Tom in der Küche und beratschlagten das weitere Vorgehen. Georgie hatte ihr nasses, halb durchsichtiges Nachthemd gegen Jeans und T-Shirt getauscht, was Tom sehr bedauerte. Er hätte den Anblick, wie sie in dem dünnen Hemdchen im Nassen gesessen hatte, gern länger genossen. Dafür war seiner Meinung nach leider nicht genügend Zeit gewesen. Jetzt hing er diesem Anblick in Gedanken nach und atmete tief in seine dampfende Teetasse.

»Du solltest auf Willi hören. Das sieht übel aus«, meinte er murmelnd an Vera gerichtet, die es nicht wahrhaben wollte. Willi hatte ihr empfohlen, die Leitungen komplett auszubessern. Sie stammten alle aus einem vergangenen Jahrtausend und es konnte jederzeit zu einem größeren Unglück kommen. Amüsiert hatte er immerhin Georgies Sorge, dass das Haus unter ihren Füßen sofort einbrechen würde, abgewehrt. Aber wenn das Wasser versteckt in die Bausubstanz sickerte und die dann vor sich hin moderte, wäre es irgendwann nicht mehr ausgeschlossen. In jedem Fall war es gesundheitlich bedenklich. Er hatte Vera einen Kostenvoranschlag auf einen alten Briefumschlag gekritzelt, woraufhin diese beinahe ohnmächtig wurde. Diese immense Summe Geld besaß sie schlichtweg nicht. Sie hatte keine Ersparnisse, lebte seit vielen Jahren in den Tag hinein und arbeitete nur, wenn sie Lust darauf hatte. Und der Laden warf gerade mal genug ab, um sich selbst zu tragen, wie Georgie ihr bedauernd mitgeteilt hatte.

»Aber wie soll ich das alles bezahlen?«, rief Vera verzweifelt und legte den Kopf auf den Küchentisch. Der Spaß an der Pyjama-Pool-Party war ihr gründlich vergangen.

»Ich werde ausziehen müssen und in ein schäbiges Altersheim kommen, wo nur noch ein Zimmer im Keller frei ist, das keine Fenster hat. Darin vegetiere ich dann zwanzig Jahre vor mich hin, werde irgendwann von den Pflegern vergessen und ende als Leiche in einem dunklen Loch, wo mich Ratten anknabbern. Dabei wollte ich doch eines Tages in meinem Lavendelfeld einfach tot umfallen«, malte sie sich ihre schreckliche Zukunft aus. Iris schüttelte belustigt den Kopf.

»Ich kann dir einen Teil leihen, Vera. Wie lange wohne ich schon hier? Jahre! Und nie habe ich Miete gezahlt. Lass mich die Reparatur finanzieren, bitte«, bat sie ihre Freundin und strich ihr liebevoll beruhigend über die grauen Locken.

»Nein. Das geht nicht«, wehrte Vera ab. »Wir haben das vereinbart. Das Haus ist meine Aufgabe. Und du zahlst Miete in Form von Lebensmitteln. Das war unser Deal, erinnerst du dich, Liebes? Dabei bleiben wir.«

Georgie grübelte. Der Laden würde nie genug abwerfen, um die Rechnung für die Sanierung zu decken. Niemand kannte die Bilanzen besser als sie. Vielleicht würde ihr Vater einspringen, es war schließlich auch sein Eltern- und Großelternhaus. Allerdings erinnerte sie sich dunkel daran, dass er das in ihrer Jugend ein paar Mal versucht und nach Veras heftiger Gegenwehr aufgegeben hatte. Dann kam ihr eine andere Idee.

»Ich werde die Renovierung bezahlen, Vera«, verkündete sie spontan.

»Nein, das kommt überhaupt nicht infrage«, lehnte Vera auch das rigoros ab, aber Georgie ließ nicht locker.

»Natürlich. Ich sehe das als Investition. Wem gehört das Haus?«, fragte sie und zwang Vera sanft mit ihren Händen, den Kopf zu heben und sie anzusehen.

»Mir«, antwortete diese weinerlich.

»Und wem wirst du das Haus mal vererben? Ich meine, wenn du nicht in einem Kellerloch von Ratten gefressen wirst, sondern ein Baum im Wald dich erschlägt oder dein Lavendeltod eintritt.«

Vera runzelte die Stirn. »Das würde mir auch gefallen. Das mit dem Baum«, stellte sie fest und ihre Augen leuchteten auf. »Viel besser als das mit den Ratten.«

»Wem, Vera?«, bohrte Georgie nach, bevor sie Veras Aufmerksamkeit verlor. Tom lachte leise und raufte sich die verwuschelten Haare.

»Dir, schätze ich. Falls du es nicht willst, hat eventuell die badische historische Gesellschaft Interesse daran. Daran habe ich noch nie gedacht. Falls nichts dazwischenkommt, plane ich, etwa hundertzwei Jahre alt zu werden.« Vera richtete sich auf und wischte sich die Tränen vom Gesicht.

»Siehst du. Und ich plane nicht, eine Bruchbude zu erben. Ich spreche in den nächsten Tagen mit der Bank und du mit Willi. Wir schaffen das gemeinsam! Wir sind eine Familie.« Georgie schlug bekräftigend mit beiden Händen auf die Tischplatte.

Nachdem Vera ihre Nichte zunächst aus tellergroßen Augen angestarrt hatte, sprang sie schließlich jubelnd auf und fiel Georgie um den Hals.

»Du bist meine Rettung«, rief sie und drückte ihre Nichte fest an sich. Dann wirbelte sie herum, küsste erst Iris und danach Tom schmatzend. Sie eilte sogleich zum Telefon, um Willi anzurufen und ihm die guten Nachrichten zu überbringen. Tom stand auf und küsste Georgie sanft auf den Scheitel. »Das ist sehr großzügig«, raunte er ihr zu und Georgie quittierte es mit einem Schulterzucken.

»Es ist das Richtige.« Und das fand sie tatsächlich. Sie war nicht unbedingt reich, aber auch nicht arm. Selbst wenn sie keinen Job mehr hatte, hielt sie fünfzig Prozent an einer wertvollen Stadtwohnung in Frankfurt. Sie musste nur mit Sebastian sprechen und sich ihren Anteil auszahlen lassen. Vielleicht hatte das aber auch noch etwas Zeit und sie konnte erst mal ihr Erspartes von ihrem Konto nutzen. Seit sie hier war, hatte sie rund 50 Euro für Unterwäsche aus dem Supermarkt ausgegeben und sonst nichts gekauft. Sie hatte keine Ausgaben und noch bekam sie ja auch ihr Gehalt. Und tatsächlich hing sie mittlerweile an diesem Haus. In den vergangenen vier Wochen war es ihr immer mehr ans Herz gewachsen. Das Haus war Balsam für ihre Seele, ein Zuhause und Trost in einem. Sie war Veras einzige lebende Verwandte, abgesehen von Veras Bruder, Georgies Vater. Das Haus würde ihr vermutlich wirklich irgendwann gehören. Es wäre schlichtweg vernünftig gewesen, es zu erhalten, allein schon wegen des Verkaufswerts. Für vernünftige Lösungen war Georgie immer zu haben.

Mit aufmerksamen Augen spazierte sie an diesem Morgen durch die Geschosse und machte eine Bestandsaufnahme, was repariert werden musste. Immerhin waren die Treppen intakt, auch wenn die Stufen knarrten. Das Knarren mochte sie. Das konnte eigentlich bleiben, wenn sie Tom überredet bekam, wenigstens das Geländer an einigen Stellen auszubessern. Hier und da wackelte es etwas, das war gefährlich. Einige Fenster waren undicht, die mussten irgendwann ersetzt werden, schon aus energetischer Sicht. Sie machte sich eine Notiz, Toms Freund zu fragen, sobald er das Glasdach auf dem Gewächshaus angebracht hatte. Die Sanitäranlagen brauchten neue Leitungen, die alten Waschbecken jedoch hatten Charme, die konnten bleiben. Die Elektrik fiel ihr noch ein, vermutlich waren die Leitungen steinalt. Außerdem war nicht nur drinnen einiges im Argen, auch die Fassade brauchte dringend einen neuen Anstrich. Das würde bei der Größe des Hauses sicher noch mal teuer werden, vermutete sie. Im Kopf rechnete sie die wichtigsten Ausgaben zusammen und seufzte. Früher hätte sie Sebastian um Rat gefragt wegen eines Kredits. Wenn sie wieder einen Job gehabt hätte, dann hätte sie vermutlich einen bei der Bank beantragen können, jetzt gerade erschien es ihr aber aussichtslos. Kein Job, kein Kredit. Der wäre ohnehin zu riskant für die alte Georgie gewesen, die niemals über ihre Verhältnisse gelebt hatte und nur ausgab, was sie vernünftig und sicher finanzieren konnte. Mit Unterstützung durch ihren Vater aber ginge es vielleicht. Dazu musste sie Vera noch über-reden. Bisher hatte die sich immer standhaft geweigert, Geld aus der Familie anzunehmen. Nachdem Georgie sie jedoch schon dazu gebracht hatte, Hilfe von ihrer Nichte anzuneh-men, war Vera womöglich auch zu mehr bereit. Aufmerksam ging Georgie weiter durch die Zimmer, öffnete alle Türen. Einige waren verzogen, andere quietschten, aber das war ver-mutlich kein Problem für Tom. Das Dach hatte sie neulich nach dem Unwetter schon skeptisch betrachtet, es schien durchzuhalten. Irgendwann musste sie Sebastian kontaktieren wegen ihres Anteils an der Wohnung. Doch jetzt noch nicht. Ihr Erspartes würde vorerst für die Klempnerarbeiten ausrei-chen. Danach würde sie weitersehen. Vielleicht konnte sie das mit ihrer Wohnung über den Anwalt ihres Vaters klären lassen. Dann musste sie sich nicht mit Sebastian auseinandersetzen, solange sie nicht bereit dazu war.

»Georgie, soll ich dich in den Laden fahren?«, rief Tom von unten. Vera und Iris hatten sich mittlerweile angezogen. Iris hatte vor, Georgies Häkelquadrate zu versäubern, und saß bereits in ihrem geliebten Schaukelstuhl. Vera wollte erst mal die Aufregung des Morgens im Garten verarbeiten. Nichts tue ihr besser als ein bisschen Dreck an den Händen, hatte sie verkündet. Außerdem musste sie aus den ersten Blüten Seife herstellen. Sie hätte den Laden an diesem Tag einfach geschlossen gelassen, wenn Georgie nicht gewesen wäre. Für die kam das nicht infrage. Es war kurz vor einem Wochenende, es konnten bereits einige Touristen durch das Städtchen kommen. Vielleicht verkaufte sie wieder das ein oder andere, jeder Euro war in dieser Situation willkommen. Außerdem wollte sie noch einige Blogbeiträge über das Haus und über die Rezepte ihrer Großmutter und Urgroßmutter vorbereiten. Es juckte sie in den Fingern, zu schreiben und zu häkeln.

»Ja, Moment. Ich hole nur schnell meine Sachen«, antwortete Georgie, sammelte ihr Häkelbündel zusammen und kämmte sich. Früher hatte sie ihre Haare jeden Morgen geglättet, doch jetzt fand sie, dass die wilden Locken eigentlich ganz hübsch aussahen. Und Tom schien das auch zu gefallen, er sah sie oft sehr intensiv an und Georgie war das Begehren in seinen Augen nicht entgangen. Bei dem Gedanken an ihn atmete sie kurz heftig durch und zog dann eine Grimasse vorm Spiegel. Gut gelaunt verabschiedete sie sich kurz darauf von ihren Tanten – auch die zarte, stille Iris sah sie mittlerweile als Teil ihrer Familie. Georgie rief ihnen zu, dass sie sich später melden werde, und schnappte sich den Schlüssel für den Laden.

Tom stand bereits am Auto und hielt ihr die Beifahrertür auf. Bevor sie einstieg, drehte sie sich spontan zu ihm um, griff nach seinem T-Shirt-Kragen und küsste ihn stürmisch. Tom zögerte keine Sekunde, ihren Kuss zu erwidern. Ihr Tempo war sein Tempo, er nahm, was sie zu geben bereit war. Sie versank förmlich in seinen Armen und als ihr Kuss intensiver wurde, leidenschaftlicher, schlug ihr Herz kräftig und Glücksgefühle tanzten in ihrem Magen. Es fühlte sich so gut an, so lebendig. Alle Sinne waren aufs Äußerste gespannt. Sie roch seinen holzigen, männlichen Duft, spürte seine Bartstoppeln im Gesicht und seine Begierde. Ein genussvoller Seufzer entwich ihr. Tom schloss die Augen und lehnte seine Stirn an ihre.

»Georgie. Du machst mich wahnsinnig«, gestand er und sie lachte auf. Es klang fast ein bisschen triumphierend.

»Gut«, sagte sie zufrieden und stieg ins Auto. Es ging doch nichts über einen Adrenalinstoß am Morgen, um Lebens- und Liebesgeister zu wecken.

Georgie und Tom turtelten noch eine herrliche halbe Stunde wie verliebte Teenager im Büro des Ladens weiter, bis Georgie ihn losschickte.

»Geh, jetzt geh schon«, rief sie lachend und schob ihn zur Tür hinaus. Er warf ihr ein verschmitztes Lächeln zu, fuhr sich durch die strubbeligen Haare und schlenderte zu seinem Transporter. Georgie sah ihm durchs Fenster hinterher. Heute war etwas mit ihr geschehen. Sie hatte ihre Zurückhaltung abgelegt und einfach getan, worauf sie Lust gehabt hatte. Es war ein berauschendes Gefühl, das neu für sie war. Einfach herrlich!

KAPITEL 8

Zum Glück hatte Georgie die Bilanzen schon so weit auf Vordermann gebracht, dass sie sich heute nicht damit beschäftigen musste. Sie stellte einen kleinen getöpferten Krug mit Blumen aus Veras Garten ins Schaufenster und ließ die Eingangstür offen, damit frische Luft hereinkam. Es regnete nicht, stattdessen schien die Sonne und wärmte Georgies Gesicht, als sie mit einer Tasse Tee auf der Bank vor dem Laden saß und die Augen schloss. Das Gefühl von vollkommener Zufriedenheit erfüllte sie für einen Moment. Sie hatte ihr Angebot am Morgen ernst gemeint, Vera das Geld für die Sanierung zu geben. Über kurz oder lang bekäme sie ja ohnehin ihren Anteil an der Wohnung ausgezahlt. Würden Sebastian und sie die Wohnung verkaufen oder würde er sie übernehmen? Vehement vertrieb sie den Gedanken, dass sie ihn über kurz oder lang darauf ansprechen musste. Noch war sie nicht dazu bereit. Sie bemerkte, dass sie an ihn dachte, ohne mit den Tränen zu kämpfen. Hatte sie ihn bereits hinter sich gelassen? Nein, bestimmt nicht. Aber ihr Leben war gerade so anders als vor ein paar Wochen. Statt Kultur, Kunst, Kaffee und Karriere standen jetzt Wolle, selbst gebackener Zitronenkuchen, ein klappriges Haus und ein unrentables Ladengeschäft auf der Tagesordnung.

Und tolle Menschen, wirklich tolle Menschen, dachte sie und lächelte. Vera und Iris waren Familie, Tom war … das wusste sie noch nicht, aber sie roch ihn gern, sie küsste ihn gern, sie mochte seine Hände, sein Lachen, seine Augen – weiter konnte sie momentan nicht denken. Einen Schritt nach dem anderen, hatte er gesagt, und die Schritte, die sie bisher gemeinsam gegangen waren, gefielen ihr immer besser. Georgie rekapitulierte den vorherigen Abend. Sie hatten viel Spaß gehabt mit Peter und Lina. Vergnügt holte sie sich das Bild der drei im Wohnzimmer tanzenden Paare vor Augen. In ihrem ganzen Erwachsenenleben hatte sie keine anregendere Gesellschaft gehabt als an diesem Abend. Hatte sie jemals spontan getanzt nach einem gemeinsamen Dinner mit Freunden? Rückblickend kam sich Georgie selbst langweilig und leidenschaftslos vor. Hier geschah etwas mit ihr, sie entdeckte ganz neue Seiten an sich, die ihr ziemlich gut gefielen. Doch bevor sie in allzu existenzielle Fragen abrutschte, sollte sie lieber hineingehen, um die geplanten Artikel für den Blog vorzubereiten und die Fotos, die Vera ihr gegeben hatte, digital zu bearbeiten. Es war fast, als wäre sie endlich Redakteurin, wie sie es sich so lange gewünscht hatte. Zwar schrieb sie nur über eine Kleinstadt, Seifenproduktion, Häkeln und den Zitronenkuchen ihrer Großmutter statt über aktuelle wirtschaftliche Angelegenheiten. Aber es machte Spaß, und darauf kam es doch an!

Einige Stunden später hatte sie einen ganzen Stapel Quadrate gehäkelt – es wurde höchste Zeit für ein neues Muster, die drei, die sie kannte, beherrschte sie fast schon blind. Es ging ihr leicht von der Hand und der Effekt war stets derselbe. Sobald sie Nadel und Wolle in ihren Händen spürte, überkam sie eine entspannte Ruhe. So mussten sich Menschen fühlen, die erfolgreich meditierten. Die Nadel mit dem kleinen Haken an der Spitze lag ihr sicher in der Hand, ihr Handgelenk bewegte sich von selbst, mit jedem Stäbchen wuchs ihre Zufriedenheit. Jedes vollendete Quadrat machte sie stolz und sie betrachtete es ausführlich, bevor sie es auf den Haufen legte, den sie abends Iris überreichen würde.

Dennoch legte sie nach einer Weile die Handarbeit zur Seite, um dem Laden etwas Gutes zu tun. Sie staubte die Regale ab, arrangierte die Seifen neu und schrieb drei kurze Artikel für den Blog. Zwischendurch beriet sie zwei Touristinnen, die neugierig eingetreten waren. Am späten Nachmittag schaute Lina vorbei und brachte ihr einen frisch gebackenen Hefezopf.

»Das Rezept ist von meiner schwedischen Großmutter. Ich entdecke gerade meine hausfraulichen Fähigkeiten«, erklärte sie fröhlich und die beiden Frauen setzten sich für eine kleine Pause vor das Geschäft in die Frühlingssonne. Zwei Pausen in der Sonne innerhalb eines Arbeitstags, das hätte sich Georgie früher nie gestattet!

Lina schien es ähnlich zu ergehen. »Wirklich, ich glaube, ich habe noch nie gebacken vorher. Vielleicht als Teenager, aber danach hatte ich einfach keine Zeit mehr dafür. Als Hotelmanagerin ist man ständig im Dienst. Und wozu auch selber backen, wenn in deiner Hotelküche einer der besten Pâtissiers Bayerns arbeitet?«, erzählte sie. »Aber ich habe festgestellt, dass es mich durchaus glücklich macht, etwas Leckeres zu produzieren. Man wirft ein paar Zutaten in eine Schüssel, rührt ein bisschen um, ab in den Ofen und schon hat man etwas Feines zu essen. Und wie das riecht! Als Nächstes versuche ich es mit richtigem Brot. Wenn es mir gelingt, lade ich dich zum Frühstück ein«, versprach Lina und zupfte ein Stück Hefezopf aus der Form. Er war lauwarm und roch herrlich nach Milch und Vanille. Genüsslich schob sie sich den Bissen in den Mund und leckte ihre klebrigen Fingerspitzen ab.

»Das Haus ist mittlerweile eingerichtet, bis auf ein paar Deko-Stücke, die noch fehlen für den Feinschliff. Bei uns sieht es aus wie in einer dieser Wohnzeitschriften. Das kommt davon, dass ich nichts anderes zu tun habe! Vielleicht finde ich nachher noch etwas in deinem Laden. Eure Holzschalen sind so schön. Darin sehen getrocknete Blumen sicher wunderbar aus«, plapperte sie munter weiter.

»Die Schalen hat Tom in seiner Schreinerei angefertigt. Und die getrockneten Blumen sind vermutlich aus unserem Garten oder vom Wegrand. Ich würde Vera sogar zutrauen, dass sie nachts heimlich in fremde Gärten einsteigt und sich bedient. ›Die Natur ist großzügiger als wir Menschen‹, sagt sie immer«, erzählte Georgie und probierte ebenfalls von dem Hefezopf. Früher hatte sie Kalorien gezählt und streng nach Plan Sport gemacht, um ihren Körper gesund und straff zu halten. Doch hier zählte das nicht und in den schlabberigen Klamotten ihrer Tante konnte sie gar nicht genau sagen, ob sie zugenommen hatte. Was soll's, dachte Georgie trotzig und nahm noch ein Stück. Es interessierte hier draußen ohnehin niemanden, ob sie mehr oder weniger wog.

»Was läuft da eigentlich zwischen dir und Tom? Seid ihr ein Paar?«, fragte Lina neugierig und lachte Georgie frech an. Diese wurde prompt rot.

»Weiß ich noch nicht. Er … wir flirten miteinander. Wir haben uns ein paar Mal geküsst, ziemlich hemmungslos allerdings. Aber mehr nicht. Ich komme gerade …« Sie holte tief Luft. »Es ist folgendermaßen: Vor ein paar Wochen habe ich festgestellt, dass mein Verlobter eine Affäre mit meiner besten Freundin hat. Und fast gleichzeitig habe ich meinen Job verloren. Dabei dachte ich sogar, dass sie mich befördern wollten. Es ist alles ein bisschen schwierig zurzeit. Und Tom tut mir gut«, erzählte Georgie ihrer neuen Freundin, die entsetzt die Hände vor den Mund schlug.

»Das ist ja furchtbar«, rief sie aus und drückte Georgie liebevoll. »Ich würde das nicht überleben, wenn Peter mich betrügen würde«, schwor sie und Tränen glitzerten in ihren Augen allein beim Gedanken daran.

»Ich dachte tatsächlich auch, ich würde es nicht überleben. Aber sieh mich an. Hier sitze ich und lache mit dir. Und alles ist gar nicht mal so schlecht in diesem Moment. Heute ist ein richtig guter Tag. Mach dir keine Sorgen, Peter sieht dich dermaßen verliebt an. Was ihr habt, ist wunderbar«, sagte Georgie ohne Neid.

»Wenn wir nur endlich schwanger werden würden. Ich schwöre, wenn das nicht bald klappt, klaue ich irgendwo ein Baby.« Schon lachte Lina wieder und Georgie mit ihr.

»Dazu kommt es hoffentlich nicht. Das ist strafbar und wie ich gehört habe, wird hier im Ort eine Polizei-Außenstelle eingerichtet.«

»Weißt du, wir versuchen es schon seit einiger Zeit und langsam werde ich nervös. Fünfzehn Jahre lang habe ich alles drangesetzt, nicht schwanger zu werden, und jetzt, wo ich bereit bin und sogar meinen Traumjob aufgegeben habe, um Zeit für ein Kind zu haben, passiert gar nichts. Jeden Monat wieder diese Enttäuschung. Meine Ärzte sagen, ich soll mich entspannen und mir Zeit geben, aber ich halte das nicht mehr lange aus. Nächste Woche fahre ich nach Freiburg in eine Kinderwunschklinik und lasse ein paar Tests machen«, verriet Lina und sah traurig auf die Straße.

»Vera hat einen Fruchtbarkeitstee im Laden«, schlug Georgie vor und schaffte es damit, das Lächeln in Linas Gesicht zurückzuzaubern. »Falls du ihn gleich ausprobieren willst …«

»Den nehme ich auf jeden Fall mit.« Lina lachte schon wieder. »Komm, verkauf mir ein paar Tüten davon und dazu gleich noch ein paar Holzschalen. Ich habe einen reichen Ehemann und plane, all sein Geld auszugeben. – Kleiner Scherz, ich liebe den Kerl. Selbst wenn er ein armer Schlucker wäre, wäre ich verrückt nach ihm. Weißt du, was er mit seinen Händen anstellen kann?« Und dann erzählte sie der kichernden Georgie flüsternd von Peters Verführungskünsten.

Georgie verkaufte ihrer neuen Freundin vier Holzschalen, mehrere Sorten Kräutertee, eine große Tüte getrocknete Blumen, ein paar langstielige, etwas krumme Kerzen und gleich einen ganzen Stapel der selbst gemachten Seifen. Mit voll bepackten Armen und einem Leuchten im Gesicht verließ Lina das Geschäft. Sie schwor, sofort eine Kanne Fruchtbarkeitstee aufzubrühen und dann über Peter herzufallen. Georgie bezweifelte die Wirkung des Tees zwar, es war ein ganz normaler Kräutertee, aber wie Iris gesagt hatte: Wenn es Wunder gab, dann hier.

Sie beschloss, den Laden etwas früher zu schließen und nach Hause zu spazieren, solange die Sonne noch nicht unterging. Sie mochte die Strecke, obwohl sie teilweise an der Straße entlang und ein Stück durch den Wald führte. Wenn es schon mal nicht regnete, sollte sie das nutzen, um die Natur, den frischen Geruch des Frühlings und nicht zuletzt die Einsamkeit zu genießen. Unterwegs dachte sie über Lina nach. Sie hoffte für ihre neue Freundin, dass sie bald schwanger werden und ihr Wunsch nach einer Familie in Erfüllung gehen würde. Sebastian und sie hatten ebenfalls über Kinder gesprochen. Heirat, dann zwei Kinder innerhalb von drei Jahren, am liebsten Junge und Mädchen, eventuell hätten sie die Wohnung in der Stadt gegen ein Haus im Vorort getauscht und sich ein Au-pair-Mädchen aus Südeuropa gesucht. Es war alles geplant gewesen. Dann hatte er ihre Wünsche zerstört, ihre ganze Zukunft, die ihr so sicher vorgekommen war. Sie seufzte und atmete tief durch. Sie musste sich eben eine neue Zukunft überlegen. Eigentlich stand ihr alles offen. Ohne Job, ohne Wohnung, ohne Mann und ohne beste Freundin konnte sie wirklich überall hingehen. Aber nicht heute. Heute ging sie erst mal nach Hause zu Vera und

Iris. Nach einer knappen Stunde kam sie dort an und entdeckte Vera und Iris im Garten auf einer Decke liegend. Iris hatte ihren Kopf auf Veras Bauch abgelegt und hielt eine Zigarette in ihrer rechten Hand. Georgie stutzte. Sie hatte gar nicht gewusst, dass Iris rauchte. War das überhaupt eine Zigarette? Georgie lief zu den beiden Frauen, um sie zu begrüßen und ihnen von ihrem erfolgreichen Tag im Laden zu berichten. Je näher sie kam, umso besser konnte sie sehen, dass Iris keine normale Zigarette in den Händen hielt.

»Was macht ihr denn da?«, fragte sie überrascht und sah beide Frauen streng an, die ihren Blick träge erwiderten und zu kichern anfingen.

»Sei nicht so hart mit uns, Georgie. Das ist nur ein bisschen Gras«, flüsterte Vera verschwörerisch und prustete los.

»Ihr kifft?« Georgie blieb der Mund offen stehen. Sie deutete schockiert zum Gewächshaus hinüber. »Hat Tom das für dich gebaut, damit du Marihuana anbauen kannst?«, wollte sie wissen.

»Nein, nein. Das ist wirklich für meine Kräuter. Andere Kräuter. Küchenkräuter. Für Tee und Seife. Das hier ist von Iris. Sie darf das!«, verriet ihr Vera und Iris nickte. Kein Wunder, dass sie immer ruhig und beseelt lächelte, dachte Georgie. Vermutlich war sie einfach dauerbekifft.

»Es ist wegen des Tumors«, erklärte Iris schließlich und reichte ihr die selbst gedrehte Tüte. »Möchtest du mal probieren? Es ist wirklich ausgezeichnet, dieses medizinische Cannabis«, bot sie ihr an.

»Welcher Tumor?« Georgie sank zu ihnen auf die Decke. Ihr Herz setzte fast aus vor Schreck.

»Meiner. Wir nennen ihn Brian, weil er in meinem Gehirn sitzt. Verstehst du. *Brain* – Brian.« Iris lächelte sie an und nahm noch einen tiefen Zug.

»Aber seit wann …?«, stammelte Georgie und Tränen füllten ihre Augen. Das durfte nicht sein! Iris legte liebevoll ihre Hand an Georgies Wange.

»Nicht weinen, Liebes. Die Tränen für diese Geschichte sind schon längst vergossen. Es ist, wie es ist«, sagte sie weise und tätschelte Georgies Gesicht.

»Brian ist ein Arschloch«, stellte Vera fest und Georgie musste sogar ein bisschen lachen, obwohl sie einen Kloß im Hals hatte.

»Hast du …?«, setzte Georgie an und wusste nicht genau, wie sie ihre Fragen stellen sollte. Sie umklammerte Iris' dünne Hand.

»Chemo, Bestrahlung, Operation, Heilkräuter, schamanischer Zauber«, zählte sie auf. »Wir haben alles versucht. Da ist nichts zu machen. Brian wird mich töten. Aber ich nehme ihn mit ins Grab, den Mistkerl.« Iris lachte und Georgie schluckte schwer.

»Sei nicht traurig. Ich hatte ein wunderbares Leben an der Seite deiner Tante. Zwanzig Jahre Glück, Liebe, Wärme, Geborgenheit und immer ein Dach über dem Kopf. Das ist mehr, als andere jemals haben werden. Dafür bin ich dankbar. Und nun soll es eben so sein.« Iris schien tatsächlich gefasst, auch ohne Gras. Sie hatte sich genug über Brian geärgert, hatte ihn verflucht, gehasst und getrauert um die Zeit, die er ihr nahm. Aber sie hatte ihn akzeptiert und war dankbar für die wertvolle restliche Zeit, die ihr noch blieb. »Mit etwas Glück kann ich dieses Jahr sogar noch Äpfel aus dem hinteren Teil des Gartens ernten«, sagte sie jetzt mit einem Leuchten in den Augen. »Auf jeden Fall will ich dabei sein, wenn du deine Decke vollendest.« Georgie legte ihren Kopf auf Iris' Bauch und wischte sich die Tränen vom Gesicht. Hier half nicht mal mehr ein Wunder. Iris strich sanft über ihre Locken. Eine beruhigende, tröstende Geste.

»Wir brauchen aber deine Hilfe …«, hob Vera nach einigen schweigsamen Minuten an.

»Alles«, versprach Georgie, ohne zu wissen, worauf ihre Tante hinauswollte.

»Ich würde gern mehr Zeit mit Iris verbringen. Eigentlich hatte ich vor, den Laden über die Sommermonate einfach zu schließen, aber jetzt, da du hier bist …« Vera brauchte nicht weiterzusprechen, Georgie nickte sofort.

»Ich kümmere mich um den Laden. Und das Haus. Macht euch keine Sorgen.«

»Danke, Liebes. Das bedeutet uns sehr viel.«

Kapitel 9

Als die Sonne unterging und es zu kalt wurde, um weiter im Gras auf einer dünnen Decke zu liegen, rappelten sich die drei Frauen auf. Georgie umarmte Iris herzlich, aber zaghaft. Diese meinte jedoch nur, sie sei müde und werde schlafen gehen. Vera begleitete sie ins Haus.

»Heute Nachmittag habe ich Brot gebacken und Eintopf gekocht. Eine besonders große Portion. Du kannst Tom welchen vorbeibringen, wenn du magst. Mein Auto steht vorne, nimm dir einfach die Schlüssel«, rief Vera ihr zu, als sie mit der Decke, die sie zusammengefaltet und mit hineingenommen hatte, ratlos im Wohnzimmer stand. Georgie nickte und sah den beiden Frauen, die sich gegenseitig stützten, dabei zu, wie sie gemeinsam im Badezimmer verschwanden. Beste Freundinnen hielten auch in schweren Zeiten zusammen, dachte sie mit einem neuen Kloß im Hals. Verdammt! Sie würde sich bald um ihre Angelegenheiten kümmern müssen. Aber erst mal gab es Wichtigeres zu erledigen. Tom brauchte etwas zu essen. Vera hatte ihr neulich die Abzweigung zu seinem Haus gezeigt, als sie mit dem Auto daran vorbeigefahren waren. »Und dann immer dem Weg folgen bis zu einer ganz alten Brücke. Da rüber und schon ist man da«, hatte sie gesagt. Georgie ging in die Küche und packte die Sachen für Tom in einen Korb.

Draußen war es mittlerweile stockfinster und sie fuhr besonders langsam. In Frankfurt war sie selten dazu gekommen, selbst zu fahren, und war deshalb etwas aus der Übung. Hier gab es kaum Verkehr, trotzdem war sie vorsichtig, das alte Auto hatte so seine Zicken, es war dunkel und sie von dem emotional ereignisreichen Tag erschöpft. Tatsächlich verpasste sie die Abzweigung, bemerkte es aber zum Glück sofort. Sie setzte fluchend zurück und bog ab. Die schmale, holprige Straße führte durch dichten Wald. Die Scheinwerfer schienen über den geflickten Asphalt zu tanzen und warfen ein gespenstisches Licht auf die dunklen Bäume. In den Schatten vermutete Georgie Tiere, hier musste es mindestens Rehe geben, Hasen, Eulen. Als Stadtkind gruselte ihr etwas, doch die Einsamkeit war auch faszinierend. Hierher hatte sich Tom also zurückgezogen nach seiner Karriere in der Metropole Berlin. Ein krasser Kontrast! Sie fuhr im Schritttempo und schaltete das Radio an, um weniger allein zu sein. Wie viele Kilometer sollte sie denn zurücklegen, bis diese Brücke kam? Sie hatte nicht mal ihr Handy mitgenommen und selbst wenn, es wäre nicht aufgeladen gewesen. Es war zusammen mit ihrem Leben in Frankfurt gestorben und lag unangetastet in der Nachttischschublade in ihrem Zimmer. Wenn sie sich hier verfuhr, würde sie einfach stehen bleiben und im Auto schlafen müssen. Wenigstens würde sie nicht verhungern, dachte sie grimmig und seufzte erleichtert, als sie nach einer gefühlten Ewigkeit endlich die Steinbrücke erreichte. Sie fuhr über den kleinen Bachlauf und folgte dem ansteigenden Weg weiter, bis unvermittelt ein flaches Holzhaus vor ihr auftauchte. Endlich! Sie parkte den Wagen neben Toms Transporter und warf einen längeren Blick auf das Haus. Von vorne sah es aus wie ein schlichter Flachbau aus dunklem Holz mit zwei Fenstern rechts und links neben der Tür, aber sie konnte sehen, dass das Haus an einem kleinen, steilen Hang stand und nach hinten um ein ganzes Stockwerk abfiel. Der untere Stock wirkte wie von einer Glaswand umgeben. Man muss wirklich einen atemberaubenden Blick auf das bewaldete Tal haben, dachte sie und nahm den Korb mit dem Essen. Als sie die Autotür mit dem Hintern zustieß, hörte sie, wie die Haustür geöffnet wurde, und drehte sich um. Tom stand in der Tür und lehnte sich an den Rahmen. Sie wurde mit einem Mal nervös, ihr Magen flatterte und sie bekam schwitzige Hände. Er stand einfach da, lässig an den Türrahmen gelehnt, und wartete darauf, dass sie auf ihn zukam. Er trug ein dunkles, dickes Flanellhemd, das nicht zugeknöpft war, eine verwaschene Jeans und war barfuß. Seine Haare waren noch nass vom Duschen. Die Hände hatte er in den Hosentaschen vergraben. Er zog sie heraus, als sie sich endlich in Bewegung setzte und auf ihn zuging.

»Vera hat dir …«, setzte sie an und fand sich plötzlich in seinem Haus wieder. Tom zog sie an sich, küsste sie so stürmisch, dass sie vergaß, was sie hatte sagen wollen. Seine Wucht entfachte ein wildes Feuer in ihr, es brannte lichterloh. Vor Überraschung ließ Georgie ihre Mitbringsel einfach auf den Boden fallen. Die Gläser im Korb klirrten. Sie spürte sein Herz heftig schlagen, es vermischte sich mit dem Rhythmus ihres eigenen. Die Hände hinter seinem Nacken verschränkt, zog Georgie ihn noch etwas näher an sich, und als er ihre Hüften umfasste und sie mit einem Ruck hochhob, schlang sie die Beine um ihn. Sein Kuss war wild, fordernd und heiß. Er durchfuhr ihren Körper bis in die Fußspitzen.

»Komm mit«, raunte Tom ihr ins Ohr und setzte sie vorsichtig wieder ab. Georgies Knie waren weich geworden und sie griff nach seinem Oberarm, um die Balance zu finden. Tom nahm sie an der Hand und zog sie weiter ins Haus.

Der Eingangsbereich war klein, schmal und dunkel. Vom Flur gingen zwei Türen ab – zur Küche und ins Bad. An ihnen vorbei kam man auf eine Art Balustrade, deren Treppe an der Seite nach unten führte. Sie hatte recht gehabt mit dem Aufbau des Hauses. Der obere Komplex war aus Holz und Stein gebaut, und war so grundsolide wie sein Besitzer. Doch das Stockwerk darunter raubte ihr wirklich den Atem. Die Rückwand war direkt in den Fels gehauen worden. Geradeaus und rechts neben der Treppe gaben zwei gigantische Glaswände einen weiten Blick auf den dunklen Wald frei. An der gemauerten Wand links stand ein Kamin, in dem ein gemütliches Feuer knisterte und angenehme Wärme verbreitete. Die Möbel waren alt, vermutlich aus den 1970er Jahren. Eine braune Couch aus Leder, die vor dem Kamin stand, musste ein Lieblingsplatz von Tom sein, sie war verschlissen und ziemlich durchgesessen, was ihr Muster aus Rissen und Falten unschwer zu erkennen gab. Davor lag ein Kuhfell, das schon ganz dünn war von den vielen Schritten, die darübergegangen waren. Direkt vor dem großen Fenster stand ein kastenförmiges Bett. Tom hatte es bestimmt selbst gebaut. Man musste beim Aufwachen geradewegs in den Sonnenaufgang schauen. Es war aus vier groben Bohlen gezimmert worden. Darauf lagen ein paar dunkelgrau bezogene Kissen und eine riesige, zerwühlte Decke. Es sah einladend aus, gemütlich, kuschelig, als könnte man den ganzen Tag darin verbringen und in die bewaldete Umgebung schauen. Neben dem Bett stapelten sich ein paar zerfledderte Bücher, Krimis, den Einbänden nach zu urteilen. Staunend sog Georgie jedes Detail in sich auf. Dieses Haus verriet so viel über Tom. Es war das Haus eines Junggesellen, nicht gerade ordentlich, dafür gemütlich, es hatte Charme und Sex-Appeal, es war wie Tom selbst.

»Willkommen«, sagte er und küsste sie. Sanfter diesmal, langsam und zärtlich. Georgie schloss die Augen und ließ sich in den Kuss fallen. Nahm seinen Geschmack, seinen Geruch, seine Textur in sich auf, während er sie langsam Richtung Bett schob. Sie mochte die Sicherheit, die er ausstrahlte, die Geduld, die er mit ihr hatte. Und vor allem mochte sie seine leidenschaftliche Seite unter all der Ruhe und Gemächlichkeit, seine Küsse und Berührungen, die ein wahres Feuer in ihr entfachten. Sanft ließ Tom sie beide nach hinten sinken, sein Gewicht drückte sie in die weiche Decke. Seine Hände glitten an ihren Seiten hinab und jagten eine gewaltige Gänsehaut über ihren Körper, sie erzitterte unter ihm. Er verlagerte sein Gewicht etwas, um sie nicht zu erdrücken, sodass er neben ihr zu liegen kam. Zärtlich strich er über ihren Bauch, ihren Arm hinauf zu ihrer Schulter. Fuhr mit seiner großen, rauen Hand fasziniert ihre Kurven nach. Sie drehte sich zu ihm und schlang ein Bein um seine Hüfte, um ihn noch näher an sich zu spüren, seinen Körper ganz eng an ihrem.

Mit einem kleinen Seufzer ließ sie sich zurückfallen und genoss, wie viel Zeit Tom sich ließ, um sie zu streicheln, ihre Arme, Beine, die Schultern, den Bauch, den Rücken und den Po. Nichts wurde ausgelassen auf seiner Erkundungstour. Mit geschlossenen Augen gab sie sich ganz seinen zärtlichen Berührungen hin. Seinen Küssen an ihrem Hals, wie er sanft seine Hand über ihre linke Brust legte. Es fühlte sich gut an. Sie reckte sich ihm entgegen, wollte mehr. Als sie ihre Hand an seine Wange legte und ihn küsste, fuhr er mit der Fingerspitze über eine Brustwarze, die durch den Stoff ihres Pullovers hindurch auf ihn reagierte und ein ziehendes Gefühl in ihrem Bauch verursachte. Georgie atmete laut aus und Tom verschloss ihren Mund mit seinem, um das Geräusch in sich aufzunehmen. Ihre Finger streiften ihm zitternd das Hemd von den Schultern. Darunter trug er ein verwaschenes, dunkles T-Shirt, das sie ihm überraschend entschlossen über den Kopf zog. Sein Körper strahlte eine Hitze aus, die sie wärmte, als er ihr im Gegenzug den Pullover auszog und sie mit beinahe nacktem

Oberkörper neben ihm lag, ihre Brüste nur noch bedeckt von einem schlichten BH, den sie eilig öffnete und achtlos zur Seite warf. Behutsam küsste Tom ihren bloßen Bauch. Zentimeter für Zentimeter erforschte er ihren Oberkörper mit den Lippen, atmete ihren Duft ein, schmeckte ihre Haut. Prickelnde Schauer jagten durch sie hindurch und sie zitterte, als er ihr langsam die Jeans aufknöpfte und über die Hüften zog. Sie trug einen der Baumwollslips, die sie vor ein paar Wochen zusammen im Supermarkt gekauft hatten. Tom fuhr mit den Fingerspitzen darunter und Georgies Seufzen wurde lauter. Sie spürte seine in der Jeans gefangene Erektion an ihrem Bein und fuhr nun auch vorsichtig mit der Hand in seine Hose. Sein Penis war warm und kräftig und pulsierte unter ihren Fingern. Mutig geworden durch ihre Lust, knöpfte sie ihm die Hose auf und umschloss seine Härte mit der Hand. Wie weich seine Haut war. Tom wollte ihr ins Gesicht sehen, aber er konnte die Augen kaum offenhalten. Georgie fing an, ihn zu streicheln. Nun war er an der Reihe, sich dem Genuss hinzugeben. Sie liebkoste sein Gesicht, seinen Hals und arbeitete sich mit kleinen, gehauchten Küssen hinunter zu seiner Brust, wo sie ihn sanft biss. Er lachte und drehte sich mit ihr im Arm, damit sie wieder unter ihm lag. Ihre Körper passten perfekt zusammen, immer wieder fanden sich ihre Lippen zu intensiven Küssen. Als sie seinen Namen flüsterte, hielt er es nicht länger aus. Er griff unter das Bett, zog ein Kondom hervor und streifte es sich über, bevor er vorsichtig in sie eindrang. Georgies Atem stockte, als sie ihn ganz in sich aufnahm, sie schlang die Beine um ihn und zog ihn noch näher an sich. Mit klopfendem Herzen sah sie ihm direkt in die Augen. Ermuntert durch ihren Druck und ihren Blick, stieß er sanft zu. Langsam. Schien jeden Millimeter auszukosten. Sie war warm, feucht und eng und ein heftiges Zittern durchlief ihren Körper, das ihn ebenfalls erfasste. Fest nahm er mit seinen

Händen ihre und führte sie mit verschränkten Fingern zu beiden Seiten ihres Kopfs zur Matratze.

»Schau mich an«, raunte er, als sie vor Lust die Augen schloss. Georgie brauchte einen Moment, um sie wieder zu öffnen. Ihr Blick war verhangen vor Verlangen, aber sie sah ihn an und lächelte. Er zog sich ein Stück zurück und beobachtete ihr Gesicht, als er erneut langsam zustieß. Ihre Lust war für sie selbst überraschend, ihre Begierde berauschend. In seinen Augen las sie die gleichen Gefühle, die gleiche Ekstase, was sie noch mehr erregte. Ihre Bewegungen verschmolzen zu einem gemeinsamen Rhythmus. Bis sie ihren Höhepunkt in sein Ohr rief und er ebenfalls kam.

Sie lag rücklings an seinen Bauch gekuschelt, er hatte seine kräftigen Arme eng um sie geschlungen und hielt sie fest. Ihr Körper bebte noch und sie versuchte, einen klaren Gedanken zu formen. Sein Atem kitzelte ihren Nacken und die Wärme seines Körpers strahlte wohlig in den ihren. Reglos lag sie da wie in einem Nest und wusste nicht, was sie sagen sollte. Sie hatte mit »einem anderen Mann« geschlafen. Mit Tom. Es war wundervoll gewesen. Überwältigend. Intensiv. Sie war eingeschüchtert von ihren überschwänglichen Gefühlen. Und sie war … erschöpft. Befriedigt und erschöpft. Tom streichelte ihren Arm und sie schloss die Augen.

»Ist alles gut?«, flüsterte er leise direkt neben ihrem Ohr und sie wollte nicken, schüttelte stattdessen aber den Kopf. Plötzlich drang ein leiser Schluchzer aus ihrer Kehle und Tränen liefen ihr über die Wangen. »Georgie?«, fragte Tom erschrocken und drehte sie zu sich um. Sie schlug die Hände vors Gesicht und presste den Kopf an seine Halsbeuge, damit er sie nicht ansehen konnte. Damit er ihre Tränen nicht sah. Ihre Verwirrung.

Tom schloss gequält die Augen und murmelte beruhigende Worte in ihren Haarschopf. Er hatte zwei Herzinfarkte überlebt, aber keiner hatte geschmerzt wie dieser Moment. Eine weinende, nackte Frau in seinen Armen. Nicht irgendeine Frau. Georgie. In die er sich vom ersten Augenblick an verliebt hatte. Die er beschützen wollte vor all dem Schlechten in ihrem Leben. Und nun weinte sie heiße Tränen an seine Brust. Seinetwegen. Er war ein Idiot! Er hätte ihr mehr Zeit lassen müssen. Sie war verletzlich gewesen und er hatte zu wenig Rücksicht darauf genommen.

»Wenn ich dir wehgetan habe, tut es mir leid«, versuchte er es erneut und sie schüttelte den Kopf.

»Es ist nur … entschuldige bitte«, stammelte sie und holte zwischen zwei Schluchzern tief Luft. Tom nahm ihre Hände von ihrem Gesicht und sah sie fest an. Georgie schlug die Augen nieder.

»Es war unglaublich schön. Ich war nur nicht darauf vorbereitet, dass ich das empfinden kann. So etwas Intensives. Wir kennen uns kaum und ich habe mich … fallengelassen, total.« Erleichtert über ihre Erklärung küsste er sie zärtlich. Der schmerzhafte Druck in seiner Brust ließ nach und sein Herz schien einen aufgeregten Sprung zu machen.

Wenig später saß Georgie in seinem Flanellhemd auf dem Boden vor dem Kamin. Das Feuer war heruntergebrannt, aber die Glut glomm noch. Es war ein friedvoller Moment, und Tom konnte nicht anders, als Georgie auf die Stirn zu küssen. Ihre Haare waren zerzaust und ihr Gesichtsausdruck mehr als entspannt. Sie sah glücklich aus.

»Möchtest du etwas? Etwas zu trinken?«, fragte er fürsorglich und lief bereits nackt, wie er war, die Treppe nach oben zur Küche.

»Ja, bitte«, rief Georgie ihm hinterher.

Tom wäre fast über den Korb gestolpert, den Georgie im Eingangsbereich fallen gelassen hatte. Neugierig warf er einen Blick hinein und schmunzelte. Vera versorgte ihn mal wieder mit einer Wochenration an Lebensmitteln. »Wein? Bier? Wasser?«, brüllte er nach unten und trug den Korb in seine Küche.

»Wein, wenn du hast. Und … ähm …«, setzte sie an und stoppte dann verlegen.

»Ja?«, hakte Tom nach und lehnte sich über das Geländer, damit er sie von oben sehen konnte. Es gefiel ihm, wie sie dort saß. Klein, zierlich, in seinem Hemd, mit von Liebe geröteten Wangen und wilden Locken. Sie legte den Kopf in den Nacken, um ihn ansehen zu können, und grinste schüchtern.

»Ich habe Hunger«, gestand sie und verzog peinlich berührt das Gesicht. Er lachte.

»Wie praktisch, Vera hat reichlich zu essen eingepackt. Ich bringe es dir.«

»Weißt du, mit was ich Iris und Vera heute erwischt habe?«, fragte Georgie, nachdem sie gegessen hatten und nun beide auf dem Boden vor dem Kamin saßen und Wein tranken. Sie wartete seine Antwort nicht ab, sondern erklärte selbst: »Mit Gras! Die haben Marihuana geraucht, als ich vom Laden zurückkam. Diese beiden Hippies.« Sie lächelte amüsiert, aber etwas traurig. Tom schloss daraus, dass sie wusste, warum Iris zu Drogen griff. Er wusste es, seitdem sie es von den Ärzten erfahren hatten. Er hatte zugesehen, wie Iris und Vera getrauert, gekämpft, geweint und es schließlich akzeptiert hatten. Es war hart gewesen, zu beobachten, wie sie sich aneinandergeklammert hatten, in dem Wissen, dass der Tod ihr gemeinsames Leben bald beenden würde. Tom zog Georgie an sich und sie kuschelte sich bereitwillig an seine Brust.

»Ja, das machen sie manchmal, aber wirklich selten.« Er musste selbst lächeln bei dem Gedanken an die beiden Frauen, die er so sehr in sein Herz geschlossen hatte.

»Es ist furchtbar … das mit Iris.« Georgie sah ihn von unten an, er drückte sie an sich und nickte.

»Ja, das ist es. Aber glaub mir, diese Frau hat ihr Leben genossen und sie wird es auskosten bis zur letzten Sekunde, dafür wird Vera schon sorgen«, sagte er und streichelte tröstend Georgies Rücken.

»Was die beiden miteinander haben, ist das Schönste, das ich mir vorstellen kann. Sie sind füreinander da. Immer, bedingungslos. Iris ist eine tolle Frau, stark und tapfer. Tante Vera auch. Die beiden geben sich gegenseitig Halt. Ich bewundere sie. Sie leben nach ihren Vorstellungen und tun, worauf sie Lust haben. Konventionen interessieren die beiden wirklich kein bisschen. Iris ist wunderbar! Beide sind wunderbar.«

Georgie wischte sich eine Träne aus dem Augenwinkel. Sie wünschte sich ihre beste Freundin zurück und sie sehnte sich nach diesem besonderen Halt, den nur eine echte Liebe geben konnte. Sie konnte sich nicht länger auf Vera und Iris stützen, die beiden brauchten ihre Kräfte füreinander.

»Kann ich heute Nacht hierbleiben?«, fragte sie zaghaft und sah Tom mit großen Augen an. Mit seinen Händen umschloss er behutsam ihr Gesicht und erwiderte ihren Blick fest. Was sie darin las, ließ ihr Herz höherschlagen und wärmte sie von innen.

»Ich hatte gehofft, dass du das fragst. Bleib, solange du willst«, antwortete er liebevoll und küsste sie innig.

KAPITEL 10

Georgie hatte bereits vermutet, dass der Sonnenaufgang durch die Panoramafenster von Toms Haus sensationell war. Doch er übertraf ihre Erwartungen noch. Die Sonne kroch über die Baumwipfel, vertrieb die Dunkelheit der Nacht und schickte ihr einen pastelligen Gruß. Still und zufrieden saß sie im Bett und bestaunte ehrfürchtig das Schauspiel, die kräftigen Farben, die hinter dem Grau der Morgendämmerung aufstiegen und den Horizont überfluteten. In all den Galerien und Museen, die sie in Frankfurt regelmäßig besucht hatte, hatte sie kein schöneres Werk gesehen. Es war magisch! Ein kleines Lächeln schlich sich in ihr Gesicht und sie wagte einen Blick auf den Mann neben sich. Tom lag auf dem Bauch, einen Arm in ihre Richtung gestreckt. Er atmete tief und gleichmäßig. Georgie beobachtete, wie sich sein Rücken im einfallenden Sonnenlicht gleichmäßig hob und senkte. Gerade als sie überlegte, wer diese riesigen Scheiben eigentlich putzte, griff Toms Hand nach ihr und er zog sie auf sich, indem er sich auf den Rücken drehte.

»Du denkst schon wieder nach«, murmelte er schlaftrunken. Sie kicherte. Ja, das stimmte. Aber sie würde ihm sicher nicht sagen, worüber. Fensterputzen eignete sich nicht unbedingt als erotisches Bettgeflüster.

»Wir sollten aufstehen«, wisperte sie und lachte über seine Küsse an ihrem Hals. »Tom«, versuchte sie, ihn abzuwehren, war aber machtlos gegenüber seinen Zärtlichkeiten, die forscher wurden. Schau an, da war jemand aufgewacht!

»Haben wir es eilig?«, fragte er sie und umfasste sie noch fester. Ihr Körper fühlte sich unwahrscheinlich gut auf seinem.

»Ich muss nach Hause. Und ins Geschäft«, erklärte Georgie, allerdings nicht besonders überzeugend. Es fühlte sich himmlisch an, was er tat. Sie wollte nicht wirklich, dass er damit aufhörte.

»Dann verlagern wir das hier in die Dusche«, beschloss Tom, bugsierte Georgie mit sich aus dem Bett und trug sie wie einen Sack über die Schulter geworfen die Treppe hoch. Entsetzt und belustigt zugleich hielt sich Georgie ängstlich an seinen Hüften fest. Wenn er sie bloß nicht fallen ließ! Kopfüber die Treppe hinunter, das brauchte sie absolut nicht. Aber ihre Sorge war unbegründet, Tom hielt sie sicher mit einer Hand auf ihrem Hintern und einem Arm um ihre Beine. Sie kreischte auf, als er sie in der Dusche abstellte und das Wasser aufdrehte. Es war eiskalt!

»Tom!«, rief sie entsetzt und versuchte, sich aus seinem Griff zu winden. »Es wird gleich heiß, warte ab«, versprach er und ging vor ihr auf die Knie. Sein Mund fand ihre Mitte und sie vergaß das kalte Wasser.

Diesmal saß Tom auf dem Beifahrersitz, Georgie nahm ihn in Veras Auto mit, weil er heute endlich das Gewächshaus fertigstellen wollte. Nach ihrer belebenden Dusche hatte er Kaffee gekocht, den sie nun während der Fahrt aus einem zerbeulten Emaillebecher trank.

»Himmlisch. Ich liebe Vera, aber ihr Getreidekaffee ist die Pest«, gestand sie ihm und bog schwungvoll in die Einfahrt zu Veras Haus. Sie wollte sich schnell umziehen und dann ins

Geschäft fahren. Außerdem brauchte sie neue Wolle, sie hatte am Tag zuvor alle mitgebrachten Reste weggehäkelt. Allmählich füllte der Haufen an Quadraten den Korb, worauf sie richtig stolz war. Jedes einzelne hatte sie geschaffen, all ihre Gefühle steckten da drin.

»Hallo, ich bin's«, rief sie, als sie mit Tom das Haus betrat und in die Küche lief. Wie fast jeden Morgen fand sie Vera und Iris an der Küchenzeile vor, beide mit einer Tasse Tee in den Händen, in ein Gespräch vertieft. Ihre Tanten blickten auf und unter ihren wissenden, belustigten Blicken wurde Georgie rot im Gesicht. »Möchtet ihr ein Frühstück?«, fragte Vera schließlich und klimperte mit den Wimpern.

»Ich habe schon was genascht, aber ein richtiges Frühstück wäre super«, sagte Tom und drängte sich an Georgie vorbei an den Tisch. Die Röte auf ihren Wangen vertiefte sich um einige Grad.

»Ich nehme etwas ins Geschäft mit. Kann ich mir noch mehr Wolle holen?«, fragte sie schließlich, um vom Thema abzulenken. Man sah ihr doch sowieso an, dass sie Sex gehabt hatte, genauer: hemmungslosen Sex in der Dusche. Das musste man ja nicht noch beim Frühstück erörtern, fand sie und ging zum Kühlschrank. Sie entdeckte etwas Kuchen und Obst und packte alles in den Weidenkorb.

»Natürlich. Du weißt ja, wo sie ist. Oben, im Bastelzimmer.« Vera genoss das Schauspiel sichtlich. Georgie verließ hastig die Küche und rannte nach oben. Tom erhob sich und meinte kauend, er werde mal im Badezimmer nachsehen, ob die notdürftige Reparatur gehalten hatte. Er ging die Treppe hoch, fand Georgie in einem der kleinen Zimmer vor einem geöffneten Schrank und schloss die Tür leise hinter sich. Sie blickte zu ihm und schüttelte den Kopf. »Genascht? So etwas kannst du doch nicht zu Tante Vera und Iris sagen!«, raunte sie empört und zog einen Karton mit Wolle heraus. Sie wählte acht Knäuel in unterschiedlichen Grüntönen aus und schob den Karton zurück an seinen Platz.

Tom, der zu ihr getreten war, beobachtete sie amüsiert.

»Du bist noch süßer, wenn du dich ärgerst«, meinte er strahlend und sie stieß ihm den Ellenbogen leicht in die Seite. Er nahm ihr Gesicht in seine großen Hände und zwang sie sanft, ihn anzusehen. In seinen dunklen Augen blitzte der Schalk auf, sie konnte nicht anders und musste selbst lachen. Er küsste sie fest auf den Mund. »Hab einen schönen Tag, meine Süße.« Georgie ließ ihn stehen und ging Augen rollend in ihr Zimmer, um sich noch umzuziehen.

Vor dem Laden traf sie Lina, die auf der anderen Straßenseite fast im gleichen Moment wie sie selbst aus dem Auto stieg. Die junge Frau winkte Georgie zu und deutete an, gleich zu ihr rüberzukommen. Sie hob ein Paket aus ihrem Auto und überquerte damit eilig die Straße.

»Guten Morgen! Ich habe Wolle bestellt und sie ist gerade angekommen. Willst du sie mit mir auspacken? Ich mache jetzt ernst: Wir, also du und ich, häkeln eine Babydecke. Sozusagen als Manifestation meines Wunsches. Wenn ich eine Babydecke häkele, wird auch ein Baby in mein Leben treten«, erklärte Lina enthusiastisch und küsste Georgie zur Begrüßung auf beide Wangen.

»Na dann, fangen wir am besten gleich damit an!«, entschied Georgie und schloss das Geschäft auf. Sie bat Lina hinein.

»Lass mich nur kurz alles für den Tag richten und nach dem Blog sehen. Magst du uns in der Zwischenzeit einen Tee kochen? Puh, ich klinge schon wie Tante Vera. Tee zu jeder Tageszeit.« Sie deutete auf das kleine Büro, in dem auch der Wasserkocher stand.

»Ich habe darüber nachgedacht, ob die Tageszeitung aus Freiburg schon mal einen Bericht über euch geschrieben hat?

Weißt du das zufällig?«, rief Lina ihr aus dem Büro zu und Georgie hörte das Geschirr klappern, mit dem sie hantierte. Sie öffnete die kleinen Oberlichter über den Schaufenstern, stellte die Kasse an ihren Platz und füllte ein paar neue Seifen ins Regal.

»Nicht, dass ich wüsste«, antwortete sie und ging zu Lina ins Büro, um den Computer hochzufahren. Lina lehnte an der schmalen Küchenzeile und dachte nach.

»Peter kennt eine der Kulturredakteurinnen von früher aus der Schule. Ich glaube, sie waren mal ein Paar. So genau äußert er sich nicht dazu, weil es ihm peinlich ist, wie lange es her ist. Aber ich könnte ihn bitten, ihr einen Tipp zu geben. Eine kleine Reportage oder wenigstens ein Artikel würde euch vielleicht noch mehr zahlende Kunden bringen. Und ich schwöre, diese Häkeldecken deiner Tante sind das absolut Schönste in unserem Haus! Die ganze Welt soll davon erfahren. Und wenn schon nicht die ganze Welt, dann wenigstens Freiburg und Umgebung.«

Der Wasserkocher verkündete heißes Wasser und Lina goss es in eine angeschlagene gepunktete Teekanne, deren Deckel fehlte, und holte zwei Becher und Unterteller, aus dem Regal, die natürlich nicht zusammengehörten, aber hübsch aussahen.

»Das würdest du tun?«, fragte Georgie überrascht.

»Klar«, gab Lina zurück, ohne sich über Georgies Vorsicht zu wundern.

»Sehr gern. Jeder zahlende Kunde bringt uns dem Ziel näher. Das Ziel ist übrigens, das baufällige Haus zu sanieren, damit es uns nicht über unseren Köpfen zusammenbricht. Habe ich dir eigentlich schon von dem Wasserrohrbruch erzählt?«

Georgie berichtete mit knappen Worten von der Überschwemmung.

»O je«, sagte Lina, »aber ihr müsst dieses Haus unbedingt erhalten, es ist wunderschön! Es wäre perfekt für eine kleine

Pension. Das haben deine Vorfahren schon ganz schlau entworfen. Von einer kleinen privaten Pension habe ich früher immer geträumt, aber dann hat mich der Erfolg eingeholt. Ein Viersternehotel in München ist ja auch nicht ohne. Als ich erst mal auf dem Karriereweg war, war es nicht leicht, wieder abzubiegen.«

Georgie nickte und loggte sich in den Blog ein. Der Artikel über den Zitronenkuchen war planmäßig erschienen und die Statistik zeigte hohe Klickraten an. Mehrere Hundert Menschen hatten den Beitrag gelesen und einige hatten sogar nette Kommentare hinterlassen. Georgie war total überrumpelt. Aufgeregt rief sie nach Lina, die ihr neugierig über die Schulter sah.

»Gratulation! Das ist ein toller Erfolg. Was schreibst du als Nächstes? Willst du auch das Rezept für den Hefezopf meiner Großmutter haben?«, wollte sie wissen und Georgie dachte kurz darüber nach. Je mehr Stoff sie für den Blog hatte, umso besser würde er laufen und umso bekannter würde auch das Geschäft werden. Das wiederum brachte vielleicht wiederum mehr zahlende Kunden, und das Ziel rückte ein paar Euro näher.

»Gern. Du hast nicht zufällig auch Fotos davon?« Sie sah sie fragend an und Lina zwinkerte ihr zu.

»Selbstverständlich habe ich Fotos davon, aus jedem Winkel und sogar von den Schritten beim Backen. Hallo? Ich bin unter dreißig, ich fotografiere alles Essbare, das schön aussieht. Schicke ich dir nachher zusammen mit dem Rezept.«

»Eigentlich wollte ich nur, dass das Geschäft bekannter wird und eine Adresse im Netz hat. Aber dass jemand meine Blogbeiträge liest, hätte ich nie gedacht, zumindest nicht so zahlreich! Kann ich dich bei Gelegenheit als Kundin fotografieren? Im Laden?«

»Oder häkelnd vor dem Laden?«, schlug Lina vor und beide Frauen nickten sich verschwörerisch zu. Georgie wusste die Menge an Leserschaft gut einzuschätzen. Sie wusste, wie viele Leser sie brauchte, um den Blog als erfolgreich einzuordnen. Darum ging es ihr jedoch nicht. Das Bloggen würde ihre Welt nicht verändern, aber sie freute sich über jeden einzelnen Leser. Und es gefiel ihr, die historischen Anekdoten über das Haus und das Dorf zusammenzutragen und mit Rezepten und Anleitungen fürs Seifenherstellen zu versehen. Es passte hierher. Und hier war sie nun mal. Sie wusste nicht, wie lange sie blieb, aber sie konnte die Zeit nutzen und mit Schönem füllen. Und zu diesem Schönen würde auch Tom gehören, beschloss sie. Wenn sie an heute Morgen dachte, schien er ihr nicht abgeneigt zu sein. Sie hing kurz der Erinnerung an ihr Dusch-Intermezzo nach und spürte ein leichtes Kribbeln.

Bevor sie zu Lina vor das Geschäft ging, checkte sie noch kurz ihre Mails. Keine von Sebastian. Aber Dutzende von Nathalie. Sie gab einfach nicht auf. Wahllos klickte Georgie eine davon an.

Melde dich, wenn du genug geschmollt hast. N.

Georgies Kinnlade klappte hinunter, als sie diese kurze Zeile las. Wie bitte? Sie las sie erneut, und noch einmal, nur um sicherzugehen, dass sie sich das nicht einbildete.

»Du kannst mich mal«, tippte sie als Antwort und blockte anschließend Nathalies Mailadresse. Jetzt konnte sie sich ihre unverschämten, lästigen Mails sparen. Georgies Gesicht brannte vor Wut. Sie schmollte nicht, sie war ernsthaft verletzt, von Nathalie und Sebastian. Schmollen war etwas für Teenager mit Hormonproblemen. Was die beiden ihr angetan hatten, ging über jedes Schuldrama hinaus. Georgie atmete mehrfach tief durch, bevor sie zurück zu Lina ging. Obwohl sie dachte, sie hätte ihre Mimik im Griff, sah ihre neue Freundin ihr sofort an, dass sie sich geärgert hatte, und fragte direkt nach.

»Meine – ehemals – beste Freundin. Sie schreibt mir Mails, jeden Tag. Ich lese sie nicht. Ich konnte einfach ihre Entschuldigungen noch nicht ertragen. Ihre Ausreden. Aber gerade habe ich eine geöffnet, in der sie mich richtig beleidigt hat. Was fällt ihr eigentlich ein? Sie hat mich betrogen, belogen, sich über mich lustig gemacht. Wir waren wirklich enge Freundinnen – dachte ich zumindest. Ich habe ihr alles erzählt. Alles, verstehst du? Auch über den Sex mit Sebastian. Wahrscheinlich haben die beiden sich hinter meinem Rücken über mich totgelacht. ›Doofe Georgie. Langweilige Georgie. Hässliche Georgie‹ …«, wütete sie.

»Stopp!«, unterbrach Lina sie. »Das darfst du nie wieder sagen, egal, wie du es eben gemeint hast! Du bist nicht doof. Du bist nicht langweilig, und du bist nicht hässlich. Verstanden? Die beiden sind doof und hässlich. Was sie getan haben, ist verdammt schäbig. Du hast keine Schuld daran«, beschwor Lina Georgie, der vor Zorn und Verletztheit ein paar Tränen über die Wangen kullerten. Sie bebte regelrecht.

»Ich hatte eine tolle Nacht mit Tom. Und einen schönen Morgen. Ich wollte nur noch Schönes in meinem Leben haben. Wenigstens für ein paar Augenblicke. Und jetzt haben sie es doch wieder geschafft, mich zu treffen.« Verärgert wischte Georgie sich die Tränen aus dem Gesicht. In dem Moment hielt ein SUV auf dem Parkplatz vor dem Laden und vier Frauen in funktionaler, teurer Wanderkleidung stiegen aus.

»Hallo! Haben Sie schon geöffnet? Unsere Freundin Susi hat hier vor Kurzem ein paar tolle Duftseifen gekauft und wir wollten uns das Sortiment mal ansehen, bevor wir auf Tour gehen«, erklärte die sichtlich Älteste der Frauen. Lina stand auf und flüsterte Georgie zu, dass sie das übernehmen werde.

»Natürlich. Kommen Sie mit, ich zeige Ihnen alles. Hat Susi Ihnen auch verraten, dass wir ganz wunderbare Kerzen haben?«, zwitscherte sie und bat die Damen ins Geschäft. Dankbar griff

Georgie zu ihrem Häkelzeug, das neben ihr auf der Bank lag, und schlug ein paar Luftmaschen an, die sie zu einem Kreis verband. Sie würde sich diesen Tag nicht verderben lassen. Dieser Tag war schön, verdammt!

Nachdem sie das erste Quadrat fertig gehäkelt und sich dabei etwas beruhigt hatte, streckte Lina den Kopf durch die Tür und pfiff leise.

»Hey, die kaufen eine ganze Menge Kleinkram. Ich weiß aber nicht, wie deine Kasse funktioniert. Kommst du kurz rein?«, bat sie leise und Georgie stand auf und folgte ihr hinein. Neben der alten Kasse legte sie die Häkelarbeit zur Seite und tippte den Code ein, der das Kassensystem startete. Mit einer halbwegs freundlichen Miene widmete sie sich anschließend den Kundinnen.

»Ach, sind diese wunderschönen Decken etwa von Ihnen?«, fragte eine der Frauen und deutete auf Georgies Häkelarbeit.

»Nein, hier im Laden ist keine von mir. Noch nicht. Die Sie hier sehen, sind alle von meinen beiden Tanten hergestellt. Ich arbeite gerade an meiner ersten Decke«, erwiderte sie und nahm die Waren entgegen, die Lina für die Kundin in Seidenpapier eingeschlagen hatte. Sie tippte die Preise ein und verpackte die verkauften Kleinigkeiten in eine der bemalten Papiertüten.

»Ich hatte mal eine ganz tolle Stola von meiner Großmutter. Die war bestimmt auch gehäkelt, aber aus ganz feinem Garn, hauchdünn und sehr edel. Sagenhaft! Wenn es so eine wieder gäbe, würde ich sie sofort kaufen. Sie sah zu jedem Kleid einfach gut aus. Und dann hat mein Göttergatte sie aus Versehen in der Maschine gewaschen. Da lässt man ihn einmal im Haushalt helfen ...« Die Frauen plauderten angeregt mit Georgie und Lina über Häkelmode und Georgie vergaß darüber ihren Ärger über Nathalie. Vielleicht konnte sie Vera bitten, eine solche Stola zu häkeln. Accessoires dieser Art mochten gut ins Sortiment passen und für den Herbst waren sie eine wunderbare Ware, die sich sicherlich gut verkaufen ließ.

Lina hatte den ganzen Vormittag mit ihr im oder vor dem Geschäft verbracht und ihre ersten eigenen Quadrate für die Babydecke gehäkelt. Stolz packte sie nachmittags ihre Sachen zusammen und dehnte ihre Finger. So war es Georgie an den ersten Tagen auch ergangen, aber die Hände gewöhnten sich schnell an die Bewegungen. Sie bildete sich sogar ein, dass ihre Finger vom Häkeln stärker geworden waren.

»Das hat echt Spaß gemacht«, befand Lina und drückte Georgie herzlich. Georgie beschloss, den Laden früh zu schließen und nach Hause zu fahren. Sie sehnte sich danach, noch mehr Quadrate zu häkeln und auf der Veranda zu sitzen. Das Auf und Ab ihrer Gefühle in den vergangenen Tagen musste sortiert werden. Das gelang ihr mittlerweile am besten häkelnd. Gerade, als sie die Tür zum Laden hinter sich abschloss, fuhr Polizist Sam auf die Kreuzung zu und hielt an. Aus dem Fenster gelehnt, hob er die Hand zum Gruß.

Georgie erwiderte den Gruß. »Na, auf Verbrecherjagd?«, rief sie zu ihm hinüber.

»Immer! Du kennst doch unser Städtchen. Frankfurt ist nichts dagegen. Schöne Grüße an deine Tante.«

»Richte ich aus«, versprach sie, packte ihre Siebensachen ins Auto und machte sich auf den Weg nach Hause.

Sie fand Vera, Iris und Tom beisammen auf der Veranda. Iris schlief in ihrem geliebten Schaukelstuhl, eingepackt in eine fliederfarbene Decke, in die zahlreiche weiße Blumen hineingehäkelt waren. Vera und Tom saßen auf den Treppenstufen, jeder lehnte entspannt an einer Säule.

»Na, was macht ihr hier?«, fragte Georgie und nahm zwischen Tom und Vera auf den Stufen Platz. Tom prostete ihr mit seinem Bier zu.

»Das Gewächshaus ist fertig«, erklärte Vera. »Das feiern wir. Wenn du auch ein Bier oder Eistee möchtest, findest du beides in der Küche. Aber erst musst du sagen, wie es dir gefällt.« Aufgeregt griff sie nach Georgies Arm und schüttelte ihn.

Georgie musterte das Gewächshaus, das einige Meter entfernt im hinteren Bereich des Gartens stand. Die alten Fenster, die sie mit Tom abgeholt hatte, waren in bunten Farben frisch lackiert und zu einer Front zusammengezimmert worden. Es sah absolut schräg aus und passte damit perfekt zu Tante Vera.

»Großartig, als hätte es jemand nur für dich entworfen«, bestätigte sie Vera und warf Tom einen Seitenblick zu. Der schmunzelte kommentarlos in sein Bier und nahm noch einen Schluck. Er schien zu wissen, was sie meinte. Niemand anderes auf der Welt hätte diesen wilden Haufen, den er gezimmert hatte, schön gefunden. Aber auf diesem Grundstück und für seine Gärtnerin war er schlicht perfekt.

»Das finde ich auch. Ich hole dir etwas zu trinken«, sagte Vera, stand auf und strich ihrer Nichte dabei kurz liebevoll über die Schulter.

Tom beugte sich zu Georgie und küsste sie sanft auf die Schläfe, was diese lächelnd quittierte.

»Was hast du morgen Abend vor?«, wollte er wissen und sie zuckte mit den Schultern.

»Noch nichts.«

»Sehr schön. Hast du vielleicht Lust, mit mir auszugehen? Ein Date? Mit allem Drum und Dran. Ich hole dich ab, bringe Blumen mit und dann fahren wir in ein Restaurant und essen. Anschließend bringe ich dich nach Hause und küsse dich auf den Treppenstufen oder – wenn es richtig gut läuft – kommst du mit zu mir und ich darf dich verführen. Erst würde ich

deinen herrlichen Nacken küssen. Dann widme ich mich …«
Vorsichtshalber senkte Tom seine Stimme, für den Fall, dass die
schlafende Iris aufwachte.

»Einverstanden«, sagte Georgie hastig mit feuerroten
Wangen und aufgeregt flatterndem Herzen. Der Ärger über
Nathalies Nachricht war schon fast gänzlich verflogen und der
Rest folgte, als sie später noch die Zeit und Ruhe fand, ein hal-
bes Dutzend Granny Squares zu häkeln. Sie hatte ein Date mit
Tom. Ein offizielles. Konnte es etwas Schöneres geben?

KAPITEL 11

Als Georgie am nächsten Morgen ins Geschäft aufbrach, lief sie wie schon oft an Linas und Peters Haus vorbei. Dieses Mal bog sie spontan ab. Das Haus war ähnlich groß wie das ihrer Tante, aber deutlich besser in Schuss. Mit seinem leuchtend roten Anstrich und den weißen Fensterrahmen und Türen strahlte es die gleiche Lebensfreude aus wie Lina. Die Kiesauffahrt war frei von Unkraut und jeder Kiesel schien perfekt rund und hellgrau. Der Rasen war gestutzt und alle Rosensträucher in ordentlichem Schnitt. Ganz anders als der wilde Garten ihrer Tante. Hier musste ein Landschaftsgärtner am Werk gewesen sein, dachte Georgie staunend und eilte die Treppenstufen zur Haustür hinauf. Es dauerte nur einen kurzen Moment, nachdem sie geklopft hatte, da öffnete Lina in Sportklamotten die Tür. Sie war schweißgebadet und trug ein Handtuch um den Nacken.

»Du bist es«, rief sie begeistert und etwas atemlos, als sie Georgie erblickte, und bat sie ins Haus. »Komm rein. Bist du auf dem Weg in den Laden? Entschuldige mein Outfit, ich trainiere morgens immer eine halbe Stunde, um fit zu bleiben. Gerade habe ich aufgehört und mir einen Smoothie gemacht.

Möchtest du auch einen?« Sie wischte sich mit dem Handtuch die Schweißtropfen vom Gesicht.

»Ja, ich nehme gern einen. Ich will auch gar nicht lange stören. Ich komme so oft hier vorbei und heute war ich plötzlich …« Sie stockte. Jetzt kam es ihr unhöflich vor, frühmorgens einfach bei jemandem reinzuplatzen.

»… neugierig?«, ergänzte Lina und lachte. »Alles gut. Komm mit in die Küche.« Sie ging vorneweg und Georgie folgte ihr. Es war, wie Lina es beschrieben hatte. Das Haus sah aus wie aus einer Designzeitschrift. Landhausstil de luxe, konnte man es wohl nennen. Die Möbel waren in gedeckten, natürlichen Farben gehalten, an den Wänden hing jedoch das ein oder andere knallig bunte Kunstwerk. Die Küche war mit teuren, modernen Geräten ausgestattet, die keine Wünsche offenließen, bemerkte Georgie und musste an ihre eigene Wohnung in Frankfurt denken. Wozu hatten sie und Sebastian damals dermaßen viel Geld für die Einrichtung der Küche ausgegeben, wenn sie doch fast nie darin gekocht hatten. Immerhin nutzte Lina ihre Küche zum Backen, wie sie wusste – und um Smoothies zuzubereiten. Im Mixer entdeckte sie eine grüne, dickliche Flüssigkeit. Lina holte zwei Gläser und goss ein. Professionell zupfte sie noch ein paar Minzblätter von einem kleinen Kräutertopf, der auf dem Fensterbrett stand, und dekorierte die Drinks damit.

»Damit schwemme ich alle Giftstoffe aus meinem Körper, um dem potenziellen Baby ein schönes Zuhause zu bereiten.« Sie prostete Georgie zu und nahm einen großen Schluck.

»Scheußlich«, befand sie und verzog das Gesicht, trank aber trotzdem weiter.

»Ich habe heute Abend ein Date!«, platzte Georgie heraus und drehte ihr Glas nervös in den Händen. Lina stellte ihres auf der Kücheninsel ab und sah sie neugierig an.

»Tom will heute Abend mit mir ausgehen. Richtig ausgehen, hat er gesagt«, erklärte Georgie und probierte selbst vorsichtig von der grünen Flüssigkeit. Entgegen Linas Kommentar fand sie das gesunde Getränk nicht scheußlich, etwas Ähnliches hatte sie in Frankfurt regelmäßig nach dem Sport in ihrem Fitnessstudio konsumiert. Eine weitere Erinnerung an ihr früheres Leben – das noch gar nicht so lange her war.

»Ein Date ist doch großartig. Oder nicht?«, hakte Lina nach. Verhalten druckste Georgie herum und rückte endlich mit der Sprache heraus.

»Schon. Nur habe ich einfach nichts Passendes anzuziehen. Ich weiß, dass das ein Klischee ist, dass Frauen das angeblich ständig behaupten, um shoppen gehen zu können. Aber fast alle meine Klamotten sind noch in Frankfurt in der Wohnung. Ich hatte Slacks und Bluse an, als ich herkam. Business-Kleidung. Und das hier«, sagte sie und sah an sich hinunter, »das hier geht nicht für ein Date. Das sind Tante Veras T-Shirt und Jeans, eine Strickjacke von Iris, und die alten Turnschuhe haben mal meiner Mutter gehört, bevor sie die vor acht Jahren hier vergessen hat. So kann ich doch nicht zu einem Date gehen.«

Missmutig zupfte sie an ihrer Kleidung. In Frankfurt hatte sie großen Wert auf ein attraktives Erscheinungsbild gelegt. Wie man sich kleidete, wirkte sich darauf aus, wie andere einen wahrnahmen. Sie war als zuverlässige, ordentliche, kluge Frau wahrgenommen worden. Hier war es ihr zwar die meiste Zeit total egal, was sie trug, aber sie wünschte sich, hübsch auszusehen für Tom. Sie wollte ihn überraschen.

Lina stemmte die Hände in die Hüften. »Als ob das ein Problem wäre. Ich habe ein Ankleidezimmer voll mit Klamotten. Weißt du, wohin ihr geht?«, fragte sie. Entschlossen nahm sie Georgie an der Hand und zog sie hinter sich her. Durch den Flur, die Treppe hinauf und in einen Raum, der in etwa so groß war wie Georgies Schlafzimmer bei Vera. Sie waren im Paradies gelandet. Linas Kleider hingen farblich sortiert an Kleiderstangen oder lagen ordentlich in Regalen. An einer Wand hing ein riesiger Spiegel, eine andere war nur für Schuhe vorgesehen. In der Mitte des Raumes befand sich ein Garderobenständer, an dem mehrere Handtaschen verschiedenster Größen und Farben hingen. Georgie war wie vom Blitz getroffen stehen geblieben und staunte.

»Ich bin kleiner als du, aber wir finden sicherlich etwas, das für dich infrage kommt. Ein Kleid? Passend für den Frühsommer, nicht zu schick, würde ich vorschlagen. Wie ich Tom einschätze, geht ihr gut essen, aber ein Sternerestaurant gibt es hier im Umkreis nicht, soweit ich weiß. Außer ihr fahrt bis Freiburg.«

Georgie schüttelte den Kopf. »Ich denke, wir bleiben hier in der Gegend.«

Lina warf ihr verschwitztes Handtuch in einen Korb mit benutzter Wäsche und stemmte die Hände in die Hüften. Sie kniff die Augen zusammen und ging dann zielgerichtet auf die Kleidersammlung zu. Sie zog einige an den Bügeln hin und her, betrachtete das eine und andere und nahm schließlich ein paar heraus, die sie Georgie wortlos in die Arme drückte. Das oberste Teil in dem Bündel war ein Wickelkleid in Dunkelblau mit kleinen weißen Punkten, das Georgie sofort gefiel.

»So«, schloss Lina ihre Suche ab. »Da ist bestimmt etwas dabei. Schau sie in Ruhe an und probiere, was dir gefällt, ich gehe kurz unter die Dusche.« Sie ließ Georgie im Kleiderparadies allein, die gleich damit begann, sich die verschiedenen Kleider vor dem Spiegel an den Körper zu halten. Dann zog sie sich aus, schlüpfte in das dunkelblaue Kleid und drehte sich einmal um sich selbst. Zusammen mit den offenen Locken sah sie wirklich hübsch darin aus. Das Kleid war in der Taille zu binden, was den Vorteil hatte, dass es ihr passte, auch wenn es wohl etwas kürzer an ihr ausfiel als bei Lina. Immerhin reichte es bis zu den Knien, was bestimmt für ein romantisches Essen auf dem Land vertretbar war. Die roten Ballerinas, die sie bei ihrer

Flucht aus Frankfurt getragen hatte, würden gut dazu passen. In ein Handtuch gewickelt, kam Lina zurück und pfiff leise durch die Zähne.

»Hallo! Das ist es wohl, oder? Such dir noch eine Handtasche dazu aus. Was Kleines. Je kleiner die Tasche, umso feiner der Anlass.« Ungeniert ließ sie ihr Handtuch fallen, zog eine Schublade auf und nahm sich frische Unterwäsche. Georgie sah an sich hinunter. »Ja, das ist es. Vielen, vielen Dank. Du bekommst es wieder, sobald ich es von der Reinigung zurückhabe«, versprach sie und lächelte in Vorfreude auf den Abend.

»Das kann ich selbst übernehmen. Ich fahre ohnehin einmal pro Woche in die Stadt, um Peters Hemden abzugeben. Bevor wir geheiratet haben, hat er mir versprochen, ich müsse niemals seine Hemden bügeln, und daran halten wir uns. Dabei hätte ich jetzt genügend Zeit, sie selbst zu waschen und zu bügeln. Aber weißt du was? Auf Hemdenbügeln habe ich einfach keine Lust.«

Lina nahm sich selbst ein Kleid und eine Strickjacke und schlüpfte in beides hinein.

»Vermisst du deinen Job?«, fragte Georgie. Wieder in Jeans und T-Shirt faltete sie gerade sorgfältig das schöne Kleid zusammen.

Lina dachte kurz über die Frage nach. Dann nickte sie.

»Ich bin von 16-Stunden-Schichten auf völlige Freizeit gegangen, das war ganz schön hart. Anfangs wusste ich gar nicht genau, was ich mit der vielen Zeit anfangen sollte. Die ersten Wochen hing ich nur vorm Fernseher herum oder war planlos shoppen. Aber dann habe ich dieses Haus eingerichtet und angefangen, jeden Tag Sport zu treiben. Ich backe manisch, ich lerne Schwedisch und überlege, ob ich einen Kurs in Programmieren beginnen soll. Ich brauche einfach eine Beschäftigung.« Sie lachte und zuckte mit den Schultern, als müsste sie sich dafür entschuldigen. »Mir fehlt aber nicht nur das Hotel, die Aufgabe. Der Trubel im Hotel war extrem stressig, aber es war auch immer was los. Hier bin ich meistens den ganzen Tag allein, bis Peter endlich nach Hause kommt. Das entspricht eigentlich nicht meiner Vorstellung von einem ausgefüllten Leben. Was ist mit dir?«

»Gute Frage«, sagte Georgie. »Ich muss darüber nachdenken.« Erschrocken sah sie auf die Uhr. »Höchste Zeit, den Laden aufzusperren. Magst du nicht einfach mitkommen?«

»Ich begleite dich gern in den Laden. Da können wir weiterquatschen. Außerdem habe ich gestern Abend an einem Häkelstück irgendwas falsch gemacht. Vielleicht kannst du es retten.« Sie gingen nach unten, wo Lina sich Schuhe anzog, nach einem Beutel und ihrem Schlüsselbund griff und Georgie nach draußen zu ihrem Auto bugsierte.

Auf der Fahrt dachte Georgie darüber nach, ob ihr der Job fehlte. Sie kam zu keinem Ergebnis. Ein wenig ratlos sah sie zu Lina hinüber.

»Zu vorhin noch mal, deiner Frage nach dem ausgefüllten Leben. Kann ich dir gerade nicht sagen. Vera und Iris brauchen mich, der Laden macht mir auch Spaß. Das Bloggen, das Verkaufen, die Bilanzen, alles daran. Aber das ist nicht gerade das, was ich mal wollte. Ich habe Wirtschaft und Psychologie mit Journalismus im Nebenfach studiert, das muss ja für irgendwas gut sein. Für mehr als das hier«, erklärte sie und sah nachdenklich aus dem Autofenster.

»Sagt wer? Du kannst mit deiner Qualifikation doch machen, was du möchtest. Bist du denn glücklich hier?«, wollte Lina wissen, während sie rasant in eine Kurve fuhr. Bei ihrem Fahrstil wären sie in wenigen Minuten im Ortskern.

»Auch das kann ich nicht beantworten. Ich habe Glück immer anders definiert. Ich war glücklich in Frankfurt. Dachte ich wenigstens immer. Ich hatte alles, was ich mir gewünscht hatte. Bis …« Sie hielt einen Moment inne und seufzte. »Und jetzt? Zumindest heule ich nicht mehr den ganzen Tag.« Georgies Lächeln war etwas schief, als sie das verkündete. Sie wechselte das Thema. »Was hat dir im Hotel am besten gefallen, beziehungsweise: Was vermisst du am meisten?«

»Puh! So vieles. Am meisten Spaß hatte ich eigentlich daran, jeden Tag vor neuen Herausforderungen zu stehen und Lösungen finden zu müssen. Man kann nichts vertagen, alles muss einfach sofort funktionieren. Meinem Gast ist herzlich egal, ob die Heizung nächste Woche repariert wird, er will *jetzt* nicht frieren.« Energisch überholte Lina einen Kleinbus. »In meinem Hotel haben viele tolle Menschen aus ganz unterschiedlichen Ländern gearbeitet. Das war interessant, spannend. Aber das ist vorbei. Hier hat ein neuer Abschnitt meines Lebens begonnen und das ist vollkommen okay so. Dafür habe ich mich bewusst entschieden. Ich kann nur nicht mit Langeweile umgehen. Langeweile ist tödlich!«

»Darin stimmen wir überein, wird mir gerade klar«, meinte Georgie und legte den Kopf nachdenklich schräg. »Nachdem ich den ersten Schock überwunden hatte, musste ich mir hier auch eine Aufgabe suchen. Im Laden zu arbeiten, ist großartig. Es beschäftigt mich, bereitet mir unvorstellbar viel Freude und lässt mir trotzdem viel Zeit für mich. Aber keine Ahnung, wie lange es ausreicht. Zum Leben braucht man eigentlich mehr als das.«

»Wirklich? Was denn? Du hast Familie um dich, einen heißen Mann, der die Augen und die Finger nicht von dir lassen kann, eine Aufgabe, die dich glücklich macht. Eine neue Freundin …« Lina warf Georgie einen verschmitzten Seitenblick zu, die ihn grinsend erwiderte. Die Frage war berechtigt. Was brauchte Georgie noch? Darüber würde sie nachdenken müssen. Irgendwann müsste sie herausfinden, wie es weitergehen sollte für sie. Aber irgendwann war noch nicht heute.

»Da sind wir.« Abrupt bremste Lina den Wagen ab. Der Regenguss am frühen Morgen hatte die Straße gewaschen, alles blitzte feucht und sauber. Die Sonne, die mittlerweile durch die Wolken brach, warf glitzernde Strahlen. Georgie nahm sich einen kurzen Moment, um das Geschäft von außen zu betrachten. Die Blumenkübel mit den Vergissmeinnicht und Veilchen. Die grob gezimmerte Bank von Tom, auf der sie gern saß und das Gesicht in die Sonne hielt. Die Waren im Schaufenster, die weiß lackierte, alte Tür.

»Komm, wir öffnen erst mal und dann zeigst du mir das Häkelteil. Im Zweifelsfall trennen wir es wieder auf und fangen von vorne an«, forderte sie Lina auf und schloss stolz die Ladentür auf.

Als Lina am frühen Nachmittag gegangen war, verbrachte Georgie ein paar Stunden allein im Geschäft. Sie sortierte um, putzte die Regale und entfernte erfolgreich einen hartnäckigen Fleck neben der Kasse. Dann saß sie häkelnd vor dem Laden, grüßte vorbeikommende Nachbarn und genoss die kundenfreie Zeit. Heute war einfach nichts los. Kurzerhand schloss sie das Geschäft und machte sich im kleinen Büro für das Date mit Tom zurecht. Lina hatte ihr Puder und Lippenstift überlassen. Damit zauberte sie sich etwas Farbe ins Gesicht, zog das Kleid an und schlüpfte in die roten Ballerinas, die sich ungewohnt eng anfühlten. Kein Wunder, seit sie hier war, trug sie ständig die ollen Laufschuhe ihrer Mutter und Klamotten, die ihr nicht richtig passten. Sie fühlte sich gut. Sexy, weiblich. Ein Kleid, Lippenstift und unbequeme Schuhe machen mich also weiblich, dachte sie und grinste nervös in den Spiegel des kleinen Badezimmers. Es war ihr erstes Date mit einem anderen Mann als Sebastian, seit fast zehn Jahren. Sie war aufgeregt, gestand sie sich ein. Wie albern! Sie hatte eine Nacht mit Tom verbracht, da würde sie doch ein romantisches Abendessen schaffen!

Zum Glück verflog ihre Nervosität, als Tom wie vereinbart vor das Geschäft fuhr und zur Begrüßung hupte. Er hatte einen Blumenstrauß in der Hand und ein hellblaues Hemd aus einem robusten Stoff an. Es war sogar gebügelt. Und die Jeans, in die er es ordentlich gesteckt hatte, wies weder Löcher auf, noch war sie verdreckt. Seine Haare waren gestylt und nach hinten gekämmt. Nur der Bartschatten und sein unverschämtes Grinsen gaben ihm den verwegenen Tom-Look zurück, den sie so anziehend fand. Er überreichte ihr den Blumenstrauß und küsste sie auf die Wange zur Begrüßung.

»Du siehst hinreißend aus«, raunte er ihr zu und Georgie spürte, wie ihr das Blut in die Wangen schoss. Sie betrachtete die Blumen. Es war kein pompöser Strauß mit Rosen. Er hatte Wiesenblumen gewählt und sie offenbar selbst gepflückt, stellte sie entzückt fest. Vergissmeinnicht, Margeriten und Hahnenfuß.

Galant hielt Tom ihr die Autotür auf und sie fuhren los. »Alles in Ordnung?«, fragte er und sah zu ihr rüber. Georgie nickte und hob den Blumenstrauß an ihr Gesicht, um die Nase darin zu versenken. Dieses Date fing vielversprechend an. Und schon lange hatte sie sich nicht mehr so hübsch gefühlt. Plötzlich bremste Tom ab und fuhr an den Straßenrand. Überrascht blickte Georgie zu ihm, da beugte er sich bereits zu ihr herüber und drückte liebevoll seine Lippen auf ihren Mund. Sie erwiderte seinen Kuss sanft und legte eine Hand an sein Gesicht. Sie sahen sich in die Augen. Das hier war echt, dachte Georgie und ihr Herz schlug ein wenig schneller.

Der Moment wurde von einem entgegenkommenden Auto unterbrochen, das fröhlich hupte, als es an ihnen vorbeifuhr. Tom grinste und hob die Hand zum Gruß. Dann steuerte er selbst wieder auf die Straße.

»Wohin fahren wir?«, wollte Georgie wissen.

»Ein paar Kilometer von hier gibt es ein Gasthaus für Wanderer. Deftiges Essen, aber unglaublich gut. Magst du Steak?«, fragte er und nickte zufrieden, als Georgie bejahte. »Dann empfehle ich dir das Steak. Und einen guten Wein dazu.«

Wenig später erreichten sie das Gasthaus. Tom hatte einen Tisch am Fenster reserviert, mit Blick auf den Sonnenuntergang und die Berge. Er liebte diesen Ausblick in die Wildnis. Er hatte lange in Städten gewohnt, aber der letzte Herzinfarkt hatte ihn hierher in ein ruhigeres Leben zurückgeführt. Die Vielfalt der rauen Landschaft, vor allem die Berge und der Wald, war ein weiterer Grund gewesen. Er wollte, dass Georgie sah, was er sah, wenn er aus dem Fenster in die Natur blickte: Frieden.

»Ich habe Lina ein paar von deinen Holzschalen verkauft, sie stehen in ihrem Haus, ich habe es heute Morgen selbst gesehen«, erzählte Georgie ihm, während sie auf ihr Essen warteten. Seiner Empfehlung folgend hatte sie Steak und einen Rotwein bestellt. »Wo hast du das Arbeiten mit Holz gelernt?«, fragte sie und spielte mit ihrer Serviette, bis er seine Finger sanft über ihre Hand legte, um ihre Nervosität einzufangen.

»Mein Vater, mein Großvater, mein Onkel – alle Männer in der Familie waren Schreiner. Sie haben mir alles beigebracht über ehrliche Arbeit mit den Händen. Ich mag das, aber ich war nicht immer so. In der Schule beschäftigte ich mich lieber mit Informatik. Ich war gut darin, kein Genie, aber eben ganz gut. Zum Studieren bin ich nach Berlin gezogen. Mit Leuten von der Uni habe ich dann eine Firma gegründet, da war ich gerade mal Mitte zwanzig. Wir haben verschiedene Programme für HR-Abteilungen entwickelt. Du weißt schon, Personalplanung, Zeiterfassung, Bewerbermanagement. An sich nichts Aufregendes, aber es war einfach die richtige Idee zur richtigen Zeit und alles war technisch extrem hochwertig, weil meine Kumpels absolute IT-Nerds sind. Und als immer mehr Smartphones auftauchten, haben wir zügig Apps für unsere Programme entwickelt. Bingo! Wir haben das gesamte Paket an eine große Softwarefirma verkauft und für sie die Applikationen weiterentwickelt.« In Erinnerung schwelgend blickte er kurz aus dem Fenster. Es war verdammt lang her, ein anderes Leben.

»Meine Kompagnons waren die klugen Köpfe, ich verstand immerhin, was sie da taten. Aber im Verkaufen war ich besser. Also wurde das mein Part in der Firma. Mit Ende zwanzig haben wir mehrere Millionen pro Jahr umgesetzt. Ich habe bis zum Umfallen gearbeitet – und gefeiert. Es war … wild. Mit fünfunddreißig hatte ich kurz hintereinander zwei Herzinfarkte und die Ärzte haben ganz deutlich gesagt, dass ich den nächsten nicht überleben werde. Also habe ich meinen Anteil an der Firma verkauft und mein Leben umgekrempelt. Jetzt gibt's Müsli statt Kokain zum Frühstück.« Tom lachte über ihr erstauntes Gesicht. Georgie sah ihn mit großen Augen ungläubig an.

»Ich hätte nicht gedacht, dass du ausgerechnet mit Computerkram so viel Geld verdient hast! Du schwingst den Hammer, als hättest du nie etwas anderes getan, als mit deinen Händen zu arbeiten. Das ist ein ganz anderes Leben als früher. Du lebst hier zurückgezogen im Wald als Millionär und baust Gewächshäuser oder stellst wunderschöne Holzschalen her.«

Mit den Fingern strich er beiläufig über ihre Handinnenfläche, was einen wohligen Schauer über ihren Unterarm jagte.

»Nicht als Millionär. Mein Anteil an der Firma war eher klein, weil ich zum Startkapital wenig beigetragen habe. Einen Großteil des Gewinns der erfolgreichen Jahre habe ich schon damals auf den Kopf gehauen. Dann übernahm ich das Haus meines Onkels und habe viel Zeit und Geld in die Renovierung gesteckt.«

Georgie hing gebannt an seinen Lippen. Na so etwas! Und sie hatte ihn für einen gewöhnlichen, wenn auch äußerst attraktiven Handwerker gehalten …

»Das meiste habe ich selbst gemacht. Es tat gut, mal wieder mit den eigenen Händen zu arbeiten. Als ich fertig war, fing ich schnell an, mich zu langweilen, und begann, das wenige Geld, das noch übrig war, in verschiedene Firmen zu stecken. Kleine

Start-ups, wie meine Firma auch mal eins war. Einige davon sind mittlerweile bankrott. Andere werden erst in einigen Jahren profitabel. Und einen nicht geringen Teil des Geldes habe ich an der Börse verspekuliert.« Er lachte ein wenig reumütig.

»Ist das dein Ernst?« Georgie war geschockt. Er wirkte nicht wie ein Zocker. Im Gegenteil strahlte er etwas Verlässliches, Ruhiges aus, als würde er nie etwas Unüberlegtes und Leichtsinniges machen. Außer mitten auf der Straße zu bremsen, um sie zu küssen. Tom zuckte lässig mit den Schultern und arbeitete sich mit streichelnden Bewegungen über ihr Handgelenk zu ihrer Ellenbeuge hoch. Georgies Puls ging schneller, sie hatte Lust, ihn zu küssen, hielt sich aber zurück. Sie waren schließlich in einem Restaurant.

»Der Wert von fünf Euro ist dir klar, weil du sie anfassen kannst, weil du weißt, was du davon kaufst. Der Wert von fünf Millionen Euro ist abstrakt«, erklärt er lapidar und zuckte dabei mit den Schultern, ohne mit seinen Streicheleinheiten aufzuhören.

»Du hast fünf Millionen Euro verloren?« Georgies Entsetzen entsprang nicht ihrem persönlichen Drang nach Sicherheit, auch als Wirtschaftsexpertin war ihr schleierhaft, wie man so unbedacht mit Geld umgehen konnte.

»Keine Sorge, so viel war es nicht. Ich habe den größten Teil in Firmen gesteckt, ich besitze Anteile an über dreißig Unternehmen auf der ganzen Welt. Die meisten sind nicht profitabel, aber ich lege auch keinen Wert darauf. Ich will fähigen Leuten die Chance geben, die ich damals bekommen habe, als jemand in uns investiert hat. Ich habe alles, was ich brauche.« Es war offensichtlich, dass er nicht gern darüber sprach. War er nicht stolz auf das, was er erreicht hatte? In ihrem Frankfurter Freundeskreis hätte man deutlich mehr damit geprahlt, was man alles auf die Reihe bekommen hatte. Nicht so Tom.

»Wovon lebst du dann?« Sie war seit acht Wochen ohne Job und hatte sich gerade erst an das Gefühl gewöhnt, nicht mehr jeden Tag den aufregenden, aber oberflächlichen Trott zu leben, der aus Arbeit, Sport, Shoppen und Kulturkonsum bestand, und allem anderen, womit sie sich bisher beschäftigt hatte, solange alles in seinen geordneten Bahnen gelaufen war. Die ersten Tage ohne diesen Großstadtalltag waren schrecklich für sie gewesen. Und sosehr sie sich mit ihrer Situation jetzt arrangiert hatte, konnte sie sich nicht vorstellen, das für immer zu machen. Irgendwann würde sie wieder eine richtige Arbeit brauchen. Nicht eine, bei der sie ein Ladengeschäft öffnete, wenn sie Lust hatte.

»Was brauche ich schon?«, antwortete Tom. »Deine Tante füttert mich durch. Ich helfe im Ort und im Umkreis auf ein paar Baustellen. Egal, was anfällt, ich bin handwerklich geschickt, auch die Landwirte brauchen ab und an Unterstützung. Als Gegenleistung bekomme ich häufig Hofprodukte und auch hin und wieder ein paar Euro zugesteckt. Ab und an wirft eine der Firmen, in die investiere, auch Gewinn ab, an dem ich beteiligt werde. Ich komme zurecht und es reicht mir.« Er grinste Georgie an, offensichtlich sehr zufrieden mit sich und seinem Lebensstil. »Das Haus gehört mir, die Solarzellen auf dem Dach bringen genug Strom. Ersatzteile für das Auto bekomme ich aus der Werkstatt zum Dank dafür, dass ich beim Garagenbau geholfen habe. Wenn mir das Bargeld ausgeht, arbeite ich hier und da ein bisschen.«

»Und wenn du mal Urlaub machen möchtest?« Georgie gab sich Mühe, ihn zu verstehen, denn sein genügsames Leben kam ihr vollkommen exotisch und verrückt vor. Hippies, dachte sie, der Schwarzwald ist voll mit Hippies. Wahrscheinlich waren die von Goa, Bali und Kalifornien alle hierhergezogen. Und alle schienen mit ihrer Tante bekannt zu sein.

»Seit sieben Jahren habe ich in keinen Computer mehr geschaut. Das ist Urlaub. Und jetzt hör auf zu fragen.« Er beugte sich vor und küsste sie.

Kapitel 12

Während der Sommer ins Land zog, spielte sich das Leben im Hause Winter neu ein. Georgie, die ohnehin immer häufiger ohne Vera im Geschäft gewesen war, kümmerte sich nun ganz allein darum. Nun ja, nicht ganz allein. Lina kam fast täglich vorbei, im Gepäck ihr Häkelzeug. Sie stürzte sich mit dem gleichen Eifer auf die Wolle, mit dem vor einigen Wochen Georgies Heilungsprozess begonnen hatte. Lina hatte außerdem großen Spaß daran, die Kunden zu bedienen und ihnen Veras Produkte aufzuschwatzen. Durch ihre Arbeit im Hotel geschult, war sie besonders offen, kommunikativ und zuvorkommend. Bereitwillig legte sie ihre Häkelsachen zur Seite, sobald Kundschaft eintrat, dadurch konnte Georgie sich der Buchhaltung und dem Blog widmen. Sie fing an, die Nachbarn zum Dorfleben zu interviewen, und schrieb kleine Artikel darüber. Alle machten mit Begeisterung mit, waren sogar ein bisschen stolz, wenn Georgie sie mit ihren Landmaschinen, Tieren und Häusern fotografierte und interessiert die alten Dorfgeschichten über besonders gute Ernten, aber auch Unwetter und ausgebüchste Haustiere anhörte. Auch Sam, der neue Polizist erzählte bereitwillig, warum er die Großstadt gegen sein Heimatdorf getauscht hatte.

»Ich hatte schlicht Heimweh«, gestand er und Georgie ging das Herz auf. Da stand dieser große, harte Kerl, der in Frankfurt als Polizist die unvorstellbarsten Dinge erlebt hatte, und schwärmte von seinem Dorf im Schwarzwald. Von den Bewohnern, die er alle kannte und die ihn alle kannten, von der Natur und wie viel Freizeit und Lebensqualität er gewonnen hatte, obwohl er als Dienststellenleiter viel mehr arbeitete als früher. Sie freute sich schon während ihres Gesprächs darauf, Sams Geschichte für den Blog aufzubereiten.

Während Georgie sich also um den Laden und den Blog kümmerte und dabei die Freundschaft mit Lina intensivierte, blieb Vera bei Iris zu Hause. Iris' Krankheit forderte ihren Tribut. Inzwischen konnte man fast zusehen, wie sie mit jedem Tag etwas schwächer, müder, erschöpfter wurde. Sie sprach immer weniger, weil es sie zu sehr anstrengte. Ihre Haut schien durchsichtig zu werden. Dabei strahlten ihre Augen weiterhin voller Güte. Georgie bewunderte ihre Stärke, ihre Würde. Vera und Iris verbrachten intensive Stunden auf der Veranda und unter ihrem Lieblingsbaum. Sie erzählten sich Geschichten, flüsterten sich tröstende Worte zu und hielten einander an den Händen. Vor allem, wenn die Handwerker auftauchten, um die Leitungen im Bad zu sanieren, flohen sie nach draußen, um etwas Ruhe zu haben und in ihrer Zweisamkeit nicht gestört zu werden. Tom trug eines Morgens Iris' Schaukelstuhl ins Gewächshaus und deklarierte es vorübergehend als überdachten Wintergarten, bis sie wieder Ruhe im Haus hatten. So konnten die beiden Frauen draußen sein und durch die zahlreichen Fenster den Blick in den Garten genießen, selbst wenn es regnete. Tom kam täglich vorbei, um Iris und Vera im Haus und im Garten zu helfen. Und um Georgie zu sehen. Sie wusste, er passte auf sie alle auf. Er blieb im Hintergrund, war aber immer da, wenn man ihn brauchte. Sie verbrachte einige wunderschöne Nächte bei ihm. Gemeinsam schliefen sie ein, gemeinsam wachten sie bei Sonnenaufgang auf. Sie ließ es einfach geschehen. Tom tat ihr gut.

Als Georgie eines Morgens Veras Freundin Maria besuchte, um Eier zu holen, die sie regelmäßig gegen Kräuter und Gemüse aus Veras Garten tauschte, kamen sie ins Plaudern. Sie hatte schnell gelernt, dass das im Ort elementar wichtig war. Kein Problem! War ja auch nicht so, als hätte sie es zurzeit eilig gehabt, so ganz ohne Termine und Verpflichtungen. Und es war nett, sich diesem gemächlicheren Rhythmus anzupassen und bei jeder Begegnung mit den Einwohnern etwas über die Gemeinschaft und das Dorf zu erfahren. Maria hatte ihr ganzes Leben hier verbracht, ihr Alltag war von den immer gleichen Routinen geprägt, die die Viehwirtschaft mit sich brachte. Aufstehen, die Tiere versorgen, dann erst sich selbst. Nach dem Hof waren Garten und Haushalt an der Reihe, am Abend wieder die Tiere und am nächsten Tag begann das Programm von vorn. Maria war in ihren Sechzigern, sehr klein und kräftig. Ihr voluminöser Körper steckte in einem praktischen grünen Overall, dazu trug sie gelb-grau-rosa geringelte Wollsocken – bestimmt von Vera gestrickt, vermutete Georgie. In Marias wettergegerbtem Gesicht entdeckte sie ein zufriedenes Strahlen, das ansteckend war. Gerade stellte sie eine große Tasse Kaffee und ein Stück frisch gebackenen Strudel vor sie hin. Georgie hatte zwar mit Tom gefrühstückt, wollte aber nicht Nein sagen und langte herzhaft zu. Sie plante für den Blog einen Beitrag über Maria zu schreiben, insbesondere über ihre Hühnerzucht, und hoffte, ein viel gelobtes Rezept für Hühnersuppe abzustauben.

»Seit Generationen lebt Hans' Familie auf diesem Hof. Ich wusste, wenn ich diesen Mann heiraten will, dann muss ich seine Hühner ebenfalls heiraten.« Die kleine Frau lachte und ihr großer Busen bebte dabei. Amüsiert machte sich Georgie ein paar Notizen. »Der Döskopf behauptet immer, ich würde die Hühner mehr lieben als ihn. Aber das ist Unfug. Die Ziegen habe ich sogar noch lieber.«

»Darf ich das zitieren?«, fragte Georgie und trank einen Schluck vom Kaffee. Fast hätte sie ihn wieder ausgespuckt, so bitter schmeckte er. Wie kam es, dass hier nur Toms Hightech-Maschine einen ordentlichen Kaffee zustande brachte? In dieses Städtchen müsste dringend ein Café einziehen, dachte sie und schluckte die Brühe mühsam hinunter. Sie würde nie wieder schlafen können bei der Menge an Koffein, die sie mit diesem einen Schluck zu sich genommen hatte.

»Aber ja! Das ist kein Geheimnis. Machst du auch ein Foto von mir? Ich habe das Foto von Willi gesehen. Du hast Talent, kleine Georgie. Er sah gar nicht mal so grässlich aus in seiner Klempnermontur.« Maria schenkte Georgie Kaffee nach, die dabei keine Miene verzog. Nie im Leben würde sie ihn austrinken. So höflich war sie dann doch nicht.

»Reiner Zufall, ich drücke auf den Auslöser, das Übrige liegt beim Modell. Natürlich fotografiere ich dich gern. Mit einem Huhn auf dem Arm am besten. Oder einer Ziege.« Beide Frauen lachten.

»Vera hat mir berichtet, wie sehr du ihr im Laden hilfst. Das ist sehr liebenswert. Vera und Iris können jede Unterstützung gebrauchen.« Maria legte ihre fleischige Hand etwas unbeholfen über die von Georgie, die der älteren Frau zulächelte.

»Vera und Iris haben mir auch geholfen«, erklärte sie in wenigen Worten. Genauso simpel war es. Es war doch selbstverständlich, etwas zurückzugeben. Ohne Vera und Iris hätte sie nicht gewusst, wohin sie hätte gehen sollen. Wenn sie, wie damals von ihren Eltern empfohlen, in ein Hotel gezogen wäre, hätte sie sich nie so von dem Schock erholt, wie es hier möglich gewesen war.

»Ja, so sind wir hier. Wir helfen einander. Ich wollte dich deshalb etwas fragen.« Maria sah Georgie bittend an. Diese beugte sich vor und nickte ermutigend.

»Vera meinte, du hättest Wunder mit ihrer Buchhaltung vollbracht. Hans hat Anträge auf Fördermittel für eine neue Maschine zu Hause liegen und … Wir sind einfache Leute. Hans macht das alles nach bestem Gewissen, ich halte mich lieber ganz raus. Es geht um Einkünfte, Ausgaben, Abschreibungen, Kredite, Vorsteuern … wir verstehen höchstens die Hälfte. Meinst du, du könntest dir das mal ansehen?«

»Äh«, fing Georgie verlegen an, »von Steuerregelungen und Fördermittelanträgen im landwirtschaftlichen Bereich verstehe ich wenig. Aber ich kann ja mal einen Blick drauf werfen bei Gelegenheit«, versuchte sie, sich herauszuwinden, als sie Marias erwartungsvolle Miene sah. Was hatte Vera ihr nur erzählt? Vermutlich behauptete sie, ihre Nichte sei ein totales Ass in Buchhaltung, dabei ging sie nur mit logischem Verstand daran und hatte keine Angst vor Zahlen und komplizierten Zusammenhängen. Maria rieb sich tatkräftig die Hände, griff in die Küchenschublade und holte eine abgegriffene Kladde und einen Stapel Formulare heraus.

»Wunderbar. Hier ist alles, was wir dazu haben.«

Georgie nickte und lächelte etwas gequält.

»Vielleicht wirfst du gleich mal einen Blick drauf, was denkst du?«, schlug Maria erwartungsvoll vor.

»Du meinst, jetzt sofort?« Als Maria nur treuherzig nickte, ergab Georgie sich achselzuckend. Sie streckte die Hand nach den Unterlagen aus. Aufmerksam blätterte sie sie einmal durch. Viele Felder konnte sie nicht spontan ausfüllen, dafür brauchte sie mehr Informationen zu den finanziellen Angelegenheiten von Hans und Maria.

»Das müsste ich mitnehmen, wenn das geht. Ein paar Sachen muss ich nachschlagen und dann notiere ich, welche

Felder von euch noch ausgefüllt werden müssen.« Als Maria sie unsicher ansah, versprach sie: »Das können wir dann auch gemeinsam machen. Aber erst mal muss ich mir einen ordentlichen Überblick verschaffen.« Niemals hätte sie ein Formular ausgefüllt und abgegeben, wenn sie nicht sicher war, dass alles seine Richtigkeit hatte. Sie würde ihnen die Unterlagen am nächsten Tag wiederbringen.

Wie besprochen ließ sich Maria nicht nur mit Hühnern und Ziegen, sondern auch mit ihrem mürrischen Mann Hans fotografieren. Außerdem rückte sie mit dem Rezept für die Hühnersuppe raus, das Georgie auf dem Blog veröffentlichen durfte. Zum Abschied schenkte sie ihr ein Huhn namens Aretha, das Georgie ebenfalls für den Blog fotografierte, weil sein Gefieder ein ausgesprochen hübsches Muster hatte. Aretha dürfe bei den anderen Hühnern weiterleben und werde nie im Suppentopf landen, versprach Maria. Georgie wollte das gackernde Geschenk erst ablehnen, nickte dann aber doch. Sie hatte sowieso keine Chance gegen diese kleine, dicke Naturgewalt.

Nach dem Treffen mit Maria und Aretha fuhr sie ins Geschäft. Es war schon später Vormittag, aber um feste Öffnungszeiten kümmerte sich hier niemand. An den Vormittagen mitten in der Woche war es für gewöhnlich ruhig, da machte es nichts, wenn sie erst gegen elf Uhr aufschloss. Routiniert bereitete sie alles vor, zählte das Wechselgeld, arrangierte ein paar Produkte auf dem Verkaufstresen neu, denen sie mehr Aufmerksamkeit verschaffen wollte, und prüfte, ob Waren aufgefüllt werden mussten und wie es um die Staubschicht in den Regalen stand. Anschließend goss sie sich von Veras leckerem Eistee ein und tippte ihre Notizen für den Beitrag über Marias Hühner, ihre Suppe und die Geschichten vom Hof ab. Als die Türglocke bimmelte, erhob sie sich, um nachzusehen, ob es Kundschaft oder nur jemand aus der Nachbarschaft war, der zum Plaudern – oder gar mit neuen Buchhalteraufgaben – vorbeikam. Die Hand noch auf der Türklinke, stand Lina zitternd im Eingang. Tränen rannen ihr übers Gesicht und sie schluchzte laut auf, als Georgie auf sie zueilte und sie in den Arm nahm.

»Schh. Alles wird gut. Was ist passiert?«, murmelte Georgie und drückte ihre Freundin tröstend. Linas zarter Körper wurde heftig von Weinkrämpfen geschüttelt, sie klammerte sich förmlich an Georgie. Als sie sich voneinander lösten, schlug Lina die Hände vors Gesicht. Georgie schloss die Tür hinter ihnen ab und schob Lina in das kleine Büro, damit sie ungestört reden konnten.

»Lina«, setzte sie sanft an und drückte die junge Frau auf einen Stuhl. Sie setzte sich ihr gegenüber, nahm ihre Hände und wartete geduldig, bis Lina sich so weit beruhigt hatte, dass sie sprechen konnte.

»Ich kann keine Babys bekommen. Sie haben gesagt, ich sei unfruchtbar. Ich war doch in dieser Klinik und es wurden Tests gemacht. Heute haben sie mir die Ergebnisse mitgeteilt, Georgie.« Lina schluchzte wieder auf und wischte sich nachlässig die Tränen von der Wange. »Ich habe alles aufgegeben dafür. Meinen Job, meine Freunde, mein Leben in München. Ich bin nur in dieses verdammte Kaff gezogen, damit wir hier eine Familie gründen können. Was mache ich denn nun? Und wie soll ich es Peter sagen?«

»War er nicht bei dir?«, fragte Georgie überrascht.

»Nein«, heulte Lina auf. »Er ist auf einer Geschäftsreise und ich habe ihn nicht erreicht. Er wollte sie verschieben und mitkommen, aber ich habe ihm gesagt, dass ich es allein schaffe. Weil ich immer alles allein schaffe.«

»Es tut mir schrecklich leid, Lina. Du hast es dir so sehr gewünscht, ich weiß.« Georgie liefen selbst ein paar Tränen über die Wange. Lina wischte sie ihr weg.

»Weißt du, ich werde es überleben. Wir werden das überleben. Es tut nur furchtbar weh. Ich wünsche mir wirklich ein Kind. Ein Kind von Peter. Kann ich dir was verraten? Aber du musst schwören, es niemandem zu sagen.«

»Klar«, sagte Georgie und hob zum Schwur die Hand.

»Die ganze Zeit dachte ich, es liegt bestimmt an Peter. Der Mann ist immerhin steinalt.« Sie grinste etwas schief dabei. »Aber sein Sperma ist natürlich super. Ich habe offensichtlich ein Syndrom, das dafür sorgt, dass ich keine Kinder bekommen kann. Davon habe ich vorher noch nie gehört. Man hat es so lange nicht entdeckt, weil ich die anderen typischen Symptome bisher nicht aufweise. Aber ich habe keinen Eisprung während meines Zyklus und nicht genügend Eizellen. Kein Eisprung, kein Baby. Es liegt an mir. An mir! Künstliche Befruchtung mit einem fremden Ei wäre vielleicht eine Option, aber auch hier stehen die Chancen eher schlecht. Ich werde kein Baby bekommen. Hast du mal ein Taschentuch für mich?«, fragte sie und zog geräuschvoll die Nase hoch. Georgie nickte. Taschentücher gab es genug, sie hatte selbst Unmengen hier verbraucht.

»Ich kann nicht allein sein, heute. Kann ich hierbleiben? Ich heule auch nur im Büro, damit ich die Kundschaft nicht vertreibe.« Lina trocknete ihr Gesicht und sah Georgie verzweifelt an. Ihre Augen waren gerötet und verschwollen. Ihre Welt brach gerade zusammen, Georgie kannte das Gefühl nur zu gut. Sie wusste, wie sich das tiefe Loch anfühlte, in das man stürzte.

»Ich weiß was Besseres. Wir schließen für heute und fahren zu Vera. Du kannst so lange bei uns bleiben, wie du möchtest. Zimmer gibt es ja genug.«

Georgie packte ihre Sachen zusammen und schob Lina zu ihrem Auto. Sie nahm ihr die Schlüssel ab und setzte sich selbst hinters Steuer. Linas Fahrstil war unter diesen Umständen nicht zu trauen. Während der kurzen Fahrt schielte Georgie immer wieder zu ihrer Freundin rüber, die zusammengesunken auf dem Beifahrersitz saß. Die Trauer, die Erschütterung über die Nachricht ließen sie noch zarter wirken. Bei Veras Haus angekommen, parkte Georgie neben den Wagen der Handwerker, die heute das Bad fertigstellen sollten, und führte Lina gleich ums Haus herum in den Garten. Iris und Vera lagen in zwei Häkeldecken eingehüllt unter ihrem Lieblingsbaum und beobachteten die Wolken am Himmel.

»Hi«, rief Georgie ihnen zu und Vera richtete sich auf, um nachzusehen, wer da kam. Sie winkte Lina fröhlich zu, bis sie erkannte, in welcher Verfassung diese war.

»Oha. Ich sehe schon. Noch eine Patientin. Komm her, Liebes. Setz dich zu uns.« Vera klopfte auf die Decke neben sich. Iris lächelte schweigend zur Begrüßung. Lina fing wieder zu weinen an.

»Ich kann keine Kinder bekommen«, platzte sie schluchzend mit der Wahrheit heraus und ließ sich in Veras tröstende Arme sinken.

Georgie überließ Lina der liebevollen Fürsorge und ging ins Haus, um etwas zu trinken zu holen. Etwas Stärkeres als Eistee. Auf dem Verandadach entdeckte sie Tom, der einen Hammer schwang, um ein paar neue Balken zu befestigen. Alte, morsche Latten lagen auf dem Boden neben dem Haus. Sie schirmte ihre Augen gegen die Sonne ab und blickte hoch. Er arbeitete ohne T-Shirt und sein Rücken glänzte vom Schweiß. Die groben Arbeitshandschuhe und sein Baseballcap gaben ihm ein lässiges Aussehen. Geschickt hielt er auf dem Schrägdach die Balance. Dieser Mann bestand aus vielen spannenden Facetten, dachte sie und lächelte. Sie wusste, dass sie sich in ihn verliebt hatte, erkannte es daran, wie sich ihr Gesicht spürbar aufhellte, wenn sie an ihn dachte, wie sie lächelte, wenn sie ihn sah, und wie ihr Herz klopfte, wenn er sie küsste. Es war schön, zu solchen Gefühlen fähig zu sein, aber sie machten ihr auch Angst. Ihr

Herz war gerade erst gebrochen worden und heilte nur langsam. Sie musste besser darauf aufpassen in Zukunft.

»Hallo, du da oben«, rief sie und Tom sah sich um. Er legte den Hammer zur Seite und kletterte die Leiter herunter. Georgie genoss es, ihm dabei zuzusehen. Als könnte sie nicht genug von ihm und seinem Körper bekommen. Er küsste sie zur Begrüßung und sie schmeckte seinen salzigen Schweiß auf ihren Lippen.

»Hallo«, murmelte er und seine Hand wanderte zielgerichtet zu ihrem Po. Lachend entwand sie sich ihm.

»Ich habe Lina hergebracht. Ihr geht es nicht gut«, erklärte sie ihre Anwesenheit um die Mittagszeit.

»Das sehe ich. Die Arme.« Er warf einen bedauernden Blick rüber zu den drei Frauen, die unter dem Baum im Schatten saßen.

»Hey, Lina«, rief er und hob die Hand zum Gruß. »Willst du irgendwo draufhauen?«, fragte er laut. Prompt stand Lina auf und kam herüber. Sie wischte ihre Tränen aus dem Gesicht und nickte.

»Was hast du anzubieten?«, fragte sie und krempelte schon die Ärmel ihrer Sommerbluse hoch. Dieser Wirbelwind war nicht leicht unterzukriegen, selbst wenn ihre Träume in Scherben lagen. Sie würde sich berappeln, sie war stark. Stärker als sie selbst, dachte Georgie, die sich nur zu gut daran erinnerte, wie sie hier gelandet war. Ihre Schockstarre war erst nach einigen Tagen durch ein Tränenmeer abgelöst worden. Und es hatte noch länger gedauert, bis sie daraus entstiegen war. Sie hatte schon lange nicht geweint über ihre Situation, fiel ihr dabei auf. Gut so!

»Verandadach«, schlug Tom vor und Lina nickte. Georgie sah zu, wie Lina mit grimmigem Blick die Leiter nach oben kraxelte und Tom ihr folgte. Nicht, ohne Georgie vorher noch mal zu küssen und ihr zuzuzwinkern.

In dieser Nacht schliefen alle in Veras Haus. Tom nahm Georgie mit in das etwas größere Bett, das in dem Zimmer stand, in dem er von Zeit zu Zeit übernachtete. In ihrem eigenen Zimmer stand nur ein schmales Bett, in das sie selbst gerade so hineinpasste. Mit dem breitschultrigen, langen Tom wäre es undenkbar gewesen. Eng aneinander gekuschelt lagen sie da und lauschten auf die Geräusche aus dem Nachbarzimmer, wo Lina untergebracht war. Sie hatte vor dem Schlafengehen endlich ihren Mann erreicht, der versprach, seine Reise abzubrechen und am nächsten Morgen zurückzukehren. Lina weinte bitterlich, aber nach einer gewissen Zeit wurden die Schluchzer leiser und hörten irgendwann ganz auf. Sobald Tom und Georgie sicher waren, dass Lina nebenan schlief und sie nicht hören konnte, liebten sie sich leise und langsam unter dem einfallenden Mondlicht. Georgie sah Tom dabei in die Augen und fand darin all die Zuversicht, die sie brauchte. Sie war glücklich in diesem Moment.

Glücklich wachte sie auch am nächsten Morgen auf. Tom hielt sie eng umfasst, sie spürte seinen warmen, ruhigen Atem im Nacken. Dieser Mann konnte tief und fest schlafen, das bewunderte sie immer wieder. Er legte sich hin, schloss die Augen und schlief innerhalb weniger Minuten ein. Als sie ihn vor Kurzem darauf angesprochen hatte, musste er lachen und erzählte, wie schwer es ihm früher gefallen war, abzuschalten. Er hatte sich damals nur mit Medikamenten runterbringen können – und mit Drogen und Aufputschmitteln wieder rauf. Aber diese Zeiten waren vorbei. Er hatte keine Sorgen und führte das Leben, das er führen wollte. Nichts lag ihm schwer auf der Seele, er schlief einen wahrhaft seligen Schlaf. Wobei sich Georgie nicht beschweren wollte. Nach den ersten heftigen Nächten schlief sie mittlerweile auch ganz gut. Zumindest drehten sich ihre Gedanken nachts nicht mehr permanent um Sebastian. Zurzeit dachte sie intensiv über das Geschäft nach, an Iris und Vera und an Tom. Sie verbot sich Gedanken an die Zukunft und versuchte, alles zu genießen, wie es passierte. Sie hätte nie gedacht, dass sie dazu in der Lage wäre – welch Wunder, was eine mittelgroße Krise auslösen konnte …

Sie hörte Geschirrklappern aus der Küche und beschloss, dass es Zeit war, aufzustehen. Mal sehen, wie es Lina ging. Behutsam entwand sie sich Toms Griff, was dieser mit unwirschem Grummeln quittierte. Georgie kicherte, beugte sich über ihn und küsste ihn auf eine seiner stoppeligen Wangen. Er hielt die Augen geschlossen, doch sein Mund verzog sich zu einem Lächeln.

»Mehr«, murmelte er und sie küsste ihn zärtlich auf Wangen, Mund und Stirn. Genussvoll brummte er und zog Georgie an sich, um selbst ein, zwei Küsse auf ihren Nacken zu drücken.

»Komm schon, aufstehen! Die anderen sind längst wach. Ich rieche die frischen Pfannkuchen bis hierher.« Georgie entwand sich seiner Umarmung, stieg aus dem Bett direkt in die alten Jeans und das übliche ausgeleierte Männerhemd und band sich die Locken aus dem Gesicht. Schon war sie startklar für den Tag. Tom kroch etwas gemächlicher als sie unter der Decke hervor und zog sich ebenfalls an. Bevor sie zur Tür hinausgehen konnte, zog er sie blitzschnell noch mal fest an sich und vergrub für ein paar Sekunden seine Nase in ihren Haaren. Sie lehnte sich mit dem Rücken an seine breite Brust und schloss die Augen. Es war großartig, mit ihm aufzuwachen, aufzustehen, den Tag zu beginnen.

»Pfannkuchen darf man nicht warten lassen«, bekundete er und sie grinste ihn an, als sie in die Küche gingen.

Statt Vera wirbelte dort jedoch Lina herum. Sie hatte sich eine Schürze umgebunden und gerötete Wangen vom Kochen. Mit einem professionellen Auge fürs Detail hatte sie bereits Geschirr, Blumen und Servietten auf dem langen, großen

Esstisch arrangiert. Aus einer Teekanne stiegen dampfende Schwaden. Ein großer Teller war unter einem Berg Rührei kaum mehr auszumachen und gerade stellte sie eine Platte mit warmen, luftigen Pancakes in die Mitte. Zufrieden wischte sie sich die Hände an der Schürze ab und bemerkte dann erst Tom und Georgie, die staunend im Türbogen standen.

»Guten Morgen, ihr Schlafmützen. Gut, dass ihr kommt, das Frühstück wird sonst kalt. Setzt euch, setzt euch!«, rief sie resolut und drängte auch die eben im Türrahmen auftauchende Vera an den Tisch.

»Womit haben wir das verdient?«, fragte Georgie und ihre Tante fiel ihr sofort ins Wort. »So etwas darf man niemals fragen, das ist doch eindeutig! Wir sind sensationell.« Lina lachte und drückte Vera liebevoll.

»Das seid ihr wirklich! Danke, dass ich hierbleiben durfte, heute Nacht. Peter holt mich nachher ab, er kommt mit der ersten Maschine und fährt direkt hierher. Wenn das in Ordnung ist, warte ich hier auf ihn.« Lina setzte sich selbst an die Küchenzeile und goss allen Tee ein.

»Natürlich. Bleib, solange du willst. Hier schlagen allerdings gleich wieder die Handwerker auf«, kündigte Vera Willis Klempnertruppe an.

»Macht nichts. Ich setze mich dann einfach in den Garten. Wo ist Iris?«, fragte sie und lud eifrig Pfannkuchen auf die Teller.

»Die schläft noch. Wir heben ihr etwas zu essen auf.«

Kurz darauf erschien Willi mit seinen Männern, und der Krach der Renovierungsarbeiten ging wieder los. Tom trug Iris in den Garten und verabschiedete sich dann, er wollte in seiner Werkstatt Stühle reparieren. Georgie und Lina widmeten sich dem Abwasch.

»Wie geht's dir?«, fragte Georgie vorsichtig und musterte ihre Freundin aufmerksam. Lina zuckte mit den Schultern.

»Ich habe beschlossen, mich nicht davon unterkriegen zu lassen. Peter und ich wollten immer eigene Kinder, oder sagen wir, ich wollte es. Mir war das wichtig. Peter war natürlich auch an Bord, aber der Kinderwunsch in mir war besonders groß. Vielleicht kann ich … Adoption ist vielleicht auch eine Option. Oder Pflegekinder. Da draußen gibt es sicherlich Kinder, die ein liebevolles Zuhause gebrauchen können. Ich werde es mit Peter besprechen, mal schauen, was er sagt. Es ist nun mal, wie es ist, und ich kann es nicht ändern. Natürlich finde ich es unfair. Ich bin neunundzwanzig Jahre alt. Es ist das perfekte Alter, um Kinder zu bekommen. Ich habe einen liebevollen Ehemann, der uns finanziell versorgt. Ich habe Zeit, ich habe Liebe, ich brauche eine Aufgabe. Bis ich weiß, wie wir damit weitermachen, werde ich dich einfach jeden Tag im Laden nerven, bis du mich rauswirfst«, drohte sie Georgie und schwang dabei die Spülbürste.

»Ich werde dich nicht rauswerfen, niemals. Dafür verbringe ich viel zu gern Zeit mit dir. Wirklich. Schön, dass wir uns getroffen haben«, formulierte Georgie es sanft und Lina lehnte sich kurz an ihre Schulter. Ein Räuspern hinter ihnen ließ beide auseinanderfahren. Willi stand im Türbogen und sah verlegen auf den Boden.

»Will nicht stören, die Damen. Georgie, hast du einen Moment?« Er hüstelte und sah dann hoch. Unter Georgies fragendem Blick wurde er rot. Sie legte das Geschirrtuch zur Seite und nickte.

»Natürlich, worum geht es denn?«, fragte sie und bat ihn ins Wohnzimmer an den großen Holztisch. Er räusperte sich wieder und wischte sich die Hände an seiner Hose ab, bevor er sich schwerfällig setzte.

»Maria hat mir erzählt, du hilfst ihr mit dem Antrag für Fördermittel. Ich … Also, ich könnte auch etwas Rat gebrauchen. Mein Schwager hat die Buchhaltung bisher immer für mich gemacht, aber er hat sich bei einem Unfall einen Wirbel gebrochen und es dauert Monate, bis er wiederhergestellt ist. Da kann ich ihm doch unmöglich damit kommen. Es ist auch nicht viel. Mein Betrieb ist ja klein.« Als sie verstand, was Willi von ihr wollte, nickte Georgie sofort.

»Natürlich. Bring bitte einfach alle Unterlagen, die du hast, beim nächsten Mal mit hierher, dann schaue ich sie mir an. Gern auch die Unterlagen aus dem vergangenen Jahr, die dein Schwager bearbeitet hat, dann habe ich schneller einen Überblick.«

»Danke. Georgie. Das ist wirklich toll von dir. Ich will auch bezahlen. Wie ist denn dein Stundenlohn? Ich weiß leider nicht, was üblich ist«, entschuldigte er sich und sah sie aus treuherzigen Augen an.

»Wie wäre es damit, wenn du mir die Installation des neuen Waschbeckens im kleinen Bad schenkst?«, bot Georgie an. Sie war keine richtige Buchhalterin und sie hatte nicht vor, davon zu leben. Aber ihr war schon klar, dass sie ihn auf die eine oder andere Art bezahlen lassen musste, der Ehre wegen. Und alles, was sie nicht für die Renovierung aufbringen musste, kam ihr gelegen.

In den nächsten Tagen tauchten immer mehr Nachbarn auf und baten Georgie um Hilfe bei der Buchhaltung, der Steuererklärung, Versicherungsfragen und Anträgen aller Art. Der Nächste war Ben aus der Kfz-Werkstatt, der im Gegenzug den röhrenden Motor von Veras Volvo untersuchte und defekte Teile austauschte. Dann folgte Klaus von der Tankstelle. Er schickte seine beiden jugendlichen, halbstarken Jungs vorbei, die zusammen mit Tom und Lina an einem Wochenende alle Fensterrahmen am Haus abschliffen und neu lackierten. Daraufhin kam Maggie aus dem Friseursalon und brachte statt Honorar eine Umzugskiste voll mit Wollresten von ihrer Mutter vorbei. Darüber freute sich Georgie besonders, denn langsam gingen ihr die grünen Farbtöne aus und sie war dankbar für den Nachschub. Binnen einer Woche türmten sich die Aufträge auf dem kleinen Tisch im Ladenbüro. Georgie verbrachte die Hälfte des Tages mit buchhalterischen Herausforderungen, schrieb nachmittags für den Blog, während Lina sich um das Geschäft kümmerte, und saß abends häkelnd auf der Veranda mit Iris und Vera, bis Tom sie entweder abholte oder sich zu ihnen gesellte und über Nacht bei ihnen blieb. Tagsüber kam sie oft kaum noch zum Häkeln, wenn Lina sie nicht mittags zu einer Pause vor dem Geschäft überredete. Alles, was sie tagsüber vermisste, holte sie dafür abends nach. Bald würde ihre erste eigene Decke fertig sein. Tom sah ihr gern dabei zu, wenn sie auf seinem Sofa herumlümmelten. Während sie häkelte, las er Krimis, streichelte ihre Beine, die sie über seinen Schoß legte, und küsste sie zwischendurch immer und immer wieder. Sie ließ sich für ein paar Streicheleinheiten gern beim Häkeln unterbrechen. Die ruhigen Abende in seinem Haus, die ungestörte Zweisamkeit genossen beide. Ein Thema kam jedoch nie zur Sprache: Wie sollte es mit ihnen weitergehen? Würde sie bleiben? Sie hatte sich noch nicht entschieden, wollte nicht darüber nachdenken. Es passte so, wie es gerade war. Die Auszeit im Schwarzwald tat ihr gut. Manchmal ertappte sich Georgie dabei, wie sie gedankenverloren an ihrem Verlobungsring spielte. Wenn es ihr auffiel, ließ sie ihn sofort los. Je mehr Zeit sie mit Tom verbrachte, je näher sie ihn kennenlernte, umso inniger wurde ihre Verbindung. Doch zu vieles in Frankfurt war noch ungeklärt. Auch deshalb sprach sie nicht an, was zwischen ihr und Tom sein konnte, aus Angst, er würde eine Entscheidung von ihr erwarten und sie womöglich keine treffen können. Noch nicht. Bevor sie dieses gefährliche Terrain betreten konnte, musste sie erst mal in ihrem Leben aufräumen.

KAPITEL 13

Zuerst nahm sie seinen Geruch wahr. Georgie stand auf der Leiter und wischte Staub auf dem obersten Regalbrett, als sie merkte, wie sich die Luft um sie herum veränderte. Der Duft eines sehr teuren, ihr sehr vertrauten Rasierwassers waberte durch den Laden. Sie versteifte sich und ihr Herz schlug rasant und dröhnend. Hinter ihr räusperte sich jemand und sie musste sich nicht umdrehen, um zu wissen, dass es Sebastian war. Die Leiter fest unter den Füßen, wandte sie langsam den Kopf und sah nach unten. Da stand er, ihr Verlobter. Wochenlang hatte sie nichts von ihm gehört, hatte seine Mails nicht gelesen und ihr Handy bewusst nicht aufgeladen. Sie war noch nicht bereit, mit ihm zu reden. Geschweige denn, ihm gegenüberzutreten. Aber nun hatte er ihr diese Entscheidung abgenommen. Vorsichtig und mit zittrigen Beinen stieg sie Sprosse für Sprosse hinunter. Sie wischte verstohlen die staubigen Hände an ihrer alten Hose ab. Für ihre Aufmachung würde sie sich nicht entschuldigen. Es war seine Schuld, dass sie hier festsaß. Dass sie Hosen ihrer Tante trug und das Hemd eines anderen Mannes. Aus dessen Bett sie an diesem Morgen geklettert war, nachdem er sie die ganze Nacht geliebt hatte, schoss es ihr durch den Kopf.

»Georgina«, sagte Sebastian leise, er klang vertraut und fremd zugleich. Sie straffte die Schultern und sah ihm fest ins Gesicht. Er hatte sich nicht verändert. Die Haare waren ordentlich geschnitten und frisiert, er trug ein Hemd, das so knitterfrei war, dass es aus der Reinigung kommen musste. Anzughose, italienische Schnürschuhe, die protzige Uhr, die sein Großvater ihm zum Abschluss des Studiums geschenkt hatte und die ein Vermögen wert war.

»Was willst du hier?«, entgegnete Georgie und erschrak beinahe über ihre feindselige Stimme. Sie klang sehr viel stärker, als sie sich fühlte. Das war gut. Es war wichtig, überlegen zu sein. Oder zumindest so zu wirken. Das Kinn ein weiteres Stückchen höher gereckt, die Arme vor der Brust verschränkt, fühlte sie sich noch stärker. Sie wusste, dass das eine psychologische und physische Abwehrhaltung war, aber sie wusste nicht, wohin sie sonst mit den Händen sollte. Am liebsten wäre sie mit den Fäusten auf ihn losgegangen. Sie spürte eine rasende Wut in sich.

»Georgina«, wiederholte Sebastian und machte einen Schritt auf sie zu. »Wir müssen endlich reden. Wann kommst du nach Hause?«

Sie trat hinter den Verkaufstresen, um etwas mehr Abstand zwischen sich und ihn zu bringen und ein paar Sekunden Zeit zu gewinnen, bis sie antwortete.

»Wie dreist von dir, hier einfach aufzutauchen.« Sie spürte, wie es in ihr zu brodeln begann. Die Enttäuschung, die sie nach dem Betrug empfunden hatte, die Verletzung, der Zorn – alles drängte aus den Ecken hervor, in die sie die negativen Gefühle verbannt hatte. Sie war sauer. Stinksauer. So hatte sie sich noch nie gefühlt, sie hatte nicht mal gewusst, dass sie zu solchen Gefühlen fähig war. Und ja, es fühlte sich verdammt gut an.

»Ich hätte ja auch angerufen, doch du gehst nicht ans Telefon. Weißt du, wie lange es gedauert hat, bis ich herausgefunden habe, wo du steckst? Deine Eltern wollten mir partout nicht sagen, wo und wie ich dich finde. Dein Vater«, Sebastian stockte kurz und schnaubte dann überheblich, »dein Vater war nicht gerade nett zu mir. Schwamm drüber, er ist eben dein Papi. Irgendwann habe ich mich an den Namen deiner Tante erinnert und den Blog entdeckt. Und da war es mir klar. Du warst bei keinem unserer Freunde, deine Eltern sind in Übersee und irgendwo musstest du dich ja verkriechen. Ich habe mir Sorgen um dich gemacht. Du bist einfach verschwunden. Das macht ein erwachsener Mensch normalerweise nicht. Wir hätten reden können. Findest du nicht, du schuldest mir die Möglichkeit einer Erklärung?« Sebastian trat an den Tresen. Georgie spürte, wie ihr das Blut ins Gesicht stieg. Gleich würden Dampfwolken aus ihren Ohren austreten, sie kochte innerlich dermaßen, dass sie fast platzte.

»Machst du mir gerade Vorwürfe, Sebastian? Ausgerechnet du? Ich bin nicht ans Telefon gegangen, weil ich nicht mit dir reden wollte. Aus gutem Grund. Wie konntest du mir das antun? Und dann auch noch mit ihr? Sie ist Familie. Das ist hinterhältig. Und schäbig.« Sie holte Luft. »Du hast alles zerstört. Einfach alles. Und ich bin nicht bereit, mit dir darüber zu diskutieren wie Erwachsene. Ich will überhaupt nicht mit dir sprechen, weder wie Erwachsene noch sonst wie. Geh! JETZT.« Sie umklammerte den Griff einer Schublade und presste die Finger so fest zusammen, dass die Haut über den Knöcheln ganz weiß wurde.

Sebastian musterte seine Verlobte. Sie sah anders aus. Vielleicht war es die merkwürdige Kleidung – sie trug eine weite verwaschene Jeans und ein viel zu großes Herrenhemd, das sie an den Ärmeln hochgekrempelt und vorm Bauch zusammengeknotet hatte. Die Locken waren nicht wie sonst glatt gebürstet und zum strengen Zopf frisiert, stattdessen trug sie ihre Haare offen und wild. Sie hatte rote Wangen und Sommersprossen.

Die hatte er noch nie an ihr gesehen. Sie schützte ihre Haut sonst sehr sorgfältig vor der Sonne. Die Frau ihm gegenüber sah auf eine altmodische Weise gesund und hübsch aus. Er hatte nicht damit gerechnet, dass sie sich verändert hatte. Er erkannte sie kaum wieder. Sie sah ... er suchte nach einem passenden Wort ... bezaubernd aus. Sebastian hatte damit gerechnet, ein trauerndes Häufchen Elend vorzufinden, blass, dünn, mit dunklen Augenringen. Stundenlang hatte er sich ausgemalt, wie sie unter der Trennung litt. Dass sie dankbar wäre, wenn er sie endlich gefunden hatte, um sie nach Hause zu holen. Sie würden wie vernünftige Erwachsene, die sie nun mal waren, miteinander reden. Er musste sich vermutlich ein paar Mal ernsthaft entschuldigen und ihr einige gut ausgewählte Geschenke machen und dann würden sie das durchstehen. So eine kleine Krise konnte ihre Beziehung auch vertiefen. Beziehungen waren Arbeit und dafür musste man manchmal auch Rückschläge einstecken, um gestärkt daraus hervorzugehen. Ja, er sah es eigentlich als Chance an. Noch immer war er sicher, dass er mit der richtigen Frau verlobt war, Georgina und er gehörten einfach zusammen. Auch wenn dieser Ausrutscher ihre Beziehung gefährdet hatte, würde er an ihrem Plan festhalten, zu heiraten, wenn sie sich wieder beruhigt hatte.

»Irgendwann müssen wir darüber reden, Georgina. Wenn du noch nicht bereit bist, mir zu verzeihen, verstehe ich das. Es tut mir leid, was passiert ist. Aber du willst doch nicht alles wegwerfen? Wir haben eine Vergangenheit. Wir haben eine Zukunft«, beschwor er sie mit sanfter Stimme.

Sie schüttelte fassungslos den Kopf.

»Wir haben keine Zukunft mehr. DU hast das alles weggeworfen, nicht ich«, rief sie empört und lachte bitter auf. Das konnte doch nicht wahr sein!

»Was meinst du? Willst du uns wirklich keine Chance mehr geben? Wegen dieser Sache?«, hakte er beinahe etwas verärgert nach. Damit hatte er nicht gerechnet, als er den Weg in den Süden angetreten hatte, um Georgina zurückzuholen.

»Nein, du bekommst keine Chance mehr von mir. Die hast du nicht verdient.« Sie ließ den Schubladengriff los und lockerte ihre verkrampften Hände.

»Wir wollten nächsten Frühling heiraten, Georgina. Schatz«, versuchte er es auf die schmusige Tour. Wer war diese Furie ihm gegenüber? Es wurde Zeit, dass sie zur Vernunft und mit ihm nach Hause kam. Dieses Kaff hier hatte ihr wohl das Hirn vernebelt.

»Das kannst du vergessen. Ich heirate keinen Betrüger.« Sie zog energisch den Verlobungsring von ihrem Finger – bisher hatte sie es nicht übers Herz gebracht, ihn abzuziehen. Zu viele Erinnerungen und Gefühle hingen daran. Jetzt hingegen, wo ihr Verlobter vor ihr stand, merkte sie, wie fremd er ihr geworden war. Sie würde ihm den Betrug niemals verzeihen, das wusste sie plötzlich. Am liebsten hätte sie ihn nie wieder gesehen. Den Ring, ein Erbstück seiner Urgroßmutter, legte sie vor ihn auf die Theke.

Sebastian starrte erst den Ring, dann sie an, mit unverkennbarem Vorwurf im Gesicht. »Ist dir klar, was du hier tust?«, presste er heraus. »Ich muss sagen, dass ich enttäuscht bin. Wir hatten eine gute, stabile Beziehung, schade, dass du das dermaßen leichtfertig hinwirfst, ohne uns eine Chance zu geben. Wegen eines kleinen, unbedeutenden Fehlverhaltens meinerseits. Aber wenn das deine Entscheidung ist, kann ich wohl nichts mehr tun, um dich umzustimmen. Wann gedenkst du, nach Frankfurt zurückzukommen?« Er griff nach dem Ring und steckte ihn in die Brusttasche seines Hemdes.

»Das weiß ich noch nicht. Aber du wirst von mir hören. Ich will die Wohnung verkaufen.«

Er öffnete überrascht den Mund. Dann bildete sich eine steile Falte zwischen seinen Augenbrauen. Die Wohnung gehörte ihnen beiden zu gleichen Teilen, aber er hatte wohl nicht erwartet, dass sie verkaufen wollte. Mit dieser Forderung erwischte sie ihn eiskalt, zumal er es bestimmt unvernünftig fand, das Investment in die Immobilie aufzulösen. Bevor er jedoch Einwände erheben konnte, fuhr Georgie fort.

»Du solltest keinen Widerspruch erwägen. Der Kaufvertrag läuft auch auf meinen Namen. Von mir aus kannst du sie auch behalten und mich auszahlen. Mein Anwalt wird sich mit dir in Verbindung setzen«, sagte sie stolz. Sie hatte keinen Anwalt, aber das wusste er ja nicht. Sie nahm sich vor, gleich heute Abend mit ihrem Vater zu telefonieren und ihn zu bitten, Kontakt zu seinen Freunden herzustellen, die in einer Kanzlei arbeiteten. Wenn sie ihr nicht helfen konnten, würden sie sicher jemanden empfehlen können. Es konnte ihr plötzlich nicht mehr schnell genug gehen, Sebastian aus ihrem Leben zu verbannen. Die Zeit war endlich reif dafür.

Sebastian schien zu verstehen, dass er heute nichts mehr ausrichten konnte, und wandte sich zur Tür.

»Eine Frage noch«, hielt Georgie ihn zurück. Sie musste es einfach wissen. »Seid ihr … Trefft ihr euch noch?« Sie wusste zwar nicht, ob sie die Wahrheit ertragen würde, aber die Unwissenheit war schlimmer. Die Vorstellung, wie ihre beste Freundin und er über sie lachten, wie sie sich küssten … Die Vorstellung war mindestens genauso schlimm wie die Gewissheit.

»Nein. Sie ist zurück zu ihrem Mann. Es war nur eine harm-lose Affäre, es hat nichts bedeutet. Umso bedauerlicher, dass du nicht darüberstehen kannst. Für mich kam eine Trennung von dir überhaupt nicht infrage, ich denke auch jetzt noch, wir könnten das schaffen. Du warst immer die Richtige für mich.« Er hob die Hand zum Gruß und ging. Georgie blieb zurück und atmete tief ein. Sie hatte gar nicht bemerkt, wie sie gerade die Luft angehalten hatte. Was hatte er gemeint, mit »zurück zu ihrem Mann«? Nathalie war nicht verheiratet. Hatte sie sich verhört? Georgie musste sich erst mal setzen. Ihr Körper reagierte auf den Abfall des Adrenalins, sie zitterte und ihr war schlecht. Aber ein bisschen Erleichterung mischte sich darunter. Sie hatte solche Angst vor dem ersten Treffen gehabt und nun hatte sie es überstanden. Verdammter Mistkerl! Der traute sich was, hier aufzutauchen und zu erwarten, dass sie mir nichts, dir nichts zu ihm zurückkehrte.

Sie sprang auf und schnappte sich die Schlüssel, sperrte die Kasse ab, verriegelte die Ladentür und lief durch die Hintertür zu dem klapprigen Auto ihrer Tante. Mit aufheulendem Motor jagte sie davon. Gut, dass an diesem Nachmittag kaum etwas los war auf den Straßen. Sobald sie den Ortskern hinter sich gelassen hatte, war sie allein unterwegs.

Ganz gegen ihren Grundsatz, sich stets an die Verkehrsvorschriften zu halten, holte sie das vertretbar Äußerste aus dem Wagen, raste über die Waldstraße und kam schlitternd auf der Kieseinfahrt zu Toms Haus zu stehen. Sie knallte die Wagentür zu und rannte über den Platz vor seinem Haus auf den Schuppen zu.

»Tom?«, rief sie.

Tom hatte das Auto am knatternden Geräusch des Motors erkannt. Überrascht sah er auf die Uhr, so früh hatte er noch nicht mit Georgie gerechnet. Er merkte, wie sich seine Mundwinkel zu einem breiten Lächeln verzogen. Verdammt! Es hatte ihn echt erwischt. Als er aufblickte, sah er, wie Georgie auf ihn zustürmte und ungebremst in ihn hineinrannte. Sie packte ihn fest im Nacken, zog ihn nach unten und küsste ihn heftig. Biss auf seine Lippe. Ihre wilde Lust übertrug sich augenblicklich auf ihn und durchfuhr seinen Körper. Er fing ihren Schwung halbwegs auf und sie stolperten zwei Schritte zurück, wo sie die Werkbank davor bewahrte, rücklings auf den Boden zu fallen. Sie zerrte an seinem Hemd, konnte nicht schnell genug ihre Hände auf seinen warmen Körper pressen, um ihn zu spüren. Er umfasste ihre Hüften und zog sie enger an sich. Was auch immer sie umtrieb, es fühlte sich göttlich an.

Dann machte sie sich für einen kurzen Augenblick los und riss sich das Hemd, das sie sich am Morgen von ihm geliehen hatte, vom Leib.

»Fass mich an. Fass mich bitte an«, keuchte sie. Er kam ihrem Wunsch nur zu gern nach und fuhr mit seinen holzmehlbestaubten rauen Händen über ihre zarte Haut. Sie zerrte ihm das Shirt über den Kopf und biss in seine Schulter. Ihre ungestümen Gesten ließen ihn aufstöhnen.

»Findest du mich schön?«, raunte sie heiser. Sie stieß ihn auf die Werkbank, er war überrascht von ihrer Kraft. Der Teufel musste Besitz von ihr genommen haben, dachte er, als sie sich rittlings auf ihn setzte und seine Hände hinter seinem Kopf festhielt. Diese Wildheit in ihren Augen hatte er noch nie bei ihr gesehen. Sie war zart und verletzt gewesen, als er sie das erste Mal getroffen hatte. Die Frau, die ihn gerade ritt, hatte nichts mehr mit diesem verwundeten Reh zu tun. Sie war stark, selbstbewusst und … wütend. Er konnte nur hoffen, dass sie es nicht auf ihn war. Er genoss die Situation in vollen Zügen, noch nie hatte sich eine Frau so fordernd über ihn hergemacht. Es gelang ihm, seine Hände zärtlich mit ihren zu verschränken, dann blickte er sie ernst und schwer atmend an und antwortete laut, damit sie es auch hörte: »Ich finde dich wunderschön. Überwältigend schön wie ein Sommergewitter.«

»Gut.« Sie hatte kurz innegehalten und küsste ihn jetzt stürmisch weiter. Sie gab seine Hände frei und ließ ihre über seinen Oberkörper nach unten wandern. Hastig zerrte sie an seinem Gürtel. Er versuchte im Gegenzug, ihre Hosenknöpfe zu öffnen und die Jeans über ihre Hüften zu schieben. Leicht fluchend half sie ihm dabei. Das ging ihr nicht schnell genug. Sie forderte mehr. Und zwar sofort. Sie streifte ihm die Jeans gerade mal bis zu den Oberschenkeln runter und nahm ihn in sich auf. Ein lautes Stöhnen entfuhr ihm. Himmel! Wenn sie in diesem Tempo weitermachte, würde er den nächsten Herzinfarkt mit heruntergelassenen Hosen bekommen. Er konnte sich zwar kein besseres Ende seines Lebens vorstellen, doch hätte er noch gern viele weitere Jahre mit dieser umwerfenden Frau verbracht. Mit Freude überließ er Georgie die Führung, spürte, dass sie es brauchte, und hatte nicht vor, sie aufzuhalten. Zügellos wiegte sie sich vor und zurück, warf den Kopf in den Nacken und bestimmte mit ihren starken Bewegungen das Tempo. Gemeinsam jagten sie auf den Höhepunkt zu. Kurz bevor sie kam, packte Tom ihren Nacken und zwang sie, ihn anzusehen. Ihre Lippen bebten und ihre Lider flatterten, als sie laut stöhnend verharrte. Der Orgasmus durchflutete sie, in Wellen jagte er durch ihren Körper. Sie ließ sich fallen und verschloss seinen geöffneten Mund mit ihrem, als er ihr folgte.

Schwer atmend lagen sie aufeinander. Tom traute sich nicht, sich zu bewegen, er befürchtete, von der Werkbank zu stürzen. Außerdem war er nicht sicher, ob seine Beine ihn schon wieder trugen. Sein Herz klopfte in rasantem Tempo. Georgie lag mit geschlossenen Augen auf seinem Brustkorb, der sich heftig hob und senkte auf der Suche nach Sauerstoff. Nie zuvor hatte sie sich so verhalten. Und es hatte ihr gefallen. Im Nachhinein war es ihr jedoch auch etwas peinlich, wie sie sich auf ihn gestürzt hatte. Noch ein paar Sekunden genoss sie die totale Erschöpfung.

»Entschuldige bitte«, flüsterte sie leise. Tom lachte brummend und strich ihr liebevoll mit einer Hand über den nackten Rücken.

»Was soll ich entschuldigen?«

»Wie ich mich aufgeführt habe. Ich … das war …«, stammelte sie und Schamesröte schoss ihr in die Wangen.

»… das war unglaublich. Ich weiß nur nicht, ob ich mich schon wieder sicher bewegen kann. Gib mir noch ein paar Minuten.«

Dankbar küsste sie seine Brust und legte eine Hand auf seinen Bauch. Ihre Wut war verraucht. Sie fühlte sich frei. Sie fühlte sich das erste Mal seit Wochen nicht mehr wie unter einer Watteschicht. Ihr Blick fiel auf den nackten Ringfinger.

Tom legte seine Hand drüber. Er hatte das Fehlen des Ringes eben bemerkt und spürte, wie sie sich versteifte. Sie sollte nicht zurück in die Rolle der trauernden Georgie verfallen. Gerade hatte er erlebt, wie sie war, wenn sie das Gedankenkarussell, in dem sie sich verheddert hatte, verließ. Und diese neue Georgie gefiel ihm zu gut, um sie wieder loszulassen. Er nahm ihre Hand und küsste die Fingerspitzen.

»Ich brauche sofort etwas zu trinken. Und ich glaube, ich habe ein Stück Holz im Rücken.« Vorsichtig hob er sie von sich herunter und sie kletterte von der Werkbank. Unsicher lächelnd sah sie sich nach ihren Kleidern um, die in der Werkstatt verstreut lagen. Ihr Blick blieb an ihm hängen und sie musste unweigerlich grinsen. Tom stand nahezu nackt vor ihr. Jeans und Unterhose hingen ihm in den Kniekehlen und er war über und über mit Holzstaub bedeckt. Ungelenk versuchte er, mit seiner Rechten erst von oben über die Schulter, dann seitlich den Rücken hoch zu tasten, um das Holzstück zu erwischen, das sich in seine Haut gebohrt hatte. Sie musste lachen. Er packte sie am Handgelenk und zog sie an sich.

»Na warte!« Kichernd wand sie sich, aber er ließ sie nicht los, während er aus den Klamotten trat und nun ebenfalls splitterfasernackt in der Werkstatt stand.

»Du bist voller Sägespäne und siehst aus wie ein paniertes Schnitzel.«

»Du auch«, entgegnete er, hob sie kurzerhand hoch und trug sie nach draußen. »Was hast du vor?«, kreischte sie entsetzt. Mit einem Arm hielt er sie fest an sich gedrückt, mit dem anderen griff er nach dem Gartenschlauch. Georgie ahnte, was ihr blühte, konnte sich aber trotz Bitten und Strampeln nicht aus seinem Griff befreien. Das eiskalte Wasser traf sie frontal und sie schrie entsetzt auf. Ihre einzige Chance war, ihm den Schlauch aus der Hand zu reißen, also wehrte sie sich. Das Wasser spritzte hoch, mal hatte sie den besseren Griff und erwischte Tom mit dem kalten Strahl, mal drehte er die Düse, dass sie eine ordentliche Dusche abbekam. Beide waren klitschnass, als Georgie sich aus Toms Arm befreien konnte und über die Auffahrt davonstürmte. Kieselsteine sprangen durch die Luft, als sie über den Hof jagten. Sie rettete sich auf die angrenzende Wiese und schlug einen Haken, doch sie hatte keine Chance, Tom zu entkommen. Von hinten traf sie noch ein Schwall kaltes Wasser zielsicher am Hintern, dann flitzte sie um die Hausecke und schlitterte kreischend den Abhang hinunter. Es war steil und sie nahm immer mehr Tempo auf. Tom hastete ihr hinterher und bekam sie zu fassen, doch jetzt stolperten beide aufs Gras und rollten gemeinsam ein Stück den Hang hinunter. Als sie zum Stillstand kamen, lag sie schwer atmend unter ihm. Ihr Herz raste und pochte heftig gegen ihren Brustkorb. Tom kniete über ihr und küsste ihre nassen Lippen. Er schmeckte herb, nach Freiheit und Spaß.

War sie tatsächlich gerade nackt über sein Grundstück gerannt? Gut, dass es hier draußen keine Nachbarn gab. Für ein paar Minuten hatte sie vollkommen vergessen, was vorher im Laden geschehen war. Tom lenkte sie ab und sie war dankbar dafür. Seine Küsse wurden fordernder und sie gab ihm bereitwillig nach. Bei ihm fühlte sie sich frei, sie konnte endlich wieder richtig atmen.

»Du bist wirklich gut zu mir«, rutschte es ihr raus und sie nahm seinen Kopf in beide Hände. Ernst sah er sie an.

»Du hast nichts anderes verdient, Georgie. Du bist wunderbar.« Sie schluckte. Sebastian hatte ihr ewige Liebe geschworen, und was war daraus geworden? Ein Scherbenhaufen, der ihr Leben nun war. Sie hatte sich bei ihrer verrückten Tante versteckt und leckte ihre Wunden. Stück für Stück setzte sie sich wieder zusammen, aber die alte Georgie würde es nie wieder geben und vielleicht war das gut so. Aber es tat auch noch immer weh. Bevor sie abdriften konnte, rappelte sich Tom hoch und zog sie mit.

»Komm mit rein, ich hole uns ein Handtuch.«

Kapitel 14

Der Tag, an dem Iris starb, war kühl und regnerisch. Graue Wolken zogen über den Himmel, immer wieder ergoss sich ein Schauer über das Städtchen.

Georgie und Lina hatten nach Ladenöffnung die beiden kleinen Cocktailsessel im Geschäft freigeräumt und Platz genommen. Sie tranken Tee, häkelten und quatschten, Touristen waren bei diesem Wetter kaum zu erwarten.

»Wir bräuchten ein richtiges Café im Ort. Der Laden nebenan, was war da mal drin?«, erkundigte sich Lina und deutete mit dem Kopf in Richtung des Nachbargeschäfts, das leer stand.

»Eine Metzgerei mit Imbiss, glaube ich. Zumindest ist es gefliest und hat eine Industrieküche im hinteren Teil, soweit ich das von außen sehen konnte.«

»Schade, dass das Geschäft leer steht. Eine professionelle Küche wäre ja sogar ideal für ein Bistro oder eine Konditorei. So etwas fehlt eindeutig. Obwohl, hier ist es auch gemütlich.« Sie klopfte auf das Polster ihres Sessels. »Meinst du, heute verirrt sich noch irgendjemand hierher?«, fragte Lina und sah aus dem Fenster. Der Ort wirkte wie ausgestorben. Was bei diesem

Wetter nicht verwunderte. Georgie schnitt den Faden von einem Häkelquadrat ab und blickte auf.

»Nein, wohl kaum. Wir können eigentlich dichtmachen und nach Hause fahren. Heute kommt sicher niemand mehr.« Sie packte ihre Häkelsachen zusammen und räumte die zur Seite gelegten Decken wieder zurück auf den Sessel.

»Ich kann dich fahren. Bei dem Wetter willst du doch nicht etwa laufen«, bot Lina an, als sie gemeinsam das Geschäft abschlossen. Georgie nickte dankbar. Sie hatte am Morgen angenommen, dass der Himmel aufreißen werde, sich aber gründlich getäuscht. Es war und blieb ein Hundswetter. Vielleicht würde sie sich erst mal in die große Badewanne legen. Die Sanierungsmaßnahmen waren abgeschlossen und alle Bäder strahlten in frischem Glanz. Die drei Wochen, in denen Willis Handwerker das Haus auf den Kopf gestellt hatten, waren für alle Bewohner anstrengend gewesen. Der Lärm, der Dreck, die vielen Menschen, die zeitweise unbenutzbaren Bäder, die Überraschungen, die während so einer Sanierung auftauchten, wie Leitungen, von denen niemand wusste, wohin sie führten und was alles daran hing, die alten Rohre, von denen entgegen allen Hoffnungen kaum eines zu retten war … Doch als die Arbeiten endlich abgeschlossen waren und die Bäder besser aussahen als je zuvor, hatten alle einhellig festgestellt, dass es sich absolut gelohnt hatte. Der alte Charme der Bäder war erhalten geblieben, die Armaturen glänzten und tropften nicht, die Rohrleitungen waren ausgetauscht und würden die nächsten Jahrzehnte schadlos überdauern, die Wände waren frisch verputzt und die Kacheln entkalkt und neu verfugt worden. Der Umbau hatte Georgies Reserven aufgefressen, sie war nahezu pleite. Irgendwann in absehbarer Zeit musste sie sich wirklich um den Verkauf der Wohnung kümmern. Nicht nur wegen des finanziellen Engpasses. Zum Glück brauchte sie hier nicht viel Geld zum Leben. Aber sie nahm sich vor, wenigstens mal mit ihren Eltern zu sprechen und um die Kontaktdaten des befreundeten Anwalts zu bitten. Sie lebte nun schon einige Monate nicht mehr in der gemeinsamen Frankfurter Wohnung. Es war an der Zeit, dieses Kapitel abzuschließen.

Lina setzte Georgie direkt vorm Eingang von Tante Veras Haus ab und brauste sogleich davon. Auch sie hatte es eilig, nach Hause ins Trockene und dort vielleicht ebenfalls in eine warme Badewanne zu kommen.

Georgie öffnete die Haustür, die wirklich niemals abgeschlossen war, und trat in den Flur. »Hallo, ich bin's«, rief sie laut, bekam aber keine Antwort. Seltsam, der Wagen stand vor der Tür, Iris und Vera mussten eigentlich zu Hause sein. Sie lief durchs Haus und sah in den Räumen nach. Von einem Fenster aus blickte sie in den Garten und entdeckte, dass die Tür zum Gartenhaus offen stand. Ah, da hatten sie es sich also gemütlich gemacht. Georgie beschloss, Vera und Iris mit frischem Tee und etwas Obst zu überraschen, und richtete in der Küche alles schön auf einem Tablett an. Vorsichtig trug sie es durch den Garten zum Gewächshaus.

»Hallo, ihr beiden«, rief sie und achtete beim Betreten des Gewächshauses auf die Teetassen. Erst als sie hochsah, bemerkte sie, dass ihre Tante auf dem Boden vor Iris' Schaukelstuhl saß. Sie hatte den Kopf auf den Beinen ihrer Freundin abgelegt und hielt schweigend ihre Hand. Iris saß im Schaukelstuhl, sorgfältig eingewickelt in eine Häkeldecke. Ihre Augen waren geschlossen und auf ihrem Gesicht lag das typische milde Lächeln. Vera blickte auf und in ihren Augen las Georgie, was sie nicht wahrhaben wollte. Nein, nein, nein!

»Sie ist vor einer Stunde … von uns gegangen«, murmelte Vera leise und der Schmerz in ihrem Gesicht brach Georgies Herz. Behutsam stellte sie das Tablett auf einem Tischchen ab, sank neben Vera auf den Boden und griff nach ihrer freien Hand. Ihre Tante wirkte in diesem Moment plötzlich alt, zerbrechlich und ganz klein. Als hätte man ihr jegliche Lebensenergie geraubt. Aber sie hielt den Kopf aufrecht, ohne Tränen. Iris hatte ihr verboten, noch mehr Tränen zu weinen, als sie in den vergangenen Jahren im Kampf gegen diese Krankheit schon geweint hatten.

»Es ist zu früh«, flüsterte Vera und Georgie brach in Tränen aus. »Wir waren noch nicht fertig miteinander. Ich wollte ihr noch so viel sagen.« Sie sprach ganz leise, als wollte sie Iris nicht stören.

Georgie umarmte Vera und hielt sie, so fest sie konnte. »Ich weiß«, murmelte sie immer wieder und strich liebevoll über die Locken ihrer Tante. »Ich weiß«, wiederholte sie, auch um sich selbst Trost zu spenden.

Wenig später rief sie einen Arzt und den Bestatter an. Sie hinterließ auch Tom eine Nachricht.

Tom kam zu ihnen, als Iris bereits vom Bestattungsunternehmen abgeholt worden war. Sofort schloss er Vera in seine starken Arme, hielt sie fest. Da erlaubte Vera sich eine einzelne Träne. Für einen ganz kurzen Moment wurde sie schwach und gab dem übermächtigen Gefühl des Verlusts nach. Tom murmelte beruhigende Worte, die so leise waren, dass niemand sie verstand, aber sein Brummen war tröstlich. Vera entschuldigte sich. Mit hängenden Schultern und müden, langsamen Schritten ging sie in ihr Schlafzimmer. Selbst das Haus wirkte traurig, im Flur brannte kein Licht, die alten Dielen knarzten klagend in der Stille, als Vera den Gang entlangschlich. Instinktiv presste Georgie eine Hand auf ihre Brust, um den Druck von ihrem Herzen zu nehmen. Sie machte sich Sorgen um ihre Tante, die zwar gefasst, aber so verloren wirkte. Iris war ihr Ein und Alles gewesen, ihre Seelenfreundin, ihre Liebe. Georgie konnte sich kaum vorstellen, wie sie über diesen Verlust hinwegkommen würde.

»Ich dachte, wir hätten alle noch ein paar Wochen«, flüsterte sie an Tom gewandt, während Tränen auf sein Hemd tropften. Liebevoll küsste er sie auf die Stirn.

»Ja, ich hatte auch gehofft, sie kann den Sommer noch genießen. Aber vielleicht ist es gut so, sie wollte nicht länger leiden.« Mit gleichmäßigen Bewegungen strich er Georgie beruhigend über den Rücken. Georgie ließ sich in seinen Trost fallen. Es tat gut, dass er hier war.

»Bleibst du?«, fragte sie und Tom nickte.

»So lange du willst.«

In den nächsten Tagen bereiteten Vera und Georgie mit Linas Hilfe die Beerdigung vor. Eines Morgens saßen sie zu dritt in Iris' kleinem Schlafzimmer und suchten das Kleid, das Iris für diesen Tag bestimmt hatte. Ihr Duft hing noch im Raum, als wäre sie nur mal eben zur Tür raus und würde gleich zurückkehren.

»Sie hat seit Monaten gewusst, dass dieser Tag bald kommen würde. Es ist alles vorbereitet. Natürlich ist alles vorbereitet. Sie hat einen Sarg ausgewählt, eine Grabstelle. Unter einem Baum auf dem Friedhof. Wo sonst? Sie hat Bäume geliebt. Ich hoffe, dort wo ihre Seele gerade ist, gibt es auch ein paar Bäume.« Vera vergrub ihr Gesicht in einem der dünnen gestrickten Schals, in die Iris sich gern zu jeder Jahreszeit eingehüllt hatte. Sie sog ihren Duft ein. Den Duft nach Puder und Lavendel. Beim Einatmen zitterte ihr Körper, jeder Atemzug schmerzte, so sehr vermisste sie ihre Freundin. Lina und Georgie schluckten beide ihre Tränen hinunter. Wenn Vera stark blieb, wollten sie ihrem Beispiel folgen. Vera hängte das Kleid, das Iris ausgewählt hatte, an die Tür und betrachtete es. Es war ihr liebstes Sommerkleid gewesen. Lila mit zarten weißen Blümchen darauf. Sie hatte immer besonders hübsch darin ausgesehen. Iris hatte Vera eingebläut, dass sie ihre Sachen so schnell wie möglich wegbringen sollte. »Häng nicht in der Vergangenheit fest, Vera. Dafür ist das

Leben zu kostbar. Wehe, du vergräbst dich tagelang!« Diese eindringlichen Worte hatte sie erst ein paar Tage vor ihrem Tod zu Vera gesagt und ihre Stimme war fest gewesen wie lange nicht.

Lina stand auf, um beim Ausräumen des Schrankes zu helfen. »Was hast du mit ihren Sachen vor?«, fragte sie und griff nach dem Stapel Jeans. »Hat Iris bei diesen auch bestimmt, was damit geschehen soll?«

Vera schlang die Arme um sich und nickte vage. »Sie meinte, wir könnten all ihre Sachen zur Wohlfahrt geben, außer wir brauchen etwas davon. Georgie, möchtest du dir vielleicht ein paar Hemden und Strickjacken aussuchen? Du kannst ja nicht ewig nur in meinen oder Toms Sachen herumlaufen.«

Georgie nickte und erhob sich. Sie ging zum Schrank und nahm einen Stapel heraus. »Iris war allerdings ganz schön zierlich. Ich denke, das meiste wird mir nicht passen. Aber das ein oder andere Teil finde ich bestimmt. Sollen wir uns um das Ausräumen kümmern, Vera?« Sie strich ihrer Tante über den Arm. Vera schlief kaum, sie aß kaum, sie weinte nicht. Georgie war wirklich besorgt. Ihre Tante nickte.

»Ich gehe und friere die Aufläufe ein. Ich liebe diese Gemeinschaft, aber wenn mir noch ein Kondolierender einen Auberginenauflauf mitbringt, um mich bei Kräften zu halten, laufe ich Amok. Auberginenauflaufamok.« Sie kicherte, es klang etwas hysterisch. Lina und Georgie warfen sich besorgte Blicke zu.

»Das mit dem Einfrieren ist eine gute Idee. Ich helfe dir«, beschloss Lina. »Komm, wir gehen in die Küche. Georgie kann in der Zwischenzeit hier weitermachen.« Sie packte Vera resolut am Arm und schob sie aus dem Zimmer, dabei plapperte sie, bis sie in der Küche und nicht mehr zu hören waren. Mit einem dicken Kloß im Hals machte Georgie sich daran, den Schrank auszuräumen. Alles, was ihr nicht passte, verpackte sie in

Kartons und beschriftete sie sorgfältig. Sie dachte darüber nach, wie schnell ein Leben vorbei sein konnte und wie wenig davon übrig blieb. Sie sah auf die sechs Kisten mit Kleidung und den großen Stapel an Strickjacken, Schultertüchern und Schals, die sie behalten wollte. Zum einen, weil Iris sie selbst gestrickt und gehäkelt hatte. Zum anderen, weil sie wirklich mehr Kleidung brauchte. Seit Monaten zog sie im Wechsel drei T-Shirts und zwei Hemden an, dazu immer dieselbe alte Jeans von Vera und die ausgetretenen Turnschuhe ihrer Mutter. Früher hätte sie das »verlottert und vernachlässigt« genannt und es wäre unvorstellbar gewesen, dass sie jemals so auftrat. Sie nahm sich vor, nach der Beerdigung endlich ihre Aufgaben anzugehen. Sich mit Sebastian bezüglich der Wohnung einigen, Kleidung und persönliche Gegenstände abholen oder einlagern. Sie konnte nicht länger davonlaufen. Und zum jetzigen Zeitpunkt sah es nicht so aus, als würde sie bald wieder nach Frankfurt ziehen. Sie hatte sich hier gut eingerichtet und konnte jetzt, ausgerechnet jetzt, natürlich nicht gehen. Sie konnte Vera nicht alleinlassen. Zumindest vorerst nicht. Und dann war da auch noch Tom …

Georgie seufzte. Er war ihr und Vera eine große Stütze gewesen in den vergangenen Tagen, er war wunderbar. Sie konnte es nicht leugnen, es war mehr als ein Flirt. Viel mehr. Auch wenn ihre Angelegenheiten in Frankfurt noch nicht endgültig geklärt waren, ihre Beziehung zu Sebastian war definitiv vorbei. Sie hatte sich von ihm befreit. Mit Toms Hilfe. Wenn er bei ihr war, fühlte sie sich stärker, selbstbewusster und attraktiv. Seine Ruhe färbte auf sie ab, nichts konnte diesen Mann umwerfen und sie wusste, an seiner Seite würde auch sie nichts mehr so leicht umwerfen. Und wenn er nicht bei ihr war, spürte sie bei jedem Gedanken an ihn diesen kleinen besonderen Rausch, den man als Schmetterlinge im Bauch bezeichnete. Mit ihm war sie glücklich.

Mit einem Korb voller Besorgungen kehrte Tom am Nachmittag zu Georgie und Vera zurück. In nächster Zeit mussten sie definitiv nicht einkaufen gehen und konnten sich auf die Trauer und das Abschiednehmen von Iris konzentrieren. Er würde die Sachen später ausladen, erst mal wollte er nach den Frauen sehen. Aus der Küche drang das Klappern von Geschirr und die energische Stimme von Lina. Ein Blick um die Ecke zeigte ihm, dass Vera bei ihr war. In der Küche häuften sich Auflaufformen, Dosen, Verwahrboxen und Geschirr. Jeder im Dorf hatte etwas vorbeigebracht, das war hier so üblich. Fachmännisch verpackte Lina Gerichte in Plastikbeutel und -dosen, beschriftete sie und reichte sie Vera, die Platz in dem großen Gefrierschrank suchte. Tom klopfte kurz zum Gruß an den Türrahmen und machte sich dann auf die Suche nach Georgie.

Er fand sie in Iris' Zimmer. Sie saß auf dem Boden zwischen einigen Kisten. Die Schranktüren standen offen, ein Großteil der Regalbretter war leer. Auf dem Bett und neben Georgie auf dem Boden stapelte sich Iris' Kleidung. Durch die geöffneten Fenster drang die würzige Luft des Spätsommers herein. Bald würde es richtig Herbst werden und kurz darauf Winter. Iris hatte den Herbst geliebt, fasziniert davon, wenn Regen und Kühle den Sommer vertrieben und sich eine besondere Ruhe über das Land legte. Ihr Tod war ein weiterer Schicksalsschlag für Georgie und er war sich nicht sicher gewesen, wie sie damit umgehen würde. Aber er vertraute auf ihre Kraft, denn sie ließ die Trauer zu und nahm seinen Trost an. Er klopfte auch hier an den Türrahmen, um sich bemerkbar zu machen.

»Hi.« Langsam hob sie den Kopf und sah ihn aus ihren großen, kornblumenblauen Augen an.

»Wie geht es dir?«, fragte er. Sie sah sich um und zuckte mit den Schultern.

»Okay, denke ich. Ich vermisse sie. Vera vermisst sie. Wie lebt man weiter, wenn die wichtigste Person im Leben nicht mehr da ist? Kann ein Herz, das so gebrochen wurde, überhaupt jemals heilen?« Ihre Stimme war kratzig und die Augen schimmerten.

»Nein, ich glaube nicht. Der Verlust ist zu groß. Aber wenn wir uns auf die vielen schönen gemeinsamen Erlebnisse, die wir mit Iris geteilt haben, konzentrieren, uns an sie erinnern, mit all der Liebe, die wir für sie haben, dann werden wir weiterleben und etwas von ihr auch.«

Georgie hatte Toms Worten schweigend zugehört. Sie waren so wahr. Es war eine vollkommene Antwort. Iris würde in ihnen weiterleben, in ihren Herzen, in ihren Erinnerungen, in ihrer Liebe. Es war ein kleiner Trost. Und in genau dem Moment sprach sie die drei Worte aus, die sie schon so lange dachte. »Ich liebe dich«, sagte sie ruhig, ganz fest und klar. Sie beobachtete, wie sein Mund sich öffnete. Aber er sagte nichts. Stattdessen griff er sich mit der Hand an die Brust. Erschrocken sprang sie auf und war in wenigen Schritten bei ihm. »O Gott! War das zu viel? Geht's dir gut? Hast du Schmerzen?«, fragte sie hastig und griff nach seiner Hand, die auf seinem Herzen lag. Tom legte seine andere Hand in ihren Nacken und küsste sie.

»Ich dich auch, Georgie. Ich liebe dich auch.«

Nachdem schon Iris' Todestag ein regnerischer, stürmischer Spätsommertag gewesen war, hatte das Wetter zu ihrer Beerdigung nicht viel mehr zu bieten. Schon vormittags fegte der Wind Wolken über den Himmel.

»Du kriegst sie ja«, murmelte Vera, als sie morgens einen Blick aus dem Fenster in Richtung Himmel warf. Es war nicht so, dass sie im religiösen Sinne an einen Gott glaubte, aber irgendwas da draußen würde schon alles auf der Erde regeln. Das Universum, sagte sie immer, hatte die größte Macht über alles. Ein zorniger Himmel war für sie nur ein weiterer Beweis dafür. So eine Ungeduld, ihr Iris wegzunehmen.

»Ich verabschiede mich ja nur noch von ihr. Das wird ja wohl erlaubt sein, verflucht noch mal«, schimpfte sie vor sich hin. Sich selbst beruhigend, strich sie mit beiden Händen über ihre Arme. Sie hatte sich in knallige Farben gekleidet, weil sie das am angemessensten fand. Jedes Kleidungsstück – vom knallroten Kleid zur türkisblauen Hose und dem lila Schultertuch – erinnerte sie an bestimmte Momente mit Iris. Und so würde sie ihre Freundin zu Grabe tragen, hatte sie beschlossen. Georgie hatte sich ein schwarzes Kleid von Lina geliehen, das ihrer Freundin bis zu den Fußknöcheln, ihr jedoch nur bis zu den Waden reichte. Eine von Iris' Strickjacken schützte sie gegen den kühlen Wind. Tom holte sie und Vera ab. Er hatte einen Lavendelstrauch gekauft, den er neben das Grab pflanzen wollte. Außerdem hatte er einen kleinen, handlichen Lautsprecher mitgenommen, den er mit seinem Smartphone verbinden konnte, um ihre Lieblingsmusik zu spielen. Iris hatte ihn vor einigen Wochen darum gebeten und er wollte ihrem Wunsch gern nachkommen. Es war das Wenige, das er nun noch für sie tun konnte.

Es gab keine große Zeremonie, aber viele Bewohner aus dem kleinen Ort waren anwesend, um Iris die letzte Ehre zu erweisen, und drängten sich im kalten Wind eng zusammen.

»Wir sehen uns drüben«, flüsterte Vera, als sie Abschied nahm. »Aber es dauert noch ein bisschen bei mir. Du weißt schon, darüber haben wir gesprochen, es gibt hier noch einiges zu erledigen. Vielleicht kannst du schon mal die schönste Wolke für uns zwei auswählen.« Sie griff nach ihrem Anhänger – ein Geschenk von Iris, das sie bis zu ihrem letzten Atemzug nicht mehr ablegen würde – und kämpfte die Tränen hinunter. Sie würde stark bleiben, kostete es auch all ihre Kraft. Iris hatte es ihr aufgetragen und sie hielt sich eisern daran. Georgie, die sie untergehakt hatte, streichelte ihr liebevoll über die Schulter.

Immerhin hatte sie noch Georgie. Und all die vielen, lieben Menschen, die heute hergekommen waren. Dennoch fühlte sie sich allein wie niemals zuvor in ihrem Leben. Sie hatte Iris versprochen, ihr Leben weiterzuleben, ihr Lachen und die Lebensfreude niemals zu verlieren. Aber es war verdammt schwer.

Iris hatte Vera all ihre Wertsachen und ein bescheidenes Vermögen hinterlassen. Vera überlegte, alles zu spenden, weil sie den Gedanken, überhaupt etwas von ihrer Freundin zu erben, furchtbar fand. Aber Georgie schlug ihr vor, das Geld in das Haus zu stecken. Nicht, weil sie es mal erben würde, sondern weil Iris dieses alte Haus geliebt hatte. Hier war sie glücklich gewesen und hatte ihren Frieden gefunden. Das erschien Vera einleuchtend und gemeinsam mit Tom und Georgie plante sie die nötigen Maßnahmen. Nachdem die Bäder fertiggestellt waren, kam als Nächstes der Holzboden an die Reihe. Die Dielen sollten abgeschliffen und neu geölt werden. Jetzt, wo das Wetter langsam schlechter wurde, musste die Fassade des Hauses noch bis zum kommenden Frühling warten, um ausgebessert und gestrichen zu werden. Aber im Haus gab es genug zu tun. Die Treppe brauchte einige Schönheitskorrekturen und je nachdem, wie sie vorankamen, gäbe es noch jede Menge Tapeten herunterzureißen, Wände zu verputzen und neu zu streichen … Die Liste der Renovierungsarbeiten wurde immer länger, je häufiger sie darüber sprachen.

Der Plan war hart für Vera. Eigentlich wollte sie in Ruhe um Iris trauern, sie wollte auf der Veranda sitzen, in Iris' Schaukelstuhl, auf Garten und Wald starren und an all die schönen Momente mit ihr denken. Sie wollte die Schallplatten ihrer Freundin hören und ihre Häkelsachen fertigstellen. Iris hatte sich gewünscht, dabei zu sein, wenn Georgie ihre letzten Quadrate häkelte, dieser Wunsch war nicht in Erfüllung gegangen. Aber Vera konnte einspringen und die Fäden vernähen, eine Arbeit, die Georgie nach wie vor nicht gern mochte. So würde von allen drei Frauen ein Teil in dieser Decke stecken.

Doch statt zu häkeln, zu trauern oder im Garten zu arbeiten, beaufsichtigte sie nun einen ganzen Schwung Handwerker. Zum Glück mochten die Kerle Auberginenauflauf. Nur ihren Getreidekaffee wollte niemand trinken, wofür Vera wenig Verständnis hatte. Georgie bot ihr mehrmals an, sich um die Handwerker zu kümmern, wenn sie Zeit für sich brauchte. Aber das war etwas, das sie selbst machen musste. Es war Iris' Geld und ihr Haus. Sie scheuchte Georgie nach dem Frühstück regelrecht aus dem Haus und schickte sie in den Laden.

»Geh und kümmere du dich darum, ich halte hier die Stellung«, sagte sie jeden Morgen und drückte Georgie ein Essenspaket und ihre Wolltasche in die Hände. Nur manchmal, ganz selten, zog sie sich in Iris' ehemaliges Zimmer zurück, schloss die Tür hinter sich und gestattete sich ein paar Minuten allein. Es waren die Momente, wenn sie Iris so sehr vermisste, dass sie kaum atmen konnte.

Kapitel 15

Eines Abends saßen Georgie und Vera bei einem Glas Wein zusammen auf der Veranda und beobachteten den Sonnenuntergang. Die Handwerker, die sich an diesem Tag um die Dielen im oberen Stockwerk gekümmert hatten, waren zuvor gegangen und endlich kehrte Ruhe im Haus ein. Die Katze hatte sich auf Veras Schoß zusammengerollt und ließ sich schnurrend streicheln. Georgie häkelte emsig ein Quadrat nach dem anderen. Sie hatte Nachholbedarf, war den ganzen Tag nicht dazu gekommen. An solchen Tagen hatte sie das Gefühl, ihr fehlte etwas. Sie entspannte sich sofort mit der Wolle in ihren Händen. So fiel auch an diesem Abend der Alltagsstress von ihr ab, sobald sie die Nadel nahm und die erste Masche anschlug.

»Weißt du, worüber ich ständig nachdenken muss?«, fragte sie Vera, erwartete aber keine Antwort. Nachdenklich musterte sie das halb fertige Häkelquadrat in ihren Händen. »Sebastian hat erwähnt, dass Nathalie zu ihrem Mann zurückgekehrt wäre.« Sie biss sich auf die Lippe und kam sich albern vor. Es gab Wichtigeres im Leben, konnte dieses Thema nicht endlich mal ruhen? Nein, es ließ sie nicht los.

»Ja?«, ermunterte Vera sie zum Weitersprechen.

»Nathalie ist Single. Sie ist nicht verheiratet. Was also meinte Sebastian dann damit?«

Vera sah zu ihr hinüber und musterte sie aufmerksam. Es ging Georgie gut, viel besser, seit sie hier war. Die Beziehung zu Tom stärkte sie und machte sie glücklich, was schön zu beobachten war. Als Buchhalterin des halben Dorfes hatte sie reichlich zu tun und schmiss nebenbei noch den Laden. Vera war klar, dass das nicht Georgies Vorstellung von einem erfolgreichen Leben war, aber sie sah gesund und glücklich aus. So hatte sie Georgie früher nie gesehen. Sie war immer so ernst und verbissen gewesen.

»Warum fragst du sie nicht einfach?«, schlug Vera vor und widmete sich wieder der Katze. Ihr fiel auf, dass Kater ein bisschen dick geworden war. Vermutlich bezirzte sie die Handwerker und ließ sich füttern. Sie musste ein ernstes Wort mit der Truppe reden.

»Ich trau mich nicht«, gestand Georgie. »Was ist, wenn ich Dinge von ihr höre, die mich noch mehr verletzen? Die Wunde verheilt gerade erst. Ich habe Angst davor, sie wieder aufzureißen, wenn ich mit Nathalie spreche. Wer weiß, was sie mir noch alles verheimlicht hat!« Das Häkelteil hatte ihre Anspannung zu spüren bekommen, in ihren Händen war es zu einem kleinen Ball zusammengepresst worden. Sorgfältig zog sie es wieder glatt.

»Du willst also lieber mit der Ungewissheit leben?«

»Nein. Ja. Ich weiß es nicht.«

»Das ist ja wohl nicht zu glauben!«

»Was ist nicht zu glauben?« Erschrocken über Veras wütenden Tonfall zuckte Georgie zusammen.

»Dass du so ein Angsthase bist. Du quälst dich mit all diesen Fragen. Siehst du nicht, dass du dich dadurch nur im Kreis drehst? Endlos! Dabei könntest du längst etwas dagegen tun. Aber nein, du verharrst in deinem Elend, weil du Schiss hast.«

Vera nahm die Katze auf den Arm und stand auf. »Du kannst mit deiner besten Freundin wenigstens sprechen. Sie lebt noch.« Empört rauschte sie ins Haus.

Georgie starrte ihr mit offenem Mund hinterher. Wie bitte? Was war das denn gewesen? So kannte sie Vera gar nicht. Sie runzelte die Stirn und von innerer Unruhe angetrieben stand sie auf, ging in die entgegengesetzte Richtung von Vera und landete im Garten. Aufgebracht stapfte sie durchs Gras und stand plötzlich vor Iris' Lieblingsbaum. Sie legte eine Hand an den Stamm. Spürte die raue Rinde, roch den holzigen, leicht modrigen Herbstduft, der dem Baum entströmte. Verdammt, Vera hatte vermutlich recht, auch wenn Georgie es nicht gern zugeben wollte. Sie war ein Angsthase. Immerhin hatte sie die Möglichkeit, Antworten auf ihre Fragen zu erhalten, wenn sie endlich über ihren eigenen Schatten sprang. Fluchend kehrte sie um und suchte Vera. Sie fand sie in Iris' Zimmer auf dem Boden sitzend.

»Du hast recht«, gestand sie und ließ sich neben ihrer Tante nieder. Vera nahm ihre Hand.

»Entschuldige. Das war unfair von mir. Du kannst dir selbstverständlich so viel Zeit lassen, wie du brauchst. Ich dachte nur, dass es dir inzwischen viel besser geht und du jetzt stark genug wärst, deiner Freundin gegenüberzutreten.«

Georgie küsste die Hand ihrer Tante und hielt sie sich an die Wange.

»Dann brauche ich erst mal das Ladekabel«, erklärte sie seufzend.

Georgie hatte ihr Handy seit Monaten nicht mehr aufgeladen und jegliche Kommunikationsmöglichkeit gekappt. Nur ihre Eltern riefen ab und an bei Vera an, um mit ihr zu sprechen. Als sie nun das Handy mit dem Ladekabel verband, das andere Ende in die Steckdose steckte und es einschaltete, ploppten minutenlang Nachrichten auf, die ihr entgangen waren. Einige waren von ihren Freunden, die sich sorgten, weil sie sich nicht mehr meldete und weil Sebastian bei ihnen nachgefragt hatte, ob sie wüssten, wo Georgie steckte. Sie beantwortete ein paar mit kurzen Erklärungen, sie sei bei ihrer Tante, Sebastian und sie hätten sich getrennt, ihr gehe es aber gut und sie werde sich bald mal melden.

Als der erste Schwung an Nachrichten beantwortet war, öffnete sie die alten von Sebastian. Es waren seit seinem Auftauchen keine neuen hinzugekommen. Bis dahin hatte er ihr Dutzende Nachrichten geschickt, mit Fragen, wo sie sich aufhielt, mit Forderungen, sie solle sich melden. Am Anfang klang er noch bittend, besorgt, mit der Zeit wurde er fordernder, wütender, weil sie nicht antwortete und seine Texte nicht mal las. Mit dem Tag, als er im Laden aufgetaucht war, hörten die Meldungen auf. Ihre Beziehung hatte ein bedauernswertes Ende genommen, stellte Georgie fest. Höchste Zeit, die noch offenen Punkte endlich zu klären. Die Zeit des Davonlaufens und Sich-nicht-stellen-Wollens war vorbei. Nachdem sie online einige Zugverbindungen nach Frankfurt herausgesucht hatte, schrieb sie ihm, dass sie in den nächsten Tagen käme und ihre Sachen abholen werde. Er antwortete sofort und bat sie, ihm kurz Bescheid zu geben, er werde die Wohnung dann rechtzeitig verlassen, damit sie allein sein könne. Sehr umsichtig, dachte sie etwas verbittert. Aber nur ein wenig, eigentlich war sie längst darüber hinweg. Sie strich Sebastian von ihrer gedanklichen Liste und widmete sich Nathalie. Seit sie deren Mailadresse geblockt hatte, war über diesen Kanal nichts mehr gekommen. Dennoch hatte Nathalie nicht aufgehört, ihr fast täglich Nachrichten zu schicken, per SMS, Kurznachrichtendienst, auf allen Social-Media-Plattformen. Es mussten Hunderte sein, ihre ehemals beste Freundin war hartnäckig, das musste man ihr lassen. Getrieben von einem schlechten Gewissen oder steckte mehr dahinter? Vielleicht wollte Nathalie auch reinen Tisch machen, wollte eine Chance, sie um Verzeihung zu bitten, um dann erleichtert die Angelegenheit abhaken zu können, überlegte Georgie und überflog einige ihrer Texte. Es war zu mühsam, zu schwer zu ertragen, sie alle zu lesen, also schickte sie ihr nur eine kurze Mitteilung und fragte, ob sie sich treffen konnten. Sekunden darauf pingte es laut, Nathalies Antwort war schon da. Sie verabredeten sich für ein paar Tage später in einer Bar in Frankfurt. Damit war das auch erledigt. Dann tätigte Georgie einen Anruf bei ihren Eltern. Ihr Vater versprach, sich um eine Umzugsfirma zu kümmern und die Anwaltskanzlei auf den Wohnungsverkauf anzusetzen. Ihre Mutter bot erneut an, die Weltreise abzubrechen – die beiden waren gerade in Japan –, aber Georgie lehnte das ab. Es ging ihr gut hier mit Vera, Tom und Lina. Ihre Eltern sollten diese langersehnte Reise unbedingt fortsetzen. Sie war auf dem besten Weg, ihre Angelegenheiten in den Griff zu bekommen, und hatte in Vera, Lina und natürlich Tom die beste Unterstützung, die man sich vorstellen konnte.

Ab diesem Abend war sie aufgewühlt. Sie konnte nicht mehr still sitzen, sich nicht konzentrieren und sie schlief schlecht, weil wilde Träume sie plagten, seit sie das Treffen vereinbart hatte. Nicht mal das Häkeln half ihr beim Abschalten. Dafür Tom. Am Vorabend ihrer Fahrt nach Frankfurt lief sie händeringend in seinem Haus auf und ab, weil sie es nicht auf seinem Sofa sitzend aushielt. Tom streckte irgendwann den Arm aus und ergriff ihre Hand, als sie zum wiederholten Mal an ihm vorbeitigerte. Sie stoppte und sah ihn gequält lächelnd an.

»Komm her«, bat er und strich mit dem Daumen über ihren Handballen. Seufzend setzte sie sich neben ihn. Er drehte sie so, dass sie mit dem Rücken zu ihm saß, und begann mit kräftigen Berührungen ihren Nacken zu massieren. Seine Finger strichen über ihre Haut und jagten Gänsehautschauer über ihre Arme. Georgie schloss die Augen.

»Das tut gut«, flüsterte sie. Die kleinen kreisenden Bewegungen, mit denen Tom seine Massage begonnen hatte, wurden größer, lockerten die verspannten Muskeln in ihren Schultern. Georgie stöhnte leise auf vor wohligem Schmerz. Er strich über ihre Arme, zog sie an sich und umschlang ihren Oberkörper. Sie ließ sich gegen ihn sinken und neigte den Kopf. Tom verstand und küsste wie gewünscht die empfindsame Stelle an ihrem Hals. Mit einer Hand griff er zärtlich nach ihrer Brust. Er führte seine Massage fort und dieses Mal stöhnte sie vor Lust. Mit einer plötzlichen Drehung setzte sie sich rittlings auf seinen Schoß, schob gierig ihre Hände unter sein Hemd und ertastete die warme Haut, die starken Muskeln. Sie mochte seinen Körper. Er war kein junger Typ mehr, er war ein Mann und ein erfahrener, geduldiger Liebhaber. Ihre Küsse wurden tiefer, berauscht von der Energie, die zwischen ihnen entstand. Hastig öffnete sie die Knöpfe seines Hemdes und presste ihre Lippen auf seine Brust. Toms Hände fuhren über ihre Taille hinunter zwischen ihre Schenkel. Sie lachte. Es klang perlig, etwas krächzig vor Lust. Tom zog ihr das Sweatshirt über den Kopf und stellte erfreut fest, dass sie keinen BH trug. Behutsam nahm er einen Nippel zwischen die Lippen und saugte leicht daran. Georgies Lust sprang auf ihren gesamten Körper über. Sie wollte ihn in sich spüren. Sie liebte das Gefühl, wenn er sie ausfüllte, davon konnte sie nicht genug bekommen. Eilig knöpfte sie seine Hose auf und nahm ihn in die Hand. Sie strich über die samtweiche Haut, genoss das Pulsieren. Tom streifte ihr die Jeans über die Hüften bis zu den Knien, ließ seine Finger über die nackten Schenkel nach oben wandern, bis er ihre feuchte, warme Mitte berührte. Georgie nahm seine Hände in ihre und schob sich auf ihn. Sie hielt seinen Blick fest, als sie ihn in sich aufnahm. Sah das lustvolle Flackern darin, die

Liebe, seine Stärke. Sie fanden mühelos in einen gemeinsamen Rhythmus, begannen langsam, steigerten sich, stürmten zusammen dem Höhepunkt entgegen. Mit einem kurzen Aufschrei kam sie und rief laut seinen Namen. Als er sich in sie entlud, klammerte sie sich an ihm fest, um all seine Energie aufzunehmen. Sein Zittern ging auf ihren Körper über.

»Danke«, hauchte Georgie. Heute Nacht würde sie besser schlafen.

Am nächsten Morgen standen sie früh auf. Tom kochte ihnen einen anständigen Kaffee. Er wollte sie bis Freiburg bringen, von dort würde sie mit dem Zug weiterreisen. Während der Fahrt hielt er ihre Hand. Sie war schweigsam und sah aus dem Fenster auf die vorbeirauschende Landschaft des Schwarzwalds. Bald würden die Bäume und Dörfer Hochhäusern und geschäftigen Menschen weichen. Sie hatte keine Angst davor, ihre Wohnung zu betreten und ihre Sachen zu packen. Oder einen der Anwälte zu treffen. Nur das Wiedersehen mit Nathalie machte ihr Sorgen. Sie wusste nicht, wie sie reagieren würde. Sie wollte endlich erfahren, was Sebastian gemeint hatte mit seinem Kommentar, sie sei zu ihrem Mann zurückgekehrt, als er bei ihr im Laden gestanden hatte. Gleichermaßen machte sie aber auch die Ungewissheit darüber nervös, was Nathalie ihr zu erzählen hatte. Sebastians Betrug hatte sie verarbeitet, konnte sie das auch mit Nathalies?

»Möchtest du sicher nicht, dass ich mitkomme?«, fragte Tom besorgt. Georgie schüttelte den Kopf. Lina und Vera hatten ihr ebenfalls Begleitung angeboten. Aber Lina sollte sich lieber ums Geschäft kümmern, es war Ferienzeit und viele Wanderer kamen durchs Dorf. Das waren alles potenzielle Kunden. Sie konnten es sich nicht leisten, auch nur einen davon zu verpassen. Und Tom sollte einen Blick auf Vera haben. Sie war stark, aber Georgie wollte nicht, dass sie zu lange allein blieb.

»Ich schaffe das schon. Aber ich weiß das Angebot zu schätzen, wirklich.« Sie versuchte es mit einem zuversichtlichen Lächeln, das Tom ihr nicht unbedingt abnahm. Dennoch wusste er, wie wichtig es für sie war, das allein zu machen. Also ließ er sie damit in Ruhe, auch wenn es ihm schwerfiel. Der Gedanke, dass sie zwei Tage weg war, bedrückte ihn. Er hatte sich daran gewöhnt, sie jeden Tag um sich zu haben, liebte es, morgens neben ihr aufzuwachen, sie tagsüber bei Vera oder im Geschäft kurz zu besuchen und abends mit ihr einzuschlafen.

»Okay. Hast du für die Zugfahrt auch genug Wolle mitgenommen?«, fragte er stattdessen und grinste. Undenkbar, dass sie irgendwohin ohne ihren Beutel mit den Häkelsachen ging.

»Ja. Es sind ja nur ein paar Stunden.« Sie lachte. »Wenn ich angekommen bin, gehe ich direkt in die Wohnung und packe meine Sachen zusammen. Mein Vater hat sich aus der Ferne darum gekümmert, dass ein Umzugsunternehmen meine Kisten abholt und einlagert, bis ich weiß, wohin damit. Und den Anwalt treffe ich gleich morgen früh.«

»Wann bist du mit Nathalie verabredet?«

»Heute Abend, wenn die Umzugsleute weg sind. Ich rufe dich vom Hotel aus an, wenn ich alles überstanden habe. Oder einen Nervenzusammenbruch erleide«, fügte sie hinzu.

Er versprach: »Dann komme ich sofort.«

Schweren Herzens setzte er sie am Bahnhof ab und sah ihr nach, bis sie in der Menschenmenge verschwunden war.

Georgie nutzte die Fahrt von Freiburg nach Frankfurt, um ein neues Muster zu häkeln, das Vera ihr vor ein paar Tagen gezeigt hatte. Ein paar Mal dachte sie daran, was sie Nathalie sagen wollte. All die Verletzungen, Gemeinheiten und bösen Worte, die sie in den vergangenen sechs Monaten in sich angesammelt hatte. Aber immer wieder schlichen sich ihre Gedanken zurück zu Tom und der gemeinsamen Nacht. Dieser Mann verstand es

196

auf jeden Fall besonders gut, sie abzulenken, dachte sie lächelnd. Und wenn sie zurückkam, würden sie da einfach weitermachen.

In Frankfurt angekommen, nahm sie ein Taxi zu ihrer Wohnung. Sie klingelte, obwohl Sebastian ihr zugesichert hatte, heute nicht in der Wohnung aufzutauchen. Als wirklich niemand reagierte, schloss sie die Haustür auf. Langsam stieg sie die Treppen hoch und öffnete die Tür zur Wohnung. Ein Blick zeigte ihr, dass sich hier kaum etwas verändert hatte in den vergangenen Monaten. Dank Putzfrau Esmeralda war die Wohnung aufgeräumt, die Fenster blitzten sauber, nirgends lag etwas herum. Es war klinisch, wie in einem Möbelkatalog. Liebevoll dachte sie an das Chaos im Haus ihrer Tante, wo überall Bastel-, Näh- und Häkelarbeiten herumlagen, Blumen in Schalen trockneten, Papier für die Seifenverpackungen bemalt wurde … Dort war es heimelig, diese Wohnung hingegen war steril. Sie hatte sie immer für modern gehalten, jetzt empfand sie sie als seelenlos. Entschlossen trat sie ein, schloss die Tür hinter sich. Eine Sache allerdings hatte sich verändert. Es roch nicht mehr wie früher. Nur noch Sebastians Geruch hing in der Luft, ihrer war verflogen. Sie nahm die bestellten Umzugskisten, die bereits zusammengefaltet an den Wänden standen, mit ins Ankleidezimmer und verpackte resolut das, was sie nicht dringend benötigte. Alles, was sie direkt mit zu Vera nehmen wollte – vor allem ein bisschen schöne Unterwäsche, ein paar passende Hosen, Pullover, Sportkleidung und ein feineres Outfit –, stopfte sie in eine Reisetasche. Dann ging sie ins Bad und räumte ihre Kosmetika aus den Schränken. Sie legte das Glätteisen in eine Kiste und betrachtete sich kurz im Spiegel. Früher hatte sie ihre Lockenpracht nicht ausstehen können, weil sie fand, sie sah damit aus wie ein Fotomodell aus den Achtzigern. Mittlerweile hatte sie sich daran gewöhnt und schätzte den geringen morgendlichen Pflegeaufwand. Haare kämmen, etwas Öl hinein und fertig war sie. Sie roch an ihren

Cremes und Parfüms. Sie kitzelten ungewohnt in der Nase. Vera legte Wert auf ihre Ökoprodukte und die selbst gemachten Seifen, auch an die hatte sich Georgie gewöhnt.

Ihre persönlichen Unterlagen waren schnell eingepackt, weil sie diese immer ordentlich verwahrt hatte. Mit wenigen Handgriffen waren sie verstaut. Fluchend schob Georgie die schweren Kisten über den Flur in den Eingangsbereich. Als sie damit fertig war, gönnte sie sich eine Verschnaufpause. Sie war erschrocken darüber, wie schnell ihre persönlichen Gegenstände weggepackt waren. Natürlich war sie effizient an die Sache rangegangen, aber sie merkte, wie wenig Dinge in dieser Wohnung ihr genug bedeuteten, um mitgenommen zu werden. Die Kunst an den Wänden war nichtssagend, die Möbel würde sie Sebastian überlassen, ebenso die Einrichtung der Küche. Kleidung, Bürokram, Schminke. Sie blickte auf die wenigen Kisten. In ihnen hatte ihr ganzes altes Leben Platz gefunden.

»Na gut, tschüs, Wohnung«, murmelte sie, trug zwei Kartons und die Reisetasche zum Fahrstuhl und rief sich ein Taxi zum Hotel. Punkt eins war damit abgehakt. Sie schloss die Wohnung ab, schrieb Sebastian eine Nachricht, dass sie gegangen sei, und den Umzugsleuten, dass diese wie vereinbart starten konnten. Sebastian hatte ihr versichert, sie pünktlich reinzulassen. Das Taxi brachte sie zu einem Hotel, in dem sie ein Zimmer für eine Nacht gebucht hatte. Der Taxifahrer half ihr netterweise mit ihrem Gepäck.

Erschöpft streckte sie sich auf dem Bett aus und starrte an die Decke. Dann rief sie bei Vera an und anschließend bei Tom. Es tat gut, seine Stimme zu hören, auch wenn sie entfernt klang. Er war in seiner Welt, sie in ihrer. In ihrer alten Welt. War diese Stadt noch ihre?

»Ja, alles gut hier«, versprach sie. Sie war müde und hatte Angst vor dem Treffen mit Nathalie. Das Wissen, dass sie in vierundzwanzig Stunden wieder zu Hause wäre und sie sich in Toms Arme verkriechen konnte, gab ihr Kraft. Zu Hause. Sie stolperte über die beiden Worte. Ja, der Schwarzwald, der kleine Ort mit dem Laden, Veras Haus, Tom – das alles war ihr neues Zuhause geworden. Frankfurt fühlte sich anders an als früher. Als wäre sie nur Gast hier. Sie hatte die Verbundenheit mit der Großstadt verloren. Noch ein Tag, dann wäre sie wieder in der herrlichen Stille des Waldes, in Toms Umarmung, wo sie sich geborgen fühlte, geborgen und zu Hause. Der Gedanke tröstete sie.

Für das Treffen mit Nathalie zog sie sich um. Sie schlüpfte in ein Kleid, einen Blazer und hohe Schuhe. Seit Monaten hatte sie keine Schuhe mit Absätzen mehr getragen, sie kam sich mit einem Mal riesig vor. Immerhin hatte sie das Gehen damit nicht verlernt, merkte sie, als sie mit gewohntem Schritt durch die Hotellobby eilte und sich zu Fuß auf den Weg zu der Bar machte, in der sie mit Nathalie verabredet war. Aufmerksam sah sie sich in der Stadt um. Die Straßen, durch die sie ging, waren ihr nach wie vor vertraut, und interessiert betrachtete sie die modisch gekleideten Leute, die an ihr vorbeieilten. Es war schön, mal wieder hier zu sein, auch wenn ihr alles viel lauter und gedrängter vorkam als früher. Je näher sie ihrem Ziel kam, umso nervöser wurde sie. Als sie die Bar betrat, schlug ihr die wohlbekannte Geräuschkulisse entgegen. Fast alle Bistrotische waren besetzt, Musik mischte sich mit dem Stimmengewirr, hinter dem Tresen wurde klirrend ein Cocktail gemischt. Das gedämmte Licht verbreitete eine angenehme Atmosphäre. Sie und Nathalie hatten miteinander unzählige Stunden in dieser Bar verbracht. Vielleicht war es keine gute Idee gewesen, sich ausgerechnet hier zu treffen. Ein neutraler Ort hätte ihnen beiden Erinnerungen an ihre Freundschaft erspart. Doch jetzt war es zu spät für eine Änderung der Lokalität. Sie sah Nathalie an einem Tisch in der Ecke sitzen und auf ihr Handy starren. Ihr

Anblick war ein Schock für Georgie. Adrenalin fuhr ihr in den Magen und sie bekam schwitzige Hände. Sie würde sie nicht am Kleid abwischen, schwor sie sich und lief mit bewusst starken Schritten auf Nathalie zu. Als Georgie sich setzte, sah Nathalie auf und wollte sich schon erheben, um sie zu begrüßen, aber Georgie winkte ab.

»Hallo.« Ihre Stimme klang fest, stärker, als sie sich fühlte. Ihr Magen flatterte nervös.

»Hallo«, antwortete Nathalie. Es war die kühlste, distanzierteste, unpersönlichste Begrüßung, die sie je miteinander ausgetauscht hatten. Beide schwiegen, dann räusperte sich Nathalie nervös. Sieh an, sie ist genauso aufgeregt wie ich, bemerkte Georgie und entspannte sich einen Hauch.

»Danke, dass du gekommen bist«, sagte Nathalie schließlich. Georgie zuckte mit den Schultern.

»Ich schätze, irgendwann müssen wir reden. Ich brauche Antworten.« Sie wusste, dass sie hart klang, aber sie konnte und wollte nicht anders. Sie war noch immer wütend auf ihre ehemals beste Freundin. Über Sebastian war sie hinweg, aber was Nathalie ihr angetan hatte, war viel schlimmer.

»Georgie«, setzte Nathalie an und holte tief Luft. »Ich habe mich so schlecht gefühlt wegen dem, was passiert ist. Du bist weggelaufen, bevor ich dir alles erklären konnte, und dann warst du abgetaucht. Monatelang! Ich habe mir Sorgen um dich gemacht.«

Sorgen! Von wegen. Darüber konnte Georgie nur skeptisch die Augenbrauen hochziehen.

»Doch«, beharrte Nathalie, die die Veränderung in Georgies Mimik sofort wahrgenommen hatte, mit Nachdruck. »Natürlich habe ich mir Sorgen gemacht. Du warst unauffindbar und hast alle meine Nachrichten ignoriert. Irgendwann ist mir klar geworden, wie das für dich ausgesehen haben muss.« Sie hob die Hände und mimte eine Explosion neben ihrem

Kopf damit. »Sebastian und ich in diesem Krankenhaus. Dabei ist alles ganz anders! Lass es mich bitte, bitte erklären.«

Ihre Finger zupften zittrig an der Serviette unter ihrem Drink. »Möchtest du nicht auch einen?«, fragte sie und deutete auf ihr Getränk. Ohne Georgies Antwort abzuwarten, hob sie schon die Hand, um eine Kellnerin herbeizuwinken.

Als diese an den Tisch trat, versuchte Georgie, ein neutrales Gesicht für sie aufzusetzen. Mit mühsam beherrschter Stimme bestellte sie ein Glas Wein. Eigentlich wollte sie nichts trinken, sie wollte endlich die Wahrheit hören. Aufgewühlt wandte sie sich wieder Nathalie zu.

»Was meinst du mit anders? Hattest du etwa keine Affäre mit meinem Verlobten?«, zischte sie leise.

»Genau!«, rief Nathalie laut und erntete dafür neugierige Blicke der Gäste am Nachbartisch. »ICH hatte keine Affäre mit Sebastian. Es war meine Schwester Nina.«

Obwohl Georgie darauf vorbereitet war, die Wahrheit in aller Härte zu hören, traf sie diese Aussage nun wie ein Schlag ins Gesicht. Fassungslos sah sie Nathalie an, die ihren Blick standhaft erwiderte. Ihre Nervosität schien sich gelegt zu haben, jetzt, wo sie endlich ausgesprochen hatte, was ihre Freundschaft seit Monaten belastete.

Als hätte die Bedienung Georgies Not erkannt, brachte sie in diesem Moment das bestellte Glas Wein, von dem Georgie erst mal einen kräftigen Schluck nehmen musste. Nina war die Frau gewesen, mit der Sebastian sie hintergangen hatte! Nina, Nathalies Schwester. Das bedeutete auch, dass Nathalie nicht die Böse war. Georgie nahm noch einen Schluck. Nathalie wartete ab, bis die Kellnerin sich weit genug entfernt hatte, bevor sie weitersprach.

»Es tut mir so leid, wie du es herausgefunden hast. Es war wohl nur eine Affäre und hat angeblich nichts bedeutet. Ich wusste einfach nicht, wie ich es dir sagen sollte. Als ich dich telefonisch nicht erreichen konnte, habe ich dir irgendwann geschrieben und darum gebeten, mit dir persönlich sprechen zu können.« Sie legte bittend die Hände zusammen. »Hast du meine Mails denn nicht gelesen? Gar keine? Und die vielen SMS? Die tausend Nachrichten, die ich dir geschickt habe mit dem Versuch, zu erklären, was vorgefallen ist?«

Georgie schüttelte den Kopf. Hatte sie nicht. Hatte sie nicht gekonnt. Nicht gewollt. Sie hatte sich vergraben und jegliche Kommunikation außerhalb ihres kleinen, behüteten Radius abgeblockt. Nur auf diese Weise hatte sie die Verletzung verarbeiten können.

»Darauf hatte ich wirklich keine Lust, nachdem ich gerade meinen Job, meinen Verlobten, meine beste Freundin und mein gesamtes Geld – das zumindest vorübergehend – verloren hatte«, verteidigte sie sich halbherzig. Das hatte Sebastian also gemeint mit seiner kryptischen Bemerkung, dass »sie« zurück zu ihrem Mann sei. Es war nie um Nathalie gegangen, sondern um Nina. Monatelang hatte sie ihre beste Freundin beschuldigt – zu Unrecht! Georgie brauchte einen Moment, um durchzuatmen. Dann hob sie die Hand, um die Kellnerin erneut zu rufen.

»Wir brauchen etwas Stärkeres.« Sie bestellte Schnaps für beide. Dann bat sie Nathalie, ihr alles zu erzählen, und zwar von Anfang an. Bereitwillig kam ihre Freundin dem nach.

»Es fing wohl letztes Jahr an Silvester an.«

Ha, dachte Georgie. Das hatte sie ja bereits vermutet. Nur nicht, dass Nina die andere Frau gewesen war.

»Die beiden haben sich alle paar Wochen heimlich getroffen. Ich habe es herausgefunden, als mir auffiel, dass sowohl Nina als auch Sebastian außergewöhnlich häufig für Workshops oder Meetings übers Wochenende irgendwohin fuhren. Keine Ahnung, was Sebastian sich dabei gedacht hat, wir arbeiten schließlich bei der gleichen Firma! Ist doch klar, dass ich herausfand, was es mit diesen ominösen Dienstreisen auf sich hatte.

An diesem einen Wochenende hatte mich Nina gebeten, auf die Kinder aufzupassen, weil ihr Mann nicht da war. Und Sebastian wollte an diesem Wochenende ebenfalls wegfliegen. Schon wieder. Wie viele Kongresse kann ein Steuerberater schon pro Jahr besuchen? Vor allem nicht, wenn ich nichts davon weiß. Ich habe einen Witz darüber gemacht, dass wohl alle Welt auf Dienstreise sei, sogar mein Schwager, meine Schwester und er. Dieser Blick von ihm …, mir war sofort klar, dass irgendwas nicht stimmte und ich ins Schwarze getroffen hatte. Halb im Scherz habe ich nachgebohrt und er hat es nicht geleugnet. Nur total ekelhaft arrogant gesagt, ich solle mich bloß raushalten. So was lasse ich mir nicht sagen. Also bin ich ihm hinterher und habe ihn zur Rede gestellt. Er ist in ein Taxi gestiegen und ich bin auf der anderen Seite mit reingeschlüpft. Wir haben uns so gestritten im Auto! Ich bin total ausgeflippt und habe ihn dermaßen beschimpft, dass der Taxifahrer vor Schreck einen Unfall gebaut hat. Wir sind ins Krankenhaus gefahren und dann warst du plötzlich da, weil du sein Notfallkontakt warst.« Sie schluckte und wartete, bis die Bedienung wieder gegangen war, nachdem sie zwei Schnapsgläser zwischen ihnen abgestellt hatte.

»Du hattest gerade deinen Job verloren. Ich habe von ihm verlangt, dass sie es beenden und er es dir selbst sagt. Sie ist doch meine Schwester, ich musste auch auf ihrer Seite sein, selbst wenn ich es für völlig falsch halte, was sie getan hat«, entschuldigte Nathalie sich und kippte den Schnaps in einem Zug hinunter.

»Ich habe dir Hunderte Mails geschrieben, um es zu erklären. Irgendwann hatte ich keine Lust mehr. Ich war richtig wütend, weil du auf keine geantwortet hast. Bis auf die eine dann, die Antwort auf meine Ich-bin-wirklich-genervt-Mail.« Nathalies Lächeln war etwas schief.

Georgie tat es ihr gleich und kippte ebenfalls den Schnaps hinunter. Er brannte in ihrer Kehle. Das musste sie erst mal verdauen. Den Schnaps und diese Nachricht. Sie war sauer und schrecklich verletzt gewesen, weil sie sich von Nathalie betrogen gefühlt hatte. Zu Unrecht, wie sie jetzt wusste. Ein halbes Jahr lang hatte sie gegrollt, geweint, getrauert.

»Deine Mails habe ich nicht gelesen«, gestand sie. »Ich war irre wütend auf dich, weil ich dachte, du hättest unsere Freundschaft verraten.«

»Das würde ich nie tun, Georgie! Wenn ich gewusst hätte, wo du bist … Ich hatte keine Ahnung, bis Sebastian dich gefunden hat. Deine Mutter hat mich übel beschimpft und einfach aufgelegt, als ich sie eines Tages angerufen habe, um herauszufinden, wo du steckst.« Sie schüttelte bei der Erinnerung an Georgies Mutter, die lauthals gekeift und wirklich schlimme Worte verwendet hatte, den Kopf, noch immer fassungslos und gleichermaßen belustigt.

Georgie musste kichern. »Meine Eltern sind Löwen, wenn es um mich geht, weißt du doch. Ich konnte sie kaum davon abhalten, ihre Weltreise für mich abzubrechen. Es ging mir so schlecht. Ich hatte das Gefühl, ALLES verloren zu haben.«

»Meinst du, du kannst mir irgendwann verzeihen?«, fragte Nathalie vorsichtig. Georgie sah ihr in die Augen. Sie suchte darin etwas, das ihr sagte, dass die Freundschaft doch noch zu retten war.

»Vermutlich schon. Ich verstehe, warum du es mir nicht sofort gesagt hast. Doch es ist viel passiert seitdem. Ich habe mich verändert.«

Nathalie deutete auf Georgies Locken.

»Das sehe ich. Steht dir gut.« Dass es nicht nur Georgies Haare waren, bedurfte keiner weiteren Erklärung.

»Vielleicht kommst du mal zu Besuch in den Schwarzwald. Dann stelle ich dir ein paar ganz wundervolle Menschen vor. Und mein Huhn. Es heißt Aretha«, bot Georgie vorsichtig an. Noch konnte sie Nathalie nicht mehr von ihrem neuen Leben erzählen, von ihrer Familie und ihren Freunden. Von Lina, von Vera und Iris, schon gar nicht von Tom. Auch wenn ihre Freundin nicht die Betrügerin war, so musste Georgie doch erst alles verarbeiten und das verlorene Vertrauen wieder aufbauen.

»Ein Huhn?« Nathalie riss entsetzt die Augen auf und Georgie lachte.

Am nächsten Vormittag traf Georgie sich mit einer Anwältin aus der Kanzlei, die ihr Vater ihr empfohlen hatte. Die sympathische Frau hieß Amanda Lichtenstein und war auf Immobilienrecht spezialisiert, was Georgie gleich ein gutes Gefühl für ihren Fall gab. Sie hatte alle Unterlagen über die Wohnung mitgebracht und überreichte sie der Juristin. Amanda Lichtenstein überflog die Dokumente, machte sich Notizen und sprach ihrer Klientin Mut zu. Die Gesetzeslage dazu war eindeutig, man musste vor allem einen Papierberg bewältigen. Für Sebastian gab es mehrere Wege, wie er mit der Wohnung weiterverfahren konnte. Wenn er die Wohnung behalten wollte, würde er Georgie auszahlen müssen. Amanda Lichtenstein würde sie vertreten und sich um alles kümmern, sodass ihre Mandantin Georgina Winter weitgehend im Hintergrund bleiben konnte. Eine Lösung also, über die Georgie wirklich erleichtert war.

»Sie haben ja alles bestens vorbereitet, Frau Winter. Wenn Sie einverstanden sind, übernehme ich ab hier und melde mich, sobald die Unterschriften unter den Papieren trocken sind. Wie geht es Ihnen damit?«, fragte sie und schob Georgie die Schale mit Plätzchen entgegen, die eine aufmerksame Assistentin neben die Kaffeebecher gestellt hatte. Georgie nahm sich einen Keks und biss hinein. Kurz dachte sie über die Frage nach.

»Gut, denke ich. Es ist das Richtige für mich, diese Wohnung zu verkaufen. Die Beziehung ist zu Ende und mir steht die Hälfte des Erlöses zu. Ich brauche das Geld für andere Investitionen. Vielen Dank, dass Sie so kurzfristig Kapazität für meine Angelegenheit freigemacht haben. Ich weiß das zu schätzen.«

»Jederzeit. Wenn Sie Fragen haben oder Beratung zu Ihren anderen Investitionen benötigen, rufen Sie mich an! Und nennen Sie mich gern einfach Amanda. Haben Sie noch Zeit, bis Ihr Zug nach Freiburg fährt?« Die Frauen erhoben sich. Georgie strich ihr Outfit glatt. Je länger sie in ihren alten Kleidern steckte, umso natürlicher kamen sie ihr wieder vor. Für die Rückfahrt würde sie sich aber umziehen. Jeans und flache Schuhe.

»Ja, ein paar Stunden habe ich noch. Ich möchte in ein Wollgeschäft, vielleicht ein bisschen bummeln. Wenn ich schon mal hier bin …«

Amanda sah sie neugierig an. »Sie stricken? Meine Mutter verschenkt zu Weihnachten immer Socken, Mützen und Schals und kommt deshalb ein paar Monate zuvor nach Frankfurt, um sich mit Wolle einzudecken. Brauchen Sie vielleicht einen Tipp für ein gut sortiertes, ganz wunderbares Geschäft? Es ist gleich in der Nähe.«

»Ja, sehr gern sogar. Ich häkele übrigens. Beim Stricken benötigt man ja zwei Nadeln, dafür bin ich definitiv noch nicht bereit. Ich habe sogar gehört, ganz Mutige machen es mit bis zu fünf Nadeln, die sind wohl lebensmüde.« Gemeinsam lachten sie über die Vorstellung, mit mehreren Stricknadeln zu hantieren. Amanda winkte ab.

»Davon halte ich mich auch lieber fern. Obwohl meine Mutter sehr hartnäckig versucht hat, es mir beizubringen, aber ich schätze, das ist einfach nicht mein Ding. Viel zu kompliziert.« Sie nahm einen Stift und notierte die Adresse des Geschäfts auf der Rückseite einer Visitenkarte. Georgie bedankte und verabschiedete sich.

Das Geschäft war tatsächlich nur wenige Straßenecken entfernt, dadurch blieb ihr genügend Zeit, um dort ausführlich zu stöbern. Sie bestaunte die Farben, die feine Wolle und die riesige Auswahl. Eigentlich hatte sie genügend Wolle zu Hause. Man hatte sie ja gerade erst mit zahlreichen Resten versorgt. Es wäre unvernünftig gewesen, jetzt Nachschub zu kaufen. Aber sie konnte nicht widerstehen. Das Garn fühlte sich zu gut unter ihren neugierigen Fingerspitzen an. Die Farben waren zu leuchtend. Die Atmosphäre in diesem kleinen Geschäft zu berauschend. Sie griff nach zwei grünen, verschlungenen Strängen und beschloss spontan, auch noch ein metallisches Grau mitzunehmen. Vielleicht konnte Vera ihr zeigen, wie man eine Mütze häkelte. Es war ein toller Farbton für eine Mütze. Sie sah sich um und fing den Blick einer Verkäuferin auf, die nur wenige Schritte neben ihr Wolle in ein Regal sortierte. Ein kurzes Nicken, ein Lächeln und die Verkäuferin verstand, legte das Knäuel in ihrer Hand beiseite und trat heran. Sie hatte eine kurze, gehäkelte Weste an und einen langen, wallenden Rock. Ihr schulterlanges Haar trug sie offen und um den Hals mehrere Ketten, an denen gefilzte Kugeln wie Perlen aufgereiht waren. Sie sah genauso aus, wie sich Georgie eine Wollverkäuferin vorstellte. Auf dem Schild, das sie an der Weste befestigt hatte, stand ihr Name: Maggie.

»Sie sind fündig geworden, sehe ich. Kann ich Ihnen bereits etwas abnehmen?«, fragte Maggie mit einer sanften Stimme.

»Danke, Maggie«, antwortete Georgie dankbar und überreichte ihr die ausgewählten Knäuel.

»Sagen Sie, ist es verrückt, im August darüber nachzudenken, eine Mütze zu häkeln?«, wollte sie wissen und deutete auf das dicke graue Garn. Maggie sah sie ernst an und schüttelte langsam, aber resolut den Kopf.

»Es ist nie verrückt, Mützen zu häkeln, zu keinem Zeitpunkt. Soll sie für einen Erwachsenen oder ein Kind sein?«

»Einen Erwachsenen. Reicht dann ein Knäuel? Ich bin Häkelneuling und kenne mich noch nicht gut aus, leider.« Georgie griff nach einem weiteren Knäuel.

»Ja, von dieser Wolle müsste eins eigentlich ausreichen, aber nehmen Sie gern zwei mit und wenn Sie es nicht verwenden, können Sie es zurückbringen.«

Georgie nickte und beschloss, noch ein dunkles Rot in der gleichen Stärke mitzunehmen. Vielleicht brauchte Lina auch eine Mütze. Und sie selbst vielleicht eine in Blau? Stopp! Sie war eindeutig im Wollrausch.

»Okay, lassen Sie uns lieber schnell zur Kasse gehen, bevor ich noch mehr entdecke, dem ich nicht widerstehen kann.« Resolut trat Georgie an Maggie vorbei zur Kasse und zückte ihren Geldbeutel, um zu bezahlen. Die nette Verkäuferin tippte die Preise der Wolle ein, kassierte ab und verstaute die Knäuel in einer hübschen Papiertüte. Strahlend nahm Georgie ihre Errungenschaften entgegen und verließ das Geschäft mit dem Versprechen, bald wieder vorbeizukommen. Sie sah auf die Uhr und merkte, dass sie länger in diesem kleinen Paradies gewesen war als geplant. Wenn sie rechtzeitig am Zug sein wollte, musste sie sich beeilen. Sie winkte ein Taxi herbei. Ab nach Hause!

Kapitel 16

Auf der Fahrt nach Freiburg rekapitulierte sie die vergangenen eineinhalb Tage. Es fühlte sich gut an, endlich die wichtigen Schritte rund um die Wohnung und ihre Sachen angegangen zu sein. Als wäre sie Ballast losgeworden, fühlte Georgie sich leichter, befreiter. Und das Treffen mit Nathalie war elementar gewesen. Die Erleichterung darüber, dass es nicht sie gewesen war, mit der Sebastian die Affäre gehabt hatte. Trotzdem tat es weh, Nina und sie waren zwar keine engen Freundinnen gewesen, hatten aber – über Nathalie – immer wieder Zeit miteinander verbracht. Georgie wollte nicht darüber nachdenken, warum Sebastian sie mit dieser Frau betrogen hatte, warum ausgerechnet mit ihr. Es spielte keine Rolle mehr. Wichtig war, dass es nicht Nathalie gewesen war. Dennoch hatten die Monate, in denen sie ihrer Freundin das Schlimmste vorgeworfen hatte, etwas zwischen ihnen verändert. Sechs Monate ohne Kontakt zu ihr hatten Spuren hinterlassen, vermutlich auf beiden Seiten. Vielleicht war die Freundschaft zu retten, der Bruch wieder zu kitten. Sie hoffte es. Erst mal war es ein gutes Gefühl, zu wissen, was vorgefallen war. Ihre quälenden Fragen waren beantwortet. Sie blickte hinaus auf die sich Kilometer für Kilometer verändernde Landschaft. Hinter Karlsruhe begrüßten sie schon die ersten Ausläufer des Schwarzwalds, stellte Georgie lächelnd fest. Die Felder neben der Bahnstrecke wichen Wäldern, je näher sie Freiburg kamen. Zugleich wuchs ihre Vorfreude auf das, was momentan einem Zuhause am nächsten kam. Der kleine Ort mit der atemberaubend schönen Umgebung, die urigen Einwohner, die ihr ans Herz gewachsen waren, ihre Freunde, ihre Familie, Tom. Zum Glück war die Fahrt nicht lang!

In Freiburg angekommen, wurde sie bereits von Tom am Bahnsteig erwartet. Sie stieg aus dem Waggon, bedankte sich bei einem jungen Mann, der ihr geholfen hatte, die zwei Kartons, in denen sie ein paar Dinge mitgebracht hatte, aus dem Abteil zu heben. Durch das Zugfenster hatte sie Tom beim Einfahren in den Bahnhof sofort gesehen. Jetzt stellte sie sich auf die Zehenspitzen, um die Menschenmenge am Bahnsteig besser zu überblicken und ihn ausfindig zu machen. Da! Er hatte sie ebenfalls entdeckt und eilte mit großen Schritten zu ihr. Georgie fiel ihm mit einem strahlenden Lächeln um den Hals. Es fühlte sich an, als wäre sie ewig weggewesen. Dabei waren es nur zwei Tage gewesen – wenn auch ereignisreiche! Tom hob sie hoch, küsste sie liebevoll und hielt sie fest. Sie hatte ihn in den vergangenen Tagen vermisst und genoss seine Umarmung ausgiebig, bis er sie wieder absetzte.

»Schön, dass du mich abholst.« Sie strich mit einer Hand über seine unrasierte Wange.

»Schön, dass du wieder da bist«, antwortete er und küsste sie auf die Schläfe. »Komm, lass uns deine Sachen nehmen und nach Hause fahren.« Tom griff bereitwillig die beiden Kisten und schulterte die große Reisetasche, trug alles zum Auto und lud es auf die Ladefläche.

»Das auch?«, fragte er und deutete auf ihre Tüte, die sie in der Hand hielt. Georgie drückte sie an sich.

»Nein, die nehme ich mit nach vorne.«

»Was ist drin? Gold?«

»Fast. Wolle. Richtig schöne Wolle.« Ihre Augen leuchteten auf bei dem Gedanken, dass Wolle für sie tatsächlich fast gleichzusetzen war mit Gold. Er beugte sich zu ihr rüber und küsste sie erneut, bevor er anfuhr. Auf der Fahrt erzählte sie ihm, wie das Treffen mit der Anwältin verlaufen war, und kam auch noch einmal auf das mit Nathalie zu sprechen.

»Ich kann einfach nicht glauben, dass ich so falschlag, Tom!«, berichtete sie ihm. Schon am Abend zuvor, nachdem sie von der Bar zurück im Hotel angekommen war, hatte sie ihm am Telefon kurz davon erzählt. Jetzt auf der Rückfahrt von Freiburg war mehr Zeit, um ausführlicher darüber zu sprechen. Mit einem kurzen Blick signalisierte Tom ihr, dass er zuhörte, auch wenn er den Verkehr im Auge behielt.

»Woher hättest du wissen sollen, dass es ihre Schwester war?«, fragte er und Georgie nickte.

»Vielleicht hätte ich es wissen *müssen*. Sie war meine beste Freundin. Wenn du mich davor gefragt hättest, ob ich ihr so etwas zutraue, hätte ich es vehement bestritten. Aber damals, im Krankenhaus, sie sah so schuldbewusst aus. Und ich war aufgelöst wegen all der anderen Vorfälle, die passiert waren. Ich war einfach nicht ich selbst. Wenn sie mir nur direkt davon erzählt hätte, anstatt zu versuchen, Sebastian zu überreden, es selbst zu tun.«

Nachdenklich sah sie aus dem Fenster. Der Anblick der Landschaft machte sie glücklich. Wenn Nathalie ihr damals sofort Bescheid gegeben hätte, wäre sie vielleicht nicht weggelaufen und hier gelandet. Es war schön, hier zu sein. So hatte dieses schreckliche Ende ihrer Beziehung mit Sebastian immerhin zu der mit Tom geführt. Aber ihre Freundschaft mit Nathalie hätte nicht diesen gigantischen Knacks bekommen. Georgie wandte sich wieder Tom zu, der ihr geduldig Zeit gelassen hatte, um aus dem Fenster zu starren und zu schweigen.

»Kennst du ihre Schwester gut?«, hakte er nach und gab Gas, als die Landstraße vor ihm frei wurde.

»Wir haben ein paar Mal zusammen Silvester gefeiert und wir waren im Urlaub – vor Ewigkeiten.« Georgie suchte in ihrer Erinnerung die gemeinsam verbrachten Momente. Nein, sie kannte Nina nicht besonders gut, nicht auf einer persönlichen Ebene.

»Möchtest du auch mit ihr sprechen?« Er warf ihr einen neugierigen Blick zu. Mit einem Schulterzucken antwortete Georgie.

»Glaube nicht. Das Thema, also der Betrug an sich, das ist für mich abgehakt. Es kommt mir ewig entfernt vor. Als wäre es ein anderes Leben, in dem das geschehen ist. Ist es irgendwie auch. Ich bin froh, dass ich in Frankfurt war. Es war gut, mit Nathalie zu sprechen. Und vor allem war es gut, den nächsten Schritt zu gehen und die noch bestehenden Verbindungen zu Sebastian zu kappen. Die Anwältin meinte, es dauert vielleicht einige Wochen, bis die Verträge und die finanziellen Angelegenheiten geklärt sind, aber immerhin ist der Anfang gemacht.«

»Wie geht's dir damit?«, wollte er wissen und griff mit der rechten Hand rüber zu ihr, streichelte ihr Bein.

»Gut, sehr gut. Ich bin irgendwie erleichtert, dass ich es hinter mir habe. Alles davon. Das Ausräumen war viel weniger schlimm, als ich erwartet hatte. Und mit Nathalie … wir werden sehen, wie es mit uns weitergeht. Ich weiß jetzt, dass sie nichts Schlimmes gemacht hat. Aber es ist einfach viel passiert in der Zwischenzeit. Und so viel kaputt gegangen zwischen uns. Wie war es hier?«, fragte sie.

»Du wirst eine kleine Überraschung erleben, wenn du zu Hause bist«, meinte Tom verschmitzt.

»Was ist es? Hast du was Neues am Haus gebaut? Steht es noch?«

»Ja, das Haus steht noch. Ihr habt Nachwuchs bekommen.«

»Was? Wer?«, fragte sie erstaunt.

»Kater hat in der vergangenen Nacht überraschend drei Babys bekommen. Vera war ganz aufgeregt heute Morgen. Sie sagt, das sei Iris, die uns Liebe schicken würde. Eines der Kleinen hat sie schon Lina versprochen, da war es erst ein paar Stunden alt.«

Jetzt konnte Georgie es noch weniger erwarten, nach Hause zu kommen. Als sie endlich anhielten, stürmte sie ins Haus, warf ihre Wolle aufs Sofa im Wohnzimmer und wartete nicht darauf, dass Tom mit ihren Sachen hinter ihr herkam. Sie umarmte ihre Tante fest.

»Wo sind die Katzenbabys?«, wollte sie gleich wissen und Vera ergriff ihre Hände.

»Ist das nicht wunderbar?«, stellte diese fest und führte Georgie in eines der leer stehenden Zimmer. Dort in einer Ecke, auf einem Stapel alter Kissen, hatte sich die Katze ein Lager aufgebaut. Georgie blieb mit etwas Abstand stehen und betrachtete entzückt die winzigen Fellknäuel. Die Augen der Kleinen waren noch geschlossen und Kater passte gut auf, dass ihnen niemand zu nahe kam.

»Das ist wirklich wunderbar«, flüsterte Georgie bewegt.

Auch Lina konnte am nächsten Morgen im Laden von nichts anderem reden als von dem Katzenbaby, das für sie bestimmt war. Sie überlegte bereits, wie sie es nennen wollte. Bogart war im Rennen für einen kleinen Kater, Monroe für ein Weibchen.

»Es ist ja nicht, als wäre das ein Ersatzkind. Aber ich glaube, ich kann weitere Liebe und Freude in meinem Leben sehr gut vertragen.« Sie schenkte Georgie eine Tasse Tee ein und setzte sich neben sie auf die Bank vor dem Geschäft. Der Herbst war in der Region angekommen und es würde nicht mehr viele Tage geben, an denen sie vor dem Laden sitzen konnten, weil es zu kalt wurde. Jeder Moment musste nun genutzt werden.

»Das ist übrigens ein toller Blazer. Du hast wohl deine Garderobe aus der Stadt mitgebracht?« Lina legte ein Stück frischen, selbst gebackenen Kuchen neben Georgies Tee.

»Nur ein paar Kleidungsstücke, um mal etwas Abwechslung zu haben. Die Katzenbabys sind großartig«, wechselte sie das Thema zurück. »So winzig! Hast du sie schon gesehen? Das Kätzchen wird es gut bei dir haben. Ich bin sicher, du wirst es mit Liebe und Freude überhäufen. Und hoffentlich bekommst du ebenso viel Liebe und Freude zurück. Bei Katzen weiß man ja nie. Jedenfalls hast du so viele Kuscheleinheiten in deinem Leben verdient, wie du ertragen kannst. Ich habe wirklich auch viel davon bekommen, seit ich hier bin. Es ist mir gestern noch bewusster geworden, als ich wieder hergefahren bin. Das alles hier macht mich glücklich.« Sie deutete mit einer großen Geste auf Lina, den Kuchen und die schöne grüne Wolle, die sie mitgebracht hatte, um gleich ein neues Quadrat damit zu häkeln. Sie übte ein bestimmtes Rippenmuster, das Vera ihr vor Kurzem beigebracht hatte. Der Anfang war knifflig, aber nach ein paar Reihen ging es leichter. Um das Muster nicht wieder zu vergessen, wollte sie es mindestens ein Dutzend Mal häkeln.

»Ich habe darüber nachgedacht. Wir könnten viel mehr Menschen mit dieser Liebe und Freude beschenken«, deutete Lina an und wiederholte die ausladende Handbewegung, die Georgie eben ausgeführt hatte. Georgie sah von ihrer Häkelnadel hoch.

»Willst du eine Wolle-und-Kuchen-Sekte gründen? Da wäre ich dabei!«

»Vera hätte auf jeden Fall das Zeug zum Guru. Ich habe dir doch von der Journalistin erzählt, von dieser Bekannten meines Mannes. Die bei der Zeitung in Freiburg. Gestern habe ich sie spontan angerufen und sie ist bereit, einen Artikel über den Laden zu bringen. Aber …« Lina blies die Wangen auf und ließ geräuschvoll die angehaltene Luft entweichen. »Also. Womöglich hat sie es etwas falsch interpretiert, als ich ihr gesagt habe, Vera hätte schon einigen Frauen das Häkeln beigebracht. Ich befürchte, sie denkt, wir geben auch Workshops. Ich schwöre, das wollte ich nicht.« Lina sah kleinlaut drein und spielte mit einem Krümel auf ihrem Teller.

»Lina!«, rief Georgie erschrocken aus. Doch dann dachte sie darüber nach. Freiburg war nicht weit entfernt, es war nicht unwahrscheinlich, dass einige Leser bereit wären, zu einem Häkel-Workshop aufs Land zu fahren. Man musste es ihnen nur richtig gut verkaufen.

»Wir müssten vielleicht erst Vera fragen, bevor wir Workshops anbieten. Du und ich können auf keinen Fall einen solchen Workshop abhalten, ich verzweifle ja fast an diesem einfachen Muster hier. Aber Vera könnte es. Wenn wir beide es organisieren. Warum eigentlich nicht? Einen Samstag lang hier im Geschäft. Oder bei Vera zu Hause? Im Gewächshaus vielleicht? Noch steht es leer. Wir wollten eigentlich die Pflanzen bald reinstellen, weil es nachts ganz schön kalt wird, aber vorher könnten wir es nutzen. Es würde Vera von ihrer Trauer ablenken und sie würde mal wieder neue Leute treffen«, überlegte Georgie laut.

Lina und sie sahen sich einen Moment verschwörerisch an, dann nickten beide.

»Okay, wir machen das folgendermaßen. Ich frage Vera heute Abend und dann rufen wir morgen früh die Bekannte von Peter an. Der Samstag in zwei Wochen wäre ein guter Termin. Oder ist das zu kurzfristig? Nein, das müsste gehen. Wir bestellen Wolle, bis dahin ist die bestimmt hier eingetroffen. Ich weiß auch schon, bei wem wir bestellen können.« Sie dachte an Maggie. Wenn sie anrief, würde die ihr bestimmt umgehend ein großes Paket schicken. Und die Knäuel, die übrig blieben, zurücknehmen.

»Wenn wir den Laden innen teilweise ausräumen, passen locker ein paar weitere alte Sessel von unserem Dachboden rein. Wenn sich mehr als zehn Leute anmelden, könnten wir das Event ja sogar bei Vera im neuen Gewächshaus ausrichten. Da bringen wir fünfzehn Personen unter, würde ich schätzen. Was meinst du? Wie viel könnte man für einen Workshoptag verlangen?«

Schon waren beide Frauen voll in die Planung des Events eingestiegen. Lina, die im Hotel schon große Veranstaltungen ausgerichtet hatte, legte sofort eine Liste an, in der sie notierte, was bis wann erledigt werden müsste. Georgie, die selbst gern strukturiert und effizient arbeitete, schätzte diese Arbeitsweise sehr. Das könnte was werden, das könnte wirklich gelingen, dachte sie aufgeregt.

Vera wurde ganz still, als Lina und Georgie ihr abends von ihren Plänen erzählten. Sie stand in der Küche, die Hände in einer Schüssel mit Brotteig. Schweigend drehte sie den Kopf zur Seite und sah aus dem Fenster. Georgie hielt gespannt die Luft an. Lina setzte an, um mehr zu erklären, um sie zu überreden, aber Georgie hielt sie mit einer sanften Bewegung davon ab. Also schwiegen alle drei Frauen. Nach einer Weile nahm Vera das Kneten des Teigs wieder auf.

»Eine gute Idee«, sagte sie endlich. Lina hüpfte vor Begeisterung und umarmte Vera von hinten.

»Das wird ganz toll! Wir kümmern uns um alles, versprochen.« Dann hüpfte sie weiter zu Georgie und umarmte diese ebenfalls fest.

»Und was ist mit mir?«, fragte Tom, der gerade zur Tür hereinkam und den Freudenausbruch mitbekam. Lina lief zu ihm und schlang die Arme um ihn.

»Ist das aufregend! Wir veranstalten in zwei Wochen einen Häkel-Workshop.«

»Aha«, sagte er nur und Lina schlug ihm gegen die Schulter. Er duckte sich lachend weg und ging zu Georgie, um sie mit einem langen Kuss zu begrüßen.

»Wenn ich beim Aufbau helfen soll, braucht ihr es natürlich nur zu sagen«, bot er dann an und Georgie sah lächelnd zu ihm auf. Sie liebte ihn. Jetzt, in diesem Moment, war sie voller Liebe für ihn.

Am Abend vor dem Workshop schlossen sie das Geschäft frühzeitig und fingen an, umzuräumen, damit genügend Platz für alle war. Die Insel mit Waren, die in der Mitte des Ladens stand, wurde abgeräumt. Georgie verpackte die Seifen, Kerzen, Tees und die Holzschalen, die Tom gedrechselt hatte, sorgfältig in Kartons. Die Regale an der Wand durften bleiben, um etwas vom Sortiment des Ladens zu präsentieren, falls ihre Teilnehmerinnen Lust zum Shoppen bekämen. Aber in der Mitte brauchten sie einfach Platz. Tom und Sam – die beiden Männer hatten sich in den vergangenen Wochen angefreundet – bauten die Holzkonstruktion auseinander und schleppten die Teile in die leer stehende ehemalige Metzgerei nebenan. Der Besitzer hatte Lina gestattet, sie für das Wochenende als Lager zu nutzen. Vera stand so oft im Weg herum, dass Lina sie irgendwann liebevoll an den Schultern packte und ihr fest in die Augen sah.

»Geh, Vera. Wirklich. Wir machen das hier. Fahr du bitte zurück zum Haus und arbeite diese Liste ab.« Mit Nachdruck schob sie ihr eine handgeschriebene To-do-Liste in die Hand, die sie aus einem Ordner nahm, den sie tagelang mit Notizzetteln, Skizzen, Ideen gefüllt hatte. Auf dem Papier, das Vera bekommen hatte, standen alle Aufgaben, die noch zu Hause erledigt werden mussten. Von Snacks und Getränken, die vorbereitet und verpackt werden sollten, über die Sortierung von Häkelnadeln bis hin zu kopierten Anleitungen für einfache Granny Squares. Es gab genug zu tun und so war sie immerhin nicht im Laden im Weg.

»Aye, aye«, gab Vera salutierend von sich und düste los. Lina wischte sich imaginäre Schweißtropfen von der Stirn und machte sich gleich wieder an die Arbeit. Es musste noch einmal gründlich durchgeputzt werden, bevor es weiterging. Während Lina und Georgie schrubbten, fuhren Tom, Sam und Peter zu Veras Haus, um ein paar Stühle und zwei kleine Sessel zu holen. Sie sollten in der Mitte des Ladens in einem Kreis aufgestellt werden. Nachdem die Männer zurück waren, halfen alle mit, die Sitzgelegenheiten zu arrangieren. Lina stand wie eine Dirigentin im Geschäft und gab Anweisungen. »Nicht so rund!«, rief sie und verlangte, dass einige Stühle so gestellt wurden, dass es kleine Gruppierungen von zwei bis drei Plätzen gab. »Wir machen ja keinen Sitzkreis, bei dem wir uns an den Händen halten. Es soll natürlich aussehen, bequem, einladend, die Frauen sollen sich hier wohlfühlen.« Tom und Sam warfen sich verzweifelte Blicke zu, Peter zuckte mit den Schultern. Das kannte er von seiner Frau schon – es musste perfekt sein, ohne perfekt auszusehen. Georgie überließ die Gestaltung ganz ihrer Freundin. Mittlerweile lief der Schweiß nicht nur in imaginären Tropfen. Aber irgendwann gab sich Lina zufrieden und schickte alle nach Hause.

Vor Aufregung hatte Georgie in dieser Nacht kaum geschlafen. Was, wenn die angemeldeten Personen nicht kamen? Oder wenn sie den Laden grässlich fanden? Oder die Wolle? Oder Vera durchdrehte und statt zu häkeln lieber einen Kräuterworkshop machen wollte? Es hatten sich nur sieben Frauen angemeldet, aber Vera, Georgie und Lina waren glücklich damit. Insgesamt würden sie zu zehnt sein, das passte genau in den Laden.

Georgie nahm sich eine von Linas Listen und prüfte, was noch zu tun war, bevor die Gäste kamen. Mit einem Stift hakte sie ab: Eistee (bereits aufgesetzt), Stoffservietten (bereits von Lina professionell gefaltet), Besteck, Geschirr, Scheren. Georgie sah nach, ob Vera wirklich alles davon in Körbe und Kisten gepackt hatte. Lina würde Kuchen und Schnittchen mitbringen. Die bestellte Wolle lag im Geschäft bereit. Es konnte losgehen. Georgie drängte Vera, die frische Blumen aus dem Garten holen wollte, zum Aufbruch. Im Laden sollte alles fertig vorbereitet sein, wenn die Gast-Häklerinnen eintrafen. Tom trug in aller Seelenruhe die zahlreichen Kisten und Körbe zum Auto. Von dem Geschnatter und der Aufregung der Frauen ließ er sich nicht anstecken. Allerdings plante er seine Flucht für den Moment, wenn er sie im Geschäft abgesetzt hatte. Peter und er würden angeln gehen und er freute sich auf die Ruhe und die wortkargen Männergespräche. Gerade als sie losfuhren, rief Georgie laut »Stopp« und sprang aus dem Auto. Sie eilte zum Haus zurück und kam kurz darauf mit einem weiteren großen Korb im Arm wieder heraus. Ächzend wuchtete sie ihn auf die Ladefläche.

»Meine Decke. Ich hätte fast meine eigenen Grannys vergessen. Dabei wollte ich den Frauen zeigen, was auch Anfänger schaffen können. Quadrat für Quadrat«, erklärte sie und stieg ins Auto. Vera warf einen Blick nach hinten zu dem Korb.

»Wie viele Granny Squares hast du eigentlich mittlerweile?«, fragte sie misstrauisch. Der Berg an Quadraten kam ihr verdächtig hoch vor.

»Als ich das letzte Mal gezählt habe, waren es etwa dreihundertzwanzig. Nicht schlecht, oder?« Georgie sah ihre Tante strahlend an.

»Du bist ja verrückt«, verkündete Vera und schüttelte den Kopf. Georgie schnappte empört nach Luft.

»Wieso bin *ich* verrückt?« Ausgerechnet ihre Tante nannte sie so.

»Mit dieser Menge an Quadraten kannst du schon zwei Decken machen. Die Hälfte hätte gereicht. Es tut mir leid, die letzten Wochen waren einfach … ich war abgelenkt. Sonst hätte ich dich gewarnt. Aber gut, dann machst du einfach zwei Decken oder eine riesige.«

Georgie schlug die Hände vors Gesicht. Tom befürchtete schon, sie werde weinen vor Erschöpfung und Aufregung. Aber als sie die Hände wieder wegnahm, kicherte sie hysterisch.

»Dann wird das wohl meine erste Decke für den Laden«, beschloss sie und grinste fröhlich bei dem Gedanken daran, endlich ihre Decke fertigzustellen. Nicht nur ihre Decke, sondern gleich eine zweite dazu.

Lina wuselte bereits durch den Laden, als sie ankamen. Ihre gebackenen Süßigkeiten standen hübsch auf der Theke arrangiert. Kaum entdeckte sie Tom, Vera und Georgie, eilte sie zu ihnen, griff nach den Krügen mit Eistee, die Georgie hereintrug. Sie richtete das Büfett an und dekorierte mit professionellen, effizienten Griffen die frischen Blumen dazu. Der Raum sah viel größer aus, wenn die halbhohen Regale und Vitrinen nicht in der Mitte standen. Lina hatte schon frühmorgens die Fenster geöffnet, um gründlich durchzulüften. Frische Herbstluft strömte herein und mischte sich mit den verheißungsvollen Duftnoten von Linas Kuchen. Georgie konnte Vera gerade noch davon abhalten, einen Bund getrockneten Salbei anzuzünden, um für gute Geister zu sorgen.

»Es riecht wunderbar nach Kuchen und Tee und Blumen, und von draußen kommt die gute Waldluft herein. Vera, hier sind schon jede Menge guter Geister anwesend, würde ich sagen«, beschwor sie Vera. Jetzt nur nicht durchdrehen!

»Na gut«, lenkte Vera ein. Lina gab ihr schnell die Aufgabe, die gelieferten Wollknäuel neben den Sitzplätzen zu verteilen.

»Dann ist sie beschäftigt«, flüsterte sie Georgie zu und beide kicherten.

»Mann, ich bin echt aufgeregt«, gestand Georgie und drückte eine Hand auf ihren flatternden Magen.

»Ach, das wird super. Keine Sorge.« Lina, die schon große Spenden- und Wahlveranstaltungen ausgerichtet hatte, ließ sich von sieben häkelnden Frauen überhaupt nicht irritieren. »Obwohl ich gestehe, dass ich auch deutlich mehr Vorfreude verspüre als zu meiner Zeit im Hotel. Dieser Tag ist etwas Besonderes. Nur eben kein Grund, nervös zu werden. Es läuft alles bestens! Zur Not drücken wir ihnen einfach ein Stück Kuchen in die Hand«, lautete ihre Losung. »Kuchen geht immer.«

Bald darauf trafen die ersten Gäste ein. Unter den sieben angemeldeten Frauen waren zwei Mutter-Tochter-Gespanne und eine ihnen bereits bekannte Dreiergruppe. Die Frauen hatten vor einigen Wochen im Laden eingekauft und auch einige zahlungskräftige Freundinnen hierhergeschickt.

»Das ist ja eine Überraschung! Wie nett, Sie wiederzusehen«, rief Georgie zur Begrüßung, als sie die Frauen erkannte, und wurde herzlich umarmt.

»Sarah hat den Artikel gelesen und sich sofort an das Geschäft erinnert. Da mussten wir einfach kommen. Es ist wunderschön hier! Wirklich ein Juwel«, erklärte die ältere Frau, die sich als Angela vorstellte. Georgie war ganz gerührt von ihrer Begeisterung für den kleinen Laden.

»Danke, das ist wirklich sehr nett. Kommen Sie rein. Wir haben etwas umdekoriert für das Event heute.« Sie trat zur Seite und bat die drei Frauen herein. Angela griff nach ihrem Arm.

»Ach, das sieht ja ganz anders aus! Wo haben Sie denn die Produkte versteckt, die hier in der Mitte waren? Ich hatte gehofft, heute Geschenke für die Gäste zum Jubiläumsfest kaufen zu können. Wissen Sie, mein Mann und ich feiern 25-Jähriges – auch wenn ich noch gar nicht so alt aussehe, aber es ist wahr – und wir haben Familie und Freunde zu diesem Anlass zu einem Barbecue eingeladen. Alle Gäste sollen kleine Tüten mit Schnickschnack bekommen, der sie an unser Fest erinnern soll. Und da wären die Seifen und Tees genau richtig gewesen. Die standen doch hier in der Mitte.«

»Das ist kein Problem«, mischte sich Lina ein, die herantrat und den Frauen Sektgläser reichte. »Die Waren lagern nebenan. Wenn Sie mir sagen können, woran sie genau gedacht haben, kann ich gleich nachschauen gehen. Wenn Sie mögen, können wir die Produkte auch neu verpacken. Vielleicht mit Papier, auf das Ihre Namen gedruckt sind? Das könnten wir organisieren.«

Die tüchtige Lina würde keine Gelegenheit auslassen, etwas zu verkaufen. Sie hatte Pläne mit diesem Geschäft. Der Workshop war erst der Anfang. Und der lief gut.

Als endlich alle Teilnehmerinnen da waren, waren die ersten Hürden bereits gefallen. Alle duzten sich, die Frauen tranken Prosecco und tauschten fröhlich Anekdoten übers Selbermachen aus. Eine Mutter-Tochter-Kombi brachte Häkelerfahrung mit, alle anderen waren blutige Anfänger. Aber Georgie und Lina beruhigten sie. Sie waren schließlich selbst noch neu im Häkelbusiness. Georgies Kiste mit Hunderten Quadraten machte den Anfängerinnen Mut. Vera schwebte in ihrem schrägen Outfit (Seidennachthemd, Leggins, Strickjacke, Turban aus einem alten Männerhemd, riesige Ketten) durch die Menge, plauderte hier, scherzte da. Mit roten Wangen und glänzenden Augen vor Begeisterung versprühte sie ihren Charme. Sie war ganz in ihrem Element, fröhlich, glücklich, und das erste Mal seit Iris' Tod wirkte sie gelöst und voller Energie. Aber sie vermisste ihre Freundin an diesem bedeutenden Tag schmerzhaft. Das hätte ihr sicher gefallen: Der Laden voll mit glücklichen, häkelnden Frauen. Lächelnd hätte sie in einer Ecke gesessen und das Geschehen mit ihren klugen, ruhigen Augen beobachtet. Bevor die Tränen kamen, bat Vera alle, sich einen Platz zu suchen, damit sie anfangen konnten. Georgie und Lina verteilten sich zwischen die Einsteigerinnen, um ihnen bei den ersten Handgriffen zur Seite zu stehen.

Eine Stunde später hatten die Frauen die wichtigsten Schritte verstanden und häkelten munter plaudernd ihre eigenen Granny Squares. Georgie fand endlich Zeit, sich ihrer eigenen Decke zu widmen und beugte sich zusammen mit Vera über die Kiste mit den Quadraten.

»Also, du hast hier unterschiedliche Größen. Da musst du ausprobieren, wie alles zusammenpasst, damit es aufgeht. Wie ich dich kenne, möchtest du eine gerade Decke haben, richtig? Ein Rechteck oder ein Quadrat?« Vera blickte fragend auf und Georgie nickte aufgeregt. Ihre eigene Decke! Sie brauchte über eine Stunde, um die Quadrate auszuwählen und in ein Muster zu bringen, das ihr gefiel. Lina half ihr anschließend, die einzelnen Teile mit Sicherheitsnadeln aneinanderzuheften, damit das Muster nicht durcheinandergeriet, und dann legte Georgie los. Sie nahm sich von der neuen Wolle und setzte zum Verbinden der Quadrate an. Das war reine Fleißarbeit, aber nicht weniger schön. Reihe für Reihe wurde aus den einzelnen Quadraten ein zusammenhängendes Stück.

Lina ging derweil von Teilnehmerin zu Teilnehmerin, bot fürsorglich stetig etwas zu essen und zu trinken an und half, wo sie konnte. Sie hielt den ganzen Laden bei Stimmung, erzählte Anekdoten von den Veranstaltungen, die sie im Hotel ausgerichtet hatte, erkundigte sich interessiert bei den Frauen, woher sie kamen, und bat um Tipps für Ausflüge in der Gegend. Alle Gesprächsthemen fielen ihr leicht, sie nahm sie auf und jonglierte gekonnt damit. Sie war die geborene Gastgeberin, dachte

Georgie und zwinkerte ihr zwischendurch zu. Als Lina die Platten mit Schnittchen auftischte, sprang sie auf, um ihr zu helfen.

»Es läuft sehr gut, findest du nicht auch?«, fragte sie Lina flüsternd. Diese lehnte sich zu ihr herüber und nickte.

»Absolut. Das junge Mädchen dort hat seine Mutter überredet, zu diesem Workshop zu kommen. Der Ehemann ist vor Kurzem gestorben und Milla wollte, dass ihre Mama mal rauskommt. Stark, oder? Und schau sie dir an, wie glücklich und konzentriert sie ist.« Georgie sah rüber zu den beiden. Es stimmte, die Mutter strahlte und gab sich große Mühe, jedes Stäbchen korrekt auszuführen und keine Fehler in die Grannys zu häkeln. Es machte sie glücklich, die Freude ihrer Gäste zu sehen.

»Ich muss etwas mit dir besprechen«, raunte ihr Lina zu. Georgie nickte und die beiden verließen die Häkelgruppe, um kurz ins Nachbargeschäft zu gehen, das sie als Zwischenlager nutzen durften. Lina schloss die Tür auf und schob Georgie hindurch. Sam und Tom hatten die Regalkonstruktion dort an die Wand geschoben. Sie würden sie wieder aufbauen, wenn der Workshop vorbei war. Die ausgelagerten Waren hatte Georgie auf die alte Fleischertheke gestellt, die noch im Laden stand.

»Wir sollten das häufiger machen«, setzte Lina an. »Ich meine, regelmäßig. Meine Idee ist, dass wir alle vier Wochen einen thematischen Workshop machen, passend zur Jahreszeit vielleicht. Oder zu besonderen Anlässen. Das Haus deiner Tante ist perfekt, um eine Handvoll Gäste für Wochenend-Workshops zu beherbergen. Was denkst du, würde sie davon halten?« Lina lehnte sich an die Theke, Georgie hockte sich auf die Fensterbank und dachte nach.

»Ich denke, das würde ihr gefallen. Sieh sie dir doch an. Wenn Leben in der Bude ist, freut sie sich, und wenn sie anderen etwas beibringen kann, umso mehr. So glücklich wie

224

drüben mit den Frauen habe ich sie schon lange nicht mehr gesehen. Aber das Haus ist noch weit davon entfernt, Gäste beherbergen zu können. Zahlende Gäste, vor allem. Ich meine, die Sanitäranlagen sind zwar neu, das Verandadach ist repariert und Tom und du, ihr habt mit den Jungs beim Streichen wirklich ganze Arbeit geleistet. Die Fensterrahmen sehen fantastisch aus. Und die Dielen, die haben sich wirklich gelohnt. Aber die Zimmer sind alt und heruntergekommen, die Matratzen durchgelegen, die Tapeten …«, zählte Georgie ihre Bedenken auf. Sie liebte Veras Haus, und es war ja tatsächlich mal ein Gästehaus gewesen. Nur war das schon ein Jahrhundert her. Der Zahn der Zeit hatte dem Gebäude zugesetzt, auch wenn es inzwischen immer mehr in Schuss gebracht wurde, Stück für Stück. Konnte man es in diesem Zustand jemandem zumuten? Jemandem, der nicht nur aus Verzweiflung darin untergekommen war, wie sie?

»Ich würde mich darum kümmern. Als gleichberechtigte Partnerin. Ich habe die Hotel-Erfahrung und kann den ganzen organisatorischen Teil übernehmen. Wenn wir das mit Verträgen ordentlich aufsetzen, denke ich, dass es klappen könnte. Ich hätte was zu tun, mein eigenes Hotel! Vera hätte Leben in der Bude und könnte Workshops zu allen möglichen Themen ausrichten. Von Häkeln über Kerzenziehen, Seifenkochen und Heilkräutersammeln wäre alles denkbar. Von mir aus auch, wie man gute Geister mit Salbei herbeiruft. Du könntest dich um die Website, Bilanzen, Finanzen und andere administrative Angelegenheiten kümmern. Und wir schmeißen den Laden weiterhin zu dritt. Ich habe sogar daran gedacht, diese Metzgerei hier zu kaufen und mit einem Durchbruch zum Laden zu verbinden.« Mit einer kleinen Geste zeigte sie auf die Wand, die sie für die Öffnung zu Veras Laden angedacht hatte. »Du hast selbst erzählt, dass diese Räumlichkeit seit Ewigkeiten leer steht. Als ich den Besitzer kontaktiert habe, um zu fragen, ob wir es dieses Wochenende als Lager nutzen dürfen, schien er mir nicht abgeneigt, es loszuwerden. Er hat offensichtlich keine eigenen Pläne, es wieder als Laden oder Ähnliches zu verwenden. Und ich sag dir was: Es wäre ideal für ein kleines Café.«

»Ein richtiges Café fehlt hier tatsächlich«, gab Georgie zu. »Darüber haben wir ja schon gesprochen.« Die Idee mit dem Hotel kam ihr allerdings ganz schön gewagt vor.

»Ich stelle es mir klein und gemütlich vor. Ein paar Sessel, vielleicht gibt es nur ein oder zwei Kuchen und Sandwiches auf der Karte. Dazu Kaffee und die Tees deiner Tante, die wir auch hier drin verkaufen könnten. Das wäre eine gute Verbindung zum Laden und wir hätten mehr Platz für Workshops. Wir könnten diese wunderschöne alte Theke drin lassen. Die Bistrotische müssen raus, es sollte heimeliger sein.« Lina sah Georgie erwartungsvoll an. Die erwiderte ihren Blick nachdenklich. Vor ihren Augen erschien das Bild, das Lina von dem Café gezeichnet hatte. Sie sah sich in der ehemaligen Metzgerei um.

»Ich weiß nicht, ob das klappen könnte. Es kommt mir gewagt vor, gleich zwei Geschäfte auf einmal aufzuziehen. Wir sind froh, dass wir unseres nebenan zum Laufen bringen. Und wir verdienen gerade genug, um die Kosten zu decken, wie sollen drei Leute davon leben? Du arbeitest ohnehin schon zu viel mit, und wir zahlen dir keinen Lohn dafür.«

»Du weißt, dass ich es gern tue. Es hilft mir, darüber hinwegzukommen, womit ich mich abfinden muss. Du weißt, wie das ist.« Lina sah sie mit ernstem Blick an. Sie war immer so lebensfroh und energisch, aber dieser wunde Punkt brachte selbst ihre Freude zu Fall.

»Das stimmt. Aber rechtens ist es deshalb noch lange nicht. Wir müssen das mit Vera besprechen. Alles. Lohn für deine, für unsere Arbeit, dieses Café, den Durchbruch zum Laden, das Hotel, die Workshops. Das ist ganz schön viel auf einmal. Wir bräuchten einen Kredit und ob wir den bekommen bei unserer aktuellen Beschäftigungssituation? Drei arbeitslose Frauen, die gern häkeln und Kuchen essen? Und meine Ersparnisse wandern schon alle ins Haus.«

»Dafür finden wir eine Lösung. Ich bin sicher, Peter hilft uns bei der Finanzierung. Wir müssten durchrechnen, was uns das alles kosten würde. Bitte, denk darüber nach!«, bat Lina inständig.

»Okay. Lass es uns nächste Woche mal kalkulieren, heute kümmern wir uns in erster Linie um diese sieben Häkelfrauen. Höchste Zeit, dass wir wieder rübergehen.«

»Okay. Aber nächste Woche sprechen wir noch mal darüber, ja? Und jetzt hilf mir mal kurz mit dieser Kiste. Angela möchte zwanzig Seifen für Männer und Frauen kaufen. Für diese Jubiläumsgeschenke. Die Seifen sind hier drin.« Lina ging zielgerichtet zu einer Kiste und Georgie folgte ihr, um beim Aussuchen und Tragen zu helfen.

KAPITEL 17

Einige Tage später fuhren Vera und Georgie zu Lina zum Abendessen. Ihre Freundin hatte sie eingeladen, um die Idee mit Hotel, Workshops und Café zu besprechen. Georgie war gespannt, wie Vera darauf reagieren würde. Sie war nicht mehr die Jüngste, aber sie war abenteuerlustig, das musste man ihr zugestehen. Georgie wusste selbst noch nicht, was sie davon halten sollte. Es war nie ihr Traum gewesen, ein Café oder gar ein kleines Hotel zu führen. Dieser verrückte Plan würde sie für längere Zeit an diesen Ort binden. Genau das verursachte ihr Bauchschmerzen. Wollte sie das denn überhaupt? Sie fühlte sich hier zu Hause – aber für immer? Georgie lächelte verkrampft und atmete tief durch. Ein Schritt nach dem anderen! Erst mal Abendessen und dann weitersehen.

Lina hatte den großen Esstisch in ihrem Haus wunderschön gedeckt und ein leckeres, einfaches Mahl zubereitet. Vera ließ sich von der Eleganz des Hauses wenig beeindrucken, schielte aber neidisch auf die Kücheneinrichtung. Als sie sich zum Essen setzten, fing Lina an, Vera ihren ausgetüftelten Plan darzulegen. Sie war eine erfahrene Geschäftsfrau, das merkte man. Sie führte genau auf, an welchen Stellen Vera eine Rolle spielte und wie sie sich die Arbeits- und Finanzierungsaufteilung gedacht hatte. Georgie fand, dass alles gut durchdacht und vorbereitet war, blieb aber weiterhin skeptisch. Sie selbst war keine Geschäftsfrau, sie hatte sich immer an die Organisation anderer gehalten und nur hin und wieder Verbesserungsvorschläge angemerkt, wenn es angebracht war, oder Eigeninitiative gezeigt, wenn sie alle Konsequenzen durchdacht hatte. Vera jedoch war sofort Feuer und Flamme. Diese Frau war nicht zu stoppen in ihrem Wagemut und ihrer Abenteuerlust. Es war ihre Art, Dinge anzupacken, ohne lange über die Konsequenzen nachzudenken.

»Warum nicht? Und wenn es nicht klappt, reißen wir einfach alles ab und ziehen ans Meer«, beschloss sie und wehrte Georgies Bedenken ab. »Man muss sich auch mal was trauen, meine Liebe«, sagte sie und hob das Glas zum Anstoßen.

»Wir halten das alles genau vertraglich fest, Georgie. Selbst wenn wir uns verkrachen würden, wäre dann alles geregelt«, beschwor auch Lina sie. Georgie hob seufzend ihr Glas.

»Auf euch und eure verrückten Ideen.« Darauf stießen die drei Frauen an.

Doch zwei Tage später änderten sich Georgies Pläne grundlegend. Sie saß morgens im Laden und verbloggte die Bilder und Geschichten über den Häkel-Workshop. Lächelnd dachte sie an den Tag zurück. Er war ein großer Erfolg gewesen, alle Teilnehmerinnen waren abends glücklich nach Hause gefahren, sie hatten gutes Geld verdient und die Wolle war von den Frauen fast komplett verbraucht oder mitgenommen worden, sodass sie Maggie nur ein kleines Paket zurückschicken musste. Was die verrückten Zukunftspläne anging, war sie zumindest zuversichtlich bezüglich der Workshops. Vera war die geborene Lehrerin, sie würde noch viele Kurse anbieten können. Ihr Handy, das Georgie seit ihrem Besuch in Frankfurt wieder nutzte, klingelte und riss sie aus ihren Gedanken. Eine unbekannte Nummer.

»Georgina Winter«, meldete sie sich.

»Georgina, hallo! Hier ist Kim. Kim Krakowski. Wir haben zusammen studiert. Es ist schon eine Weile her, aber ich hoffe, du erinnerst dich noch an mich. Wir hatten dieses Seminar über Wirtschaftspolitik zusammen.« Die Stimme kannte Georgie tatsächlich. Sie kramte in ihrem Gedächtnis nach dem dazugehörigen Gesicht. Eine große, sehr schlanke Brünette mit Ponyfransen tauchte vor ihrem inneren Auge auf. Sie war sehr dominant aufgetreten, aber auch durch ihren Fleiß und Wissensdurst aufgefallen. Ja, sie erinnerte sich an Kim.

»Kim, natürlich! Wie geht es dir?«, fragte sie pflichtbewusst.

»Sehr gut, danke. Ich habe gehört, du bist nicht mehr bei der Zeitschrift. Deshalb rufe ich an. Momentan bin ich für eine Wochenzeitung in Hamburg tätig. Wir gehören zu CN International. Ich arbeite dort als Projektmanagerin, darum geht es allerdings nicht. Es ist so, wir suchen jemanden für die Wirtschaftsnachrichten und ich habe ein bisschen herumtelefoniert. Es handelt sich um die Leitung des Ressorts, es ist klein, nur fünf Leute. Wir brauchen jemanden, der Ahnung vom Thema hat und gut organisieren kann, sich für Trends interessiert und die Leserschaft einschätzen kann. Mir wurde von mehreren gesagt, du suchtest neue Herausforderungen. Außerdem wurdest du von deinem ehemaligen Arbeitgeber extrem gelobt. Entschuldige, ich habe einfach dort nachgefragt, ohne dich vorher zu kontaktieren. Hast du vielleicht Lust, mal zu einem Gespräch vorbeizukommen? Ganz locker.«

Georgies Kinn klappte hinunter und sie musste schlucken. Eine Stelle wie diese war immer ihr Traum gewesen.

»Äh, ja. Natürlich! An wann hattet ihr gedacht?«, fragte sie überrumpelt und verabredete sich spontan für ein paar Tage später. Erst als das Telefonat beendet war, dachte sie darüber nach. Hamburg. Das war fast das andere Ende Deutschlands. Was würde aus Tom werden? Und aus Vera, Lina und ihren verrückten Geschäftsideen? Georgie atmete tief durch. Erst mal anhören, was sie wollten und anboten. Noch war nichts entschieden. Auf die eine oder andere Art würde dieses Gespräch ihr für ihren beruflichen Weg helfen. Als Erstes buchte sie einen Flug.

»Ich höre mir doch nur an, was die zu erzählen haben. Das heißt noch lange nicht, dass sie mich nehmen. Und dass ich den Job überhaupt haben will«, verteidigte sie sich abends, als sie bei Tom auf dem Sofa saß. Sie drehte ihr Glas Wein nervös zwischen den Fingern hin und her. Tom saß ihr mit ausdrucksloser Miene gegenüber und hielt ein Bier fest in der Hand.

»Natürlich nicht«, sagte er und seine Stimme ließ keinen Rückschluss auf seine Gedanken und Gefühle zu. Dabei tobte die Panik in ihm. Sie würde diesen Job bekommen und annehmen. Das wusste er einfach. Er hatte Glück gehabt, sein vorheriges Leben zu überleben, darüber hinaus Glück in der Liebe zu erwarten war vielleicht zu viel verlangt. Sie war unglaublich begabt, das war ihr vermutlich selbst nicht klar. Aber er konnte es sehen. Die Stärke, die Ruhe, die Überlegtheit und Klarheit, überhaupt ihre ganze strukturierte Herangehensweise. Sie entdeckte vielleicht gerade ihre kreative Seite, aber sie hatte auf jeden Fall Talente darüber hinaus. Wie sie alle hier im Dorf um den Finger gewickelt hatte, ohne es zu merken. Sie war hierhergekommen, weil sie aus dem Takt geraten war. Doch in den vergangenen Wochen hatte sie zu ihrer alten Form zurückgefunden. Nein, zu einer besseren Form. Sie war stärker als früher, vermutete er. Sie war aufrecht diesem Unglück entkommen, wenn auch nicht allein, sondern mithilfe von Vera, Iris und Lina. Und ihm. Aber sie hatte es geschafft, sie hatte sich wieder aufgerichtet und war standhafter als jemals zuvor. Er wünschte, er hätte ihr all das sagen können. Aber er schwieg.

»Wie findest du es, dass ich zu dem Gespräch gehe?«, fragte Georgie vorsichtig. Er war nicht in Begeisterung ausgebrochen, das schien sie aber auch gar nicht erwartet zu haben. Verunsichert musterte sie ihn und versuchte, seine Gefühlsregungen einzuschätzen. Doch Tom ließ sich nicht in die Karten schauen, wollte ihr nicht sagen, dass er Angst hatte, sie zu verlieren, Angst, dass sich zwischen ihnen alles ändern würde.

»Wenn du dir anhören möchtest, was sie dir anbieten, ist es klug, das vor Ort zu tun. Ich denke, du musst für dich herausfinden, ob dir die Stelle überhaupt zusagt«, antwortete er diplomatisch. Er würde sich ihr nicht in den Weg stellen. So ein Mann war er nicht. Er akzeptierte, dass sie ihre eigenen Ziele und Wünsche hatte, und liebte sie genug, um sie bei allem zu unterstützen. Selbst, wenn es ihm das Herz brechen würde.

Nachdenklich nickte sie, stellte dann ihr Glas zur Seite und beugte sich vor. Mit geschlossenen Augen küsste sie ihn. Langsam. Genussvoll. Tom griff mit seiner freien Hand in ihren Lockenschopf. All seine Liebe lag in diesem Kuss, als wäre er schon ein Abschied.

Ein paar Tage später brachte Tom Georgie zum Flughafen nach Basel. Sie hatte eines ihrer Businesskleider angezogen, trug hohe Schuhe, war dezent geschminkt und hatte ihre Locken zu einem strengen Dutt frisiert. In seinen fleckigen Jeans und dem löchrigen T-Shirt kam er sich schäbig neben ihr vor. Es ärgerte ihn, dass sie ihn mit ihrer Verkleidung einschüchterte. Aber sobald sie den Dress gewechselt und die Locken gebändigt hatte, war sie zu einem anderen Menschen geworden, zu einer Georgie, die er nicht kannte und nicht einschätzen konnte. Sie stand aufrechter, blickte strenger und sprach anders. Schweren Herzens setzte er sie am Flughafen ab und ließ zu, dass sie ihn zum Abschied lediglich auf die Wange küsste. Verdammt! Verdammt! Verdammt! Als er davonfuhr, warf er einen Blick in den Rückspiegel. Da stand sie in ihrem Geschäftsfrauenoutfit und sah ihm mit unbestimmtem Blick nach. Er drehte die Musik laut auf und fuhr nach Hause. Den restlichen Tag verbrachte er mit Holzhacken auf seinem Hof.

Georgie fühlte sich anders. Genauer gesagt, fühlte sie sich fast wie früher. Zum Trotz trug sie ihr Entlassungsoutfit, das sie in Frankfurt als Letztes noch schnell eingepackt hatte. Der Fluch musste den Kleidungsstücken genommen werden, sie konnten nichts dafür. Es war ein tolles Outfit, sie wusste, welche Wirkung sie damit erzielte. Professionell, feminin, aber stark. Dieses Bild von sich gefiel ihr. Routiniert checkte sie ein und ging durch den Security-Bereich. Im Flugzeug dann las sie die Wirtschaftsmagazine, die sie besorgt hatte, um auf dem Laufenden zu sein. Sie hatte sich gut auf dieses Gespräch vorbereitet, wusste alles über die Publikation, den Verlag und hatte alle Ausgaben der vergangenen drei Monate durchgelesen. Sie war bereit für dieses Gespräch. Vielleicht war es ein Wink des Schicksals, dass es endlich Zeit für sie war, in ihr normales Leben zurückzukehren. Sie schob jeden Gedanken an Lina, Vera und vor allem an Tom zur Seite und konzentrierte sich auf sich und das bevorstehende Gespräch. Der kurze Flug verging schnell. Der Hamburger Nieselregen, typisch für die Jahreszeit, traf sie wie ein feuchter Lappen ins Gesicht, als sie in der Innenstadt aus der S-Bahn-Station ins Freie trat. Gut, dass sie die Locken gebändigt hatte, bei dem Wetter hätten sie sich gekräuselt wie verrückt und noch wilder ausgesehen. Nicht gut für ihr Vorhaben. Wie geplant nahm sie zur Weiterfahrt den Bus und traf exakt zehn Minuten vor dem Termin ein. Etwas nervös meldete sie sich am Empfang an und ließ sich auf den ihr angebotenen Platz nieder. Eine junge Frau holte sie schon nach wenigen Minuten ab, begleitete sie durch lange Gänge, an Büros vorbei in einen Konferenzraum.

»Bitte warten Sie einen Moment, die anderen kommen gleich. Kann ich Ihnen einen Kaffee oder ein Wasser bringen?«, fragte die Frau zuvorkommend und Georgie nickte dankbar. »Gern ein Wasser.« Ihre Kehle war vor Aufregung ganz trocken. Während sie wartete, sah sie sich um. Von hier aus hatte man einen fantastischen Blick auf die Hamburger Speicherstadt, ein beeindruckendes Konstrukt aus alten Teppichlagern, Kaffeespeichern und vielen kleinen Fleeten. Hier konnte sie womöglich arbeiten und die Aussicht täglich genießen, dachte Georgie und wandte sich ab, als die junge Frau mit dem Wasser wiederkam. Kurz darauf tauchte Kim mit zwei älteren Männern in Anzügen auf. Nach der Begrüßung setzten sie sich an den großen, ovalen Konferenztisch. Sie plauderten ein paar Sätze über das Wetter und die Stadt und kamen dann zielstrebig auf das eigentliche Thema zu sprechen.

»Kim hat Ihnen ja bereits mitgeteilt, dass die Leitung unseres Wirtschaftsressorts neu besetzt werden soll. Die Kollegin, die diese Stelle bisher innehatte, ist krankheitsbedingt kurzfristig ausgefallen und wir regeln das momentan mit freien Mitarbeitern. Wir möchten die Redaktion aber in festen Händen wissen.« Ihr Herz klopfte heftig bei diesen Worten, aber sie lächelte nur charmant und ließ sich alle Aufgaben genau erläutern.

»Das Team, das Sie betreuen würden, besteht schon einige Jahre in der Form. Es sind alles routinierte Redakteure. Wir suchen jemanden, der übergeordnet arbeitet, das Team so anleitet, dass es gut harmoniert. Sie sollen eigene Ideen einbringen, den thematischen Horizont erweitern, aber vor allem brauchen wir jemanden, der den Überblick behält.« Der Chefredakteur sah Georgie gespannt an, um ihre Reaktion auf seinen Vortrag einzuordnen. Begeistert, aber auf professionelle Art nicht zu aufgeregt, nickte Georgie und erkundigte sich nach Abläufen und Hierarchien. Ein Aspekt war ihr noch besonders wichtig.

»Bestünde auch für mich die Möglichkeit, nicht nur Themen einzubringen, sondern auch selbst darüber zu schreiben, oder wäre ich in der Hauptsache organisatorisch tätig?«, hakte sie nach und drückte sich selbst die Daumen.

»Selbstverständlich. Wenn Zeit bleibt und die Themen ins Konzept passen, spricht nichts dagegen, auch eigene Texte beizusteuern. Die Leitung des Ressorts beinhaltet aber einige administrative Aufgaben, die Vorrang haben«, beantwortete man ihre Frage und Georgie beließ es vorerst dabei.

Nach einer halben Stunde Gespräch wusste sie, dass es hier um ihre Traumstelle ging, ganz eindeutig. Sie vereinte Projektmanagement mit Redaktionsalltag, sie konnte ihre organisatorischen Skills genauso einbringen wie ihre Leidenschaft fürs Schreiben und ihr Geschick, brisante Themen zu identifizieren. In so einer Position hatte sie sich bislang erst in einigen Jahren gesehen, nachdem sie ausreichend lange als Redakteurin gearbeitet hätte. Hier würde sie eine ganze Stufe ihres Karriereplans kurzerhand überspringen. Organisation, Planung und Delegieren der Themen, ein überschaubares, erfahrenes Team, das sie leiten würde, der ein und andere Artikel aus ihrer eigenen Feder … es war schlichtweg perfekt.

Sie wusste, welche psychologische Bedeutung ihrem Auftreten zukam. Es ging um eine Stelle mit Verantwortung, da durfte sie sich nicht kleinmachen. Nie wieder durfte sie sich so kleinmachen wie früher. Es ging nicht darum, wann sie laut ihrem Plan bereit war für diese Stelle. Wenn man an sie herantrat, dann nicht ohne Grund, offensichtlich war sie geeignet. Um ihren potenziellen Arbeitgebern nicht den größten Redeanteil zu überlassen, hatte sie selbst einen wohldurchdachten Fragenkatalog vorbereitet und legte ihnen dar, wie sie sich die Stelle vorstellte, die Zusammenarbeit innerhalb ihres Ressorts und mit den höheren Etagen.

»Eigenverantwortlichkeit ist mir wichtig«, schloss Georgie ihr Resümee. Sie hatte keine Lust mehr, sich ständig unterzuordnen wie in ihrer früheren Anstellung. Diese alte Georgie würde es nicht mehr geben. Sie wollte sich nicht wieder fühlen wie am Tag ihrer Kündigung, als ihr die verdiente Beförderung nicht nur verwehrt worden war, sondern sie sich binnen einer Stunde mit ihren Siebensachen auf der Straße wiederfand. Dieses Kapitel war abgeschlossen! Obwohl sie fast platzte vor Begeisterung, gab sie sich souverän, beherrscht, selbstbewusst. Zufrieden stellte die Runde fest, dass man in der vorgetragenen Vision der Stelle übereinstimmte.

Ihre vorherige Tätigkeit wurde von den Chefredakteuren selbst angesprochen.

»Wir haben mit Bedauern gehört, dass die Zeitschrift, bei der sie tätig waren, sich aufgrund von Sparmaßnahmen von einer beträchtlichen Anzahl ihrer Mitarbeiter getrennt hat. Es ist ein hartes Geschäft. Wir wollen Ihnen ganz klar das Zeichen geben, dass es bei uns anders zugeht. Wir halten an Traditionen fest, weil wir an sie glauben. Es geht um Verantwortung. Hier wird nur outgesourct, was wir wirklich nicht selbst leisten können.«

»Das ist schön zu hören«, entgegnete Georgie höflich. Und das fand sie tatsächlich. Auch wenn sie das wirtschaftliche Konzept dahinter infrage stellte. Nun, darum ging es aber in diesem Gespräch nicht und sie hielt sich zurück mit zu kritischen Fragen. Man verabschiedete sich Hände schüttelnd. Kim blieb noch sitzen und bat Georgie, ebenfalls einen Moment zu bleiben.

»Wir suchen jemanden, der am besten sofort anfangen kann«, ließ Kim sie wissen und sah sie hoffend an. Georgie war bewusst, dass Kim nur deshalb jetzt schon andeutete, sie könne den Job haben, weil sie sich kannten. Normalerweise hielt man sich etwas bedeckter.

»Ich bin relativ flexibel, was das Datum angeht, allerdings würde ich gern noch mal in Ruhe darüber nachdenken.« War sie flexibel? Der Großteil ihres Eigentums stand verpackt in einem Lager in Frankfurt. Sie hatte nur ein paar Klamotten, ein bisschen Wolle und liebe Menschen, an die sie denken musste.

»Das verstehe ich. Es ist eine großartige Stelle und ich habe ein gutes Gefühl bei dir.« Kim lächelte, wahrte jedoch eine professionelle Distanz. Was Georgie zu nehmen verstand, sie kannten sich ja auch nicht wirklich gut.

»Mir geht es auch so. Sie entspricht ziemlich genau der Stelle, die ich immer für mich gesehen habe. Allerdings hat sich in den vergangenen Monaten einiges getan, seit ich aus Frankfurt weggezogen bin. Ich bin derzeit halbstille Teilhaberin an einem florierenden Geschäft, das wir gerade erweitern wollen. Wir haben große Ziele, aber meine Kompagnons leiten das eigentliche Geschäft. Ich kann meine Rolle verlagern, möchte das aber mit meinen Partnerinnen besprechen. Hier geht es auch um Verantwortung.«

»Okay, lass uns einfach morgen noch mal telefonieren, dann habe ich auch mit den Chefredakteuren gesprochen. Aber ich bin mir ziemlich sicher, dass sie dir den Job anbieten werden. Du warst fantastisch in dem Gespräch.«

KAPITEL 18

Und das taten sie. Schon am nächsten Nachmittag, zurück im Schwarzwald, kam die Zusage per Mail. Georgie saß wie versteinert vor dem Rechner in Veras Geschäft, als sie die Nachricht las. »Ach du Scheiße«, entfuhr es ihr. Was nun? Zusagen und die Traumstelle antreten? In einer Stadt, in der es ständig regnete und die dennoch so schön und aufregend war? Konnte sie aus dem kleinen Ort zurück in eine Metropole? Sie hatte sich doch gerade so an den neuen Lebensrhythmus und die Ruhe gewöhnt. Ihre Gedanken überschlugen sich. Konnte sie beides haben? Nord- und Süddeutschland? Hamburg war gar nicht so weit mit dem Flugzeug. Sie konnte an den Wochenenden herkommen. Das Gehalt als Ressortleiterin hätte ihr erlaubt, so oft herzufliegen, wie sie nur wollte. Es war schließlich nicht New York oder Schanghai. Die Reise dauerte nur ein paar Stunden. Sie hatte sich geweigert, mit Vera oder Lina darüber zu sprechen, solange sie nicht ganz sicher wusste, dass sie den Job bekam. Am Abend zuvor war sie beiden ausgewichen. Tom half auf der Baustelle eines Cousins und würde erst heute zurückkehren. Sie hatten nur kurz telefoniert und auch bei ihm hatte sie nicht mit Details über das Gespräch herausgerückt. Erst musste sie sich sicher sein. Zusagen oder bleiben? Aber wie würde eine Zukunft hier für sie aussehen? Ein eigenes Geschäft hatte sie nie gewollt, sondern eine Redakteursstelle. Themen ausfindig machen, recherchieren, Daten verifizieren, Interviews führen, schreiben und jedes verdammte Komma richtig setzen. Bei diesem Job würde sie ein kleines Team leiten und Themen entscheiden. Es war eine wichtige Stelle, eine mit Bedeutung. Sie mochte die Großstadt, sie liebte die Kultur und das Tempo. Zumindest war das früher so gewesen. Hatten die wenigen Monate hier im Nirgendwo sie doch nachhaltiger verändert, als sie sich eingestehen wollte? Georgie schlug die Hände vors Gesicht und schüttelte verzweifelt den Kopf. Sie erinnerte sich daran, wie sie zuletzt durch Frankfurt gelaufen war und ihr alles überfüllt und laut vorgekommen war. Hamburg war nicht besser. Sie würde nicht morgens durch den Wald an einen beschaulichen Arbeitsplatz laufen und dort mit ihrer Freundin in aller Ruhe einen Tee trinken. Man würde ihr sicher auch kein Huhn namens Aretha schenken. Sie würde nicht abends auf einer Veranda sitzen und mit ihrer fröhlichen Tante häkeln. Sie würde nicht in Toms Armen einschlafen.

Aber sie müssten die Beziehung ja nicht beenden. So viele Paare führten Fernbeziehungen. Sie liebte ihn und wollte ihn nicht verlieren. Ja, er hatte sie durch eine schwere Phase begleitet, aber nicht deshalb hatte sie Gefühle für ihn entwickelt. Alles an ihm berührte sie. Das mit ihnen konnte etwas richtig Großes werden, sie konnte sich eine Zukunft mit ihm vorstellen. Tom war wirklich kein Trostpflaster. Sie konnte an den Wochenenden herkommen und wenn er Lust hatte, konnte er sogar für mehrere Tage mitkommen. Er hatte keinerlei Verpflichtungen, wie er immer betonte. Er war frei, er konnte sogar nach Hamburg ziehen. Vielleicht hatte er Lust, wieder in seinem alten Beruf zu arbeiten. In Maßen natürlich. Er kannte sich aus mit der Leitung eines Unternehmens, er war mal ein erfolgreicher Manager gewesen, es musste doch auch eine Beschäftigung im

Norden für ihn geben. Georgie wusste jedoch bereits, dass sie sich die Welt gerade schönredete. Tom würde niemals mit ihr nach Hamburg gehen.

Und so war es. Als sie abends bei ihm vorfuhr, stand er in der Küche und richtete etwas zu essen für sie beide an. Sie trat hinter ihn und umarmte ihn schweigend. Tom schloss die Augen. Er wusste, was sie sagen würde. Den ganzen Tag hatte er versucht, sich auf die Arbeit zu konzentrieren, nicht daran zu denken, was wäre, wenn. Jetzt konnte er es nicht mehr zur Seite schieben.

»Ich habe den Job.« Georgie flüsterte es an seinen Rücken, weil sie es nicht laut und in sein Gesicht sagen konnte. Sie hätte die dunklen, traurigen Augen nicht ertragen können. Sie wäre schwach geworden, wenn er sie ansah. Für diese Augen hätte sie alles abgesagt und ihr ganzes Leben aufgegeben. Das konnte sie nicht, das durfte sie nicht. Sie war eine moderne Frau und ihre Karriere hatte immer an erster Stelle gestanden. Das durfte sie nicht vergessen.

»Nimmst du ihn an?«, fragte er ruhig und drehte sich um, um sie in den Arm zu nehmen. Dankbar für die liebevolle Geste schmiegte sie sich an ihn und atmete seinen vertrauten Duft ein.

»Ja, ich denke schon. Es ist eine einmalige Chance. Ein toller Job. Wir kriegen das hin, Tom. Ich kann an den Wochenenden herfliegen.«

»Das kannst du. Aber ich will mehr als die Wochenenden. Es genügt mir nicht, dich nur zwei Tage pro Woche zu sehen, und auch die womöglich auf Abruf. Ich will dienstags mit dir aufwachen. Und mittwochs bei deiner Tante mit dir zusammen zu Abend essen. Und donnerstags ins Kino fahren, wenn wir spontan Lust auf einen Film haben.« Die Bilder ihrer gemeinsamen Zukunft, die er erzeugte, berührten sie tief im Herzen.

Sie wollte das auch alles. Aber zugleich war sie nicht wirklich bereit, ihre Ziele dafür aufzugeben.

»Komm mit mir«, bat sie und der Knoten in ihrem Magen, den sie schon seit dem ersten Telefonat mit Kim in sich trug, wurde größer. Es war nur die Aufregung, die Angst vor der großen Aufgabe, das würde vorübergehen, sagte sie sich. »Du könntest wieder in deiner alten Branche arbeiten«, versuchte sie, ihn zu überzeugen.

»Ja. Könnte ich, aber ich möchte nicht. Ich bin hier zu Hause. Hier will ich leben. Ich hatte das aufregende Großstadtleben und habe es mehr als genossen, glaub mir. Ich möchte nicht dorthin zurück.«

Sie löste sich aus seiner Umarmung und schaffte es endlich, ihn anzusehen. Er meinte es ernst, sie spürte, dass er keinen Millimeter von seinem Standpunkt abweichen würde.

»Das heißt, das war es?« Georgie kämpfte mit ihren Gefühlen, mit der Enttäuschung und der Traurigkeit, die sie fast überrollte.

»Georgie. Ich kann nicht zurück.« Er lehnte sich an die Wand und verschränkte die Arme.

»Wieso denn nicht? Du weißt doch, was dich erwartet. Findest du es nicht auch verlockend? An jeder Ecke gibt es Sternerestaurants, wir könnten abends ausgehen, am Wochenende schlendern wir durch Parks und besuchen Ausstellungen. Vermisst du das denn gar nicht?« Sie sah ihn hoffnungsvoll an. Es konnte ihr altes Leben werden – nur »in besser«, mit ihm! Doch Tom schüttelte den Kopf.

»Ja, ich weiß, was mich erwarten würde. Und es ist nicht das, was ich möchte. Ich brauche keine Sieben-Gänge-Menüs, wenn ich bei Vera den besten Eintopf der Welt essen kann. Wozu sollte ich in ein Museum gehen, wenn ich hier nur aus dem Fenster blicken muss, um den schönsten Ausblick zu haben. Ich möchte mit dir zusammen sein, Georgie, weil ich dich liebe. Ich bin verrückt nach dir. Aber wir wissen beide, wie dein Arbeitsalltag bei der Zeitung aussehen wird. Du wirst sechzig Stunden pro Woche arbeiten und immer öfter auch am Wochenende. Was soll ich in der Zwischenzeit machen? Glaubst du, sie brauchen einen Schreiner wie mich in Hamburg? Einen ungelernten Schreiner, der nur das tut, worauf er Lust hat? Ich werde nicht wieder in irgendeiner Firma als Salesmanager schuften, die nicht mal meine eigene ist. Diese Art von Job habe ich vor Jahren aufgegeben und gedenke nicht, daran anzuknüpfen. Und meine Investitionen brauchen mich nicht, das läuft alles über einen Mittelsmann. Ich habe in Hamburg wirklich nichts zu tun. Überhaupt nichts. Außer darauf zu warten, dass du abends nach Hause kommst.« Er sah sie ernst an. »Glaub mir, das ist kein Leben für mich. Diese Stadt ist nichts für mich. Das, was dir so viel Freude bereitet, was du vermisst, das hat mich fast zerstört.« Aufgebracht rieb Tom sich das Gesicht und atmete heftig aus. Die Angst, die er seit dem Tag verspürt hatte, als sie den Anruf von ihrer Bekannten bekommen hatte, brach sich Bahn in einem angespannten Zittern. Er verkrampfte, so viel Holz konnte er gar nicht hacken, um das abzubauen.

»Ich kann das verstehen, das alles. Aber wie stellst du dir denn meine Zukunft vor, wenn ich hierbleibe? Hier gibt es nichts für mich zu tun!«, rief sie aus.

»Nichts? Was ist mit dem Hotel, dem Café, dem Laden und den Buchhaltungen? Zählt das nicht?« Tom hatte den Blick immer noch intensiv auf sie gerichtet und konnte zusehen, wie sie sich zunehmend verschloss. Sie legte ihren Panzer an und ließ ihn immer weniger an sich ran. Die Entscheidung war längst getroffen. Ihre Entscheidung. Er wusste, sie würde nicht klein beigeben, und das würde er auch nicht von ihr verlangen. Nur war er nicht bereit, sein Leben hier aufzugeben, er liebte es zu sehr, brauchte es.

»Das Geschäft war nie mein Traum. Das ist mir einfach passiert. Natürlich ist es schön, Häkeldecken zu verkaufen, aber davon kann man doch kein ernst zu nehmendes Leben bestreiten. Ich habe kein Gehalt! Seit Monaten. Und wir bezahlen Lina bisher nicht. Niemand kann wirklich davon leben, wenn er nicht reich verheiratet ist.«

»Vielleicht doch. Manche Dinge passieren einfach. Gute Dinge. Wir sind auch einfach passiert. Was musst du dir beweisen mit dieser Stelle?«

Georgie starrte ihn fassungslos an. Ja, vielleicht musste sie sich etwas beweisen, aber das ging nur sie etwas an. Das vergangene halbe Jahr war scheußlich gewesen, hatte alles ins Wanken gebracht. Ihr ganzes Selbstbewusstsein, ihre Arbeitsmoral, ihr Gefühl als Frau. Sie war belogen und betrogen und sitzengelassen worden, und dann auch noch gefeuert. Diese neue Stelle war etwas, das sie verdient hatte, weil sie nämlich doch gut war in ihrem Job.

»Dass ich es kann«, sagte sie und drehte sich um. Sie war schon an seiner Haustür, als er sie im Flur einholte.

»Warte, Georgie. Lass uns nicht so auseinandergehen. Bitte.« Er hielt sie am Arm fest, sie drehte sich zu ihm um, spürte selbst, wie sie sich zu ihrem eigenen Schutz ihm gegenüber verschloss. In den vergangenen Wochen hatte sie eine neue Stärke in sich entdeckt, die jetzt zum Vorschein kam.

»Tom. Wir haben beide recht. Ich verstehe, dass du das Leben dort nicht führen willst. Aber du kannst nicht verlangen, dass ich meines aufgebe und hier im Nirgendwo bis an mein Lebensende herumsitze und häkele und Fantasiehotels eröffne. Ich kann mehr als das.« Sie legte ihre Hand auf seine und sah ihn an. Sah in seine Augen und nahm Abschied von dem Leben, das sie mit ihm führte, von dem Leben, das sie mit ihm hätte haben können. Dann beugte sie sich vor und küsste ihn auf die Wange. Sie flüsterte einen Abschiedsgruß und ging. Ihr war zum Heulen zumute. Sie liebte ihn und er liebte sie. Aber wenn er nicht bereit war, ihr neues Leben zu begleiten, nicht mal versuchen wollte, eine Lösung zu finden, dann hatten sie keine Zukunft.

KAPITEL 19

Vera und Lina akzeptierten Georgies Weggang, jede auf ihre eigene Art. Vera schwieg erst eine Weile und nickte dann. Sie sagte, Georgie müsse ihre eigenen Entscheidungen treffen. Das Universum werde sie schon an den richtigen Ort führen.

»Ich persönlich glaube, du machst einen Fehler. Das sage ich allerdings genau ein einziges Mal zu dir und danach werde ich zu dem Thema schweigen und dich in all deinen Vorhaben unterstützen. Du gehörst hierher. Zu uns. Aber wenn du gehen musst, musst du gehen. Ich lasse dich ziehen und werde eine Kerze für dich anzünden.« Sie klopfte sich mit der Hand in Höhe des Herzens auf die Brust. Georgie rollte mit den Augen.

»Eine Kerze? Vera, das klingt, als würde ich sterben. Doch ich lebe, nur eben woanders. Du kannst sicher sein, dass ich dich ganz oft besuchen werde. Ich bin dir dankbar für alles, was du für mich getan hast. Ich hätte dieses halbe Jahr nicht ohne dich überstanden«, sagte sie mit Nachdruck. Denn so empfand sie es. Wenn Vera sie nicht bei sich aufgenommen hätte, sich um sie gekümmert, ihr das Häkeln beigebracht und eine Aufgabe gegeben hätte, wo wäre sie gelandet? Vielleicht wäre sie sogar zu Sebastian zurückgekehrt. Welch ein Glück, dass es dazu nicht gekommen war!

»Na, dann soll es wohl so sein. Und jetzt gehe ich mit den Katzenbabys spielen. Das macht alles besser.« Damit ließ Vera sie allein und sprach nie wieder über den bevorstehenden Umzug.

Lina hingegen reagierte ganz anders. Sie brüllte, fluchte, weinte und lachte hysterisch.

»Ausgerechnet Hamburg! Du dort, ich hier. Das ist falsch, so falsch. Wir brauchen dich doch! Wie sollen wir dieses Geschäft ohne dich führen?«, rief sie laut aus und raufte sich theatralisch die Haare.

»Das schafft ihr schon. Wirklich. Ich komme mindestens alle paar Wochen her und kann mich dann um die Buchhaltung kümmern. Der Rest vom Dorf muss sich eben eine neue Buchhalterin besorgen. Ich war ohnehin nie wirklich dafür qualifiziert. Ich habe Wirtschaftspsychologie und Journalistik studiert. Und endlich, endlich kann ich wieder anwenden, was ich gelernt habe. Aber du wirst mir sehr fehlen.« Georgie umarmte ihre Freundin fest und strich ihr die Tränen von der Wange.

»Es ist nicht dasselbe. Alle paar Wochen, das reicht nicht. Wenn wir mit dem Hotel, dem Geschäft und dem Café scheitern, dann bist du schuld!«, protestierte Lina und schob schmollend die Unterlippe vor. Sie verstand, warum Georgie wegging, aber sie wollte es aus ganz eigennützigen Gründen einfach nicht gut finden. Ihre Freundin würde ihr schrecklich fehlen. Für sie war Georgie Familie, wenn ihr schon keine eigene vergönnt war, so wollte sie sich immerhin die Mitglieder für ihre nicht blutsverwandte Familie aussuchen. Georgie sollte unbedingt dazugehören, sie war für Lina viel mehr als eine Freundin.

Georgie nickte lachend. »In Ordnung. Und jetzt brauche ich deine Hilfe. Wo wohne ich in Hamburg am besten?«

Lina fand dafür die einfachste Lösung. Sie organisierte in der norddeutschen Dependance ihrer alten Hotelkette ein zentral gelegenes Zimmer, in dem Georgie vorerst zu sehr günstigen

Konditionen unterkam, bis sie in Hamburg ein neues Zuhause für sich fand. Ihre Habseligkeiten füllten nur ein paar Koffer und die würden locker in den kleinen, aber schicken Raum passen. Wenn sie eine Bleibe gefunden hatte, würde sie die anderen Besitztümer aus dem Lager holen lassen. Bis dahin käme sie mit dem zurecht, was zur Verfügung stand. Liebevoll und besonders vorsichtig packte Georgie am Tag der Abreise ihre fertige Häkeldecke ein. Bewegt von Abschiedsgefühlen strich sie behutsam darüber, spürte die Wolle und die Strukturen, die sie geschaffen hatte. Diese Decke war durch ihre Hände entstanden, mit all den Emotionen, die sie in den vergangenen Monaten durchlebt hatte. So viele Tränen waren darüber vergossen worden, so viel Trost hatte sie in diesem Projekt gefunden. Wenn sie sich in diese Decke kuscheln würde, würde sie immer an diese intensive Zeit zurückdenken. Sie wünschte Lina und Vera Erfolg mit ihrer Geschäftsidee. Noch viel mehr Menschen sollten ihr Glück im Häkeln finden, wenn es nach ihr ging. Es war die beste Therapie für sie gewesen.

Der Umzug nach Hamburg ging reibungslos über die Bühne. Georgie hatte sich für die Fahrt ein kleines Auto gemietet und fuhr die Strecke in zwei Etappen. Sie checkte im Hotel ein, brachte mithilfe eines jungen Pagen namens Steffan ihr weniges Gepäck in das kleine Zimmer und machte sich umgehend auf die Suche nach einer Wohnung. Sie schrieb Makler an und durchsuchte selbst das Internet nach Anzeigen. Es würde nicht einfach werden, eine schöne – und vor allem bezahlbare – Wohnung zu finden, aber sie musste nicht groß sein. Sie besaß keine Möbel, deshalb wäre eine ausgestattete kleine Wohnung fürs Erste am besten. Da sie, wie Tom vermutet hatte, wirklich fast sechzig Stunden pro Woche arbeiten würde, wäre sie ohnehin kaum zu Hause. Wie immer ging sie die Suche strukturiert und effizient an. Sie hatte sich auf verschiedenen

Wohnungsmarktseiten E-Mail-Alerts eingerichtet und suchte systematisch jeden Abend zusätzlich Kleinanzeigen ab. Ihre Strategie wurde belohnt. Bereits nach zwei Wochen fand sie ein möbliertes Appartement östlich der Alster. Es war nicht besonders gemütlich eingerichtet, nach dem bunten Zuhause bei Vera kam ihr die glatte weiße Einrichtung besonders kalt vor. Doch um die Verschönerung würde sie sich später kümmern. Bis dahin würde sie in der nüchternen, als »modern« bezeichneten Ausstattung leben.

Der erste Monat im neuen Job verging rasend schnell. Die langen Tage waren geprägt davon, sich einzuarbeiten und Verlag, Magazin und Kollegen besser kennenzulernen. Sie wollte ihre Abteilung umstrukturieren, wollte, dass auch die beiden jüngeren Nachwuchskollegen, die wie sie neu zum Team hinzugestoßen waren, die Chance bekamen, Leitartikel zu schreiben. Sie wollte neue journalistische Formen ausprobieren, kürzere, knackigere Texte. Ja, das ging auch zum komplexen Thema Wirtschaft, davon war Georgie überzeugt. Ihre Vorschläge kamen nicht bei allen in ihrer Redaktion gut an, abgesehen von den Jüngeren, die von ihren Ideen letztendlich durch mehr und wichtigere eigene Artikel profitieren würden. Immer wieder entbrannte eine heftige Diskussion zwischen Georgie und den drei alteingesessenen Journalisten, die von der neuen, jungen Chefin verlangten, sich der Altershierarchie unterzuordnen.

»Vielleicht schaust du erst mal, wie wir das bisher gemacht haben, bevor du alles auf den Kopf stellst, Schätzchen«, verlangte einer von ihnen herablassend und ließ Georgie damit an ihrem fünften Tag in der Redaktion einfach stehen. Fassungslos hatte sie nach Luft geschnappt. Damit hätte sie sicher zu ihren Vorgesetzten gehen können oder sich Rat bei der Personalabteilung holen, doch sie wollte es unbedingt allein schaffen und rief den unverschämten Redakteur am nächsten

Tag zu sich ins Büro, um die Angelegenheit zu klären und ihm klipp und klar zu sagen, wo es langging.

»Da sind die Pferde mit mir durchgegangen. Wird natürlich nicht wieder vorkommen«, versprach er und grinste ihr süffisant ins Gesicht, ohne jede Spur von Bedauern, Entschuldigung oder Einsicht.

Georgies Hände krampften unter dem Tisch zusammen, bewusst öffnete sie sie und legte sie vor sich auf die Tischplatte.

»Dann sind wir uns ja einig. Du darfst jederzeit zu mir kommen, um eigene Ideen für die Weiterentwicklung der Redaktion zu besprechen«, bot sie an, weil das dem modernen Führungsstil entsprach. Richtig wohl fühlte sie sich jedoch nicht.

Solche und ähnliche Kämpfe focht Georgie tagtäglich aus. Wenn sie nach einem langen Arbeitstag nach Hause kam, reichte ihre Energie höchstens für eine kleine Runde Yoga gegen die Rückenschmerzen von den vielen Stunden am Schreibtisch oder für ein Glas Wein auf dem Sofa, wo sie meistens tief in der Nacht einschlief. Sie fühlte sich elend. Die Arbeit kostete sie alle Kraft und in den ersten Wochen hatte sie nicht das Gefühl, als würde sie irgendwas bewirken mit ihrem Tun. Kim sprach ihr zwar Mut zu, als Georgie irgendwann doch vorsichtig anmerkte, dass es keine leichte Aufgabe sei, und bestätigte, dass die »alten Hasen« eben etwas länger brauchten, um sich an sie zu gewöhnen.

»Das schaffst du schon. Du weißt doch, wie das ist. Es geht nur darum, wer ausreichend Durchhaltevermögen und Geduld beweist oder letztendlich hart durchgreift«, sezierte Kim die verfahrene Lage. Georgie war das zuwider, sie wollte mit dem Team arbeiten und nicht »hart durchgreifen«. So stellte sie sich ihre Position nicht vor. Frustriert stocherte sie in ihrem Mittagessen herum. Der gemeinsame Lunch mit Kim hatte nicht die Zuversicht gebracht, die Georgie dringend benötigte. Im Gegenteil.

»Es wäre natürlich schon gut«, setzte Kim zögernd an und sah Georgie mit hochgezogenen Augenbrauen an, »wenn du das zügig in den Griff bekommst. Deine Leute sind etwas speziell, das ist hier bekannt.« Oh, gut, dachte Georgie bitter, das hätte man ihr ja auch vorher sagen können, von wegen: »Das Team, das Sie betreuen würden, besteht schon einige Jahre in seiner Form. Es sind alles routinierte Redakteure.« Vermutlich hätte sie den Job trotzdem angenommen, hätte es sich als zusätzliche Herausforderung verkauft, der sie sich stellen wollte.

»Man verlässt sich darauf, dass du das Team anleitest und die Arbeitsabläufe neu gestaltest. So wie bisher soll es in der Redaktion nicht weitergehen. Deine strukturierte Arbeitsweise und dein beherrschtes Gemüt habe ich meinen Chefs gegenüber besonders betont. Sie wären sicher enttäuscht, wenn du nicht lieferst. Ich habe mich ganz schön aus dem Fenster gelehnt für dich.«

Super, noch mehr Druck, dachte Georgie verzweifelt, hatte trotz allem sogar Verständnis für Kims Position. Wenn sie wirklich versagte, würden die Chefredakteure Kims Urteilsvermögen anzweifeln. So lief das doch. Deswegen waren Jobs, die über Beziehungen zustande kamen, auch so fragil. Es machte ihre Situation aber nicht leichter. Ihr war der Appetit vergangen, sie schob das Essen, das sie kaum angerührt hatte, von sich. Obwohl die Kantine voll besetzt war und sie mit Kim zusammensaß, fühlte sie sich so einsam wie noch nie. Aber aufgeben kam nicht infrage. Also fügte sich Georgie in den erforderlichen Tonfall, in die Art und Weise des Umgangs, weil ihr nichts anderes übrig blieb. Mit Bauchschmerzen zitierte sie den Redakteur, der am meisten gegen sie rebellierte, am Nachmittag nach ihrem Lunch mit Kim zu sich.

»Nachdem ich mir die Arbeitsweise in dieser Redaktion ein paar Wochen angeschaut habe, steht fest, dass wir ab jetzt einiges anders angehen werden. Es ist höchste Zeit, die alten Strukturen aufzubrechen und allen im Team die gleichen Chancen zu bieten. Für die nächsten vier Wochen übertrage ich dir die Verantwortung für die ›Splitternachrichten‹. Habe ich mich deutlich genug ausgedrückt?« Sie sah ihm kühl in die Augen, während sein Gesicht vor Wut puterrot anlief. Die »Splitternachrichten« hatte sie eingeführt, um besonders kurze Beiträge, Informationshappen sozusagen, zu etablieren, im Versuch, auch dröge Wirtschaftsthemen einer jüngeren Zielgruppe schmackhaft zu machen. Kurz, knackig, für den Social-Media-Bereich aufbereitet und – das war der Punkt, der den Redakteur fast zum Platzen gebracht hatte – nicht für die Printausgabe gedacht. Die Online-Redaktion der Zeitung hatte ihren Vorschlag begeistert aufgegriffen, ihre alten Haudegen dagegen hatten nur abfällig gegrinst und die Rubrik den zwei Nachwuchsjournalisten angedreht.

»Ich denke nicht«, sagte er abfällig. »Meine Spezialität sind Reportagen. Das, was du da erfunden hast, das ist kein Journalismus, damit will ich nichts zu tun haben. Ich habe einen Ruf in der Branche, den werde ich mir nicht versauen.«

»Das wäre aber schade. Denn wir werden die Rubrik ab sofort rotierend besetzen. Als Dienstältester im Team bist du ein Vorbild für den Nachwuchs und fängst am Montag damit an. Keine Sorge, die Reportagen werden in der Zwischenzeit gut von anderen betreut.« Mit hochgezogenen Brauen blickte sie ihm direkt ins Gesicht. Bloß nicht wegsehen, beschwor sie sich. Als er merkte, dass sie nicht nachgeben würde, verließ er ihr Büro kochend vor Wut. Leise zählte sie bis hundert, dann stand sie auf, spazierte ruhigen Ganges zu den Toiletten und erbrach das wenige vom Mittagessen, das sie hinuntergebracht hatte.

Auf Dauer, das wusste sie, würde sie sich nicht wohlfühlen in diesem rauen Klima. Aus Angst vor Intrigen überprüfte sie alles doppelt und dreifach, das kostete nicht nur Zeit, sie spürte auch, wie die Energiereserven, die sie bei Vera und Tom aufgefüllt hatte, rasant schrumpften. Es kam nicht besonders gut an, als die anderen Kollegen merkten, dass sie ihnen nicht traute und jeden ihrer Texte einem zusätzlichen Freigabeprozess unterwarf. Was durchaus angebracht war, denn ständig wurden ihr Informationen vorenthalten, man »vergaß«, sie zu Terminen einzuladen, Unterlagen verschwanden oder Artikel wurden erst wenige Minuten vor der Deadline für den Druck für sie einsehbar gemacht. Ihr Team reagierte auf Georgies verstärkte Vorgaben mit stoischem Widerstand, was sie veranlasste, noch mehr zu fordern. Es war ein Teufelskreis, aus dem sie nicht ausbrechen konnte. Und von Tag zu Tag ging es ihr schlechter damit.

Als sie an einem frühen Samstagvormittag mit Lina telefonierte, beschrieb sie ihre Situation besser, als sie tatsächlich war. Sie wollte nicht, dass sich die Freunde daheim unnötig Sorgen machten. Sie würde das schon irgendwann in den Griff bekommen.

»Natürlich gibt es noch Anlaufschwierigkeiten«, berichtete sie ihrer Freundin. »Ich habe große Ideen für das Team und du weißt ja sicher, wie das ist. Das stößt nicht sofort auf Gegenliebe. Aber das bekomme ich schon hin. Sie werden sehen, wie gut meine Ideen sind, wie gut das neue System sein wird, wenn es läuft. Und dann habe ich bestimmt auch mal Zeit zum Schreiben eigener Artikel.« Irgendwann, hoffentlich, dachte sie und roch an ein paar frischen Blumen. Die Stöpsel ihres Smartphones im Ohr schlenderte sie an diesem Morgen über einen Markt, auf der Suche nach einer Belohnung für sich. Sie hatte eine arbeitsintensive, äußerst anstrengende Woche hinter sich und freute sich auf Kuchen oder Blumen, vielleicht würde sie nachher neue Wolle kaufen, um endlich mit einer Stola zu beginnen. Das war ihr neustes Häkelprojekt, mit dem sie aus Zeitmangel überhaupt nicht vorankam, bisher hatte sie nur die Anleitung ausgewählt. Aber heute war ein Tag, an dem sie das Häkeln dringend brauchte. Ja, sie würde nicht nur Blumen kaufen, nach dem Telefonat mit Lina würde sie direkt ein Wollgeschäft ansteuern.

»Du wolltest doch aber unbedingt schreiben«, rief Lina überrascht aus.

»Ja, dazu komme ich momentan leider noch nicht, weil die Organisation des Teams die meiste Zeit beansprucht. Aber ich habe gute Mitarbeiter, sie schreiben wirklich großartig. Das wissen sie und das macht sie etwas ... unbeweglich. Sobald die neuen Abläufe sitzen, finde ich ganz sicher auch selbst Zeit zum Schreiben.« Das hoffte sie wirklich, auch wenn sich ihr Ziel momentan eher noch weiter zu entfernen schien.

»Vermisst du uns denn überhaupt nicht?«, wechselte Lina das Thema. Sie spürte, dass Georgie nicht glücklich war, egal wie sehr diese versuchte, sich und ihr die Situation schönzureden. Da stimmte etwas nicht, das hörte sie zwischen den Sätzen, aber Georgie war nicht bereit, darüber zu reden, und Lina wollte sie nicht zwingen. Noch nicht. Sie würde ein wachsames Ohr haben und wenn sich die Situation verschlimmerte, Maßnahmen ergreifen. Welche, wusste Lina noch nicht, doch ihr und Vera würden bestimmt geeignete einfallen.

Georgie entschied sich für einen bunten Blumenstrauß und deutete der Verkäuferin ihre Wahl lächelnd an. Der Strauß erinnerte sie an die fröhlichen, wilden Zusammenstellungen von Vera. Sie bezahlte die Blumen bei der Verkäuferin.

»Dafür habe ich kaum Zeit«, erklärte sie Lina. »Heute ist der erste Samstag, seit ich in Hamburg bin, an dem ich nicht in der Redaktion sitze. Ich kaufe mir gerade Blumen.«

»Okay, lass mich das deutlicher formulieren. Vermisst du Tom?«, bohrte Lina nach. Georgie stockte. Tom. Vermissen war nicht der richtige Ausdruck für ihre Gefühle. In jeder freien Sekunde, die sie nicht arbeitend oder schlafend verbrachte, dachte sie an ihn. Sie rollte sich oft auf dem kleinen Sofa zusammen, weil ihr das große, luxuriöse Bett ohne ihn leer und einsam vorkam. Ihm galt der erste Gedanke morgens, weil er nicht neben ihr lag beim Aufwachen. Selbst in der Dusche dachte sie an ihn und weinte ein paar Tränen, die das Wasser wegwusch. Dann riss sie sich zusammen, föhnte sich die Haare – sie war wieder dazu übergegangen, ihre Lockenmähne zu glätten – und zog sich ihren Panzer in Form von Bürokleidung an. Danach fuhr sie in die Redaktion, wo sie keine Zeit hatte, ihren Gefühlen nachzuhängen. Für die Gefühle waren die Nächte da. Wenn sie allein in ihrem kühlen Appartement saß, einsam mit einem Glas Wein. Sie hatte keine Freunde in der Stadt, keine Zeit, welche kennenzulernen, und von Kim hielt sie sich nach ihrer letzten Ansage lieber fern. Georgie gönnte sich nur ein Minimum an Freizeit. Nicht nur, weil sie erst mal die Redaktion umgestalten wollte, wie es ihr vorschwebte, und deshalb viel arbeitete. Der gewichtigere Grund war, dass sie möglichst wenig an Tom denken wollte. Denn jeder Atemzug ohne ihn tat weh. Entsetzlich weh und es wurde auch nicht besser. Im Gegenteil. In besonders schwachen Momenten fing sie an, ihre Entscheidung anzuzweifeln. Sie sehnte sich so sehr nach ihm. Sie vermisste seinen Geruch, seine Hände auf ihrem Körper, die dunklen, schönen Augen, das Lachen und seinen gemächlichen Gang.

»Manchmal«, räumte sie dann doch ein. »Wie geht es ihm denn?«, fragte sie ausweichend und setzte ihren Spaziergang fort.

»Er leidet wie ein Hund, würde ich sagen. Er schuftet viel. Abends sitzt er dann meistens bei Vera im Wohnzimmer, trinkt schweigend ein Bier und starrt auf den Waldrand, als würdest du dich dort materialisieren, wenn er nur lange genug starrt. Er kümmert sich zurzeit mit einer Horde Arbeiter um den Ausbau des Hotels. Wir haben das Esszimmer geräumt und neu eingerichtet. Es ist jetzt offiziell ein Esszimmer für Gäste. Vera hat Iris' altes Zimmer zu ihrem neuen privaten Wohn- und Lebezimmer gemacht, damit …« Lina plauderte weiter und berichtete von den großen Veränderungen. Sie hatten tatsächlich das Geschäft neben dem Laden gekauft und waren gerade dabei, es neu einzurichten. Mit dem Hotel ging es voran und Vera und Lina planten die Workshops für das kommende Jahr. Sie hatten mutig – oder eher größenwahnsinnig – zwanzig Termine angesetzt und versuchten zurzeit, in Freiburg und Umgebung dafür Werbung zu machen.

»Wann kommst du uns denn endlich mal besuchen?«, fragte Lina und riss Georgie aus ihren Gedanken, die sich noch immer vorstellte, wie Tom auf dem alten Sofa saß und sie vermisste.

»Das weiß ich noch nicht. Bald, bestimmt«, versprach sie. War sie schon bereit für einen Besuch in der Heimat? Momentan konnte sie sich nicht vorstellen, dort zu sein. Um anschließend wieder nach Hamburg zurückzukehren. Erst musste sie ihre Aufgaben hier so weit im Griff haben, dass sie sich nicht schämen musste, dort aufzutauchen. Für diese Stelle hatte sie viel aufgegeben, es sollte sich lohnen. Sie wollte, dass alle stolz auf sie waren, weil sie einen wichtigen Job erledigte. Und weil sie ihn gut machte. Momentan sah sie das selbst nicht so und hätte niemandem die erfolgreiche Karrierefrau vorspielen können. Vielleicht war es ja auch allen total egal, was sie hier leistete.

»Aber du kommst zur Eröffnung des Hotels!«, befahl Lina mit energischem Tonfall.

»Natürlich«, bestätigte Georgie. Die Eröffnung sollte im März stattfinden, also in ein paar Wochen. Bis dahin würde sie sich so weit aufgestellt haben, dass sie stark genug wäre, nach Hause zu fahren und allen zu begegnen. Vor allem Tom.

»Wenn du nicht auftauchst, hole ich dich persönlich und unter Anwendung von Gewalt«, drohte Lina lachend. »Das wird großartig mit dem Hotel, du wirst schon sehen! Wir starten erst mal nur mit den Wochenenden. Wir können Café,

Geschäft und Hotel zu zweit nicht die ganze Woche führen. Jemanden einzustellen, können wir uns momentan leider nicht leisten. Und deine Tante braucht auch mal Ruhe zu Hause! Hat Vera dir eigentlich schon verraten, wie das Hotel heißen wird?«, fügte sie hinzu.

»Nein, noch nicht. Wie denn?« Georgie setzte sich zitternd mit ihren Blumen im Arm auf eine Parkbank. Die feuchte Kälte des Hamburger Winters machte ihr zu schaffen, sie kroch ihr in die Gliedmaßen, in die Seele. Sie beschloss, den restlichen Tag häkelnd in einem Café zu verbringen und keine Sekunde an die Arbeit zu denken. Sie brauchte viel mehr Wohlfühlmomente in der Stadt, wenn das etwas werden sollte. Und die fingen mit Blumen und Wolle an.

»Iris' Inn.«

Georgie traten die Tränen in die Augen.

»Das ist perfekt«, flüsterte sie und wischte sich verstohlen über die Wange. In diesem Moment war sie kurz davor, alles hinzuschmeißen und nach Hause in den Schoß der Familie zurückzukehren. Aber sie riss sich zusammen. Sie würde warten bis März, dann wäre sie bereit. Hoffentlich.

Kapitel 20

Ihr erster Besuch zu Hause, der zur Eröffnung des Hotels, hätte zu keinem schlechteren Zeitpunkt stattfinden können. Einer ihrer Mitarbeiter, mit dem sie wie schon von Anfang an auf Kriegsfuß stand, hatte hinter ihrem Rücken seinen Artikel zum Druck freigegeben, ohne vorher die von ihr verlangten Änderungen vorzunehmen. Die Situation war eskaliert, als sie ihn unter vier Augen zur Rede stellte. Er hatte sie übel beschimpft, während sie versuchte, ruhig und sachlich zu bleiben, womit sie aber überhaupt nichts erreichte. Aus der Chefetage war keine Unterstützung zu erwarten. Georgie solle ihre teaminternen Probleme bitte auch genau dort lösen, nämlich intern, riet man ihr und fügte gnädig hinzu, man wisse schon, dass dieser spezielle Kollege sehr schwierig sein könne, er sei aber nun mal seit über dreißig Jahren bei der Zeitung. Er habe sie mit aufgebaut und damit gewissermaßen einen Sonderstatus. Sie solle ihm gegenüber kooperativer sein und ihn einfach machen lassen. Dann wäre er in seiner besten Form und auch deutlich umgänglicher.

»Sie haben mich aber doch eingestellt, um Innovationen in dieses Team zu bringen«, beschwerte sie sich. »Er weigert sich, auch nur eine meiner Ansagen umzusetzen, und stachelt die anderen Mitarbeiter auf, er bringt die Unruhe in die Redaktion, nicht ich. So kann ich nicht arbeiten«, fuhr sie fort. Einer der Chefs seufzte und zuckte mit den Schultern.

»Sie fahren doch übers Wochenende ohnehin weg. Erholen Sie sich gut und wenn Sie am Montag wieder hier sind, bitten Sie ihn noch mal um ein Gespräch. Er ist eigenwillig und lässt sich schwer lenken, aber im Großen und Ganzen ist er ein vernünftiger Kerl. Das schaffen Sie schon«, hieß es. Man gab ihr in aller Deutlichkeit zu verstehen, dass das ihr Problem sei und sie sich allein darum kümmern solle. Georgie überlegte, ob man ihr bei ihrem Vorstellungsgespräch die Wahrheit über den plötzlichen Ausfall ihrer Vorgängerin gesagt hatte. Wie hatten sie es genannt? »Krankheitsbedingt« – das konnte ja so einiges bedeuten … Vielleicht war auch diese Person an den unbeugsamen Redakteuren gescheitert und hatte verzweifelt alles hingeworfen. Tatsächlich kam ihr hinwerfen gerade selbst sehr verlockend vor. Dennoch war das keine Option für sie, sie gab niemals auf. Sie musste es schaffen!

Georgie stand also auf, bedankte sich höflich für das Gespräch und verließ das Büro der Chefs. Betont langsam und kontrolliert ging sie zu ihrem Arbeitsplatz und vermied dabei jeglichen Blickkontakt mit ihren Mitarbeitern, als sie an deren Schreibtischen vorbeikam. In aller Ruhe nahm sie ihre Handtasche, packte Laptop und Unterlagen ein und verließ das Büro, ohne mit jemandem zu sprechen. Mit den beherrschten, gleichmäßigen Schritten, die sie sich in der Redaktion antrainiert hatte, um ihrem zunehmenden Trieb nach fluchtartigem Wegrennen entgegenzuwirken, ging sie zum Lift und fuhr in die Tiefgarage, wo ihr kleines Auto geparkt war, das sie erst seit ein paar Tagen besaß. Kaum dass sie hinterm Steuer saß und die Tür zugezogen hatte, holte sie tief Luft und brüllte all ihre Wut raus. Mit den Fäusten schlug sie wild auf das Lenkrad ein, schrie, tobte. All der Frust, der Stress der vergangenen Monate entlud sich in der Sicherheit ihres Wagens. Nach einigen Minuten hatte sie sich abreagiert. Heftig atmend saß sie in ihrem Auto. Sie hasste den Job, hasste die Kollegen. Hasste den schrecklichen matschigen Winter in der Stadt, in der sie sich noch immer nicht zu Hause fühlte. Wie ein Schlag traf sie die Erkenntnis: Mit diesem Job hatte sie sich und allen anderen beweisen wollen, dass man sie damals ungerechtfertigt gefeuert hatte. Dass man einen Fehler gemacht hatte, weil sie in Wahrheit nämlich eine brillante Mitarbeiterin war. Aber den größten Fehler hatte sie selbst gemacht und verfluchte sich dafür. Ja, auf dem Papier war der Job genau das gewesen, wovon sie beruflich immer geträumt hatte. Doch in Wahrheit hatte sie sich blenden lassen von der Position, von dem gewaltigen Karriereschritt, den sie in Hamburg machen würde. Dafür hatte sie all das Schöne in ihrem neu gewonnenen Leben aufgegeben.

Nachdem sie ein paar Mal tief durchgeatmet hatte, startete sie den Motor und fuhr langsam und besonders umsichtig zum Flughafen. Fehlte nur noch, dass sie einen Unfall baute, weil ihre Wut sie vom Verkehr ablenkte – was zum Glück nicht passierte. Nach dem Check-in gönnte sie sich als Erstes ein großes Glas Wein in der Flughafenbar und versuchte, den Frust wegzuatmen, indem sie einige Übungen wiederholte, die sie sich fürs Büro angeeignet hatte. Es gelang ihr kaum. Selbst über den Wolken ließ ihr Ärger nur geringfügig nach. Nein, sie HASSTE das natürlich nicht alles. Hass war ein viel zu starkes Wort für sie. Es war eben … schwierig. Sie würde eine Lösung finden müssen. So konnte es nicht weitergehen. Seit knapp vier Monaten ärgerte sie sich täglich maßlos und kam keinen Schritt voran. Wenn sie diese Stelle nicht aufgeben wollte, musste sich etwas ändern, weil sie es nicht länger aushielt, wie es war. Sie war überfordert, gestand sie sich ein. Sie war eine gute Redakteurin, aber sie taugte nicht zur Leitung eines Teams aus störrischen, respektlosen Böcken. Es war anders als in Frankfurt. Und es war ganz sicher anders als bei Tante Vera. Anders musste nicht zwangsläufig schlecht bedeuten, aber in ihrem Fall war es furchtbar. Wie sollte sie das in den Griff bekommen? Würde es überhaupt jemals gut werden? Sie bestellte noch mehr Wein bei der Stewardess und trank sich Gleichmut an. Prima, dachte sie beim letzten Schluck, werde ich auch noch Alkoholikerin. Ach, was soll's!

Sie war im nasskalten Hamburg abgeflogen und landete im sonnigen Winter in Basel. Bald würde die Sonne kräftiger werden und den Frühling in den Schwarzwald schicken. Ein kräftiger Wind zerrte an ihr, als sie aus dem Flughafengebäude trat. Es roch herrlich, sie sog die frische Luft tief ein und spürte, wie ihr norddeutscher Alltag langsam von ihr wegdriftete. Das war gut, sie brauchte eine Pause. Erst am Montag würde sie wieder darüber nachdenken, beschloss sie. Jetzt war sie hier. Endlich! Sie hielt Ausschau nach Lina oder Vera, eine von beiden war sicherlich da, um sie abzuholen, sie hatte ihnen die Ankunftszeit durchgegeben. Im Empfangsbereich entdeckte sie stattdessen Tom. Georgie blieb wie vom Blitz getroffen stehen. Da stand er, die Hände lässig in den Hosentaschen vergraben, eine dicke karierte Holzfällerjacke bis zum Kragen zugeknöpft, einen gestrickten Schal um den Hals gewickelt, dreckige Jeans und derbe Boots. Er sah sie und seine Augen funkelten. Georgie wollte auf ihn zustürmen und ihn umarmen. Ihn küssen und nie wieder loslassen. Stattdessen ging sie ebenso kontrolliert wie aus dem Büro ihrer Chefs auf ihn zu und begrüßte ihn zurückhaltend. Weil sie sich selbst nicht traute, hielt sie einen guten Meter Sicherheitsabstand zu ihm.

»Hi«, sagte er nur und seine Stimme schlug in ihren Magen ein. Sie war mitgenommen von dem Streit am Vormittag, sie war nicht darauf vorbereitet gewesen, ihn schon hier am Flughafen zu sehen, und sie hatte zu viel Wein getrunken. Es zog ihr den

Boden unter den Füßen weg. Sie wollte in seiner Umarmung verschwinden. Wenn sie in seinen Armen die Augen schlösse, wäre einfach nichts aus Hamburg wahr. Dann gäbe es nur sie und ihn.

»Danke, dass du mich abholst«, sagte sie stattdessen höflich und hielt ihren kleinen Koffer und die Handtasche krampfhaft umklammert, um nicht schwach zu werden und in seine Arme zu fliegen.

»Lina und Vera haben noch zu tun. Die ersten Gäste sind schon eingetroffen«, erklärte er und nahm ihr den Rollkoffer aus der Hand. Verunsichert folgte sie ihm zum Auto. Mit jedem Schritt bröckelte ihre Mauer. In der dicken Jacke sahen seine Schultern noch massiver aus, sein Rücken breiter. Dieser herrliche Rücken! Ja, sie liebte diesen Mann, mehr als je zuvor. Vor lauter Gefühlen wurde ihr ganz schwummrig. Sie konnte nichts dagegen tun. Gott, das war ja erbärmlich, schalt sie sich selbst. Es ist lediglich ein Rücken. Aber es war seiner. Sie wusste, wie er aussah unter der dicken Jacke, kannte seine Muskeln, die kleine Narbe auf der Schulter, sie wusste, wie er schmeckte und sich unter ihrer Wange anfühlte. Puh, das würde hart werden!

Tom hielt ihr galant wie gewohnt die Tür auf und Georgie kletterte in seinen Wagen. Sein Duft hing darin, der Duft nach Mann, Holz und Kaffee. Hamburg war plötzlich weit weg. Mit geschlossenen Augen sog sie den Duft tief ein. Tom setzte sich ans Steuer und sie bemühte sich um eine normale Atmung. Er sollte nicht mitbekommen, dass sie sich so sehr nach ihm verzehrte, dass sie sogar seinen Geruch inhalierte wie lebensnotwendigen Sauerstoff.

Während der Fahrt schwiegen beide. Tom versuchte, seine Gefühle in den Griff zu bekommen. Er hatte angeboten, sie vom Flughafen abzuholen, als er mitbekam, wie beschäftigt Lina und Vera bereits mit den ersten Gästen und den restlichen Vorbereitungen waren. Sie dann am Flughafen zu sehen, hatte ihn fast von den Füßen geholt. Um ein Haar hätte er seine Beherrschung verloren. Es brachte ihn fast um, sie zu sehen und nicht berühren zu können.

Georgie sah aus dem Fenster in die Dunkelheit. Sie hatte den Wald vermisst. Die Dunkelheit, die Kühle, die Ruhe.

»Hey, hätten wir nicht hier abbiegen müssen?«, fragte sie plötzlich in die Stille hinein, als Tom an der Abzweigung zum Dorf vorbeifuhr.

»Wir müssen kurz etwas bei mir abholen«, brummte er. Ein paar Kilometer weiter bog er auf den Waldweg ab. Sie konnte die Bäume im Dunkeln nicht deutlich sehen, aber die alte Brücke, die sie rumpelnd überquerten. Es fühlte sich an wie zu Hause. Vor seinem Haus kamen sie zum Stehen.

»Bin gleich zurück, ich hole nur schnell die Fackeln, die deine Tante für den Garten haben möchte«, sagte Tom und stieg aus. Er lief über den Hof zum Schuppen, wo seine Werkstatt untergebracht war. Georgie sah ihm nach und stieg ebenfalls aus. Sie brauchte frische Luft. Der Duft im Auto war unerträglich. Unerträglich schön. Die kurze Pause war eine gute Gelegenheit, sich die Beine zu vertreten und einen klaren Gedanken zu fassen. Langsam ging sie um das Haus herum und sah ins Tal. In der Dunkelheit konnte man es kaum ausmachen. Über dem Tal erstreckte sich der klare, dunkle Nachthimmel mit Milliarden Sternen. Es war hier so dunkel, dass man die Sternkonstellationen gut erkennen konnte. Die Dunkelheit und Stille machten ihr längst keine Angst mehr, im Gegenteil. Sie waren beruhigend, befreiend. Der immense Druck der vergangenen Wochen fiel von Georgie ab. Mit jedem Atemzug ein bisschen mehr.

»Was machst du denn hier draußen?«, fragte Tom und trat neben sie. »Es ist doch viel zu kalt.«

Sie antwortete nicht. Tom stand ganz nah neben ihr, sein Arm berührte ihre Schulter. Er spürte ihr Zittern, das Zittern vor Kälte und gewaltigen Emotionen, die sich ihren Weg durch ihren Panzer bahnten. Vorsichtig blickte sie zu ihm auf, da küsste er sie. Er konnte nicht anders, er hatte sich zu sehr danach gesehnt, sie wieder im Arm zu halten. Es fühlte sich einfach richtig an, wenn sie bei ihm war. Sie erwiderte seinen Kuss umgehend, auch sie konnte nichts dagegen tun, der Wunsch, ihn zu küssen, war stärker als ihr Wille. Ihre Lippen gaben seinen nach, die Verzweiflung, die Sehnsucht der vergangenen Monate lag darin. Georgie klammerte sich an seinem Jackenkragen fest und Tom zog sie eng an seine Brust. Ihr Kuss wurde intensiver, er presste ihren Körper so fest an seinen, wie er nur konnte. Es war dennoch nicht genug. Ohne den Kuss zu unterbrechen, schob er sie zur Eingangstür. Die Tür war nie abgeschlossen, niemand würde sich hierher verirren in die Wildnis, er stieß sie einfach auf. Eng umschlungen stolperten sie in sein Haus hinein. Keine Zeit, die steile Treppe nach unten zum Bett zu gehen. Hastig knöpfte Georgie Tom die Jacke auf und wickelte den Schal von seinem Hals. Ungeduldig schleuderte er die Jacke von sich und riss sich den Pullover samt T-Shirt vom Leib. Sobald seine Hände wieder frei waren, küsste er Georgie und zog an ihrer Bluse, er musste sie unter seinen Fingerspitzen spüren, ihren Herzschlag an seiner Brust, ihren Atem auf seiner Haut. Ihr ganzer Körper vibrierte unter seinen Berührungen. Die hellblaue, feine Spitzenwäsche, die sie darunter trug, bemerkte er kaum. Er zog ihr die weit geschnittene Hose einfach über die Hüften und schob ihren Slip beiseite. Georgie holte jäh Luft, als seine Finger in sie drangen. Sie legte den Kopf in den Nacken und Tom nahm die Einladung nur zu gern an. Sein Mund fand ihren Hals, dort, wo sie so gut roch, gut schmeckte. Er war wie von Sinnen. Mit sanften, aber entschiedenen Bewegungen trieb er sie einem gigantischen Höhepunkt entgegen. Kurz bevor sie kam, knöpfte er sich die Jeans auf und drang mit einem kräftigen Stoß tief in sie ein. Sie schrie vor Lust und biss ihn in die

Schulter. Er hob sie an, sie schlang die Beine um seine Hüften, um Halt zu finden. Mit wenigen Stößen trieb er sie über die Klippe und Georgie ließ sich fallen. Er folgte ihr mit einer gewaltigen Explosion, die ihn in die Knie gehen ließ.

»Gleich«, murmelte Tom, als Georgie sich regte. Beide lagen in seinem Flur auf dem Boden. Tom hatte sich mit ihr hinuntergleiten lassen, weil er zu erschöpft war, um sich mit ihr auf den Beinen zu halten. Georgie lag auf seiner Brust, ihre Bluse war teilweise aufgeknöpft, seine Hose hing um seine Knöchel. Sie kicherte über diesen albernen Anblick und vergrub das Gesicht an seinem Hals.

»Das war …«, setzte sie an.

»… heftig. Ich hab dich vermisst«, ergänzte Tom und küsste sie träge auf die Stirn.

»Wann erwartet man uns bei Vera?«, fragte Georgie. Sie hatte ihr Zeitgefühl völlig verloren. Es konnte längst mitten in der Nacht sein.

»Egal. Die sind beschäftigt, die kriegen gar nicht mit, dass wir noch nicht aufgetaucht sind. Lass uns einfach hierbleiben. Genau hier. Ich habe alles, was ich brauche«, sagte er und strich über ihren nackten Rücken.

Georgie richtete sich etwas auf und sah in sein Gesicht. Zärtlich strich sie mit den Fingern über seine Wange zum Kinn. Tom grinste. Sie beugte sich vor und küsste ihn sanft auf die Lippen. Ein bedächtiger Kuss. Er hinterließ seine Wärme auf ihren Lippen, und seinen herben Geschmack.

»Das geht nicht. Wir müssen natürlich zur Eröffnungsfeier gehen! Kannst du aufstehen?«, fragte sie ihn. Er warf ihr einen belustigten Blick zu und zog die Augenbrauen hoch.

»Ich schon. Kannst du?«, wollte er wissen und ächzend rollte sie sich von ihm hinunter. Tom legte eine Hand an ihren nackten Hintern und schob sie unterstützend hoch. Amüsiert schlug sie seine Hand weg. Schweigend sammelten sie ihre

Kleidungsstücke ein und zogen sich wieder an. Ein Knopf an ihrem Oberteil fehlte, bemerkte Georgie, als sie die Bluse zurechtzupfte. Sie zuckte mit den Schultern. Dann würde sie einfach die Stola darüber tragen, die sie doch noch fertiggehäkelt hatte in den vergangenen Wochen. Vielleicht würde sie sich bei Vera umziehen, aber jetzt mussten sie erst mal los. Man wartete sicher schon auf sie.

Im matten Licht der Innenbeleuchtung kontrollierte Georgie während der Autofahrt ihre Frisur im Spiegel der Sonnenblende. Sie sah aus, als hätte sie eben wilden Sex gehabt. Empört schnaubte sie und löste ihre Haare aus dem verrutschten Zopf. Tom griff hinein und streichelte ihren Nacken.

»Du trägst sie glatt?«, fragte er und fuhr langsam den dunklen Waldweg entlang.

»Nur, wenn ich besonders bürotauglich sein will.« Mit den Händen fuhr sie hindurch und flocht dann einen lockeren Zopf.

»Wie läuft es in Hamburg?«, fragte er vorsichtig.

»Können wir heute nicht darüber sprechen, bitte?«, bat sie leise und sah aus dem Fenster. Tom musterte sie überrascht. Er hatte vermutet, dass sie strahlend und erfolgreich zurückkommen würde. Er war derjenige, der hier in der Pampa versauerte und nicht ohne sie überleben konnte. Jetzt bemerkte er die dunklen Ringe unter den müden Augen, die spitzen Wangenknochen und wie sehr die Knöchel an ihren geballten Fäusten hervortraten. Sie war nicht glücklich, jetzt sah er es. Unter ihrem Büropanzer steckte eine erschöpfte, niedergeschlagene Georgie. Wenn sie nicht darüber sprechen wollte, würde er es respektieren. Für heute.

Als sie sich Iris' Inn näherten, hellte sich Georgies Miene auf. Begeistert betrachtete sie die Fackeln, die den Weg zum Haus erleuchteten.

»Hast du nicht gesagt, du wolltest Fackeln holen? Hier sind doch welche«, erkundigte sie sich und konnte ihren Blick kaum von der Szenerie abwenden.

»Ja«, bestätigte Tom und nickte. »Aber, und ich zitiere deine Tante, man kann nie genug Fackeln haben.«

Vor dem Haus parkten Dutzende Fahrzeuge, das ganze Dorf musste hier sein! Tom hatte noch nicht mal den Motor abgestellt, da sprang sie schon aus dem Auto und eilte über den Weg auf das Haus zu. Er sah ihr lächelnd nach und folgte ihr gemächlich. Georgie war schon an der Haustür und zog sie auf. Stimmengewirr schlug ihr entgegen. Das Erdgeschoss war brechend voll mit Menschen. Die meisten kannte sie aus dem Dorf. Das Haus sah wunderschön aus, stabil vor allem, gut in Schuss, trotzdem hatte es kaum von seinem gemütlichen Charme eingebüßt. An den Wänden verdeckte der frische Anstrich die alten Flecken, auf den Sitzgelegenheiten lagen neue Polster und Kissen. In kleinen Gruppen standen die Gäste zusammen und unterhielten sich. Lachen und Stimmengewirr erfüllten das Erdgeschoss. Lampen in allen Ecken verbreiteten gedämpftes Licht, Kerzen verströmten ihren intensiven, bekannten Geruch. Veras Kerzen. Girlanden und bunte Luftballons schmückten das Treppenhaus. Georgie war sich sicher, dass Lina dekoriert hatte und nicht Vera. Es passte nämlich alles farblich zueinander. Das konnte nur Linas Werk sein. Wie gut, dass die beiden sich so ergänzten und zusammen funktionierten, dadurch fiel es ihr viel leichter, bei diesem wichtigen Vorhaben nicht dabei zu sein.

Georgie kannte viele der Gäste, sah, wie Polizist Sam seiner Mutter Linda ein Glas Sekt reichte, in der anderen Hand hielt er ein Bier, das er zum Gruß hob, als er ihren Blick bemerkte. Maria und ihr Mann Hans kamen zu Georgie und begrüßten sie herzlich. Die beiden wollten natürlich wissen, wie es ihr »in der großen Stadt« ging. Doch bevor Georgie antworten konnte, durchbrach ein Schrei die Partygeräusche. Lina hatte sie entdeckt. »GEORGIE!«, brüllte sie und Sekunden später lagen sich die beiden Freundinnen in den Armen. Lina hopste um sie herum und umarmte sie immer wieder stürmisch.

»Sieh dir das an. Alle sind gekommen, um mit uns zu feiern!« Lina legte den Arm um Georgies Taille und Georgie nickte.

»Ihr habt ein Wunder vollbracht«, sagte sie. Dann entdeckte sie inmitten der Dorfbewohner und Gäste Nathalie. Ihre frühere Freundin stand bei einer der Frauen aus dem ersten Häkel-Workshop. Sie prostete ihr mit dem Champagnerglas in ihrer Hand zu und lächelte. Georgie ging zu ihr hinüber.

»Hi. Mit dir hätte ich nicht gerechnet«, gestand sie und begrüßte auch Angela. Eigentlich wollte sie lieber kurz mit Nathalie sprechen, aber erst mussten ein paar Worte mit dem Gast gewechselt werden, das hatte sie sich von Lina abgeschaut. »Schön, dass du gekommen bist, Angela. Bleibst du übers Wochenende?«, fragte sie höflich. Angela nickte eifrig.

»Als Sarah und ich hörten, dass ihr ein Hotel eröffnet, mussten wir unbedingt dabei sein. Wir waren heute die ersten Gäste, stell dir vor! Ich fühle mich fast, als wäre ich daran beteiligt.« Vertraulich legte sie eine Hand auf Georgies Arm. Das war sie irgendwie ja auch. Ohne den Erfolg des Workshops wäre es nie so weit gekommen.

»Und auf den morgigen Workshop freue ich mich besonders. Mal gucken, ob ich es noch kann«, plauderte Angela munter weiter. Nathalie nahm geduldig einen Schluck und wartete darauf, endlich mit Georgie sprechen zu können. Kurz darauf bekam sie die Gelegenheit dazu, als Angela davoneilte, um sich ein paar von Linas schwedischen Häppchen zu holen.

»Ich bleibe ebenfalls über Nacht. Deine Tante hat mich eingeladen. Und bei dem Ansturm bin ich froh, überhaupt noch ein Zimmer bekommen zu haben. Für den Workshop bin ich übrigens auch angemeldet«, erklärte sie. Georgie kicherte. Eine absurde Vorstellung.

»Du willst häkeln?«

»Ja!«, bestätigte Nathalie und musste selbst schmunzeln. »Oder sagen wir mal, ich werde es immerhin versuchen. Das Hotel ist wirklich hübsch, rustikal, gemütlich, es sieht toll aus. Ich bin auf deinen Laden gespannt. Angela hat mir schon vorgeschwärmt, wie großartig er ist. Ein ›Juwel‹ hat sie ihn genannt.«

»Oh, es ist nicht mehr mein Laden, ich bin doch Ende letzten Jahres nach Hamburg gezogen, ich arbeite mittlerweile wieder in einer Redaktion«, korrigierte Georgie sie wenig enthusiastisch.

»Habe ich gehört. Herzlichen Glückwunsch! So eine Stelle war immer dein Traum.« Nathalie musterte Georgie, als sie diese Worte aussprach. Sie kannte ihre Freundin, auch wenn sie im vergangenen Jahr kaum Kontakt gehabt hatten. Georgie hatte sich sehr verändert, aber das nervöse Flackern in den Augen, das sie nicht kontrollieren konnte und das immer auftrat, wenn sie sich extrem zusammenreißen musste, das erkannte Nathalie noch. Rasch wechselte sie das Thema, sie musste Georgie nicht quälen. Die Unruhe in ihrer ehemaligen Freundin würde Gründe haben und sie würde sie vermutlich nicht mit ihr teilen wollen. Vielleicht irgendwann mal wieder. Zumindest hoffte Nathalie das. Sie vermisste ihre alte Freundin.

»Vera hat mir dein ehemaliges Zimmer gegeben. Es sei aber neu eingerichtet, hat sie gesagt. Hast du es schon gesehen?«, fragte sie.

»Nein. Noch nicht. Darf ich gucken?«

Es war ihr altes Zimmer, das schmale Bett und die Kommode waren noch dieselben. Aber die Vorhänge waren durch neue ersetzt worden, ebenso wie Matratze und Bettzeug. Der Dielenboden glänzte seit den Renovierungsarbeiten, die im Herbst vorgenommen worden waren, die Wände waren im Winter neu verputzt und gestrichen worden. Am Kopfende des

Bettes hing an der Wand ein Bild, das Georgie noch nie gesehen hatte. Es war sicher richtige Kunst, wie sie Lina kannte, kein billiger Druck aus dem Möbelhaus. Wie gewohnt hing die vanillegelbe Häkeldecke über dem Fußende, und auf dem Nachttisch standen Blumen in dem angeschlagenen hellblauen Krug. Georgie lächelte. Hier hatte sie viele Stunden verbracht. Schlafend, weinend, liebend, heilend.

»Es ist ein guter Rückzugsort, ich kann verstehen, weshalb du hier warst. Mal sehen, wie ich mich morgen beim Häkeln anstelle. Falls ich mich verheddere, musst du mich aus der Wolle schneiden«, scherzte Nathalie.

Georgie versprach es und entschuldigte sich dann bei Nathalie. Sie wollte Vera suchen. Wo steckte sie nur? Im Haus war sie nicht, das hatte sie bereits überprüft. Georgie fand ihre Tante im Gewächshaus, in das endlich auch einige Pflanzen eingezogen waren, die sogar schon dort überwintert hatten. Vera hatte die Hände in Blumentöpfen und prüfte die Feuchtigkeit darin, als Georgie eintrat. Musik und Gelächter aus dem Haus waren hier nur gedämpft zu hören. Es roch nach feuchter Erde und Kräutern. Die Fenster waren beschlagen. Wie in einem kleinen Dschungel, dachte Georgie und legte den Arm um ihre Tante.

»Versteckst du dich hier?«, fragte sie und küsste sie zur Begrüßung auf die Wange.

»Nur für ein paar Minuten. Es sind ja so viele Menschen gekommen«, gestand ihre Tante und zog geräuschvoll die Nase hoch.

»Ist das denn nicht, was du möchtest? Lina hat mir verraten, dass ihr für das komplette Wochenende ausgebucht seid! Das ist doch ein toller Auftakt für das Hotel.«

»Das stimmt. Aber ich kann nicht aufhören, daran zu denken, wie Iris das gefunden hätte. Ich stelle mir vor, sie würde in ihrem Schaukelstuhl auf der Veranda sitzen und das bunte Treiben von dort beobachten. Sie hätte dieses typische Lächeln im Gesicht, weißt du?« Veras Stimme brach und Georgie legte den Kopf tröstend an den ihrer Tante. Vera tätschelte dankbar Georgies Wange und verschmierte dabei etwas Erde in ihrem Gesicht.

»Sie hatte ein tolles Lächeln«, erwiderte Georgie und Vera nickte.

»Das allertollste. Es fehlt mir sehr, dieses Lächeln.« Sie atmete tief durch und wandte sich dann ganz Georgie zu. Stirnrunzelnd deutete sie auf Georgies Gesicht. »Du hast da Schmutz. Geh und wasch dir das Gesicht, junge Dame, wir haben Gäste, so kann man wirklich nicht rumlaufen!«

Georgie streckte Vera die Zunge raus.

»Im Haus ist ein Nähset, falls du auch gleich den fehlenden Knopf wieder annähen möchtest«, fügte Vera hinzu und zwinkerte Georgie zu, die glatt errötete. »Echt, Georgie, wir sind jetzt ernsthafte Unternehmerinnen. So meint Lina jedenfalls immer – das Mädchen ist klasse. Wir haben vielleicht einen Spaß zusammen, sage ich dir!«

»Ach so. Dann sollten wir wohl schleunigst zurück zu deinen Gästen gehen. Wie das ernsthafte Unternehmerinnen machen würden«, neckte Georgie ihre Tante.

Vera seufzte. »Na gut. Komm mal her.«

Sie umarmte Georgie fest, dann straffte sie ihren Blusenärmel und rieb der protestierenden Georgie das Gesicht damit sauber.

»Vera, ihr seid also ausgebucht, habe ich gehört. Wo schlafe ich denn heute Nacht? Gibt es noch ein Bett für mich?«, fragte Georgie beim Verlassen des Gewächshauses.

»Wir finden schon etwas für dich. Vielleicht dort, wo du den Knopf verloren hast?«, meinte sie schmunzelnd. »Was denkst du?«

Georgie verbrachte die Nacht tatsächlich bei Tom. In seinen Armen lag sie und starrte in die dunkle Nacht, bis sie in den frühen Morgenstunden doch noch einschlummerte. Sie betonte mehrfach, dass es nichts bedeutete, aber das tat es.

Es war schwer für sie, Tom am nächsten Morgen wieder zu verlassen. Er brachte sie zum Häkel-Workshop, zu dem sich auch die Gäste aus dem Hotel einfanden. Georgie blieb noch einen Moment in seinem Auto sitzen, als er vor dem Geschäft anhielt. Sie blickte raus auf das vertraute Bild des Ladens und das neue Café nebenan. Stilvolle Lampen hingen in den Fenstern und sorgten für eine schöne Stimmung, eine Tafel neben der Tür kündigte Kuchen, Kaffee und Glück an. Genau das brauchte sie jetzt.

»Sie machen das gut, nicht wahr?«, fragte Georgie und versuchte, das schmerzhafte, sehnsuchtsvolle Ziehen in ihrer Brust zu ignorieren. Tom brummte, dass bisher alles umgesetzt war, was sie sich vorgenommen hatten. Er selbst hatte die Wand mithilfe von Sam rausgerissen und den Durchgang zwischen Laden und Café geschaffen. Auf Linas Wunsch hin waren einige Mauerstücke stehen geblieben. Das passte zum übrigen Charme von Laden und Café. Tom hatte viele Stunden lang zusammen mit Peter, Vera und Lina die Wände des Cafés gestrichen und es eingerichtet, außerdem Tische und Bänke dafür gezimmert.

»Heute Nacht werde ich bei Lina oder Vera schlafen«, sagte Georgie und blickte ihm fest ins Gesicht. »Ich kann das nicht mehr. Letzte Nacht … Das schaffe ich nicht. Du fehlst mir«, fügte sie flüsternd hinzu. Tom griff nach ihrer Hand und führte sie an seine Lippen.

»Du mir auch.«

Beide schwiegen. Was taten sie hier nur? Georgie schreckte auf, als ihre Tante hupend an ihr vorbeifuhr, die Gäste im Schlepptau. Sie entzog Tom ihre Hand und stieg aus. Winkend ging sie auf die Gäste zu und blickte nicht zurück. Aber sie hörte, wie Toms Wagen davonfuhr, und ihr Herz brach ein winziges Stückchen mehr.

Die nächste Nacht verbrachte sie in Veras großem Bett. Vera beschwerte sich zwar über die fehlende Privatsphäre, ließ ihre Nichte aber selbstverständlich gewähren und strich ihr nachts liebevoll über den Kopf, wenn sie im Schlaf seufzte. Das Wochenende ging viel zu schnell vorüber, fand Georgie. Der Workshop am Samstag war ein voller Erfolg gewesen, selbst Nathalie hatte einen Topflappen gehäkelt, den sie ihrer Oma zu Ostern schenken wollte. Sie war absolut deplatziert in diesem Geschäft, aber Georgie rechnete es ihr hoch an, dass sie gekommen war und sich bemühte. Am Sonntag frühstückten alle gemeinsam im Hotel und schon bald darauf brachen die ersten Gäste auf. Georgie half beim Gepäcktragen und Verabschieden. Am Sonntagmittag kehrte endlich Ruhe ein. Vera zog sich zum Durchschnaufen in Iris' Schaukelstuhl zurück. Georgie fuhr ins Café, wo Lina saß und häkelte.

»Ich warte auf die ersten Gäste, die keine Hotelgäste sind. Ich habe diese alberne Wette mit mir selbst abgemacht: Wenn heute ein zahlender Gast ins Café kommt, wird unser Vorhaben ein riesiger Erfolg. Setz dich zu mir«, forderte sie Georgie auf und sprang gleich auf, um ihr einen Kaffee zu bringen. Einen Kaffee, der schmeckte!

»Das kannst du haben. Hier sind fünf Euro für den Kaffee. Ich bin nicht am Café beteiligt, bin also ein echter zahlender Gast.« Sie zwinkerte Lina zu. »Es ist wirklich wunderbar geworden«, fügte sie hinzu und schielte auf die kleine Kuchenvitrine. Lina verstand und nickte ihr zu.

»Möchtest du ein Stück? Ist ganz frisch von heute Morgen. Für fünf Euro bekommst du Kaffee und Kuchen bei mir. Jetzt erzähl endlich, wie es in Hamburg für dich mittlerweile läuft. Der Anfang schien ja etwas schwierig.«

Georgie schüttelte den Kopf. Die Fröhlichkeit verschwand sofort aus ihrem Gesicht.

»Furchtbar wäre der falsche Ausdruck. Es ist eine Katastrophe. Ich schreibe überhaupt nicht, ich schiebe Themen hin und her, sitze den ganzen Tag in Konferenzen und streite mich permanent mit den Redakteuren. Besonders mit einem bestimmten. Er verweigert einfach die Zusammenarbeit und ich kriege ihn nicht in den Griff«, gestand sie und schluckte Tränen der Enttäuschung hinunter.

»Du bist seine Vorgesetzte, du kannst entscheiden, seine Artikel nicht mehr abzudrucken. Das ist vielleicht nicht die feine Art, aber wenn es gar nicht anders geht … Du musst ihm klar machen, dass du das Sagen hast.« Lina klang streng, so hatte Georgie die fröhliche kleine Frau noch nie gehört.

»Das kann ich nicht. Er ist so was wie ein Gründungsvater. Man lässt ihm jedes Benehmen durchgehen. Aber er kostet mich wirklich alle Kraft. Ich bin überfordert, nicht nur ein bisschen. Ich wollte diese Stelle unbedingt haben, wollte unbedingt Ressortleiterin sein, aber jetzt bin ich dem Ganzen nicht gewachsen. Eine Versagerin, das bin ich.«

»So ein Quatsch! Wenn du diesen Job wirklich willst, dann wächst du da rein. Glaub mir, ich weiß, wovon ich rede. In dem Hotel unterstanden mir Dutzende Angestellte. Und ich war viel jünger als die meisten. Was glaubst du, wie die am Anfang auf mich reagiert haben? Ich habe mich mit der Zeit durchgesetzt, aber es hat gedauert.« Lina betrachtete stolz ihre Häkelei. »Nur – ich wollte diesen Job damals um jeden Preis. Sonst hätte ich das nämlich nicht durchgestanden.« Sie blickte auf und ihr Blick traf Georgies. Die Augen ihrer Freundin schwammen gefährlich in Tränen. Doch sie wischte sie tapfer weg. »Ich frage mich nur, ob du das auch wirklich willst!«

»Ich bin erst ein paar Monate dort, ich kann noch nicht aufgeben.«

»Doch, wenn du unglücklich bist«, widersprach Lina ihr heftig. »Wir sind hier, wenn du es dir anders überlegst. Du weißt, dass Vera und ich dich sofort einbinden würden. Wir könnten deine Hilfe wirklich gut gebrauchen. Nicht nur bei den Papieren. Die liegen übrigens fein säuberlich auf einem Haufen im Büro für dich bereit.«

Georgie musste lachen und schüttelte die Sorgen ab.

»Lass uns bitte über etwas anderes sprechen. Wie geht's Peter und dir denn zurzeit?«

Sie verbrachten ein paar wundervolle Stunden plaudernd, häkelnd, lachend. Es war Balsam für Georgies Seele. Ihr Flug ging am späten Abend, sie musste noch packen, und so hieß es irgendwann Abschiednehmen. Am liebsten hätte sie den ganzen Tag mit Lina verbracht. Die Zeit im Café hatte ihr gutgetan. Trotzdem riss sie sich los, um ins Hotel zurückzugehen und sich für den Flug vorzubereiten. Vera kam mit einem Katzenbaby auf dem Arm ins Schlafzimmer und setzte den kleinen roten Kater in Georgies Koffer.

»Das ist deiner. Du solltest ihn mitnehmen«, erklärte sie und Georgie blickte überrascht auf.

»Meiner?«

»Natürlich. Lina hat einen bekommen, einen behalten wir und du musst einen mitnehmen.« Vera setzte sich aufs Bett und kraulte den Kleinen am Bauch. Er stürzte sich begeistert auf ihre Hand und bekämpfte sie spielerisch.

»Ich kann keinen Kater mitnehmen. Der langweilt sich doch bei mir zu Hause. Und wie transportiere ich ihn?«, wehrte sich Georgie. Das war keine gute Idee.

»So ein Unfug! Katzen schlafen fast den ganzen Tag. Und die Transportbox habe ich schon besorgt, das kannst du alles am Flughafen regeln. Es ist ein Kater, aber ich habe ihn in alter Tradition auf den Namen Katze getauft. Schon allein deshalb musst du ihn mitnehmen, man wäre ja komplett verwirrt, wenn Katze und Kater beide hier sind.«

Georgie warf ihrer Tante einen ungläubigen Blick zu. »Du bist echt … Ach, ich hab dich gern, du verrückte Nudel«, rief sie dann aus und ergab sich lachend in ihr Schicksal.

Kapitel 21

In den darauffolgenden vier Wochen versuchte sie alles, um ihr Team in der Redaktion in den Griff zu bekommen. Aber je mehr Anstrengungen sie unternahm, umso mehr stellten sich die Mitarbeiter quer. In der Chefetage machte sich langsam nun doch Unruhe breit, das setzte Georgie zusätzlich unter Druck.

An einem Freitagabend saß sie auf ihrem Sofa, eingehüllt in ihre Häkeldecke, und trank ein Glas Rotwein. Sie war so erschöpft, dass sie weder den Fernseher angestellt noch Licht angeknipst hatte. Da saß sie im Dunkeln und hielt sich am Alkohol fest. Wenn sie dafür genügend Energie gehabt hätte, dann hätte sie das pathetisch und erbärmlich gefunden. Aber sie war zu müde dafür. Ein empörtes Miauen riss sie schließlich aus ihren Gedanken. Sie beugte sich hinunter und nahm den kleinen Kater mit einer Hand hoch. Sie küsste ihn liebevoll auf die Nasenspitze und lachte, als er sich mit den Vorderpfoten in ihren Haaren festkrallte.

»Na«, fragte sie ihn, »welche Abenteuer hast du heute erlebt?« Dann ging es schneller, als sie gucken konnte. Der Kleine entwischte ihrem lockeren Griff und stieß gegen das Weinglas in ihrer freien Hand, das Georgie vor Schreck fallen ließ. Der Inhalt des bauchigen Glases floss über ihre Decke, die Wolle saugte den Wein sofort auf.

»Nein!«, rief Georgie entsetzt. Ihre geliebte, heilige Decke! In Panik sprang sie auf, der Kater floh erschrocken über ihre Reaktion unters Sofa. Hastig packte Georgie die Decke und eilte zur Tür. Sie schnappte sich ihre Handtasche und die Wohnungsschlüssel, rief dem Kater zu, sie sei gleich wieder da und rannte los. Die Wäscherei zwei Blöcke weiter hatte freitag-abends lange auf, das wusste sie genau, sie brachte dort oft ihre Blusen hin und wurde von Nadja, der Tochter der Inhaberin, stets mitleidig belächelt. Nadja selbst war erst sechzehn Jahre alt und wusste genau, was sie freitagabends gemacht hätte, wenn sie nicht ihren Eltern hätte helfen müssen. Georgie eilte in die Wäscherei, es stand nur eine andere Kundin darin, die Nadja gerade den Abholschein überreichte.

»Hilfe. Ich brauche Hilfe. Meine Decke hat … Entschuldigen Sie bitte, es ist ein Notfall«, schrie Georgie aufgeregt und ihre Stimme brach fast vor Panik. Ehrfürchtig legte sie ihre Decke auf den Tresen und sah Nadja flehend an.

»Was muss ich machen? Wolle und Wein. Unfall. Kann man das retten?«, fragte sie und holte erst Luft, als Nadja sich über die Decke beugte und das Unglück fachmännisch betrachtete.

»Das kriegen wir hin, Georgie. Keine Sorge«, beruhigte sie ihre Kundin. »Wir haben schon Schlimmeres gemeistert.«

Georgie entspannte sich bei ihren Worten. Es würde alles gut werden. Sie drehte sich zu der anderen Kundin um.

»Entschuldigen Sie bitte, dass ich mich vordrängle. Es ist sonst nicht meine Art, mich so aufzuführen. Aber die Decke ist mir heilig«, bat sie um Verzeihung und lächelte die andere Frau höflich an. Die nickte verständnisvoll.

»Schon okay. Es ist ja wirklich eine ausgesprochen schöne Arbeit. Ein Familienerbstück?«, fragte sie und musterte die Decke aufmerksam.

»Nein, noch nicht. Aber mindestens genauso wichtig. Ich habe sie selbst gehäkelt, als es mir gar nicht gut ging. Diese Decke hat – und das meine ich total ernst – mein Leben gerettet.«

»Oh, selbst gefertigt? Ich beneide immer alle, die etwas Kreatives können, das stelle ich mir ungemein entspannend vor«, gestand ihr die Frau. Nadja trug in der Zwischenzeit die Decke für eine Erstbehandlung nach hinten. Als sie wieder erschien, brachte sie die gereinigten Kleidungsstücke der Frau mit.

»Wenn Sie Interesse haben … meine Tante gibt Wochenend-Workshops in der Nähe von Freiburg, sie hat gerade ein ganz bezauberndes Hotel eröffnet. Es ist eine Rundumversorgung und sie kann wirklich jedem das Häkeln beibringen. Ich konnte gar nichts, als ich mit der Decke angefangen habe«, berichtete Georgie und kramte in ihrer Handtasche nach einem Flyer des Hotels, Lina hatte ihr bei ihrem Heimatbesuch einige davon in die Hand gedrückt. Sie fand ein etwas zerknittertes Exemplar und überreichte es der fremden Frau.

»Danke, das schaue ich mir sehr gern an. Das sieht ja hübsch aus.« Sie steckte das Papier ein und nahm ihre Kleidung entgegen.

»Schönen Abend noch. Und viel Glück mit der Decke«, wünschte sie und verließ den Laden. Nadja lehnte sich über den Tresen.

»Echt selbst gemacht die Decke? Saucool! Hast du noch so einen Prospekt für mich?«

»Auch du bist herzlich eingeladen«, entgegnete Georgie schon etwas fröhlicher und reichte ihr den gewünschten Flyer. Ihre Decke war in guten Händen.

Das restliche Wochenende verbrachte sie häkelnd in einem Café. Man kannte sie schon dort, sie hatte es zu ihrem Häkelcafé erklärt. Sie saß am Samstag für die Dauer mehrerer Kaffees dort, am Sonntag wiederholte sie es. Sie hatte einen Lieblingssessel in der Ecke und häkelte stumpf vor sich hin. Masche für Masche, Reihe für Reihe. Dabei konnte sie am besten nachdenken. Und sie musste dringend nachdenken.

Am Sonntagabend wusste sie, was sie zu tun hatte. Sie fuhr in ihre Wohnung, verstaute das Häkelzeug sorgfältig. Dann schnappte sie sich den kleinen Kater und flüsterte ihm ihr Vorhaben ins Ohr. Er miaute begeistert.

»Gut, dass du das genauso siehst«, befand Georgie und nickte ihm verschwörerisch zu. Dann fing sie an, zu packen.

Am selben Abend, einige Hundert Kilometer weiter südlich, saß Tom in Veras Wohnzimmer. An diesem Wochenende war kein Workshop anberaumt gewesen, stattdessen hatten sie ein paar letzte Reparaturen durchgeführt. Vera bekochte ihn zum Dank für seine Hilfe. Er saß auf ihrem Sofa, starrte trübsinnig vor sich hin und wartete darauf, dass Vera ihn zum Essen holte. Von der Küche aus betrachtete Vera ihn eine Weile. Er hatte die Schultern verkrampft hochgezogen und ließ den Kopf hängen. Er sah aus wie das leibhaftige Elend. Das ging schon seit Monaten so.

»Das ist ja nicht zum Aushalten!«, rief sie plötzlich und baute sich vor ihm auf. Er sah verständnislos hoch.

»Ehrlich jetzt? Was denken eigentlich alle, was das hier ist? Der offizielle Treffpunkt für Traurige? Reiß dich mal zusammen, Tom! Ständig sitzt jemand heulend auf meinem Sofa herum. Das sorgt bei mir langsam für schlechte Laune. So viele Tränen wie im vergangenen Jahr wurden in den letzten fünfzig Jahren nicht darauf vergossen. Ich sollte euch die Reinigung in Rechnung stellen. Salzige Tränen kriegt man ganz schlecht wieder raus«, polterte sie los und stemmte empört die Hände in die Hüften.

»Ich heule doch gar nicht«, verteidigte sich Tom, überrascht von ihrem Schimpfen.

»Doch, natürlich! Männertränen.« Sie deutete mit dem Zeigefinger drohend auf ihn. »Die kann man vielleicht nicht sehen, aber sie fließen trotzdem«, erklärte sie ihre Logik. »Wenn du Georgie so sehr vermisst, dann geh und hol sie zurück! Muss man euch jungen Leuten eigentlich alles beibringen?« Damit ließ sie ihn stehen und stapfte davon. Schweigsam starrte Tom vor sich hin. Georgie zurückholen? Seit sie weg war, hatte er sich stundenlang ausgemalt, nach Hamburg zu fahren und sie zu bitten, ihn zurückzunehmen. Er hätte alles für sie getan. Hieß das aber nicht auch, dass er sein Leben hier für sie aufgeben würde? Er wollte nicht wieder in einer Großstadt leben, aber ohne Georgie zu leben, erschien ihm noch sinnloser. Vera hatte recht. Er musste etwas tun. Tom nickte. Ja, er würde sie zurückholen und wenn sie nicht mit ihm in den Schwarzwald ziehen wollte, dann würde er eine Lösung finden, wie er im Norden leben konnte, Hauptsache näher bei ihr. Energisch erhob er sich von dem Sofa, auf dem er so viele trauernde Stunden verbracht hatte.

»Danke für das Essensangebot, Vera. Ich kann leider nicht bleiben, ich muss los«, rief er und schnappte sich seine Autoschlüssel vom Tisch.

»Das wird aber auch Zeit!«, antwortete Vera und kam aus der Küche, um ihm energisch auf die Schultern zu klopfen. Tom grinste aufgeregt. Wenn er die ganze Nacht durchfuhr, wäre er am späten Vormittag in Hamburg. Bei Georgie.

Gleich am nächsten Morgen ging Georgie zu ihrem Chef und kündigte. Sie trug als kleinen Seitenhieb ans Schicksal ihr Entlassungs-Einstellungs-Kündigungs-Outfit. Sie hatte die ganze Nacht lang ihre Sachen gepackt und sämtliche Kündigungen schriftlich vorbereitet. Natürlich mit einer

Liste: Job, Wohnung, Energieanbieter, Internet, Fitnessstudio. Alles war ausgedruckt, unterschrieben und fein säuberlich in Umschläge gepackt. Auf dem Weg zum Verlag hatte sie die Briefe eingeworfen. Das war also abgehakt. Natürlich war sie auch bei der Reinigung vorbeigefahren und hatte ihre Decke abgeholt. Sie sah aus wie neu. Bei Nadjas Mutter hinterließ sie ein großzügiges Trinkgeld für das Mädchen.

Die Kündigung im Verlag ging rasch über die Bühne, sie war noch in der Probezeit und auch ihre Chefs sahen ein, dass sie keine gemeinsame Zukunft hatten. Georgie verabschiedete sich ohne Bedauern, sie schämte sich nicht – oder nur ganz wenig und das auch nur heimlich – dafür, dass sie aufgab. Sie hatte es wirklich versucht und war dem Job einfach nicht gewachsen gewesen. Vielleicht war auch die Sehnsucht nach ihrem Zuhause zu groß gewesen. Auf jeden Fall hielt sie es nicht mehr aus. Die Stelle anzunehmen war ein Fehler gewesen, doch Fehler zu machen gehörte zum Leben, solange man nicht darin verharrte. Sie würde zurückkehren, was nicht bedeutete, dass sie aufhörte zu schreiben. Vielleicht schrieb sie in Zukunft nicht mehr über wirtschaftliche Themen, sie dachte da eher an ein Buch über die Verbindung zwischen Psychologie und Häkeln. Noch war es nur ein Gedanke, der ihr während der vielen Stunden, die sie häkelnd im Café verbracht hatte, gekommen war, aber er reizte sie tausendmal mehr als die Vorstellung, auch nur einen Tag länger in der Redaktion zu verbringen.

Sie fuhr zu ihrer Wohnung, belud den Wagen mit ihren wenigen persönlichen Sachen und schnappte sich den kleinen Kater.

»Wir fahren nach Hause, was sagst du? Oh, Mann, ich werde langsam wie Vera. Wird Zeit, dass ich wieder mit Menschen rede anstatt mit Katzen.«

Kaum hatte sie den Wagen aus Hamburg hinausmanövriert, versuchte sie, Tom zu erreichen, aber er ging nicht an sein

Telefon. Sie versuchte es mehrfach, hatte aber kein Glück. Kurz dachte sie darüber nach, ob er womöglich bei einer anderen Frau war, dann schimpfte sie sich selbst aus.

»Er liebt mich, das weiß ich. Und ich liebe ihn. Ich muss verrückt gewesen sein, ihn zu verlassen. Für diesen bescheuerten Job! Nur, weil ich mir etwas beweisen musste. Aber verstehst du, das war echt hart, das letzte Jahr. Die Kündigung. Und der Betrug. Aber jetzt wird alles gut«, redete sie auf den Kater ein, der zustimmend aus seiner Transportbox auf dem Beifahrersitz herausmiaute.

»Wenn er doch nur rangehen würde.« Sie fluchte und zischte das Handy in der Halterung wütend an. Nach dem siebten Versuch gab sie auf und rief Vera an.

»Iris' Inn, Sie sprechen mit Vera«, sagte ihre Tante ihren Spruch auf, als sie den Anruf entgegennahm.

»Vera, Georgie hier. Ist Tom bei dir?«, fragte Georgie ohne Umschweife. Sie war vor Aufregung ganz außer Atem.

»Nein, ist er nicht. Was ist denn los?«, fragte Vera überrascht.

»Ich bin auf dem Weg zu euch. Zu Tom. Ich habe gekündigt und bin gerade losgefahren. Wenn ich durchfahre, bin ich heute Abend bei euch. Vera, wie konnte ich bloß dermaßen dumm sein?«, fragte sie und lachte befreit auf.

»Das weiß ich auch nicht. Aber es ist eine gute Frage. Vor allem, weil Tom gerade auf dem Weg zu dir ist.«

Georgie hätte vor Schreck fast eine Vollbremsung hingelegt.

»WAS?«

»Ja, also euer Timing ist echt unmöglich«, schimpfte Vera.

»Okay, du musst versuchen, ihn anzurufen, er soll sofort umdrehen«, verlangte Georgie.

»Das geht nicht, sein Handy liegt hier in meiner Küche. Er ist gestern Abend sehr überhastet aufgebrochen, da hat er es hier vergessen.«

Georgie schwieg und drosselte ihr Tempo.

»Verdammt! Das gibt's doch nicht.«

»Georgie, du musst umdrehen. Ich denke, er fährt zu dir. Ich habe da etwas zu ihm gesagt und kurz darauf ist er aufgebrochen. Du musst auf der Stelle umdrehen und in deiner Wohnung auf ihn warten«, empfahl Vera und lachte begeistert über das Chaos auf. Das gefiel ihr! Endlich waren die beiden zur Vernunft gekommen.

Georgie fuhr bei der nächsten Gelegenheit von der Autobahn ab und kehrte um.

»Katze, wir sind alle verrückt, das weißt du ja schon. Und es tut mir wirklich leid, aber du musst es noch ein bisschen mit uns Verrückten aushalten. Schaffst du das?«, fragte sie ihren Kater, bekam aber keine Antwort. Der Kleine war längst eingeschlafen. So eine Autofahrt machte müde. Georgie fuhr zurück zu ihrer Wohnung und stellte das Auto vor dem Appartement-Komplex ab. Vorsichtig hob sie die Transportbox aus ihrem Auto und stieg die Stufen zu ihrer Wohnung hoch. Gerade, als sie darüber nachdachte, ob Tom überhaupt wusste, wo sie in Hamburg wohnte, entdeckte sie ihn. Vor ihrer Wohnung saß ein müde aussehender Tom auf dem Boden, den Rücken an ihre Tür gelehnt, die Augen halb geschlossen. Er blickte hoch, als sie vor ihm stehen blieb und den schlafenden Kater sanft neben ihm absetzte.

»Da bist du ja endlich«, sagte er, rappelte sich auf und zog sie fest in seine Arme. Er würde sie nie wieder loslassen.

»Ich liebe dich, Georgie Winter. Ich liebe dich wie verrückt. Wenn du hier leben möchtest, ziehe ich nach Hamburg. Es ist mir egal, wo wir wohnen. Bitte, verlass mich nur nie wieder«, raunte er in ihr Ohr. Er zitterte vor Verzweiflung.

Georgie lehnte sich ein Stück zurück, um in seine wunderschönen, dunklen Augen sehen zu können, die sie anflehten, ihn zurückzunehmen. Sie lächelte. Sanft legte sie ihre Hand auf sein Herz.

»Bring mich nach Hause, Tom. Bring mich zu uns nach Hause.«

EPILOG

Es war der perfekte Tag für eine Hochzeit im Garten. Der Frühling hatte das Städtchen erreicht und dekorierte die Landschaft mit farbenfrohen Blüten, grünen Blättern und dem Duft nach Zuhause. Die Sonne strahlte, nur ein paar kleine Wolken trieben gemächlich über den hellblauen Himmel. Es war perfekt! Georgie hatte die Nacht im Iris' Inn verbracht und wartete sehnsüchtig darauf, dass es losgehen konnte. Von draußen drangen die fröhlichen Stimmen ihrer Gäste herein. Das kleine Hotel war für dieses Wochenende ausgebucht. Nathalie war mit ihrem neuen Freund Boris – einem osteuropäischen Eishockeyspieler, der kürzlich nach Frankfurt gezogen war – angereist und hatte ein Doppelzimmer gemietet. Sie war das erste Mal ernsthaft verliebt und zu ihrer Überraschung war er nicht nur an einem kurzen Abenteuer interessiert, sondern an einer festen Beziehung. Das war völlig neu für Nathalie, aber sie wagte es einfach und betrachtete die Beziehung als eine neue Art von Abenteuer in ihrem Liebesleben. Warum nicht mal was Neues probieren?

Georgies Eltern waren vor Kurzem von ihrer langen Weltreise heimgekehrt und selbstverständlich auch zu der Feierlichkeit gekommen, wo sie am Vortag auch das erste Mal

Tom getroffen hatten. Georgies Mutter war schon Minuten nach dem ersten »Hallo« selbst über beide Ohren verknallt in ihn. Einen wunderbaren Mann hatte sich ihre Tochter da angelacht. So bodenständig und charmant. Und diese Augen … Tom hatte seine zukünftige Schwiegermutter sogleich um den Finger gewickelt.

Auch Maggie, die Wollverkäuferin aus Frankfurt, zu der Georgie mittlerweile nicht nur einen beruflichen, sondern eher einen freundschaftlichen Kontakt pflegte, war hier im Hotel abgestiegen und hatte am Abend zuvor die von Vera und Georgie hergestellten Wollprodukte im Laden bestaunt. Sie war voll des Lobes gewesen, was Vera und Georgie gleichermaßen stolz machte.

Den ganzen Morgen herrschte schon eine ausgelassene Stimmung im Haus. Im Gedenken an Iris spielten sie ihre Schallplatten, so hatten sie das Gefühl, sie sei auch dabei. Lina und Georgie hatten sich ins Badezimmer zurückgezogen, um den letzten Feinschliff zu erledigen. Es würde eine schlichte, aber schöne Hochzeit werden. Gerade flocht Lina Frühlingsblumen – frisch aus Veras Garten – in Georgies lockere Hochsteckfrisur. Über ihre Kleidung hatten sie vorsichtshalber eine alte Decke geworfen. Diese wurde jetzt abgenommen. Lina zupfte noch hier und da eine Haarsträhne zurecht, trat dann einen Schritt zurück und betrachtete das Gesamtkunstwerk.

»Ich muss sagen, ich bin sehr zufrieden mit mir, das ist mir wirklich gelungen. Sei froh, dass ich zurzeit fleißig flechten übe«, bemerkte sie stolz und Georgie stand auf, um sich im Spiegel anzusehen. Sie musterte ihr Gesicht. Sie sah glücklich aus, strahlte übers ganze Gesicht, die Wangen waren vor Aufregung schon leicht gerötet. Dann fiel ihr Blick auf ihre Kleidung und sie grinste. Das war ganz anders, als sie sich ihr Hochzeitsoutfit noch vor einem Jahr vorgestellt hatte. Sie trug einen ausgestellten knielangen Rock aus fester weißer Seide, eine blickdichte Korsage und darüber ein aus ganz feinem, hauch-dünnem Seidengarn gehäkeltes Oberteil mit Ärmeln, die bis zu den Ellenbogen reichten. Es war ein Erbstück von Iris, die es als junge Frau Ende der Siebziger gehäkelt hatte. Entdeckt hatten Vera und Georgie es erst vor wenigen Tagen beim Aufräumen des Speichers und sofort gegen den ursprünglich vorgesehe-nen Blazer getauscht. Es passte wie angegossen. Außerdem war es hellblau, alt und geborgt – das sei ein Zeichen, hatte Vera beschlossen und ihre Nichte konnte ihr nur zustimmen.

Georgie atmete tief ein und strich den Rock glatt. Dann nickte sie Lina zu und verließ gemeinsam mit ihr das Badezimmer. Im Wohnzimmer brach begeisterter Jubel aus, als die Braut ein-trat. Vera und Georgies Mutter klammerten sich aneinander fest und verdrückten ein paar Tränen. Ihr Vater räusperte sich gerührt. Nathalie prostete ihr mit einem Champagnerglas zu und schmiegte sich an Boris, der anerkennend nickte. »Schöne Frau«, murmelte er. Der zwei Meter große Mann überragte alle im Raum. Es war kaum vorstellbar, wie wendig und schnell er auf dem Eis war. Abseits davon bewegte er sich aufgrund seiner Körperfülle eher schwerfällig. Er sprach nicht viel, aber wenn er etwas sagte, war es immer auf den Punkt. Flüsternd fragte er Nathalie: »Und sie hat ihn gefragt, ja?«

Ja! Georgie hatte Tom den Heiratsantrag gemacht, als sie eines Morgens aufgewacht war und er ihr einen frischen Kaffee ans Bett gebracht hatte. Eigentlich war es ein Scherz von ihr gewesen, aber Tom hatte sofort »Ja« gesagt. Dann hatte er ein Stück Wolle aus ihrem Handarbeitskorb herausgezogen, es ihr um den Finger geknotet und unendliche Liebe, stets leckeren Kaffee und einen Ort für ihre Wolle bis ans Ende ihres Lebens versprochen. Wer hätte da schon einen Rückzieher gemacht? Also beschlossen sie, zu heiraten, fast genau ein Jahr, nachdem sie sich kennengelernt hatten. So vieles war seitdem passiert, sie konnten kaum erwarten, was die Zukunft noch für sie bereithielt.

»Okay, können wir los? Alle auf ihre Plätze! Was macht ihr überhaupt noch hier drinnen? Ihr solltet längst draußen sein«, rief Lina und trieb die Versammelten zur Tür hinaus. »Wir wollen den armen Tom nicht warten lassen. Nicht, dass er denkt, sie wäre wieder weggelaufen. Nach Hamburg oder so«, scherzte sie. Sie nahm die Hand des kleinen Mädchens, das still auf dem Sofa gesessen und auf sie gewartet hatte. Die Kleine trug ein fröhliches knallgelbes Kleid und hatte wie die Braut Blumen in den hellbraunen Haaren. Im Arm schleppte sie stets eine gehäkelte Decke, Linas Decke, mit sich herum. Auch heute fehlte die Decke nicht.

»Komm, Lola«, forderte Lina das Mädchen auf. »Du bist doch unser Blumenmädchen, heute bist du die zweitwichtigste Frau.« Lola nickte ernst und blickte vertrauensvoll zu Lina hoch. Die Vierjährige lebte seit Anfang des Jahres bei Lina und Peter. Erst mal nur vorübergehend, aber Lina war zuversichtlich, dass sie bleiben durfte. Lola war ein Pflegekind und hatte dringend ein neues Zuhause gesucht. Lina wollte sich nicht von dem Wunsch nach Kinderlachen in ihrem Zuhause verabschieden, also hatten sie und Peter beschlossen, sich als Pflegeeltern anzubieten. Nach anfänglichem Zögern taute die kleine Lola langsam auf und fasste Vertrauen zu ihrer neuen Pflegemama und deren bunten Freundinnen. Heute hatte sie die enorm wichtige Aufgabe, Blumen für Georgie zu streuen. Vera hatte am Vortag mit ihr geübt und sie als Naturtalent im Blumenstreuen gerühmt. Das hatte der Kleinen genug Mut gemacht, um die Aufgabe heute zu übernehmen. Sie schnappte sich das Körbchen voller Blütenblätter und folgte Lina und Georgie zur Veranda.

Die Trauung fand in Veras Garten statt. Tom hatte mit Holzplanken einen Weg von der Veranda bis zum Kirschbaum gelegt, damit die Gäste – und seine Braut – trockenen Fußes zur Zeremonie gehen konnten. Aber die Sorge, dass es vielleicht regnen könnte, war unbegründet. Die Sonne strahlte mit den Gästen um die Wette. Alle Sitzplätze waren belegt, viele Dorfbewohner waren auch ohne Einladung gekommen und standen plaudernd in Grüppchen beisammen. Sie waren selbstverständlich alle willkommen. Georgie beobachtete, wie ihre Eltern, Vera und Nathalie zu ihren Plätzen gingen. Ihr Herz klopfte vor Aufregung, nicht vor Angst. Sie würde heute diesen wunderbaren Mann heiraten, der schon unter dem Baum auf sie wartete. Sie atmete noch ein letztes Mal besonders tief ein, dann schickte sie Lola mit dem Körbchen vor und folgte dem Blütenregen in Richtung Liebe.

DANKSAGUNG

Danke.

An mein Herz Lisa. Auf deinem Sofa in Tallinn ist die eine Hälfte des Romans entstanden. Küsse gehen raus für Obhut, Serienmörderserienmarathons, Gespräche, Lachen, Liebe.

An Kathrin, Ka und Simone, meine Probeleserinnen. Ohne eure Rückmeldungen wäre es viel weniger schön gewesen, den Roman zu schreiben. Ihr seid sowieso die allerbesten Menschen dieser Welt.

An Martin. Du hast unendlich viel Musik und Liebe in mein Leben gebracht. Und Krautnudeln. Danke, mein Mensch.

An meine Mutter und meine beiden Omas, die mir, schon als ich ein kleines Kind war, stricken und häkeln beigebracht haben. Ihr habt mir damit die wunderbare Welt der Wolle gezeigt. Eine, in der ich immer Glück, Seelenheil und Wunderschönes entdecken werde. Was für ein Geschenk!

An das F-Hoone in Tallinn. Hier ist die andere Hälfte des Romans bei Kola und Kuchen entstanden. Ich hatte eine fantastische Zeit bei euch, *aitäh*.

An meine Agentin Nina, Nicole vom Verlagsteam und an die Lektorinnen Claudia und Claudia – es ist ein gutes Gefühl, so ein tolles, gründliches, sympathisches Team als Rückenstärkung zu haben.

Und – natürlich! – vielen Dank an meine Leser:innen.

P. S. : In diesem Roman häkelt sich Georgie Masche für Masche ins Glück. Wer Georgies Decke nachhäkeln möchte, findet die Anleitung für die Granny Squares dazu auf meiner Website unter: textundgedoens.de/georgies-haekeldecke/

FSC
www.fsc.org
MIX
Papier | Fördert
gute Waldnutzung
FSC® C083411

Zeitfracht Medien GmbH
Ferdinand-Jühlke-Straße 7
99095 Erfurt, Deutschland
produktsicherheit@kolibri360.de

Druck:
CPI Druckdienstleistungen GmbH
im Auftrag der
Zeitfracht Medien GmbH
Ein Unternehmen der Zeitfracht - Gruppe
Ferdinand-Jühlke-Str. 7
99095 Erfurt